ARTTU TUOMINEN
Was wir nie verzeihen

Weitere Titel des Autors:

Was wir verschweigen
Was wir verbergen
Was wir ihnen antun

JD KIRK

DER SCHOTTE

TÖDLICHE FALLE

Thriller

Deutsch von Wolfgang Thon

blanvalet

Die Originalausgabe erschien 2022
unter dem Titel »Westward (Robert Hoon Thriller 3)«
bei Zertex Crime, Fort William.

MIX
Papier | Fördert
gute Waldnutzung
FSC® C014496
FSC
www.fsc.org

Penguin Random House Verlagsgruppe FSC® N001967

1. Auflage 2025
Copyright der Originalausgabe © 2022 by JD Kirk
Copyright der deutschsprachigen Ausgabe © 2025 by Blanvalet
in der Penguin Random House Verlagsgruppe GmbH,
Neumarkter Straße 28, 81673 München
produktsicherheit@penguinrandomhouse.de
(Vorstehende Angaben sind zugleich
Pflichtinformationen nach GPSR)

Redaktion: Alexander Groß
Umschlaggestaltung: www.buerosued.de
Umschlagmotiv: Collaboration JS / Arcangel Images;
www.buerosued.de
HK · Herstellung: DiMo
Satz: Uhl + Massopust, Aalen
Druck und Bindung: GGP Media GmbH, Pößneck
Printed in Germany
ISBN 978-3-7341-1376-5

www.blanvalet.de

EINS

Zuerst nahm er den Rauch wahr. Dicht. Beißend. Grotesk unpassend in der ansonsten so klaren Nachtluft. Er kratzte in seiner Kehle, als er die Tür des Taxis öffnete und dem geschockten Fahrer ein paar blutige, zerknüllte Zehner zuwarf, bevor er aus dem Auto auf den Treidelpfad kippte.

Der Schmerz traf ihn wie ein heftiger Tritt. Raubte ihm den Atem. Ihm wurde schwindlig. Sie hatten ihn fertiggemacht, so viel stand fest. Es grenzte an ein Wunder, dass er noch lebte. Und es wäre noch erstaunlicher, wenn er auch am nächsten Morgen noch lebte.

Rätselhaft war, dass er überhaupt etwas riechen konnte. Seine Nase war von zwei dicken Pfropfen geronnenen Blutes verstopft, aber etwas an dem Rauch – an dieser speziellen Art Rauch – schien seine Sinne vollständig zu umgehen und stattdessen einen uralten und animalischen Teil des Gehirns zu aktivieren.

GEFAHR, schrie er. *VORSICHT!*

Das Boot lag hundert Meter weiter am Ufer neben dem Treidelpfad, hinter einer Kurve, überragt von zwei hohen Wohnblocks, deren Lichter ihm den Weg zu dem Ort wiesen, den er zeitweilig sein Zuhause genannt hatte.

Ein Ort, von dem er jetzt schon wusste, dass es ihn nicht mehr gab.

Trotzdem musste er nachsehen. Sich vergewissern. Also machte er sich auf den Weg – mit einem Hurrikan von Schmerzen in den Beinen, im Rücken und dem Rest seines Körpers.

Er hatte kaum die Hälfte der Kurve geschafft, als er es zwischen den Bäumen sah: Orange- und Rottöne tanzten in der Dunkelheit, eine wahnsinnige, rasende Orgie des Chaos und der Zerstörung. Der Rauch brannte in seiner Kehle, und während er weiterging und seine Augen in der glühenden Hitze funkelten, stellte er sich vor, wie sich seine Zunge und sein Zahnfleisch schwarz färbten.

In der Ferne ertönten Sirenen. Aber das taten sie eigentlich immer. Seit seiner Ankunft in London hatte ihn das hektische Jaulen der Krankenwagen begleitet, die zu irgendeinem fernen Notfall unterwegs waren. Anders kannte er das gar nicht.

Er humpelte weiter, ignorierte die Proteste seines Körpers, den Schwindel und das Kribbeln des Blutes, das seinen Arm und seine Fingerspitzen hinunterlief. Er musste es sehen. Er musste mit eigenen Augen sehen, was sie getan hatten.

Das Boot gehörte ihm eigentlich nicht. Er hatte es

von einem Freund sozusagen geerbt, wenn auch nicht ganz offiziell.

Na schön, von einem *verflossenen* Freund. Verflossen in jeder Hinsicht.

Das Boot hatte sich während seines Aufenthalts hier jedoch als nützlich erwiesen. Es war eines der wenigen Dinge gewesen, auf die er sich stets hatte verlassen können.

Gewesen. Die Betonung lag auf der Vergangenheitsform.

Der Rauch war ihm schon auf dem Weg den Treidelpfad entlang auf die Lunge geschlagen. Was er sah, als er um die Kurve bog, gab ihm den Rest.

Der kurze Blick, den er zwischen den Bäumen hindurch darauf hatte erhaschen können, war dem Inferno nicht gerecht geworden. Die Flammen loderten aus dem Skelett der alten Jacht wie Blumen, die in den Himmel wuchsen, sie zischten und knisterten und spuckten ihre Funken in die Dunkelheit.

»Diese Flachwichser«, sagte er und hustete die Worte durch seine verkrampfte Kehle. »Diese verdammten, wieseläugigen Flachwichser!«

Er stöhnte vor Schmerz, als ihm etwas einfiel.

»Da war mein verdammtes glitzerndes Notizbuch drin«, verkündete er, ließ kurz den Kopf hängen und betrauerte seinen Verlust.

Ein paar Schaulustige standen herum und sahen zu, wie das Boot verbrannte. Die Besitzer der Boote, die

zu beiden Seiten vertäut lagen, beeilten sich, sie weg-
zuschaffen, damit sie nicht durch Funkenflug in Brand
gerieten.

Als sie seine Stimme hörte, drehte sich eine kleine,
stämmige Frau um, die vorher nur eine tiefschwarze
Silhouette gewesen war. Er erkannte in ihr eine seiner
Nachbarinnen vom Liegeplatz. Sie stupste ihren Mann
an, und beide gingen auf ihn zu.

Selbst im Dunkeln konnte er das Entsetzen in ihren
Gesichtern sehen, als sie seinen Zustand bemerkten.
Es schreckte sie jedoch nicht ab. Wenn überhaupt,
dann wurden sie danach nur noch schneller.

Kein Wunder. Nach allem, was er bisher von ihnen
mitbekommen hatte, waren die beiden verdammt
neugierige Bastarde. Nach dem Tag, den er hinter sich
hatte, wäre ein Gespräch mit diesen beiden Arschlöchern wirklich das Tüpfelchen auf dem i.

Und wenn man dann bedachte, dass der Tag wie
jeder andere begonnen hatte …

ZWEI

Mehrere Stunden, bevor das Boot in Brand gesetzt wurde, war Bob Hoon zu dem Schluss gelangt, dass er überhaupt nicht wusste, was er hier tat. Er mochte London nicht. Er hatte London *nie* gemocht. Er hatte nicht herkommen wollen, sich sogar mit Händen und Füßen dagegen gewehrt. Am Ende war ihm keine Wahl geblieben.

Doch jetzt hatte er eine Wahl. Der Grund für seinen Aufenthalt in der Hauptstadt hatte sich erledigt. Seine Mission war vorbei. Er konnte gehen, wann immer er wollte. Nach Norden. Er konnte nach Hause fahren. In das Leben zurückkehren, das er hatte aufgeben müssen.

»Was für ein Scheißleben ist das überhaupt?«, murmelte er, und das zerzauste Spiegelbild im Badezimmer verhöhnte ihn mit seinem hohlen Grinsen.

Ehrlich gesagt sah er aus wie ein Haufen Scheiße. Seine Haut war blass und fahl, seine blutunterlaufenen Augen wurden von großen schwarzen Ringen eingefasst. Er sah aus wie ein Panda, der sich gern prügelte, allerdings ohne den knuddeligen Charme.

Das Boot rollte unter seinen Füßen, als er nach seinem Rasiermesser griff. Von der letzten Rasur klebten noch getrockneter Rasierschaum und kurze leicht ergraute Härchen daran. Wie lange war das her? Zwei Wochen? Drei? Sein Bart war verwahrlost und ungepflegt, als hätte man die untere Hälfte seines Gesichts in Sirup getaucht und über den Boden eines Friseursalons geschleift. Es war kein schöner Anblick, beim besten Willen nicht.

Und doch konnte er sich einfach nicht dazu durchringen, sich darum zu kümmern.

Er legte das Rasiermesser auf den Rand des Waschbeckens zurück, neben seine ebenfalls vernachlässigte Zahnbürste, und griff auf die Selbstpflegetechniken zurück, die er schon in den letzten Wochen angewandt hatte – ein Spritzer kaltes Wasser ins Gesicht und ein vernichtender Blick auf den Mann im Spiegel.

Die Sonne schien durch die Bullaugen des Schiffes, als er in den Wohnbereich zurückkehrte, und obwohl die meisten Menschen die Helligkeit als angenehm empfunden hätten, konnte sie seine Stimmung nicht verbessern. Diese Sonnenstrahlen verhießen einen brandneuen Tag, und es war die damit verbundene Erwartungshaltung, die er nicht ertragen konnte. Man sollte glücklich sein, wenn die Sonne schien. Man sollte – er zuckte zusammen, als ihm das Wort in den Sinn kam – *positiv* eingestellt sein.

Nun, die Verheißung eines brandneuen Tages konnte sich, ehrlich gesagt, ins Knie ficken.

Er wankte mit halb geschlossenen Augen in die Küche und öffnete den nächstbesten Getränkeschrank. Eigentlich war es ein ganz normaler Küchenschrank, aber da er – wie die vier anderen auch – fast ausschließlich alkoholische Getränke enthielt, waren sie kurzerhand zu Getränkeschränken umfunktioniert geworden.

Er nahm eine halbe Flasche Famous Grouse heraus, schraubte den Deckel ab und trank einen Schluck. Grouse war der ideale Frühstückswhisky, fand er jedenfalls. Er war nicht so rau wie einige der Billigmarken aus dem Supermarkt, die er sich um die Mittagszeit reinziehen konnte, aber auch nicht so weich wie die Malts, die er im Laufe des Tages garantiert noch genießen würde.

Außerdem hatte er genug Wumms, um einen in Schwung zu bringen, aber nicht so viel, dass man den halben Morgen abschreiben musste. Es war für Alkoholiker das Äquivalent zu einer herzhaften Schüssel Weetabix und ein effektiver Mittelfinger gegen die Verheißungen eines brandneuen Tages.

Trotzdem, es wäre nicht verkehrt, etwas zu essen.

Man konnte nicht ausschließlich von alkoholischen Getränken leben, so gerne er das auch getan hätte. Irgendwann musste man feste Nahrung zu sich nehmen.

Er öffnete den Kühlschrank und betrachtete den Inhalt. Da es sich nur um ein Stück Käse handelte, brauchte er nicht lange dafür.

Er nahm die Packung heraus, schälte das Plastik zurück und schnupperte versuchsweise an dem künstlich orange gefärbten Stück. Er hatte den Käse eines Abends spät in einem Laden an der Ecke gekauft, der in Wankweite von der nächsten Kneipe entfernt war. Auf dem vorderen Etikett stand einfach nur »Käse«, und auf der Rückseite waren lediglich die gesetzlich vorgeschriebenen Mindestangaben zu finden.

Er roch allerdings ganz okay. Nicht toll. Nicht mal gut. Aber akzeptabel. Er nahm einen Bissen von einer Ecke, wickelte irgendwie das Plastik wieder um den Rest und legte den Käse in das Fach in der Tür zurück, wo er ihn gefunden hatte.

Nach dem Frühstück ging er in den Wohnbereich, ließ sich auf einen Stuhl fallen und schaltete den Fernseher ein. Der Fernseher war bereits mächtig betagt, und der Ton plärrte immer ein paar Sekunden vor dem Bild los.

Ein schrilles, nasales Lachen drang aus den Lautsprechern, und er drückte hastig eine Taste, um den Fernseher auszuschalten, bevor das Bild dazukam.

Mein Gott, das war knapp gewesen.

»*Verdammte* durchgeknallte *Weiber*«, stöhnte er. Er fuhr sich mit der Hand übers Gesicht, fragte sich laut, wie spät es wohl war, und sah dann auf seine Uhr.

Nachmittag also, wenn auch nur knapp. Er hatte verschlafen.

Na ja, nein. Nicht ganz. »Verschlafen« suggerierte, dass es etwas gab, wofür man aufstehen musste – eine bestimmte Zeit und einen Grund, um sich zu erheben. Er hatte nichts von alledem, also hatte er einfach *länger als erwartet* geschlafen. Kein Problem, wenn die Zeit einem selbst gehörte.

Jede verdammte Minute davon.

Immerhin bedeutete das, dass es fast Zeit für die Mittagswhiskys war. Danach vergingen die Tage meist wie im Flug. Wenn er ein paar auf ex runterkippte und den Ball flach hielt, war es, ehe er sich's versah, Nacht, und ein weiterer Tag konnte für immer aus dem Kalender gestrichen werden.

Er überlegte, was er tun sollte – das Zeug von Spar war besonders einnehmend, aber die Tesco-Flasche war näher –, als das Deck über ihm unverkennbar knarrte.

Das Boot war im besten Fall ein geräuschvolles Scheißteil, das ständig ächzte und quietschte, wenn es sich mit der Flut bewegte, doch er kannte all diese Geräusche so gut wie das Knacksen und Keuchen seines eigenen Körpers, und er hatte längst aufgehört, sie wahrzunehmen.

Dieses Geräusch war jedoch anders. Es war neu.

Er griff unter den Tisch, wo eine der vielen Handfeuerwaffen festgetapt war, die er auf dem Boot verteilt hatte.

Da oben war jemand. Jemand schlich auf dem Boot herum. Jemand, der nicht wollte, dass er mitbekam …

»Hu-hu! Hallo? Jemand zu Hause?«

Es war die Stimme einer Frau. Einer jungen Frau. Er hatte diese Information gerade verarbeitet, als Schritte die Treppe herunterkamen und Knöchel an die Tür klopften.

»Mr. … Hoon? Robert? Sind Sie da drin?«

Also keine Nachbarin. Er achtete sehr darauf, diesen spießigen Snobs nicht zu sagen, wie er hieß. Aber sie wusste es. Sie kannte seinen Namen.

Woher zum Teufel kannte sie seinen Namen?

Er überlegte kurz, die Waffe zu nehmen, entschied sich dann aber dafür, sie zu lassen, wo sie war. Er erreichte die Tür, als sie gerade wieder klopfen wollte, und sie sprang erschrocken zurück, als er sie aufriss und sich in seiner ganzen Schrecklichkeit präsentierte.

»Sprechen Sie gefälligst leiser, verdammt«, fauchte er, und sie trippelte unbeholfen die Treppe wieder hinauf und blieb dann auf halber Strecke stehen. Sie war jedoch eindeutig bereit, ihre Flucht jeden Moment fortzusetzen. »Was wollen Sie?«

Sie war etwas älter, als ihre Stimme vermuten ließ, aber nicht viel. Dreißig, vielleicht. Fünfunddreißig. Trotz der leichtfüßigen Eleganz ihres Rückzugs sah sie so kräftig aus, als ob ihr körperliche Arbeit nicht fremd war.

Sowohl ihr Haar als auch ihre Fingernägel waren

auf eine praktische Länge gestutzt, und ihre Kleidung war aus schwarzem Jeansstoff wie bei einem trauernden Cowboy.

Es waren jedoch ihre Augen, die Hoon am meisten beeindruckten. Sie hatten einen besorgten, gequälten Ausdruck, den er sich nicht einmal durch sein verstörend schreckliches Aussehen erklären konnte.

Ihre Augen erinnerten ihn in vielerlei Hinsicht an seine eigenen. Nicht die Tränensäcke – sie hatte keine –, aber das darin zu erahnende Trauma.

»Sind ... sind Sie Robert?«, fragte sie, und er merkte, dass die anfängliche Unbeschwertheit in ihrer Stimme erzwungen gewesen war. Jetzt, aus der Nähe, wurden ihre Worte von Sorge und Angst untermalt. »Sind Sie Robert Hoon?«

Hoon blickte an ihr vorbei zum oberen Ende der Treppe und zu dem Rechteck aus blauem Himmel, das er über sich sehen konnte.

»Wer will das wissen?«, fragte er.

»Ich bin ..., mein Name ist Suranne. Ich brauche Ihre Hilfe.«

»Tja, Pech gehabt, Sweetheart«, erwiderte Hoon, schloss die Tür mit einem kräftigen Knall, schob den Riegel vor, und seine Gedanken kehrten zu seinem Mittagsgetränk zurück.

»Gabriella!«

Die Erwähnung dieses Namens ließ ihn mitten in der Bewegung innehalten. Er drehte sich um, entriegelte das Schloss und riss die Tür noch energischer und unvermittelter auf als zuvor.

Suranne stand immer noch auf halber Höhe der Treppe, immer noch bereit davonzulaufen.

»Was zum Teufel haben Sie gesagt?«

»Sie …, ich bin eine Freundin von …« Suranne stieg ein paar Stufen hinunter, ihre Stimme wurde zu einem Flüstern. »Gabriella. Sie hat mir von Ihnen erzählt. Sie hat mir gesagt, wo ich Sie finden kann.« Sie legte die Hände aneinander und verschränkte die Finger. »Sie sagte … sie sagte, dass Sie mir vielleicht helfen können.«

»Gabriella?« Hoon konnte seine Überraschung nicht verbergen. Er sah Suranne von oben bis unten an, als würde er sie erst jetzt richtig wahrnehmen. »Was, Sie haben mit Gabriella gesprochen?«

»Ja.«

»Wie zum Teufel können Sie mit Gabriella gesprochen haben?«

»Ich … habe gewissermaßen mit ihr gesprochen. Nicht direkt. Ich kann es erklären«, sagte die Frau auf der Treppe. »Ich habe nur …, ich habe sonst niemanden, an den ich mich wenden kann. Sie sagte mir, Sie könnten helfen. Sie sagte, Sie tun so etwas.«

Hoon schnaubte. »Gut, schön, sie hat Sie wohl reingelegt, Sweetheart. Sehen Sie mich an.« Er deutete auf sein Gesicht. »Meinen Sie, das hier hilft jemandem?«

Suranne sah aus, als wollte sie den Kopf schütteln.

Als wollte sie alles zurücknehmen, was sie gesagt hatte, sich umdrehen und verschwinden.

Aber sie tat es nicht. Sie konnte es nicht.

»Bitte«, sagte sie, und ihre Stimme brach bei dem Wort. »Jemand hat meinen Ollie entführt. Ich weiß nicht, was ich tun soll. Ich weiß nicht, an wen ich mich sonst wenden soll.«

Hoon schnalzte mit der Zunge. Seufzte. Stöhnte. Alles nur gespielt, für sie. Sie war eine unwillkommene Unterbrechung seines Tages. Sie war eine verdammte Frechheit. Und er wollte verdammt noch mal dafür sorgen, dass sie sich dieser Tatsache bewusst war.

»Na schön«, brummte er, trat zur Seite und öffnete die Tür. »Sie kommen wohl besser rein.«

Er kochte Kaffee. Notgedrungen schwarz, denn die letzte Milch war schon vor Tagen sauer geworden. Sie nahm ihn dankbar an, obwohl sie den angebotenen künstlichen Käse mit einer fast übermenschlichen Höflichkeit abgelehnt hatte.

Sie saßen an den gegenüberliegenden Enden des kleinen Esstisches. Sie wirkte ungefährlich, aber Hoon hatte sich an das Ende gesetzt, an dessen Unterseite die Waffe festgeklebt war, denn er hatte über die Jahre hinweg immer wieder eingehämmert bekommen, dass man niemandem trauen kann.

Er ließ sie einen Schluck trinken, bevor er die Frage stellte, die ihm im Kopf herumschwirrte, seit sie ihm den Namen durch die Tür zugerufen hatte. Eigentlich war es gar keine Frage. Zumindest keine, die ganz zu Ende gedacht war.

»Also. Gabriella?« Er lehnte sich zurück und beobachtete ihre Reaktion.

»Sie ist …, ich habe ihr manchmal geholfen. Mit Welshy«, sagte sie und zögerte bei den Worten, als würde sie ein Geheimnis preisgeben, das sie zu hüten geschworen hatte. »Es war manchmal schwierig für sie. So ganz alleine. Also habe ich ihr geholfen. Bei seiner Betreuung. Oder wenn sie eine Pause brauchte, haben wir eine Art … Tausch gemacht.«

»Einen Tausch?«, fragte Hoon. »Wie meinen Sie das?«

»Sie hat für ein paar Tage auf meine Mädchen auf dem Hof aufgepasst, und ich bin bei ihr eingezogen und habe mich um Welshy gekümmert.«

»Sie hat Sie nie erwähnt«, sagte Hoon. Es klang wie eine Anschuldigung. Und genau das war es auch.

»Na und? Mir hat sie auch nie etwas von Ihnen erzählt«, entgegnete Suranne.

»Und trotzdem sind Sie hier, verdammt«, konterte Hoon.

»Bis gestern, meine ich.«

Hoon beugte sich nach vorn und stützte die Ellbogen auf den Tisch. »Wissen Sie, gerade das verwirrt mich. Gabriella ist im Moment nicht da. Sie und Welshy sind … woanders.«

18

Wo genau sie waren, wusste er nicht. Das wusste fast niemand auf der Welt. Doch sie waren in Sicherheit. Jedenfalls hatte man ihm das versprochen.

»Ich weiß. Ich habe ihr Nachrichten geschickt. Seit Wochen. Per Telefon. Per E-Mail. Auf Facebook. Ich bin zu ihrem Haus gegangen, aber es ist leer. Draußen steht ein Schild, dass es zu verkaufen ist. Ich wollte nur ...« Sie blickte in die trüben schwarzen Tiefen ihres Kaffees hinab. »Ich dachte, es muss etwas passiert sein. Und dann habe ich gestern eine Nachricht geschickt, dass Ollie entführt wurde – ich habe sie an alle geschickt, die ich kenne –, und ein paar Stunden später habe ich eine Antwort bekommen.«

»Von Gabriella?«

Suranne nickte.

»Und was schreibt sie?«

»Sie sagte, dass sie und Welshy wegmussten. Sie hat nicht gesagt, warum. Sie gab mir nur Ihren Namen und verriet mir, wo ich Sie finden kann. Sie sagte mir, dass Sie vielleicht helfen können, Ollie zurückzuholen. Sie hätten schon jemand anderem geholfen.«

»Hat sie noch etwas gesagt?«, drängte Hoon. »Wie es ihr und Welshy geht?«

»Nein. Nein, nichts. Nur das.«

»Zeigen Sie mal«, sagte Hoon und streckte die Hand aus.

Suranne zögerte nicht. Sie nahm ihr Handy heraus, tippte ein paarmal auf den Bildschirm und zeigte

Hoon den Austausch der Nachrichten. Es war nur eine von Gabriella, fast Wort für Wort, was Suranne gesagt hatte.

Sie hatte noch vier Nachrichten verschickt, aber keine weitere Antwort von Gabriellas Anschluss erhalten.

Er legte das Handy auf den Tisch und schob es über das glatte Resopal zurück. »Tut mir leid. Ich kann Ihnen nicht helfen.«

Surannes Miene verzerrte sich panisch, bis es aussah, als würde sie in Tränen ausbrechen. »Was? Aber sie hat doch gesagt, dass Sie genau das getan haben. Dass Sie Menschen geholfen haben.«

Hoon lachte. Er konnte es einfach nicht unterdrücken. »Ja, nun, sie kennt mich nicht so gut, wie sie vielleicht denkt.«

»Oder vielleicht kennt sie Sie besser als Sie sich selbst«, sagte Suranne. »Bitte, Mr. Hoon. Ich habe Geld. Ich kann bezahlen. Ich habe nur … Jemand hat ihn entführt. Ollie. Jemand hat ihn entführt, das weiß ich, aber ich habe keine Ahnung, was ich tun soll.«

»Rufen Sie die Polizei. Die sind für so etwas zuständig.«

»Das habe ich schon versucht. Ich habe sie natürlich sofort angerufen, aber die sind nicht interessiert. Ollie hat ›momentan keine Priorität‹«.

Hoon runzelte die Stirn. »Wie alt ist er?«

»Wie bitte? Was hat das denn damit zu tun?«

»Wie alt?«

»Er ist neunzehn.«

Hoon lehnte sich zurück. »Da haben wir's. Wahrscheinlich zieht er nur durch die Clubs.«

Suranne machte ein verwirrtes Gesicht. »Er zieht durch die Clubs? Was soll das ...? Soll das ein Scherz sein? Jemand hat ihn entführt, Mr. Hoon. Ich weiß es einfach. Das ist die einzige Erklärung.«

Sie ließ eine Hand in ihre Tasche gleiten und holte einen dicken weißen Umschlag hervor, der an den Kanten aufgeplatzt war. Er landete mit einem dumpfen Geräusch auf dem Tisch.

»Das sind zweitausend Pfund«, sagte Suranne. Als Hoon keine Antwort gab, huschte ihr Blick kurz zu dem Umschlag. »Für den Anfang. Sie bekommen noch einmal das Doppelte, wenn Sie ihn finden.«

Hoon sah nicht zum Geld. Er wagte es nicht. Er lebte schon eine ganze Weile von seinen Ersparnissen, und weder Käse noch Schnaps wurden billiger. Sechs Riesen könnte er verdammt gut gebrauchen, das war nicht zu leugnen.

Stattdessen sah er zu ihr. In diese gequälten Augen. Sie erwiderte seinen Blick, flehte ihn an, ihr ganzer Körper von Angst und Stress angespannt.

Hoon wusste, dass er besser den Mund halten sollte. Er wusste, dass er sie abweisen und ihr raten sollte, sich jemand anderen zu suchen. Jemanden, der besser war.

Aber, wie das meiste andere in seinem Leben, vermasselte er auch das. »Wie lange wird er schon vermisst?«, fragte er.

»Seit vorletzter Nacht«, antwortete Suranne und klammerte sich an die Frage wie eine Ertrinkende an einen Strohhalm. »Ich bin früh aufgestanden, um für ihn und die Mädchen Frühstück zu machen, und da war er weg. Er war einfach …, er war weg.«

»Und wann haben Sie ihn zuletzt gesehen?«

»In der vorangegangenen Nacht. Gegen halb elf.«

Hoon sah endlich zum Geld auf dem Tisch. Er schnalzte missbilligend mit der Zunge und griff nach dem Umschlag. »Wenn er von allein zurückkommt, behalte ich das.«

»Natürlich! Selbstverständlich, ja, kein Problem. Natürlich!« Sie schluckte, Tränen sammelten sich in ihren Augenwinkeln. »Also … werden Sie helfen? Werden Sie ihn finden?«

»Ich kann nichts versprechen«, antwortete Hoon. »Haben Sie ein Foto?«

Sie nahm ihr Handy in die Hand.

»Am besten in Papierform.« Surannes Finger fuhr zögernd über das Display. »Äh, nicht bei mir, nein. Aber ich kann Ihnen hier eins zeigen.«

Hoon wartete, während sie hektisch ihre Fotos durchsuchte. »Ich brauche auch eine Beschreibung. Größe. Körperbau. Besondere Merkmale …«

Suranne blickte nicht von ihrem Display auf, während sie mit dem Finger durch die Bilder wischte.

»Ja. Ja, natürlich«, sagte sie. »Er ist ungefähr zwei Meter dreißig groß …«

»Verdammte Scheiße! Zwei Meter dreißig? Wer ist sein Vater, der verdammte Big Friendly Giant?«, stieß Hoon hervor.

»Wie bitte?«

»Zwei verdammte Meter dreißig!«, fuhr Hoon fort. »Was haben Sie ihm zu essen gegeben? Und wie zum Teufel haben Sie es geschafft, ihn zu verlieren? Er ist ein Riese!«

Suranne runzelte verwirrt die Stirn. »Moment mal, habe ich das nicht gesagt? O Gott! Ich dachte, ich hätte es gesagt.«

»Was gesagt?«, fragte Hoon. »Was haben Sie nicht gesagt?«

»Ollie. Er ist kein Riese«, sagte sie.

Sie drehte ihm das Handy hin, und das Gesicht, das Hoon anblickte, sah ganz anders aus, als er erwartet hatte.

Zum Beispiel hatte es einen Schnabel.

»Er ist ein Strauß.«

Hoon betrachtete einen Moment lang das Foto.

Noch länger musterte er die Frau, die ihm gegenübersaß, und versuchte herauszufinden, ob sie ihn verarschen wollte.

»Ein Strauß?«, fragte er schließlich, nachdem die Musterung abgeschlossen war. »Wollen Sie mich verarschen?«

»Nein. Nein, das will ich nicht«, erwiderte sie. »Ich betreibe eine Straußenfarm. Ollie ist unser Zuchthahn.«

»Warum zum Teufel sollte jemand einen Strauß stehlen?«, fragte Hoon.

»Wegen seines Spermas.«

»Natürlich. Logisch. Klar doch.« Hoon nickte. »Das hätte ich kommen sehen müssen. Und ich bin voll drauf reingefallen.« Er tippte mit einem Finger auf die Tischplatte. »Sind Sie sicher, dass das keine verdammte Verarschung ist?«

»Ich bin sicher. Ich verspreche es«, beteuerte Suranne. »Haben Sie eine Ahnung, was Ollies Sperma einbringen würde?«

»Warum zum Teufel …? Nein. Woher soll ich das wissen?«, knurrte Hoon. »Unter welchen verdammten Umständen sollte ich an diese Informationen gelangt sein?«

»Es ist eine ganze Menge. Bis zu fünfhundert Pfund pro Ladung.«

Hoon zog eine Augenbraue hoch. »Pro Ladung? Also pro …?«

»Pro Ejakulation.«

»Richtig. Klar. Dachte mir, dass Sie das gemeint haben«, murmelte Hoon. Er seufzte, massierte seine Augen mit Daumen und Zeigefinger und murmelte leise vor sich hin.

»Ich habe wirklich niemanden, an den ich mich sonst wenden könnte«, bekräftigte Suranne.

»Klar. Das sagten Sie bereits.« Er seufzte erneut, diesmal lauter, und schüttelte dann den Kopf. »Schauen Sie, Sweetheart, vermisste Personen sind das eine. Ich habe aber nicht die leiseste Ahnung, wie man nach einem Strauß suchen sollte. Ich kann Ihnen nicht helfen.«

»Sie brauchen ihn nicht zu suchen.«

»Wie meinen Sie das? Ich dachte, das wäre der verdammte Grund, weshalb Sie hier aufgetaucht sind?«

»Nein. Ich weiß bereits ziemlich sicher, wo er ist. Ich weiß auch, wer ihn entführt hat. Ich möchte nur, dass Sie hingehen und ihn zurückholen.«

»Oh. Richtig. Wir reden also über eine Straußenrückführung?«, erkundigte sich Hoon. Er nahm den Umschlag mit dem Geld in die Hand und ließ ihn von einer Hand in die andere wandern, als ob er das Gewicht prüfen wollte. »Und dafür bekomme ich sechs Riesen?«

»Es sind …, die Männer, die ihn entführt haben …, das sind Leute, mit denen man sich nicht anlegen sollte. Sie sind gefährlich. Sie müssen sehr vorsichtig sein.«

Ein Lächeln schlich sich auf Hoons Gesicht und entblößte ein beunruhigend volles Set kräftiger Zähne. »Machen Sie sich darüber keine Sorgen, Sweetheart«, sagte er. »Vorsichtig sein ist meine Spezialität.«

DREI

»Okay, ihr Vogelschwanz melkenden Weicheier«, dröhnte Hoon. »Wer von euch wichsfingrigen Fettsäcken hat hier das Sagen?«

Sie saßen zu viert um einen zugemüllten Tisch in der schäbigen, heruntergekommenen Küche eines Bauernhauses, das seine rechtmäßigen Besitzer schon vor langer, langer Zeit aufgegeben hatten. Die Tapeten sahen aus, als wären sie in den Vierzigerjahren angebracht worden, hätten in den Siebzigerjahren angefangen, sich abzulösen, und würden seither langsam abblättern.

An dem schmutzigen Linoleum auf dem Boden hatten jahrzehntelang Mäuse genagt. Nach dem Geruch in dem Haus zu urteilen, befanden sich hinter den Sockelleisten noch ihre Hinterlassenschaften.

Die Männer am Tisch waren große Kerle, aber, nach der Zeit zu urteilen, die sie brauchten, um Hoons Anwesenheit in der Küche zu registrieren, nicht die hellsten.

Die Altersskala reichte von Mitte zwanzig bis Ende fünfzig, und alle waren so gekleidet, als verbrächten sie den größten Teil des Tages damit, Felder zu bestellen, Mähdrescher zu fahren, oder was auch immer Landwirte so trieben, wenn sie sich selbst überlassen waren.

Er zählte im Stillen bis sechs, bevor einer von ihnen sich rührte. Die beiden Jüngsten schoben ihre Stühle zurück und richteten sich auf. Sie hatten es nicht eilig – der Zug war eh abgefahren – und konzentrierten sich stattdessen auf eine langsame, kalkulierte Bedrohlichkeit, die sich in der Vergangenheit vermutlich als wirksam erwiesen hatte, um Leute einzuschüchtern.

Aber nicht heute.

»Wer zur Hölle sind Sie?«, fragte einer von ihnen, und sein irischer Akzent war extrem ausgeprägt. Wäre Hoon nicht die längste Zeit seines Lebens von verschiedenen keltischen Akzenten umgeben gewesen, hätte er kein Wort verstanden.

»Bist du taub, Junge?«, fragte Hoon. »Ich habe gefragt, wer von euch straußenblasenden Arschlöchern hier das Sagen hat.«

Der andere Bursche – der aufgestanden war, aber noch kein Wort gesagt hatte – stürzte sich mit erhobenen Armen auf Hoon. Es war eine echte Frankensteins-Monster-Aktion, die damit endete, dass er mit dem Gesicht auf dem Boden lag und einen Stiefel auf seinem Hinterkopf hatte.

»Will es noch jemand versuchen?«, fragte Hoon

und drückte das Gesicht seines Angreifers noch fester in das Linoleum, um seinen Worten Nachdruck zu verleihen. »Also, wer von euch Vogelsperma-Entsaftern ist hier der Boss?«

»Ich. Was wollen Sie?«

Hoon wandte sich dem Mann zu, der gesprochen hatte. Es war überraschenderweise nicht der Älteste in der Gruppe. Er war in den Vierzigern und saß mit dem Rücken zur Tür und damit auch zu Hoon. Nach Hoons Ankunft hatte er sich irgendwann umgedreht, aber jetzt war er wieder dem Tisch zugewandt und hatte die Finger um ein Glas mit einer Flüssigkeit in der Farbe alter Pisse gelegt.

Hoon hob den Fuß vom Hinterkopf des zu Boden gestürzten Mannes, ging zum Tisch, nahm den leeren Platz ein und lehnte sich mit verschränkten Armen zurück.

»Ich bin ein Freund von Ollie«, sagte er.

»Sind Sie das?«, fragte der Ire. Er war der größte der vier Männer, und der größte Teil seiner Masse steckte in einer schmutzigen Arbeitsjacke, die bestimmt ein paar Geschichten zu erzählen hatte. Er trug eine flache Schiebermütze, die für seinen Kopf eindeutig zu klein war, und sein allgemeines Erscheinungsbild – von seinem wilden roten Bart bis hin zu seiner großporigen grauen Haut – ließ Hoon neben ihm aussehen, als käme er gerade von einem Fotoshooting für das *GQ*-Magazin.

Hoon hatte in seinem Leben schon viele blutunterlaufene Augen gesehen – hauptsächlich seine eigenen. Dies war das erste Mal, dass er ein blutunterlaufenes Gesicht erblickte.

Der Chef winkte mit der Hand, und im Sonnenlicht blitzten vier Goldmünzenringe auf. Zu seiner Linken ließ sich der jüngere Mann auf seinen Platz am Tisch direkt gegenüber von Hoon zurücksinken.

»Ich kenne keinen Ollie«, erklärte der Anführer der Gruppe.

»Doch, das tun Sie. Großer Junge. Lange Beine«, sagte Hoon. Er sah sich am Tisch um. Der älteste Mann zu seiner Rechten war der Einzige, der keinen Blickkontakt herstellte. Gut, er und der Trottel auf dem Boden. »Nein? Klingelt da gar nichts bei Ihnen? Er hat Federn und einen Schnabel, falls das hilft. Sie müssten sich erinnern, wenn Sie ihn gesehen hätten.«

»Das heißt dann wohl, dass wir ihn nicht gesehen haben, oder?«, murmelte der jüngere der drei Männer. Er beugte sich näher heran, das Gesicht wutverzerrt. »Also, warum verpissen Sie sich nicht wieder, Sie verdammter …?«

Sein Kopf schlug mit solcher Wucht auf den Tisch, dass die Flüssigkeit in den Gläsern überschwappte und der Mann, der nun mit dem Gesicht nach unten dazwischen lag, einen schrillen Schrei ausstieß. Die Haare des Jungen waren so kurz, dass Hoon sie nicht festhalten konnte, also spreizte er seine Finger wie eine Klaue und presste sie an seinen Hinterkopf, um ihn festzuhalten.

»Jetzt reden die Erwachsenen, Junge. Tu uns allen einen Gefallen und halt verdammt noch mal die …«

Er verstummte, als kühles Metall gegen seinen Kiefer gedrückt wurde. Er versuchte, sich umzudrehen, um den ältesten der Männer anzusehen, doch der Druck der abgesägten Schrotflintenläufe fixierte seinen Kopf, sodass er nur die Augen bewegen konnte.

Der ältere Mann sagte etwas, aber der Akzent war völlig unverständlich, er hätte genauso gut vom Mars stammen können.

»Klar, was immer Sie sagen, Kumpel«, sagte Hoon zu ihm. »Nur die Ruhe.«

Der Mann mit der Schrotflinte stieß einen weiteren Schwall von Silben aus. Diese klangen wütender und aggressiver als die letzten und wurden noch eindringlicher, als die Waffe fester gegen seinen Kiefer gepresst wurde und er sich dem Mann zuwandte, der sich als Chef vorgestellt hatte.

»Ich finde, Sie sollten jetzt besser tun, was er sagt«, erklärte der Anführer nachdrücklich.

»Ja, Sie haben leicht reden«, erwiderte Hoon.

Das brachte ihm einen wütenden, aber immer noch völlig unverständlichen Ausbruch des älteren Mannes ein, und das Klicken der beiden Schlagbolzen, die sich zurückzogen, zwang Hoon zu einer vertrauensbildenden Geste. Er nahm seine Hand vom

Hinterkopf des jüngeren Mannes und hob kapitulierend beide Arme.

»Okay, regen Sie sich ab, Sie verrückter alter Bastard«, sagte er. »Im Nachhinein betrachtet, war ich vielleicht etwas zu heftig. Wir können das doch bestimmt
wie verdammte Erwachsene besprechen, nicht wahr?«

Der Druck der Waffe ließ nach, aber obwohl sie
nicht mehr an seinen Kiefer drückte, war sie immer
noch direkt auf sein Gesicht gerichtet. Die Reak-
tionsgeschwindigkeit des alten Mannes war vielleicht
nicht preisverdächtig, aber das war bei dieser Waffe
auf diese Entfernung auch nicht nötig.

»Das sehe ich eher nicht, Robert«, sagte der Chef.
»Dafür ist es, glaube ich, inzwischen zu spät, meinen
Sie nicht?«

Hoon schaltete sofort. Sein Verstand raste voran,
und er erriet bereits alle möglichen Antworten, bevor
er überhaupt die Frage gestellt hatte.

»Woher zum Teufel kennen Sie meinen Namen?«

Auf der anderen Seite des Tisches lachte nun der
Junge, dessen Gesicht kurz zuvor auf den Tisch ge-
knallt war, bis seine Schultern zitterten. »Ollie, der
verdammte Strauß? Wie blöd kann man sein?«

Scheiße.

Verflucht.

Verdammter Mist!

Hoon warf sich nach hinten, weg vom Tisch, und
kippte den Stuhl auf seine Hinterbeine. Die Schrot-

flinte donnerte. Der Chef, der direkt gegenüber dem Tisch saß, stieß einen animalischen Schmerzensschrei aus, und Blut spritzte durch die Luft.

Der alte Mann schrie etwas – Gott allein wusste, was –, und dann war Hoon auf den Beinen, griff nach der Waffe, das Metall heiß in seiner Hand.

Er rammte die Faust tief in die Nase des alten Mannes, vergeudete eine halbe Sekunde, um das Geräusch des Aufpralls zu genießen, und riss dann die Schrotflinte aus seinem Griff. Er wirbelte damit herum und zielte auf den jüngeren Mann auf der anderen Seite des Tisches, der regungslos dasaß, die Augen weit aufgerissen und starr, den Kiefer heruntergeklappt wie ein kaputtes Scharnier.

Zu seiner Rechten hustete der alte Knacker aus, was von seiner Nase übrig war. Zu seiner Linken war der Chef halb erblindet und versuchte verzweifelt, seinen Skalp wieder aufzusetzen.

Das waren drei.

Er warf einen Seitenblick auf den Boden, wo der vierte Mann hätte liegen sollen.

Tat er aber nicht.

Die alten Dielen knarrten hinter ihm. Zu nah. Viel zu nah.

Ein heftiger Schmerz explodierte in seinem Kopf. Für einen kurzen Moment stellte er sich vor, wie sein ganzer Körper wie eine Ziehharmonika zusammengedrückt wurde, und dann wurden seine Beine flüssig.

Er hörte etwas klappern, das auf den Linoleumboden fiel, und versuchte, den Abzug einer Waffe zu betätigen, die er nicht mehr in der Hand hielt. Der Raum drehte sich um neunzig Grad. Er stürzte über den Tisch zu Boden, aber als er damit in Berührung kam, war er schon zu weit weg, um es noch zu bemerken.

VIER

Hoon erwachte im Dunkeln. Es war kalt und stank heftig nach Scheiße. Wahrscheinlich nicht seine eigene, aber es war noch zu früh, um diese Möglichkeit auszuschließen.

Sein Gesicht wurde gegen etwas Raues gepresst, das sich unter ihm bewegte, über seine Wange rieb und sie wie Sandpapier schliff. Es tat weh. Zumindest nahm er an, dass es das tat.

Auch hier war es noch zu früh, um sicher zu sein.

Er rührte sich nicht. Noch nicht. Eine Bewegung hätte jedem in der Nähe verraten, dass er bei Bewusstsein war. Und was noch wichtiger war – er vermutete, dass jede Bewegung seinerseits zu sofortigem und erheblichem Unbehagen führen würde.

Da war bereits ein Schmerz, der sich wie ein zwei Zentimeter langer Bohrer in seinen Schädel schraubte. Wenigstens hatte er dafür eine Erklärung. Etwas Hartes und Schweres hatte ihn wie ein Hammerschlag getroffen und sofort niedergestreckt.

Und danach …?

Was war danach geschehen?

Da waren Blitze, dachte er. Schimmernde, halb bewusste Erinnerungen, die in der Dunkelheit schwammen, gerade außerhalb seiner Reichweite.

Blitze von Fäusten. Von Stiefeln. Von einem Schläger oder vielleicht einem Knüppel. An die Schläge selbst konnte er sich nicht erinnern, er hatte nur ein verschwommenes Gefühl für die Brutalität, mit der sie ihm zugefügt worden waren.

Wahrscheinlich war es besser so.

Ein Geräusch dröhnte in seinem Kopf und ließ seinen Schädel vibrieren, bis er das Gefühl hatte, dass ihm die Augen aus den Höhlen fallen könnten. Sofern sie es nicht schon getan hatten. Eine beunruhigende Vorstellung in Anbetracht der Tatsache, dass er momentan nichts sehen konnte. Das Geräusch war ein tiefes, anhaltendes Grollen, wie ein Gewitter, das schon viel zu lange gedonnert hatte.

War es das, fragte er sich. War es das, wonach sich ein Aneurysma nach stumpfer Gewalteinwirkung anhörte? War es das, was jetzt passierte?

Von irgendwo unterhalb des Bodens hörte er das Zischen einer Hydraulik.

Ein Motor. Der machte so viel Lärm. Ein Motor heulte auf, und Räder rumpelten über Asphalt.

Gott sei Dank.

Also wahrscheinlich keine Hirnblutung. Das war schon mal etwas. Und dass er sich in einem fahrenden Auto befand, erklärte auch die Art und Weise, wie sich der Boden unter ihm bewegte. Das war viel besser als die permanente Innenohrverletzung, die er bereits befürchtet hatte.

Er lag schweigend und größtenteils regungslos da, während er einige schnelle Diagnosechecks an sich vornahm.

Er war am Leben. Das war die Topmeldung und, offen gesagt, auch eine willkommene Überraschung. Er war geschockt gewesen, als er dem Schuss aus der Schrotflinte ausgewichen war, und als der Schlag auf den Hinterkopf folgte, hatte er geglaubt, sein letztes Stündlein habe geschlagen.

Sein Leben war nicht wie im Zeitraffer an seinem inneren Auge vorbeigezogen, aber da er die meisten guten Dinge vergessen hatte und den Rest am liebsten vergessen würde, war er darüber nicht allzu enttäuscht.

Also, am Leben. Check. Und weiter?

Er war bei Bewusstsein. Vielleicht noch nicht ganz – nicht vollständig –, aber mehr oder weniger.

Und nicht nur das – er war sich auch ziemlich sicher, dass er seinen Namen, sein Geburtsdatum und seine vollständige Adresse kannte. Er wusste nicht, was für ein Tag heute war, doch das war eigentlich der Normalfall und hatte nichts mit der Kopfverletzung zu tun.

Also wenig bis keine bleibenden Hirnschäden. Alles in allem war das ein weiteres großartiges Ergebnis.

Er hatte nach wie vor keine Ahnung, ob er allein in dem war, was er jetzt für den Laderaum eines Lkw hielt, also riskierte er noch keine größeren plötzlichen Bewegungen. Stattdessen versuchte er, mit den Zehen zu wackeln. Sie reagierten, aber er bezahlte dafür mit einem stechenden Schmerz in der Rückseite seiner Oberschenkel.

Er lebte, hatte keine Hirnschäden und war auch nicht gelähmt.

O Gott. Es könnte noch sein Glückstag werden.

Als Nächstes versuchte er, seine Finger zu bewegen. Sie waren vorhanden, taten aber weh. Sogar verdammt weh, und er erinnerte sich vage daran, dass ein großer irischer Bastard auf sie eingetreten hatte. Trotzdem, Schmerz war gut. Schmerz bedeutete, dass die Hände noch an seinen Handgelenken befestigt waren.

Trotzdem brauchte er einige Augenblicke, um herauszufinden, wo sich seine Hände befanden. Sie waren nicht unter ihm, so viel konnte er feststellen. Auch nicht an seinen Seiten. Schließlich kam er entsetzt zu dem Schluss, dass sie oben auf seinem Hintern ruhten, fest zusammengebunden mit etwas, das gerade Furchen in sein Fleisch schnitt.

Einfach großartig.

Er überlegte, ob er die Hände auseinanderdrücken und gegen die Fesseln pressen sollte, bis sie entweder zerrissen oder er seine Hände befreien konnte. Der Rest seines Körpers redete jedoch ein Wörtchen mit ihm, und er kam zu dem Schluss, dass dies wahrscheinlich nicht in seinem Interesse war. Außerdem hatte er das Gefühl, dass es ziemlich anstrengend sein würde, und er war immer noch nicht so weit aufgewacht, dass er sich dazu aufraffen konnte, es überhaupt zu versuchen.

Es hat keinen Sinn, grundlos so viel Energie zu verschwenden, dachte er. Außerdem war seine Position, so unwahrscheinlich es auch klingen mochte, eigentlich ganz bequem. Oder zumindest bequemer, als wenn er aufgestanden wäre oder versucht hätte, einen Muskel zu bewegen. Sich zu bewegen, dachte er, war sinnlos. Bewegungslos liegen zu bleiben dagegen war genau das, was er wollte.

Und so lag er eine Weile einfach nur da, lauschte dem Brummen des Motors, ließ den Boden seine Wange wegschaben und den üblen Gestank in seine Nase dringen.

Schafmist. Das war es, jetzt war er sich sicher. Er war erstaunt, dass er es nicht früher erkannt hatte. Man verbrachte nicht sein halbes Leben in den schottischen Highlands, ohne den Geruch von Schafmist zu erkennen, vor allem wenn man seine Nase halb darin vergraben hatte.

Es könnte auch Straußenscheiße sein, vermutete er. Da er aber noch nie mit dieser speziellen Substanz in Berührung gekommen war, hatte er keine Vergleichswerte. Er tippte weiterhin auf Schafe.

Unter ihm zischten erneut die Bremsen, und der Lkw kam plötzlich zum Stehen. Er spürte, wie die Gesetze der Physik an ihm zerrten, und sein Schwung ließ ihn über den Boden gleiten, bis er mit einem dumpfen Aufprall und einem unwillkürlichen »Scheiße!« gegen die Vorderwand des großen Laderaums stieß.

Niemand reagierte in der Dunkelheit hinter ihm. Niemand bewegte sich. Niemand gab einen Laut von sich.

Er war also allein. Keine Frage. Denn wenn irgendjemand die letzten Sekunden miterlebt hätte, würde er sich jetzt kaputtlachen. Hoon wusste, dass er es an seiner Stelle tun würde.

Allein also. Allein, gefesselt und in einem großen stinkenden Lastwagen unterwegs nach irgendwo.

»All das wegen eines verdammten Straußes«, murmelte er.

Schlimmer noch – das alles wegen eines verdammten Straußes, von dem er inzwischen überzeugt war, dass es ihn gar nicht gab.

Der Motor rumpelte erneut unter ihm. Der Lkw fuhr an, es ging bergauf, und er rutschte mehrere Meter rückwärts auf dem mit Schafmist überzogenen Boden.

Was für ein Tag. Was für ein absoluter Bastard von einem Tag.

Er war verprügelt, entführt und beschossen worden, und er war gefährlich nahe daran gewesen, sich eine Folge von *Loose Women* auf ITV reinzuziehen.

Während er also zerschrammt, blutend und halb zerquetscht in einem Lastwagen voller Schafscheiße lag, dachte er, dass dies – selbst für ihn, selbst nach seinen üblichen Maßstäben – so etwas wie ein persönlicher Tiefpunkt war. Dies, dachte er, war der Tiefstpunkt.

Er irrte sich.

FÜNF

Hoon wusste nicht genau, wie lange der Lastwagen weitergefahren war – jedenfalls lange genug, damit seine Blase einen ziemlichen Druck aufbauen konnte. Als der Motor zum Stillstand kam und die Hecktüren entriegelt wurden, musste er dringend pinkeln.

»Alles klar, Jungs?«, fragte er, als die beiden jüngsten Iren ihn an den Armen packten und auf die Beine hievten. »Könnte ich kurz ins Moor gehen, bevor wir tun, was auch immer wir …«

Die Antwort kam in Form eines rechten Hakens ins Gesicht. Einen Moment lang erstrahlte alles in Weiß, dann sah die Bewusstlosigkeit, die am Rande seines Verstandes wie ein Pädophiler auf einem Spielplatz gelauert hatte, ihre Chance gekommen, um zuzuschlagen.

Im Anschluss folgten für eine Weile statische Bilder. Grinsende Gesichter, die eisige Nebelwolken ausatmeten. Rinnsale aus Blut. Tierkadaver, die von der Decke hingen.

Es war die Kälte, die ihn schließlich weckte. Sie stach in seine Haut und bildete Kristalle in seiner

Lunge. Seine ganze obere Hälfte fühlte sich an, als wäre sie in Wasser unter dem Gefrierpunkt getaucht.

Seine untere Hälfte war viel wärmer. Und das Gute war, dass er nicht mehr pinkeln musste.

Er stand nicht ganz auf dem Boden. Seine Stiefelspitzen berührten ihn gerade noch und konnten nur einen winzigen Teil seines Gewichts abstützen.

Der Rest wurde von seinen Armen getragen, die inzwischen über seinem Kopf verschränkt waren. Um seine Handgelenke war ein Seil geschlungen, das von einem Haken an einem Balken der hohen Decke herabhing. Seine Schultern brannten, selbst in der Kälte. Seine Arme, um genau zu sein, und als er wieder zu sich kam, drang ein Schrei des Entsetzens und des Schmerzes über seine zitternden Lippen.

»Ah. Sie sind wach. Sehr gut.«

Er erkannte die Stimme. Sie hatte nicht mehr das gleiche ängstliche Schwanken wie zuvor, aber sie war nicht zu verwechseln.

»Ich nehme an, Sie haben Ihren verdammten Strauß nicht wirklich verloren?«, presste er heraus, als eine Frau in einem pelzgefütterten Mantel neben ihm auftauchte.

Suranne, oder wie auch immer ihr richtiger Name lautete, lächelte ihn durch den Dampf der Tasse mit heißer Flüssigkeit an, die sie in ihren behandschuhten Händen hielt. »Nein. Nein, habe ich nicht«, gab sie zu. »Ich muss gestehen, dass ich eigentlich gar keinen Strauß besitze, den ich verlieren könnte.« Sie legte einen Handrücken an die Seite ihres Mundes und flüsterte laut: »Das war ein cleverer Trick.«

»Das war ein verdammt seltsamer Trick«, ächzte Hoon.

Er wollte Zeit gewinnen, sie am Reden halten, sich selbst eine Gelegenheit geben, um …, was genau? Einen Rückwärtssalto von diesem verdammten Haken zu machen? Klar, das konnte er sich super vorstellen.

Im Kopf wurde er jedoch immer klarer. Vielleicht gab es einen anderen Ausweg aus dieser Sache. Er brauchte nur Zeit zum Nachdenken.

»Wir wollten Sie nicht einfach vom Boot holen. Zu viele Zeugen. Zu viel Potenzial für Chaos«, erklärte Suranne. »Also dachte ich, es könnte Spaß machen, Sie auf eine kleine Jagd zu schicken.«

»Aber warum ein verdammter Strauß?«, fragte Hoon.

Sie lächelte über die Frage. Es war ein recht freundliches Lächeln, alles in allem, mit nur einem schwachen Unterton von Grausamkeit.

»Ich fand es einfach lustig«, antwortete sie. »Na ja, nein. Nicht nur das. Ich wollte auch etwas beweisen.«

»Und was könnte das gewesen sein?«

Das Lächeln blieb, aber das Verhältnis von Grausamkeit und Freundlichkeit verschob sich ein wenig. »Dass jeder seinen Preis hat.« Sie nahm einen Schluck von ihrem Heißgetränk und schürzte die Lippen.

»Sehen Sie, wenn ich Sie gebeten hätte, ein vermisstes Kind zu suchen, oder was auch immer, dann hätten Sie sich einreden können, dass Sie eine gute Tat vollbringen. Sie wären ein Held. Aber einen Strauß zu finden, der wegen seines wertvollen Spermas gestohlen wurde? Daran ist nichts wirklich Heldenhaftes, nicht wahr, Bobby?«

»Nennen Sie mich nicht Bobby. Niemand nennt mich Bobby, verdammt.«

»Ja. Gut. Jetzt schon«, teilte sie ihm mit.

»Sie haben nicht mit Gabriella gesprochen, oder?«, fragte er. »Das hier hatte nichts mit ihr zu tun.«

»Erwischt!«, gestand Suranne. »Aber ich wusste, dass Sie in Fahrt kommen, wenn ihr Name fällt. Eine Freundin von Gabriella ist ihre Freundin, oder?«

»Wahrscheinlich nicht. Ich könnte mir vorstellen, dass die Hälfte ihrer Freundinnen unausstehliche Londoner Arschlöcher sind wie Sie.«

»Oh, ganz sicher nicht wie ich«, versicherte ihm Suranne.

»Sie wissen nicht, wo sie sind, oder?«, fragte Hoon, und er fühlte sich sicher genug, um sie anzugrinsen. »Sie haben nicht die geringste Ahnung, wo sie versteckt werden.«

Suranne zuckte mit den Schultern, obwohl das angesichts der Größe ihres Mantels schwer zu sagen war. »Es ist mir egal. Sie sind irrelevant«, sagte sie. »Verstehen Sie mich nicht falsch, ich bin sicher, dass es andere in der Organisation gibt, die daran arbeiten, sie zu finden. Sie lieben es, hinter sich gründlich aufzuräumen. Aber ich? Mich interessiert nicht, wo sie sind. Ich kann ihnen nur viel Glück wünschen.« Sie blies auf ihr Getränk und nippte dann. »Das werden sie wohl brauchen.«

Der Schmerz in Hoons Armen wurde jetzt unerträglich. Er hätte viel dafür gegeben, einen Zentimeter tiefer zu sein. Nur einen Zentimeter, damit seine Füße etwas von der Last tragen konnten.

Scheiß drauf. Falls sie ihn umbringen wollten, war es besser, die Sache einfach hinter sich zu bringen.

»Also gut, Sweetheart«, sagte er. »Macht es ihnen was aus, mir in den verdammten Kopf zu schießen, damit das hier ein Ende hat? Ich habe schon genug selbstgefälligen, arroganten Bastarden zugehört; ich habe nicht die Energie, noch mehr davon auszuhalten.«

Ein Schlag traf seine Nierengegend wie ein Presslufthammer. Weil er nicht darauf vorbereitet gewesen war, hallte sein Brüllen durch den kalten höhlenartigen Raum, nur gedämpft durch die Reihen von aufgehängtem Schweinefleisch.

Sein Angreifer sagte etwas, aber sein Akzent war zu stark, und Hoons Gehirn war zu sehr von Schmerzen geplagt, um auch nur ein Wort zu verstehen.

»Das reicht jetzt«, blaffte Suranne. Sie sah mit einem giftgetränkten Blick an Hoon vorbei. »Wenn

Sie noch einmal Hand an ihn legen, lasse ich Ihre Hände entfernen. Und zwar endgültig. Ist das klar?«

Die Antwort war ein leises, unverständliches und unterwürfiges Grunzen. Über dem Geräusch seines eigenen rauen, rasselnden Atems hörte Hoon seinen Angreifer zurückweichen.

»Tut mir leid, Bobby. Er ist nicht glücklich mit Ihnen. So wie es aussieht, sind Sie dafür verantwortlich, dass seinem Vater das halbe Gesicht weggeschossen wurde.«

»Klar, sicher«, keuchte Hoon. »Geschieht ihm recht.«

Er lauschte, aber der junge Ire machte keinen einzigen Schritt in seine Richtung. Surannes Warnung hatte er sich also zu Herzen genommen. Das bedeutete, dass sie entweder noch viel mehr Muskelmänner in der Nähe hatte oder selbst eine so große Gefahr darstellte, dass sogar dieser fette Arsch ihr lieber gehorchte.

Beides war für Hoon nicht besonders vorteilhaft.

Suranne lächelte, nahm noch einen Schluck von ihrem Getränk und schwenkte dann kurz den Becher in seine Richtung. Er erhaschte einen Blick auf kleine Marshmallows, die in einer schokoladenfarbenen Flüssigkeit schmolzen, und der Anblick ließ die Luft irgendwie noch kälter werden.

»Hören Sie, ich verstehe es«, sagte sie. »Ich verstehe, warum Sie denken, ich hätte Sie hergebracht, um Sie zu töten.«

»Was, Sie meinen dieses ganze Theater mit den Schlägen und dem Aufhängen an einem verdammten Fleischerhaken?«, fragte Hoon. »Ja, das hat mich schon stutzig gemacht, das stimmt.«

»Das soll nur Ihre Aufmerksamkeit erregen, Bobby«, fuhr sie fort. »Verstehen Sie mich nicht falsch, es gibt viele Leute in meiner Organisation – *viele* Leute –, die Sie tot sehen wollen.«

»Es gibt generell eine Menge Leute, die mich tot sehen wollen«, sagte Hoon. »Das liegt an meinem gewinnenden Wesen.«

»Oh, das glaube ich gern«, erwiderte Suranne. Sie konnte ein kleines trockenes Lachen nicht unterdrücken. »Gleich werden Sie jemanden kennenlernen, der Sie lieber als jeder andere tot sehen würde. Diese Leute – die in meiner Organisation – sind aber nicht so wie ich. Wissen Sie, warum nicht? Wissen Sie, was ihnen fehlt?«

»Titten?«, vermutete Hoon.

»Ha! O ja, oft, in der Tat«, räumte Suranne ein. »Visionen. Das ist es, was denen fehlt. Eine Vision.« Sie deutete wieder mit dem Becher auf ihn. »Ich glaube, diesen Charakterzug haben wir beide gemeinsam, Bobby, nicht wahr?«

»Na ja, das werden Sie nicht mehr sagen, wenn ich Ihnen die verdammten Augen aus dem Gesicht kaue«, entgegnete Hoon.

»Nein, dann würde ich bestimmt sagen: ›Wäääh!

Aufhören! Es tut weh!«« erklärte Suranne und schüttelte den Kopf, um es dramatisch zu unterstreichen.

Sie kicherte über ihren eigenen Witz, als ob er zu den größten Comedy-Momenten aller Zeiten gehörte. Hoon beobachtete sie, ohne auch nur mit der Wimper zu zucken.

»Keine Vision im Wortsinn«, stellte sie klar. »Nicht konkret. Sondern eine Vorstellung vom großen Ganzen, das meine ich. Sie und ich, wir sind Ränkeschmiede. Wir planen. Wir sind – wie soll ich es sagen? – *Träumer*.«

Hoon blies die Backen auf, und eine weiße Atemwolke entströmte seinen zitternden Lippen. »Ich glaube, Sie verwechseln mich mit einem anderen Mistkerl. Ich? Ich bin mehr der Typ, der nach seinem Bauchgefühl handelt. Wie vorhin auf dem Bauernhof, als ich diesen fetten Iren umgehauen und dem alten Knaben die Fresse poliert habe.«

Immer noch keine Bewegung hinter ihm. Kein einziges Geräusch.

Wer auch immer diese Frau war, aus irgendeinem Grund war es besser, sich nicht mit ihr anzulegen.

Ein verdammter Grund mehr, genau das zu tun.

»Und um ehrlich zu sein, glaube ich auch, dass Sie sich ein bisschen über den grünen Klee loben, Sweetheart. Ich meine, es muss hundertundeine Möglichkeit gegeben haben, mich zu erwischen. Die Sache mit dem Strauß ist einfach verdammt seltsam.«

»Hat doch funktioniert, oder?« Suranne lachte. »Und … ach Gott, ich weiß nicht. Warum vorhersehbar sein? Sie auf dem Rückweg von der Kneipe überrumpeln und in einen Lieferwagen verfrachten? Das ist doch langweilig, oder? Es ist so *gewöhnlich*.« Sie machte einen Schritt auf ihn zu, blieb aber außerhalb der Reichweite seiner Beine. »Sie werden schon noch herausfinden, Bobby, dass ich *alles andere* als gewöhnlich bin.«

»Von da, wo ich abhänge, sehen Sie verdammt gewöhnlich aus, Kleine«, entgegnete Hoon. »Ihretwegen werde ich mir später nicht einmal einen runterholen. Ich werde einfach nur schlaff und leblos herumhängen. Das halte ich übrigens auch für das Ende Ihrer Geschichte. Nur damit das klar ist.«

Sie lachte, ein echtes trillerndes Kichern, das unter anderen Umständen und für einen ganz anderen Mann ansteckend sein könnte.

»Sie sind wirklich sehr witzig, Bobby«, sagte sie. »Deshalb wollte ich direkt mit Ihnen sprechen. Deshalb wollte ich Ihnen ein Angebot machen.«

»Falls Sie einen schnellen Tod anbieten, bin ich dabei, verdammt«, sagte Hoon. »Das ist besser, als mir weiter diesen Scheiß anzuhören.«

Suranne studierte sein Gesicht, während sie den Rest ihrer heißen Schokolade in dem Becher umherwirbelte. Sie kippte sie in einem Zug hinunter und warf den Becher achtlos hinter sich auf den Boden.

»Jetzt mal im Ernst, Bobby«, schlug sie vor. »Lassen Sie uns die Sache ausdiskutieren. Ihnen stehen jetzt zwei Wege offen. Der erste Weg – der linke Weg, falls Sie ein visueller Denker sind wie ich – ist mit Gold gepflastert. Es gibt Blumen – mögen Sie Blumen?«

Hoon hing nur stumm da und verweigerte ihr die Genugtuung zu antworten.

Schließlich zuckte sie mit den Schultern. »Gut, keine Blumen. Aber, ich weiß nicht, Whisky oder Pornos oder frittierte Mars-Riegel oder was auch immer Sie antörnt. Der Punkt ist, dass es ein guter Weg ist. Er führt an schöne Orte und zu positiven Erfahrungen. Es ist wie die gelbe Ziegelsteinstraße in *Der Zauberer von Oz*«.

Hoon grunzte. »Klar, super, aber ich stehe nicht auf singende Zwerge.«

»Kleinwüchsige«, korrigierte ihn Suranne. »Man darf sie nicht Zwerge nennen. *Zwerge* ist beleidigend.«

»O Mann, wenn das das Beleidigendste ist, was ich gesagt habe, seit ich hier bin, dann bin ich wirklich von mir enttäuscht.«

Einen Moment lang sah Suranne fast verärgert aus, aber sie fing sich schnell wieder. »Der Punkt ist, Bobby, das ist ein guter Weg. Die linke Straße. Das ist der Weg, den ich empfehlen würde. Denn sehen Sie, der andere Weg? Der rechte Weg? Nun, das ist die *falsche* Straße. Diese Straße ist mit Glasscherben und Spinnen übersät.«

»Klingt wie mein verdammtes Wohnzimmer«, sagte Hoon. »Passt perfekt zu mir.«

Sie ignorierte ihn und redete weiter. »Dieser Weg führt nicht an schöne Orte, und er führt definitiv nicht zu positiven Erfahrungen.« Sie blickte an ihm vorbei in den Teil des Lagerhauses, den er nicht sehen konnte, und machte eine kurze winkende Bewegung mit ihrem Kopf. »Wollen Sie sehen, wohin dieser Weg führt, Bobby?«

Irgendwo hinter ihm war ein Grunzen zu hören. Leise. Animalisch. Etwas keuchte, als es sich Schritt für Schritt näherte.

»Wollen Sie sehen, wer am Ende der Straße auf Sie wartet?«

»Ja, nur zu«, sagte Hoon und gab sich unerschrocken.

Die Wahrheit war, dass diese Geräusche hinter ihm etwas an sich hatten – eine schleichende Unvermeidlichkeit –, das sein Herz in der Brust schneller schlagen ließ.

Und in Anbetracht der Tatsache, dass seine Pumpe wie ein verdammter Kolibri auf Speed gesurrt hatte, seit er aufgewacht war, wollte das wirklich etwas heißen.

»Sie erinnern sich vielleicht, dass ich jemanden erwähnt habe, der Sie mehr hasst als … nun, als so ziemlich jeder andere«, sagte Suranne. Sie warf einen Blick in die Richtung der Person, die sich von hinten näherte, und machte dann ein paar vorsichtige Schritte zur Seite, als ob sie ihm selbst nicht zu nahe kommen wollte. »Ich werde Sie jetzt miteinander bekannt machen. Oder eher, Sie erneut vorstellen, da Sie beide sich ja bereits kennen.«

Hoon schaffte es, seinen Kopf gerade so weit zu drehen, dass er die Gestalt sehen konnte, die zu seiner Linken ins Bild schlurfte. Wie Suranne trug auch der Neuankömmling einen dicken Mantel, allerdings war die Kapuze hochgezogen, sodass Hoon keinen klaren Blick auf die Person darin erhaschen konnte.

Aber die Gestalt hatte etwas an sich, selbst unter den Schichten der Kleidung … etwas an den Bewegungen …

Nein. Das konnte nicht sein. Das war nicht möglich. Hoon hatte ihn umgebracht. Da war er sich sicher.

Andererseits war seine Leiche nach dem Brand nicht gefunden worden.

Die Gestalt blieb vor ihm stehen, den Kopf gesenkt, als würde sie Hoons Stiefel bewundern. Sie hob die Hände, um die Kapuze zurückzuschieben. Bevor sie das taten, sah Hoon, dass sie Handschuhe trugen. Die Handschuhe waren allerdings nicht wie Surannes dicke, wollige Teile. Sie waren dünn. Blau. Aus Gummi.

Die Kapuze wurde nach hinten gestreift und enthüllte ein Gesicht, das ebenso albtraumhaft wie vertraut war. Die Nase war ein verkrüppelter Stumpf aus

Narbengewebe, die Nasenhöhlen offen und entblößt, sodass sie denen eines Totenschädels ähnelten. Die kalte Luft des Lagerhauses sorgte dafür, dass um den Stumpf herum, wo sein Atem durch die verlängerten Nasenlöcher ein- und ausströmte, ein ständiger Wirbel aus nebligem Weiß zu sehen war.

Er hatte schon nicht gesund gewirkt, als Hoon ihn zum ersten Mal getroffen hatte, mit seiner papierdünnen Haut und dem Hufeisen aus schütterem weißem Haar, das seinen kahlen Kopf umgab. Im Nachhinein betrachtet, hatte er damals im Vergleich zu jetzt wie ein verdammter Olympionike ausgesehen.

Er war nur ein paar Zentimeter kleiner als Suranne, und doch erfüllte seine Präsenz – die Bedrohung, die von ihm ausging – das ganze Lagerhaus.

»Ich habe gehört, dass der Professor und Sie sich schon kennen«, sagte Suranne. »Natürlich nicht von ihm. Er redet nicht mehr. Nicht nachdem … Tja, zeigen Sie es ihm doch einmal.«

Der Professor hielt den Blickkontakt, während er langsam den Reißverschluss seines Mantels öffnete. Er trug einen Schal – ein lustiges rot-gelbes Ding, das an ihm völlig deplatziert wirkte –, und er behielt Hoon weiter im Auge, während er ihn vorsichtig abwickelte.

»Verfluchte Scheiße«, murmelte Hoon. Er hatte nichts sagen wollen, aber beim Anblick der Narben an Hals und Kehle des anderen Mannes platzte es aus ihm heraus.

Hoon hatte ein abgebrochenes Stuhlbein benutzt. Er hatte es dem verrückten Bastard durch den Hals gerammt, von einer Seite zur anderen.

Er hätte tot sein müssen. Es hätte ihn umbringen sollen. Das war in jenem Moment jedenfalls Hoons Absicht gewesen.

»Wir waren schnell bei ihm«, erklärte Suranne, als hätte sie Hoons Gedanken gelesen. »Es stand auf der Kippe, aber er ist sehr wertvoll für uns, und deshalb haben wir alle Register gezogen. Wissen Sie, was ihn so wertvoll macht, Bobby?«

»Ist es sein einnehmendes Wesen?«

»Nicht wirklich, nein. Es liegt auch nicht an seinen Tanzkünsten, selbst wenn man kaum glauben kann, dass er welche zu bieten hat. Aber, nein. Ihn macht wertvoll, dass er ein Mann mit einigen ganz besonderen Talenten ist. Manche sagen, er sei begabt, und nachdem ich ihn bei der Arbeit beobachtet habe, kann ich dem nicht widersprechen. Diese Talente machen ihn zu einer einzigartigen Bereicherung für unsere Organisation«, erklärte Suranne. »Und ich finde, Sie könnten das auch sein.«

Hoon lachte. Wie seine Reaktion auf den Anblick des zerfetzten Halses des Professors war auch dieses Lachen völlig unwillkürlich.

»Das muss eine verdammte Verarsche sein«, sagte er. »Das ist wieder so eine Straußensache, oder?«

»Ganz und gar nicht. Es kommt nicht oft vor, dass

ich etwas ganz ernst meine, aber jetzt gerade ist dem so. Sehen Sie, diese Wege, von denen ich gesprochen habe – einer davon ist eine Gelegenheit. Einer davon führt zum Erfolg, wie auch immer der für Sie aussehen mag. Zu Reichtum, ja, aber auch zu anderen Dingen. Macht. Respekt. Und Frauen, natürlich. Wenn man sie will. Oder Männer. In jeder Größe, Form oder Farbe.« Sie kaute auf ihrer Unterlippe, als ob sie sich ein Lächeln verkneifen wollte. »Oder Alter. Wir urteilen nicht. Was auch immer Ihre Definition von Erfolg sein mag, er wartet da draußen auf Sie. Er liegt an diesem linken Weg. Wenn Sie jedoch den rechten Weg nehmen …«

»Dann sticht mir Skeletors unehelicher Bastardsprössling mit einem Billardqueue in die Augenhöhlen«, grunzte Hoon. »Klar, ich hab's verstanden. Gehen wir einfach davon aus, dass die Antwort ein verdammtes ›Danke, aber nein danke‹ ist, und bringen wir den nächsten Teil hinter uns, ja?«

Suranne schien von seiner Antwort nicht im Geringsten enttäuscht zu sein. Sie warf dem Professor einen Blick zu und deutete an Hoon vorbei, entweder um ihn wegzuschicken oder damit er sein Werkzeug holte, Hoon war sich nicht sicher.

Wie auch immer, der unheimliche nasenlose Bastard zog seine Kapuze hoch und huschte davon, und sein Atem wehte durch die Luft, als er vorbeiging.

»Es ist sehr viel verlangt, das weiß ich«, sagte

Suranne. »Ich meine, es klingt verrückt. Wir haben schließlich versucht, Sie umzubringen, verdammt noch mal! Ich weiß nicht einmal, wie oft. Viel zu oft, um es zu zählen! Und trotzdem sind Sie hier! Manche sagen, das bedeutet, dass unsere Organisation unfähig ist, aber ich *weiß*, dass das nicht der Fall ist. Es kann also nur eines bedeuten: Sie sind ein beeindruckendes Exemplar, Bobby. Sie sind etwas ganz Besonderes. Und auf unserer Seite des Zauns ist *immer* Platz für bemerkenswerte Menschen.«

»Auf Ihrer Seite des Zauns?«, spottete Hoon. »Ist das die Seite mit den verdammten Kindervergewaltigern und Mädchenhändlern?«

»Unter anderem«, antwortete Suranne. »Ich möchte, dass das hier eine ehrliche und offene Beziehung wird, Bobby. Ich mag diese Dinge nicht. Ich missbillige sie. Lasst die Kinder doch Kinder sein, sage ich, nicht … was auch immer. Verstehen Sie?«

»Na dann, hurra, Kleine. Soll ich Ihnen einen verdammten Humanitätspreis verleihen, oder was?«

»Jede Organisation hat ihre Probleme«, erwiderte Suranne unbeirrt. »Aber man kann sie nicht von außen verändern. Arbeiten Sie mit mir. Als Mann mit Ihren Fähigkeiten werden Sie bald aufsteigen. Dann können Sie mir helfen, die Dinge neu zu gestalten. Eine ganz neue Organisation. Ein ganz neuer Loop. Unter neuer Leitung. Sie können die Welt verändern.«

Sie schaute wieder an ihm vorbei, wandte aber

schnell den Blick von dem erschreckenden Gesicht des Mannes ab, der sie anstarrte.

»Sonst wird der Professor Veränderungen an Ihnen vornehmen. Eine ganze Reihe von Veränderungen, da bin ich mir sicher. Keine von ihnen ist angenehm.« Bevor Hoon etwas erwidern konnte, hob sie die Hand. »Antworten Sie noch nicht. Es ist im Moment zu viel Testosteron im Raum. Überlegen Sie es sich. Lassen Sie sich ein paar Tage Zeit. Wir werden Sie finden.«

Hoon wollte ihr sagen, wo sie sich ihre paar Tage hinschieben sollte. Ein Teil von ihm wollte den Professor auf sich loslassen, damit er die ganze Zeit Augenkontakt mit der hochnäsigen Kuh halten und ihr zeigen konnte, dass er sich nicht umdrehen lassen würde.

Ein viel größerer Teil von ihm wusste, dass diese Idee absolut wahnsinnig war, und so spielte er mit.

»Gut. Sie können zum Boot kommen. Sie wissen ja, wo es ist. Ich werde verdammt noch mal warten.«

Suranne setzte eine entschuldigende Miene auf. »Wir werden sehen.«

Die Ketten rasselten. Die Spannung an Hoons Armen ließ nach, und er landete mit seinem Gewicht wieder auf den Füßen. Aber sie waren noch nicht bereit für ihn. Seine Beine gaben nach. Er schlug als Bündel aus Kleidung und Schmerz auf dem eiskalten Boden auf.

Der Raum drehte sich um ihn herum. Er versuchte aufzustehen, doch kein einziger Teil von ihm gehorchte. Noch nicht. Nicht so bald.

Seine Arme fühlten sich tot an. Schwer. Das Blut wie gefroren in seinen Adern. Seine Beine waren unter ihm eingeknickt wie die einer zerbrochenen Puppe. Er konnte sie nicht richtig spüren, aber er konnte sie sehen, und er war kein großer Fan des Winkels, in dem sie standen.

Es ist nichts gebrochen, dachte er.

Glück gehabt. Glück gehabt, alter Mann.

Er nötigte seinen Körper dazu, ihm zu gehorchen. Er zwang ihn, sich so weit zu unterwerfen, dass er sich in eine sitzende Position bringen und den Kopf heben konnte, um sich umzusehen.

Suranne, der Professor und wer sonst noch mit ihnen im Raum gewesen sein mochte, waren verschwunden. Das Einzige, was an sie erinnerte, waren der leere Becher auf dem Boden und das schwache, entfernte Rumpeln eines anspringenden Motors, das für ihn zu weit weg war, um es noch erreichen zu können, selbst wenn seine Gliedmaßen funktioniert hätten.

Okay, er nahm seinen Gedanken von vorhin zurück. *Das*, so folgerte er, war der Tiefpunkt. Geschlagen, erschöpft, mit Schafmist verschmiert und leicht dampfend von seiner eigenen Pisse, mit einem geistesgestörten, stummen, skelettgesichtigen Peiniger, der auf ihn losgehen wollte – schlimmer konnte es nicht werden, dachte er. So viel stand ja wohl fest, oder?

Leider irrte er sich schon wieder.

SECHS

»Diese Flachwichser«, verkündete Hoon, als er sah, wie das Feuer das Boot und alles darin verzehrte. »Diese verdammten, wieseläugigen Flachwichser!«

Die Hitze war selbst aus dieser Entfernung intensiv. Er war direkt aus der eisigen Kälte des Kühlhauses hergekommen, und seine Haut wusste überhaupt nicht mehr, was zum Teufel los war. Aber so wie sie brannte, war klar, dass sie es missbilligte.

Zwei neugierige Bastarde aus der Nachbarschaft kamen auf ihn zu, und ihre schwarzen Umrisse sahen vor den Flammen wie Scherenschnitte aus.

Er hatte sich ihre Namen nie merken können. Oder genauer gesagt, er hatte sich nie die Mühe gemacht, sie sich zu merken. Sie liefen beeindruckend synchron, als ob sie sich eines gemeinsamen Verstandes bedienten.

Selbst nach seinen begrenzten Erfahrungen mit ihnen konnte er sich vorstellen, dass sie genau das taten.

Sie blieben etwa vier Meter entfernt von ihm stehen, nachdem sie gemeinsam zu der Schlussfolgerung gelangt waren, dass dies völlig ausreichend war.

»Hören Sie mal!«, rief ihm die Frau zu. »Sind Sie vielleicht verletzt?«

Sie hatte diesen hochnäsigen Akzent, der normalerweise ein Indiz für den Adel war, aber ohne das Vermögen und die Erziehung, um ihn zu unterfüttern.

Der Akzent des Ehemannes war ein paar Sprossen tiefer auf der sozialen Leiter angesiedelt, doch er strebte eindeutig nach oben.

»Hatten Sie einen Unfall?«, fragte er.

»Mein Gott. Was seid ihr beiden denn, eine verdammte Versicherungsgesellschaft, die nichts kostet, aber auch nichts bezahlt?«, fuhr Hoon sie an. »Mir geht's gut.«

»Oh. Na gut. Herrje«, erwiderte die Frau. Sie schaute über ihre Schulter zurück, und das Licht der Flammen ließ ihre besorgte Miene erkennen. »Ihr … Ihr Boot …«

»Es … brennt«, beendete der Ehemann den Satz.

Hoon brachte nicht einmal genug Energie für Sarkasmus auf. Eigentlich war das eine Schande, denn nach diesem dämlichen Auftritt hatte dieses Paar ihn mehr als verdient.

Stattdessen seufzte er nur und nickte. »Ja, das kann ich sehen, danke.«

Sie alle beobachteten die Flammen, die in den Himmel stiegen, und hörten das Krachen des einstürzenden Holzes, als das obere Deck in das darunter liegende fiel.

Die Sirenen kamen immer näher. Vielleicht waren sie ja doch auf dem Weg hierher.

»Haben Sie in der Pantry etwas angelassen?«, fragte ihn die Frau.

»Nein, ich habe gefickt«, antwortete Hoon so schroff, dass die Frau entsetzt zurückschreckte.

»Hat einer von Ihnen jemanden in der Nähe herumlungern sehen?«, fragte er.

Das Paar schüttelte die Köpfe. Ihre Synchronizität war unheimlich.

»Nein. Nein, niemanden. Wir haben nichts gesehen«, erwiderte der Ehemann. »Tut mir leid.«

Hoon tat die Entschuldigung mit einem gleichgültigen Schulterzucken ab und sah dann wieder zum Feuer.

Um ehrlich zu sein, machte er sich um das Boot selbst keine allzu großen Sorgen. Für eine Weile hatte es seinen Zweck erfüllt, aber es gab genügend andere Orte, an denen er sich aufhalten konnte. Was ihm mehr Sorgen bereitete, waren die Schusswaffen, die er an Bord versteckt hatte, ganz zu schweigen von dem Umschlag mit Bargeld, den Suranne ihm gegeben hatte.

Doch sie hatten das Geld wahrscheinlich sowieso wieder an sich genommen, bevor sie den Laden abfackelten.

Sonst war nicht viel Wertvolles an Bord gewesen. Ein paar Kleidungsstücke. Ein Rucksack. Eine Auswahl an Messern und ein paar Schlagringe. Nichts, was nicht ersetzt werden konnte.

Abgesehen von den Waffen und dem Geldbündel war das Wertvollste auf dem Boot wahrscheinlich das Sortiment von …

Ein lauter Knall ertönte vom unteren Schiffsdeck des Bootes und verscheuchte die meisten Schaulustigen. Ein blauer Flammenball stieg nach oben wie der giftige Rülpser eines alten Feuergottes.

Hoon knurrte. »Das war's dann wohl mit dem Whisky.«

Als sich das Inferno wieder gelegt hatte, drehten sich die neugierigen Nachbarn um und musterten ihn.

»Sind Sie sicher, dass es Ihnen gut geht, alter Junge?«, fragte der Ehemann. »Sie sehen aus …«

»Als hätte man mir die Scheiße aus dem Leib geprügelt und mich dann vollgepisst?« Hoon humpelte auf sie zu, und die beiden warfen sich praktisch in die entgegengesetzte Richtung, um ihm nicht in den Weg zu geraten. »Da liegen Sie gar nicht so falsch.«

Sie stellten sich hinter ihm wieder nebeneinander und sahen zu, wie er sich mühsam bis zum Rand des Treidelpfades schleppte, auf die Knie sank und dann begann, am Fuß eines Baumes zu graben.

»Was in aller Welt macht er da?«, flüsterte die Frau.

»Ich habe nicht die leiseste Ahnung, Darling«, antwortete ihr Mann.

Sie wichen beide ein oder zwei Schritte zurück, als

Hoon aufstand. Er hielt jetzt eine schwarze Mülltüte in der Hand, die mit braunem Klebeband fest umwickelt war, sodass sie wie eine Art quadratischer Rugbyball aussah.

Hoon zog eine Grimasse und stöhnte bei jedem Schritt, als er sich zu ihnen zurückschleppte. Sie traten wieder zur Seite, aber diesmal blieben sie Schulter an Schulter. Ihre Blicke fielen synchron auf das Paket, das er unter dem Arm trug, und beide betrachteten es mit dem faszinierten Entsetzen, das normalerweise Videos von invasiven medizinischen Eingriffen auf YouTube vorbehalten war.

Er blieb direkt neben ihnen stehen. »Hat einer von Ihnen beiden ein Telefon, das ich haben kann?«, fragte er.

Die Frau behielt das Paket im Auge. Der Ehemann fiel aus der Reihe und sah Hoon in die Augen.

»Wie bitte? Meinen Sie ein Telefon, das Sie benutzen können?«

»Nein. Ein Telefon, das ich haben kann?«, wiederholte Hoon. Er ließ seinen Blick zwischen den beiden hin- und herwandern, als ob es eine völlig vernünftige Frage wäre, und sie wären Arschlöcher, weil sie sich so anstellten.

»Nun …, nein«, sagte der Ehemann. »Nein, habe ich leider nicht, tut mir leid.«

Hoon runzelte die Stirn. »Gut, vielen Dank. Sie sind eine verdammt große Hilfe«, teilte er ihnen mit und

humpelte dann an ihnen vorbei zurück auf den Treidelpfad, während sein Zuhause der letzten Monate
sich im Fluss auf die Seite legte.

»Sie ... Sie sollten wirklich auf die Polizei warten«,
rief ihm die Frau nach.

Hoon machte sich nicht die Mühe zurückzublicken.
So wie sich sein Nacken und seine Schultern anfühl-
ten, wusste er nicht, ob er die Kraft hatte, sich so weit
zu drehen. »Sicher«, stimmte er ihr zu. »Das sollte ich
wirklich tun.«

Und mit der Hitze des Feuers im Rücken ging er
weiter über den Pfad.

Im Pub war es ruhig, als er ankam, und es wurde noch
ruhiger, als er sich durch die Eingangstür schob. Köpfe
drehten sich nach ihm um. Gläser verharrten auf halbem Weg zu den Mündern. Hätte es einen Platten-
spieler gegeben, hätte er mit ziemlicher Sicherheit in
die Stille gekratzt.

Er war in den umliegenden Pubs ein recht vertrau-
tes Gesicht geworden, obwohl er darauf achtete, nie
mehr als zwei Nächte hintereinander denselben Laden aufzusuchen. Er hatte auch darauf geachtet, seine
Konversation auf ein paar ausgewählte Sätze zu be-
schränken. Der häufigste war: »Das Gleiche noch mal,
John«, obwohl keiner der Barkeeper in den Pubs diesen Namen trug.

Es ging ihm nicht darum, von den anderen Gästen

als eine rätselhafte, geheimnisvolle Figur angesehen zu werden. Eher im Gegenteil. Er wollte nicht, dass sie überhaupt über ihn nachdachten.

Deshalb gab es trotz des Schocks über sein Erscheinen keinen Ausbruch von Besorgnis oder Hilfsangeboten. Der Moment der Stille verging, die Köpfe wandten sich ab, und das leise Gemurmel der Unterhaltungen setzte rasch wieder ein.

Er humpelte zur Bar. Der große Typ mit dem breiten, ehrlichen Gesicht arbeitete heute Abend. Er griff instinktiv nach einem Schnapsglas und schien wirklich verblüfft zu sein, als Hoon abwinkte.

»Ich muss nur mal telefonieren, mein Junge.«

»Oh …, ach so. Ja, klar. Kein Problem. Es ist da drüben. Am Ende der Bar.«

Das wusste Hoon. Er hatte in jedem neuen Lokal die ersten Nächte damit verbracht, sich den Grundriss einzuprägen. Dieser Laden war ein altmodischer Pub mit dunklem Holz, der auch Jahre nach dem Rauchverbot noch nach Nikotin und Tabak roch. Es gab acht Tische, vierundzwanzig Stühle und Bänke an zwei Wänden. Die Sitzgelegenheiten waren gepolstert, größtenteils in verblasstem Rot und Gold, abgesehen von ein paar Ersatzstühlen, die überhaupt nicht bezogen waren.

Der Pub hatte zwei Toiletten – eine große Herrentoilette mit drei Pissoirs, zwei Kabinen und einem Fenster, das gerade groß genug war, um im Notfall hinauszuklettern, und einen kleineren Raum mit einer einzigen Toilette und einem Waschbecken, der sowohl als Damen- als auch als Behindertentoilette diente. Dieser Raum hatte kein Fenster, sodass die Frauen nicht nur bei den sanitären Einrichtungen zu kurz kamen, sondern auch Pech hatten, wenn sie schnell rausmussten.

Eine Luke hinter der Bar führte in den Keller hinunter. Bis dorthin war Hoon nicht gekommen, aber er hatte draußen auf der Straße einen Fasslift gesehen und wusste daher, dass es mehr als einen Weg hinein und hinaus gab.

Von seinem Stammplatz an der Bar aus hatte er durch die Spiegel die Eingangstür und die meisten Fenster im Blick. Die restlichen Fenster und die Klotüren konnte er aus dem Augenwinkel beobachten, sodass er sich rechtzeitig darauf einstellen konnte, falls jemals Gefahr im Anzug war.

In Anbetracht all dessen – und angesichts der Zeit, die er mit der Erkundung des Ladens verbracht hatte – wusste er *genau*, wo sich das Münztelefon befand.

Was er nicht hatte, war Geld, um dafür zu bezahlen. Irgendwo zwischen dem Bauern- und dem Lagerhaus waren ihm seine Brieftasche und sein Handy abgenommen worden.

Zum Glück hatte er sich alle Nummern gemerkt, die er wahrscheinlich brauchen würde.

»Könnte ich mir vielleicht zehn Pence leihen?«, fragte er, während er zum Telefon humpelte.

»Alles in Ordnung?«, fragte der Junge hinter der Theke.

»O ja, alles im Lot, Junge. Ich scheiße hier gleich Regenbögen«, schnauzte Hoon. »Zehn Pence. Kann ich mir die ausleihen?«

»Wozu?«, fragte der Junge hinter der Theke.

»Für das Telefon. Ich muss telefonieren«, sagte Hoon.

»Telefonieren kostet ein Pfund«, informierte ihn der Barmann.

Hoon schreckte bei dieser Eröffnung körperlich zurück. Er starrte das Münztelefon am Ende des Tresens an, als hätte es gerade einige besonders abfällige Bemerkungen über das Gewicht und die sexuelle Vergangenheit seiner Mutter gemacht.

»Ein Pfund? Ein verdammtes Pfund?! Ich möchte einen Anruf im Vereinigten Königreich machen, nicht in den Weiten des verdammten Weltraums!«

Der Barmann zuckte entschuldigend mit den Schultern. »Was soll ich sagen? Ein Pfund.«

»Na schön, kann ich mir dann ein Pfund leihen?«

»Für das Telefon?«

»Nein, mein Junge, damit ich mir einen Einkaufswagen holen und von einem großen Hügel rollen kann.«

Das Gesicht des Barmanns war eine leere Leinwand der Verwirrung.

»Mein Gott«, murmelte Hoon. »Sicher, für das Telefon. Natürlich für das Telefon.«

Die alte Kasse piepte, als der Barmann auf einen Knopf drückte, und die Kassenschublade sprang ihm geradezu entgegen, so sehr brannte sie darauf, sich zu öffnen. Er nahm eine Münze aus dem Fach, dann zögerte er.

»Moment mal, werden Sie es mir wiedergeben?«

»Wahrscheinlich nicht«, gab Hoon zu.

Seufzend legte der Junge das Geld zurück, schloss die Schublade und kramte in seiner Tasche, bis er eine Pfundmünze fand. Geräuschvoll klatschte er sie neben dem Telefon auf den Tresen.

»Sie sind ein verdammter Held, Junge. Gönnen Sie sich einen Drink auf meine Kosten«, sagte Hoon, hob die Münze auf und steckte sie so energisch in den Schlitz des Telefons, als wollte er es zum Ersticken bringen. »Bezahlen müssen Sie allerdings selbst, ich bin pleite.«

»Sehr großzügig von Ihnen«, murmelte der Barmann und ging zum anderen Ende der Bar, wo einer der Stammgäste mit einem zerknitterten Fünfer winkte.

Hoon wartete, bis der Junge außer Hörweite war, tippte dann die Nummer ein und lauschte dem Surren des Klingeltons. »Komm schon, komm schon, geh ran, du Bastard«, flüsterte er und verstärkte seinen Griff um das Paket, das immer noch unter seiner schweiß-nassen Achselhöhle steckte.

Das Telefon klingelte weiter. Hoon schloss die Augen und biss die Zähne zusammen. Wenn er nicht abnahm … wenn er nicht zu Hause war …

Ein Klicken ertönte. Hoon richtete sich auf und redete schon, bevor die Person am anderen Ende die Chance dazu hatte.

»Hallo? Miles? Sind Sie das?«

Am anderen Ende der Leitung antwortete eine lange, tiefe Pause.

»Rhetorische Scheißfrage«, sagte Hoon. »Ich weiß, dass Sie es sind.«

Am Telefon seufzte Miles Crabtree. Als er sprach, war seine Stimme ein verwundertes Gemurmel. »Hoon? Sind Sie das?«

»Haben Sie etwa geschlafen?«, fragte Hoon.

»Ja, das habe ich«, sagte Miles und gab sich keine Mühe, seine Verärgerung zu verbergen.

»Es ist noch nicht einmal zweiundzwanzig Uhr, verdammt«, sagte Hoon. »Was sind Sie, ein verdammtes Kleinkind?«

»Was wollen Sie?«, fragte Miles. Er gähnte und schien etwas wacher zu werden. »Was ist los? Ist etwas passiert?«

Hoon betrachtete sein Spiegelbild hinter der Theke. Der hagere alte Bastard, der ihn anschaute, sah aus, als hätte er einen Geist gesehen und wäre selbst ein Geist.

»Ja, das kann man wohl sagen«, antwortete er. Er

drückte das schwere Paket an seine Seite und blickte sich um, um sicherzugehen, dass niemand mithörte. »Sie müssen mich abholen ...«

SIEBEN

Miles Crabtree hatte sich vor ein paar Monaten zu einem besonders ungünstigen Zeitpunkt in Hoons Leben eingemischt, und so hatte Hoon keinerlei Skrupel, sich zu revanchieren, auch wenn es bedeutete, den Beifahrersitz von Miles' Auto mit Schafmist und Blut zu beschmieren.

Crabtree arbeitete für den MI5. Zumindest hatte er das getan, als Hoon ihn kennengelernt hatte, obwohl sie gemeinsam so viele Regeln missachtet und Gesetze gebrochen hatten, dass es unwahrscheinlich war, dass er seine Position beim Geheimdienst behalten hatte.

Nach allem, was sie getan hatten, war es sogar unwahrscheinlich, dass man ihn auch nur als *Wachmann* anstellen würde. Und immerhin hatte selbst Hoon es geschafft, so einen Job zu bekommen, wenn auch bloß für einen derart kurzen Zeitraum, dass er damit wahrscheinlich ins Buch der Rekorde aufgenommen würde.

Hoon hatte auf der Fahrt zu Miles' Wohnung nur das absolute Minimum an Informationen von sich gegeben, und Miles hatte nicht versucht, mehr aus ihm herauszubekommen, was Hoon ihm hoch anrechnete.

Deshalb hatten sie den größten Teil der Fahrt schweigend verbracht, von ein paar Sekunden abgesehen, in denen Miles versucht hatte, eine CD von Simon & Garfunkel abzuspielen, was Hoon augenblicklich vereitelt hatte.

Miles wohnte in einer Zwei-Zimmer-Erdgeschosswohnung östlich von Brixton, mit eigenem Eingang und einem Garten auf der Rückseite, der etwa so groß wie ein Mückenhintern war. Das Innere wirkte schäbig, brauchte dringend eine Grundreinigung und einen neuen Anstrich.

Aber Hoon konnte das nachvollziehen. Da er inzwischen einiges über Miles wusste, verstand er, warum er alles so gelassen hatte – bis hin zu dem schmutzigen Handabdruck eines Kleinkinds unten an der Wohnzimmerwand. Die Möbel waren um den Abdruck herum angeordnet worden, sodass er der Mittelpunkt des ganzen Zimmers war. Vielleicht sogar der ganzen Wohnung.

»Gut, also, wollen Sie sich frisch machen?«, fragte Miles, als die Haustür sicher verschlossen und verriegelt war. »Ich setze den Wasserkessel auf, dann können Sie mir erzählen, was passiert ist.«

»Wie bitte?« Hoon sah an sich herunter und schüttelte den Kopf. »Nein, ist schon in Ordnung, ich möchte nur, dass …«

»Bob«, unterbrach ihn Miles. Er deutete auf eine Tür links von Hoon. »Gehen Sie duschen. Handtücher sind im Korb. Ich hole Ihnen was zum Anziehen.«

»Verdammt noch mal. Na schön«, brummte Hoon. Er drückte Miles die in Klebeband verpackte Tüte in die Arme. »Passen Sie darauf auf, aber öffnen Sie sie nicht, in Ordnung?«

Die Dusche hatte länger als geplant gedauert. Das Ausziehen hatte sich als eine mühsame, bisweilen quälende Aufgabe erwiesen, und allein seine Beine über den Badewannenrand zu hieven, war eine Prüfung seiner körperlichen und mentalen Ausdauer gewesen.

Als er das Wasser aufgedreht hatte, war es zuerst wie ein wütender Strom von Eissplittern gegen seine nackte Haut geprasselt, weshalb er sich an die gefliese Seitenwand gepresst hatte, als würde er sich mehrere Stockwerke über dem Boden an einem Fenstersims entlanghangeln und dabei unwillkürlich Laute von sich geben, die an einen klagenden Brüllaffen erinnerten.

Panisches Drehen am Hahn hatte ihm beinahe das Fleisch von den Knochen gebrüht, und die folgende Minute hatte er fast vollständig damit verbracht, winzige, kaum wahrnehmbare Änderungen am Einstellknopf vorzunehmen, als wäre er eine Art viktorianischer Safeknacker.

Schließlich war es ihm gelungen, das Wasser auf eine annehmbare Temperatur zu bringen, hatte sich mit einer Hand an der Wand abgestützt und das Wasser über sich fließen lassen. Mit gesenktem Kopf hatte er zugesehen, wie das klare Nass von all dem Blut, der Scheiße und dem Ruß verunreinigt wurde, die sich in den letzten Stunden an ihm angesammelt hatten. Es fühlte sich gut an, es los zu sein. Er wünschte sich nur, dass er die Reihe von Verletzungen, die er sich zur selben Zeit zugezogen hatte, auch so einfach hätte loswerden können.

Trotz seiner anfänglichen Eile hatte Hoon mindestens zwanzig Minuten damit verbracht, einfach nur dazustehen und sich vom Wasser die Wunden lecken zu lassen. Seinen Schultern tat die Wärme jedenfalls gut. Die Muskeln dort fühlten sich nicht mehr an, als wären sie zu festen Knoten verdreht worden.

Natürlich würden die Schmerzen zurückkehren, sobald er wieder draußen war und sich bewegte, aber er gönnte sich etwas Zeit, um die Atempause so lange zu genießen, wie sie dauerte.

Aber nicht sehr lange. Nicht zu lange.

In der letzten halben Sekunde, nachdem Hoon den Knopf gedreht hatte, um die Dusche abzuschalten, strömte das Wasser wieder eiskalt. Es fuhr in ihn wie ein Hieb starken Kaffees, und er kletterte viel leichter über den Rand der Badewanne hinaus, als er hineingestiegen war.

Irgendwann musste Miles sich hereingeschlichen und ein Bündel Kleidung auf dem Weidenkorb zurückgelassen haben, der direkt vor der Tür stand. Die Unterwäsche und die Socken war beides neu – Miles hatte sie extra in der Verpackung gelassen –, aber das graue T-Shirt und die marineblaue Jogginghose sahen ziemlich abgenutzt aus.

Hoon nahm ein Handtuch aus dem Korb und trocknete sich ab, dann zog er die Kleidung an. Sie passte nicht besonders gut – das T-Shirt war eng und die Hose zu kurz –, aber die Sachen waren nicht mit Schafmist verschmiert oder gelb von Pisse, also immer noch eine große Verbesserung gegenüber den Kleidungsstücken, die er ausgezogen hatte.

Er wollte das Bad gerade verlassen, als er sich im Spiegel über dem Waschbecken betrachtete. Der Dampf von der Dusche war am Glas kondensiert, und die Gestalt, die ihn anstarrte, wirkte monströs und deformiert.

Er nahm den Rand des Handtuchs und wischte damit über den Spiegel. Das Gesicht, das er nun sah, war weniger grotesk, wenn auch nicht viel.

»Scheiß drauf«, verkündete er und zog den Badezimmerschrank auf.

»Sie haben sich rasiert«, sagte Miles, als Hoon endlich aus dem Bad humpelte.

»Gut erkannt«, erwiderte Hoon.

»Vermutlich mit meinem Rasierer?«

»Richtig«, sagte Hoon. Er warf sein nasses Handtuch auf die Couch. Miles hob es sofort wieder auf.

»Haben Sie ihn danach wenigstens sauber gemacht?«

»Ich habe ihn unter den Wasserhahn gehalten, wenn Sie das meinen«, antwortete Hoon.

Das war nicht das, was Miles meinte. Nicht ganz. Er hatte etwas Gründlicheres erhofft als ein kurzes Abschütteln unter fließendem Wasser, aber er kam zu dem Schluss, dass jetzt nicht der geeignete Moment war, um ein Drama daraus zu machen.

»Setzen Sie sich«, sagte er, ging in die angrenzende Küche und nahm das nasse Handtuch mit. Er rief über seine Schulter: »Ich habe Tee gemacht.«

»Ich nehme einen Kaffee, wenn es geht«, antwortete Hoon.

»Um diese Zeit?«, rief Miles zurück und klang geradezu entsetzt über diesen Gedanken.

»Es ist gerade mal zweiundzwanzig Uhr dreißig«, erwiderte Hoon.

Er hörte, wie Miles etwas murmelte und den Wasserkocher wieder einschaltete, und ließ sich dann auf die Couch fallen. Es war ein Ding aus Holz und Korbgeflecht, mit großen bunten Blumenmusterkissen, die seiner Meinung nach besser in einem Wintergarten als in einem Wohnzimmer aufgehoben gewesen wären.

Der Couchtisch, der davorstand, war aus den gleichen Materialien gefertigt – abgesehen von dem Textilbezug und dem Schaumstoff –, und Hoon erkannte allmählich ein Leitmotiv in der Gestaltung dieser Wohnung.

»Was soll der ganze Rattanmist?«, fragte er.

»Was meinen Sie?«, antwortete Miles, der immer noch im Zimmer nebenan beschäftigt war.

»Spielt keine Rolle«, sagte Hoon, streckte sich und hob das in Klebeband eingewickelte Paket auf, das auf dem Tisch lag.

Es war eigentlich ein nachträglicher Einfall gewesen. Eine Notreserve für den Fall, dass genau so etwas passierte, was heute passiert war. Er hatte schon ein paar andere solcher Notfallreserven in der Stadt verteilt, aber diese hier hatte er erst eine Woche nach den anderen versteckt, nachdem er in den frühen Morgenstunden von Sorgen zerfressen aufgewacht war.

»Kaffee. Milch und Zucker müssen Sie sich selbst nehmen«, sagte Miles und stellte ein Tablett auf den Tisch.

Es war ein Korbtablett, und es kostete Hoon viel Selbstbeherrschung, keinen Kommentar abzugeben.

»Ich nehme ihn, wie er kommt«, sagte Hoon, ergriff den nächstgelegenen Becher und trank einen großen Schluck der teerigen schwarzen Flüssigkeit. »Mann!«, keuchte er, als er sie schluckte. »Das ist heiß.«

»Natürlich ist es heiß. Sie haben doch gerade gehört, wie ich ihn gekocht habe«, entgegnete Miles.

Er ließ sich in den einzigen Sessel des Zimmers sinken – ein Gegenstück zur Couch, aber mit anderen Blumen auf den Kissenbezügen – und nahm den zweiten Becher vom Tablett.

»Und?«, fragte er. »Was ist passiert?«

»Eine Menge. Es ist verdammt viel passiert«, sagte Hoon. Dann nahm er einen etwas weniger übermütigen Schluck von seinem Kaffee und begann zu berichten.

Während Hoon redete, sagte Miles sehr wenig und unterbrach ihn nur gelegentlich, um eine Kleinigkeit nachzufragen oder ein Detail zu klären. Die meiste Zeit saß er zurückgelehnt da; die Augen weiteten sich zuerst vor Überraschung, dann verengten sie sich, als seine Besorgnis über Hoons Geschichte überwog.

Aber die Nummer mit dem Strauß gefiel ihm.

»Und sie sagte, dass sie nach ihnen suchen? Nach Gabriella und Welshy?«

»Ja«, bestätigte Hoon. »Ich meine, sie sagte, nicht sie persönlich, aber irgendein Arschloch schon.«

»Vermutlich gilt das auch für Greig und seine Familie.«

Hoon nickte. Der Gedanke war ihm auch schon gekommen. Greig war ein junger Mann, der gerade mit seiner Frau und seinem Kleinen ins Leben startete. Ursprünglich hatte Hoon ihn benutzt, um bei der Suche nach Caroline, der vermissten Tochter eines alten Armeekumpels, weiterzukommen, aber er mochte den Jungen inzwischen. Oder zumindest tolerierte er ihn.

Dennoch war er mit der internationalen kriminellen Organisation namens Loop verbandelt gewesen, als Hoon ihn kennengelernt hatte, und Hoon tröstete sich mit der Tatsache, dass Greig wahrscheinlich schon tot wäre, wenn er sich nicht mit Gewalt in das Leben des Jungen eingemischt hätte.

Aber Gabriella und Welshy? Ihre Verwicklung in all das ging allein auf seine Kappe. Sie waren nur seinetwegen zur Zielscheibe geworden. Er trug die Schuld daran, dass ihr ganzes Leben auf den Kopf gestellt worden war und sie gezwungen waren, sich zu verstecken. Welshy wurde von den Ärzten und Krankenschwestern getrennt, die sich seit Jahren um ihn gekümmert hatten, und Gabriella von dem kleinen unterstützenden Netzwerk, das sie um sie beide herum aufgebaut hatte.

Das war alles Hoons Werk. Diese ganze Scheiße war seine Schuld.

»Wie geht es ihnen?«, fragte er, obwohl er sich geschworen hatte, es nicht zu tun.

»Greig und seiner Familie?«

»Ja. Nun, denen und …« Er beendete den Satz nicht und schüttelte den Kopf. »Vergessen Sie es. Vergessen Sie, dass ich gefragt habe. Ich muss es nur einfach wissen …«

»Sie können ruhig erfahren, wie es ihnen geht«, sagte Miles. »Wie *sie* sich macht. Das ist doch nicht schlimm.«

Der Blick, mit dem Hoon ihn bedachte, war gefährlich – der Blick eines wilden Tieres, das in die Enge getrieben wurde. »Klar«, sagte er. »Das stimmt. Ich will nur, dass sie in Sicherheit sind. Sie alle.«

»Das sind sie. Darauf gebe ich Ihnen mein Wort, Bob. Was auch immer das für Sie wert ist.«

Hoons Grunzen klang abschätzig, aber Tatsache war, dass Miles zu den wenigen Menschen gehörte, zu denen Hoon mit der Zeit ein wenig Vertrauen gefasst hatte. Nicht viel, wohlgemerkt – der Bastard hatte ihn in der Vergangenheit immer wieder belogen –, aber genug.

Gerade eben genug.

»Diese Frau. Diese *Suranne*. Haben Sie eine Ahnung, wer sie wirklich ist?«, fragte Miles.

»Was glauben Sie wohl, warum ich hier bin?«, antwortete Hoon.

Miles zuckte mit den Schultern. »Weil Sie ein Bett für die Nacht brauchen?«

»Nein. Das heißt, ja, wäre nicht verkehrt, stimmt schon«, bestätigte Hoon. Er tätschelte die Couch. »Die wird reichen.«

»Oh, gut. Da bin ich froh. Und Sie sind willkommen.«

»Sarkasmus steht Ihnen verdammt noch mal nicht, Junge«, sagte Hoon. »Sind Sie noch beim MI5, oder hat man Sie dort rausgeschmissen?«

Etwas in Miles' Gesicht veränderte sich. Die eigentlichen Bewegungen waren unmerklich, aber die Veränderung war trotzdem sofort zu sehen. Er wirkte jetzt wie ein Mann, der in Angst vor dem lebte, was als Nächstes passieren würde.

»Ich bin immer noch beim MI5«, sagte er. »Gerade noch, sollte ich hinzufügen. Und nicht in der gleichen Position. Was immer Sie also wissen wollen, ich bin höchstwahrscheinlich nicht berechtigt ...«

»Sie müssen mir helfen herauszufinden, wer diese Schlampe war«, unterbrach Hoon.

»Nun, ich habe *definitiv* nicht die Freigabe, das zu tun«, informierte ihn Miles. »Mir wurde erlaubt, die Kontrolle über ein paar Projekte zu behalten – zum Beispiel die Sicherheit Ihrer Freunde –, aber ansonsten bin ich jetzt hauptsächlich in der ... Verwaltung beschäftigt.«

Hoon starrte ihn an, ohne zu blinzeln. »Wie bitte?«, murmelte er. »Sie sind ein verdammter Sekretär?«

»Nein, ich bin kein Sekretär! Ich habe eine Assistenzstelle in der Verwaltung.«

»Was einfach nur eine verdammt hochtrabende Art ist, Sekretär zu sagen«, versicherte ihm Hoon. »Es ist mir scheißegal, was in der Stellenbeschreibung steht, Sie sind ein Sekretär.«

»Nein, es ist ...«

»Führen Sie auch die Akten?«, fragte Hoon und ging über den Einwand hinweg.

Miles verlagerte sein Gewicht im Sessel, als wäre das große geblümte Kissen plötzlich ebenso unbequem geworden, wie es grell war. »Manchmal.«

»Gehen Sie ans Telefon?«

»Nur manchmal.«

Hoon schnaubte. »Ja, nur wenn es klingelt, meinen Sie? Erfordert die Stelle eine Reihe von Fähigkeiten, die man als ›sekretariatsspezifisch‹ bezeichnen könnte?«

Miles seufzte. »Gut. Ich bin ein Sekretär«, gab er zu. »Deshalb habe ich nicht dieselben Zugriffsrechte und dieselben Befugnisse wie früher.«

»Wovon zum Teufel reden Sie da? In jedem Büro, in dem ich gearbeitet habe, hatten die Sekretärinnen das Sagen. Zugriffsrechte? Den Sekretärinnen quellen die Zugriffsrechte aus den Hintern.«

Miles runzelte die Stirn. »Ich weiß nicht, was das heißen soll. Wozu sollte das gut sein?«

»Hören Sie auf mit dem verdammten Gequatsche, Junge«, sagte Hoon und beugte sich so plötzlich nach vorn, dass der Korbboden der Couch ein beunruhigendes Knarzen von sich gab. Besorgniserregend für Miles, aber Hoon war es völlig egal. »Ich will wissen, wer diese Frau ist, und ich will wissen, wie ich sie finden kann. Ich will ihre volle verdammte Adresse und ihre Postleitzahl. Wollen wir doch mal sehen, wie es ihr gefällt, wenn jemand ohne Vorwarnung in ihrer Bude auftaucht. Ich habe den Verdacht, dass sie es nicht sonderlich mögen wird.«

»Hören Sie, selbst wenn ich helfen wollte … und das tue ich«, sagte Miles. »Aber irgendwie auch nicht. Doch selbst, wenn ich es wollte, könnte ich sie nur aufgrund der Dinge, die Sie mir erzählt haben, nicht finden. Sie klingt nicht wie einer der Loop-Bonzen, die uns bisher bekannt sind. Nach allem, was Sie erzählt haben, scheint sie eine kleine Nummer zu sein, die versucht, in die große Liga aufzusteigen. Vielleicht haben wir sie gar nicht auf dem Schirm.«

Hoon warf dem anderen Mann einen besonders intensiven Blick zu. Miles hielt dem Blick stand, das musste man ihm lassen.

»Ich wünschte, ich könnte Ihnen helfen. Wirklich! Aber ich weiß nicht, wer sie ist.«

Dann kam Hoon ein Gedanke. Miles beobachtete das Geschehen in Echtzeit und sah den Moment, als sich einer von Bobs Mundwinkeln zu einem Grinsen nach oben bog.

»Vielleicht nicht«, sagte Hoon. »Aber wir kennen einen schlüpfrigen kleinen Bastard, der es tut.«

ACHT

Godfrey West hatte solche Tage zu fürchten gelernt. Er wusste nie, wann sie eintraten, aber allmählich entwickelte er ein Gefühl dafür, wann er damit rechnen musste. Wenn er eines Tages beim Frühstück eine Verschlechterung seiner Laune bemerkte oder besonders genervt war, weil das Buch, das er in der Bibliothek angefordert hatte, nicht in seine Zelle geliefert wurde, wusste er es. Er wusste dann, ohne dass jemand ein Wort zu ihm sagen musste, dass er wieder verlegt wurde.

Sie waren um sein Leben besorgt. Das hatten sie ihm gesagt. Er wusste natürlich, dass das nicht stimmte. Sie sorgten sich wegen seiner Aussage. Sie wollten die Informationen, die er hatte, und solange er sie ihnen nicht gab, hatten sie keine andere Wahl, als ihn am Leben zu lassen.

Trotzdem war er erstaunt, dass er so lange durchgehalten hatte. Der Loop hatte seine Leute überall. Selbst wenn er ständig in ganz London und im Südosten herumgeschoben wurde, mussten sie wissen, wo er war. Sie *mussten* es einfach wissen.

Wenn er in ihrer Haut steckte – und befürchten würde, dass jemand sein Vertrauen missbrauchte –, wüsste er, wie er die Person finden könnte. Und bald darauf würde sie niemand mehr finden können.

Er war ein relativ hochrangiges Mitglied der Organisation gewesen. Vielleicht nicht auf globaler Ebene, aber im Vereinigten Königreich gehörte er zu den führenden Köpfen der Operationen. Er hatte sich ein kleines schwarzes Buch mit Namen von Prominenten, Politikern und sogar Königen angelegt, das er in weiser Voraussicht im Kopf verschlossen hielt, damit es nicht in die falschen Hände geriet.

Leider hatten ihn diese Informationen auch zur Zielscheibe gemacht. Godfrey traute sich selbst zu, den Mund zu halten. Der Rest des Loops jedoch war nicht davon überzeugt.

Er fand die Stoffhaube über dem Kopf unnötig, aber sie bestanden immer darauf. Das machte den Gang durch die Korridore zu dem wartenden gepanzerten Fahrzeug noch schwieriger. Zum Glück gab es stets mindestens einen stämmigen Wachmann, der ihn schob und nur Anweisungen bellte: »Stopp!«, »Treten Sie zurück!« oder »Hören Sie mit dem verdammten Summen auf!«

Im Inneren des Transporters wurde er in einen Metall- und Plastikstuhl mit Blick auf die Hecktüren gesetzt und an Armen und Beinen fixiert, als wäre er Hannibal Lecter. Gut, dass sie Angst vor mir haben, dachte er. Er genoss das. Aber manche der Fahrten dauerten Stunden, und die begleitenden Wachen waren nie bereit, ihn zu kratzen, wenn es ihn juckte.

Dieser Tag war nicht anders als jeder andere Transporttag, abgesehen von der Tatsache, dass der heutige Begleiter noch weniger gesprächig war als sonst. Er war geradezu einsilbig und dirigierte Godfrey mit viel Geschubse und gelegentlichem Grunzen von der Zelle zum Transporter.

Nachdem er angeschnallt worden war, versuchte Godfrey, einem geflüsterten Gespräch zu lauschen, das direkt bei dem gepanzerten Fahrzeug stattfand, aber die Stoffhaube und die verstärkten Metallwände machten es ihm unmöglich, irgendwelche Einzelheiten zu verstehen.

Wenige Sekunden später hörte er das Stampfen eines Wärters – diesmal war es nur einer –, der in den hinteren Teil des Wagens stieg und die Türen zuzog.

Interessanterweise klickte dieses Mal kein Sicherheitsgurt, stellte er fest. Es könnte mit dem Anlassen des Motors zusammengefallen sein, vermutete er, aber es hätte in diesem Moment eigentlich schon sehr laut sein müssen, um es zu überhören.

Er hatte festgestellt, dass es stimmte, was man sagte. Nimmt man einem Menschen einen Sinn, passen sich die anderen an, um ihn zu kompensieren. Oder vielleicht achtete man einfach mehr auf die Sinne, die einem noch blieben.

Der Wagen rumpelte vorwärts und schüttelte ihn, als die Räder auf die gleichen Schlaglöcher trafen wie auf dem Hinweg. Die Fesseln gruben sich in seine Hand- und Fußgelenke und waren dieses Mal enger als bei den vorherigen Fahrten.

Godfrey setzte sich aufrechter hin. Drückte seine Schultern durch. Streckte seinen Kiefer vor.

Er hatte sich damit abgefunden. Er hatte gewusst, dass dieser Moment kommen würde.

»Nehmen Sie mir wenigstens die Kapuze ab?«, fragte er. »Damit ich Ihnen in die Augen sehen kann, wenn Sie abdrücken?«

»Abdrücken?«

Der Akzent überraschte ihn, doch bevor er ihn zuordnen konnte, wurde ihm die Haube vom Kopf gerissen, und er zuckte wegen der plötzlichen blendenden Helligkeit des Deckenlichts zusammen.

Er erkannte den als Wächter verkleideten Mann sofort, auch wenn er ein blaues Auge und blaue Flecken hatte.

Nicht der Loop.

Nur war der hier vielleicht noch schlimmer.

»Sie werden sich verdammt noch mal wünschen, ich wäre hier, um Sie zu erschießen«, zischte der Mann in der Wächteruniform. »Wenn ich mit Ihnen fertig bin, wird Ihnen bei dem Gedanken an eine Kugel durch den Kopf einer abgehen, Sie froschäugiger Sack voller Hundetitten.«

Chief Superintendent Deirdrie Bagshaw von der Metropolitan Police saß in einem unauffälligen Zivilauto auf einer unscheinbaren Straße im Süden Londons und sah zu, wie ein gepanzerter Transporter vorbeirumpelte und immer schneller wurde.

Ihre Miene war angespannt, ihr Mund verzogen, als hätte man sie gerade erst gezwungen, etwas Bitteres oder Saures zu sich zu nehmen.

»Ich würde ja gern sagen, ich hoffe, Sie wissen, was Sie tun, aber ganz offensichtlich wissen Sie es nicht«, bemerkte sie und beobachtete, wie der Transporter im Außenspiegel ihres Autos kleiner wurde.

Neben ihr auf dem Beifahrersitz nickte Miles zustimmend. »Scheint so. Aber er kann unheimlich überzeugend sein.«

Bagshaw sah ihn von der Seite an. »Beängstigend, meinen Sie?«

Miles stieß ein Lachen aus, das genau eine Silbe lang war. »Das auch. Aber seit Monaten kommen wir mit West nicht weiter. Vielleicht kriegt er etwas aus ihm raus.«

»Oder die ganze Sache fliegt uns um die Ohren«, erwiderte Chief Superintendent Bagshaw. »Und wir werden beide arbeitslos.«

»Oder landen im Knast.«

Bagshaw seufzte. »Ja. Oder landen im Knast.«

»Nein. Es wird schon gut gehen«, versicherte ihr Miles. »Ich habe Vertrauen in ihn.«

»Das ist gut«, erwiderte die Polizeichefin. Sie drückte den Startknopf für die Zündung, blinkte nach rechts und machte eine 180-Grad-Wende. »Das wäre dann wenigstens einer von uns.«

Hoon war noch nie jemand gewesen, der sich mit To-do-Listen herumärgerte. Er hatte auch nie Einkaufslisten geschrieben und war nie auf die Idee gekommen, eine Wunschliste zu verfassen.

Die einzige Liste, die er führte – und die er häufig aktualisierte –, war seine *Shit*-Liste. Dies war eine kontinuierlich wachsende, sich ständig ändernde Liste sämtlicher Menschen, die er verachtete und denen er Schlechtes wünschte. Sie umfasste fast die Hälfte aller Menschen, denen er jemals begegnet war, aber irgendwo an der Spitze, noch vor einigen Mitgliedern von Hoons eigener Familie, stand Godfrey West.

Er hatte sich seine hohe Einstufung mehrfach verdient, zum Teil wegen seines Mädchenhandels, seiner mörderischen Methoden und seiner Loyalität zu einer weltweiten Organisation von Bastarden, aber vor allem, weil er einfach eines dieser verdammten Gesichter hatte.

Jede Linie, jede Kontur war einzig und allein dazu da, Hoon auf die Nerven zu gehen. Die Art und Weise, wie sich seine Augenbrauen bewegten, die Art, wie sich seine Nasenlöcher blähten, sogar die Pigmentierung seiner Haut – all das schien darauf angelegt zu

sein, eine tiefe emotionale Reaktion in Hoon auszulösen, die sich auf der Grenze zwischen »Hass« und
»Abscheu« bewegte.

Und jetzt saß der Scheißkerl hier festgeschnallt auf
einem Stuhl in einer fahrenden Festung.

Und sehr allein.

»Alles in Ordnung, Godfrey?«, fragte Hoon. Er
wusste, dass West sich selbst als »der Aal« bezeichnet
hatte, als er noch ein freier Mann gewesen war, aber er
gönnte ihm diese Genugtuung nicht. Außerdem war
es ein verdammt lächerlicher Spitzname. »Sie haben
sicher nicht damit gerechnet, mich wiederzusehen,
was?«

»Wie bitte? Kenne ich Sie?«, fragte West mit seinem vornehmen südafrikanischen Akzent. Die Frage
brachte ihm ein breites Grinsen des Mannes mit dem
Helm und der stichfesten Weste ein.

»Aye, spielen Sie ruhig den Schüchternen«, sagte
Hoon. »Wir werden sehen, wie weit Sie damit kommen.«

»Fahrer! Fahrer, ich brauche hier hinten Hilfe!«, rief
Godfrey.

Hoons Lächeln wurde noch breiter. »An Ihrer Stelle
würde ich meine Zeit nicht verschwenden. Das Inter-
kom ist ausgeschaltet. Ein paar Freunde haben mir
einen Gefallen getan und sich darum gekümmert.«

West lächelte trotzig zurück, aber er schiss sich eindeutig in die Hose, das konnte Hoon sehen. Als Hoon

ihn zum ersten Mal getroffen hatte, hatte er wie ein wohlhabender Mann ausgesehen, aber jetzt hatte er seinen maßgeschneiderten Anzug gegen eine graue Jogginghose eingetauscht und viel von seinem Glanz verloren.

Die Anzüge waren jedoch nicht das Auffälligste an seiner Kleidung gewesen.

»Dürfen Sie immer noch die großen Windeln tragen?«, fragte Hoon laut. Er verzog das Gesicht und schüttelte den Kopf. »Das ist verdammt seltsam, muss ich sagen. Ich wusste nicht einmal, dass es so etwas gibt, aber nachdem ich Ihre Bekanntschaft gemacht hatte, habe ich es nachgeschlagen. Da draußen gibt es jede Menge von euch verrückten Bastarden, die alle bis zum Anschlag in Windeln stecken und an Schnullern nuckeln. Was ist daran so verdammt reizvoll?«

West hielt sein Lächeln aufrecht, doch es war keine überzeugende Fassade. »Das würden Sie nicht verstehen.«

»Gut, da werde ich Ihnen nicht widersprechen«, sagte Hoon.

Das Motorengeräusch des Transporters wurde lauter, als das Fahrzeug eine Steigung hinauffuhr. Hoon hielt sich an seinem Stuhl fest, um das Gleichgewicht zu halten, und wartete, bis die Lautstärke nachließ, bevor er wieder sprach.

»Ich habe gehört, dass Sie Ihre ganzen kleinen Geheimnisse sehr gut für sich behalten haben, Godfrey. Sie haben bislang keine einzige Frage beantwortet.«

Das Lächeln des Bastards wurde breiter und wirkte nun echt. »Kein Kommentar«, sagte er.

Hoon gluckste. »Wunderbar, sehr gut. Aber sehen Sie, es gibt einen großen Unterschied zwischen den Leuten, die Sie normalerweise verhören, und mir, Godfrey. Wissen Sie, was das ist?«

»Leberzirrhose?«, spekulierte West.

»Sie sind witzig«, sagte Hoon. »Aber nein. Nicht nur das. Sie und ich, Godfrey, wir haben unterschiedliche Methoden. Sie und ich, wir spielen nach anderen Regeln.«

Das Rumpeln des sich beschleunigenden Lastwagens übertönte Wests Lachen. »Lassen Sie mich raten: Im Gegensatz zu denen sind Sie bereit, auf Folter zurückzugreifen?«

»Zurückgreifen? Scheiß auf *zurückgreifen*«, sagte Hoon. »Das ist meine erste Wahl. Erstaunlich, wie schnell Leute die Antworten auf Fragen herunterrattern, wenn man anfängt, Dinge in sie hineinzustecken oder Teile abzuschneiden. Sie spucken sie aus, wie ein verdammtes Maschinengewehr Kugeln ausspuckt. Da kann man sich glatt den Rest des Tages freinehmen.« Hoon klopfte sich mit den Händen auf die Oberschenkel und stieß einen lauten dramatischen Seufzer aus. »Leider habe ich den erwähnten Freunden versprochen, dass ich Sie in einem Stück hinterlassen werde, also bin ich nicht hier, um Sie zu quälen, Godfrey. So enttäuschend das auch ist. Ich bin nur hier, um mit Ihnen zu reden. Ich hoffe, Sie können mir bei einem kleinen Problem helfen, das ich habe.«

»Gut! Das könnte lustig werden«, erwiderte Godfrey. »Ich glaube, wir wissen schon, wie die Antwort lauten wird, aber versuchen wir es doch einfach mal, ja?«

Hoon nickte. »Mir gefällt die Einstellung. Positiv. Gut«, sagte er. Er beugte sich vor und sah dem Bastard auf dem Stuhl in die Augen. »Gestern ist eine Frau bei mir aufgetaucht. In den Dreißigern, würde ich sagen. Braunes, vielleicht dunkelblondes Haar. Haselnussbraune Augen. Eins sechzig bis eins siebzig. Sie nannte sich Suranne. Kennen Sie sie?«

Während der gesamten Beschreibung hatte sich Wests Miene kein bisschen verändert. Das Lächeln war aufgesetzt, die Augenbrauen freudig überrascht hochgezogen.

»Nope«, sagte er. »Keinen Schimmer.«

»Nur keine Eile, Godfrey«, sagte Hoon zu ihm. »Lassen Sie sich Zeit.«

»Brauche ich nicht. Ich kenne sie nicht«, sagte West. Jetzt beugte er sich nach vorn, so weit es die Fesseln zuließen. »Oder *doch*?«, fragte er in einem theatralischen Flüsterton, zwinkerte und setzte sich wieder gerade in den Stuhl.

Auf der Liste in Hoons Kopf rückte Godfrey West drei Plätze nach oben.

»Sie hing mit vier irischen Jungs rum. Wahrscheinlich nicht wegen ihres Scharfsinns oder ihrer Konversationstalente«, fuhr Hoon fort. »Sie hatte auch noch einen Ihrer gruseligen Loop-Kumpel dabei. Ich kenne seinen richtigen Namen nicht, aber er nennt sich ›der Professor‹. Haben Sie schon mal von ihm gehört?«

Die subtilen Veränderungen in Wests Gesichtsausdruck beantworteten die Frage für ihn.

»Bingo. Klingt, als wäre er ein großer Star bei euch Spinnern«, sagte Hoon. »Sie haben ihm extra eine ganz neue Kehle verpasst, wie es aussieht. An der Nase haben sie allerdings gespart. Haben Sie ihn gesehen? In letzter Zeit, meine ich? Er sieht aus wie das Tinder-Foto eines Skeletts.«

Er schlug ein Bein über das andere, stützte einen Ellbogen auf das Knie und dann das Kinn auf die geballte Faust. Es war eine freundliche, entspannte Geste. Und doch hatte sie in Anbetracht der Situation etwas zutiefst Beunruhigendes an sich.

»Also. Die Frau. Wer ist sie?«, drängte Hoon.

Die Bremsen des Transporters zischten und gaben eine Reihe von maushaften Quietschgeräuschen von sich, als er an einer Kreuzung zum Stehen kam.

»Wie geht es der Tochter Ihres Freundes?«, fragte West. »Caroline, nicht wahr? Ich sagte doch, ich erinnere mich nicht an sie. Dass ich sie nicht kenne.« Er gab einen Laut von sich, tief in seiner Kehle. Ein kleines Stöhnen, bei dem sich alle Haare in Hoons

Nacken sträubten. »Aber ich kannte sie eben doch. Sie und ich haben uns *sehr gut* kennengelernt während ihrer Zeit bei …«

Ein Schlag ins Gesicht beendete den Satz abrupt. Sein Kopf flog zurück und prallte mit einem dumpfen Geräusch gegen die Metallwand hinter ihm, die ihn hoffentlich noch mehr verletzte als der Faustschlag.

West blinzelte die Tränen weg, leckte sich das Blut von seiner aufgeplatzten Lippe und grinste dann wieder, wobei er seine glänzenden roten Zähne zeigte. »Für Sie ist sie nie weit weg, nicht wahr? Die Gewalt?«, sagte er. »Es ist instinktiv. Sie ist eingebaut.«

»Beantworten Sie die verdammte Frage«, sagte Hoon und setzte sich wieder hin. »Die Frau. Wer ist sie?«

»Ich weiß es nicht«, antwortete West. »Sie könnte eine von Hunderten sein. Tausenden. *Zehntausenden.* Das ist so, als würde man annehmen, dass sich alle Katholiken untereinander kennen. Oder alle Klempner. Sie begreifen das Ausmaß nicht. Ihr kleines Tierhirn kann nicht einmal ansatzweise begreifen, womit Sie es zu tun haben.«

Das Blut sickerte weiter aus seiner gespaltenen Lippe. Er presste seine Zunge darauf und ließ sie dort verweilen, während er Hoon von oben bis unten musterte.

»Sie glauben, dass alle in Sicherheit sind, nicht wahr? Deshalb machen Sie das alles noch. Sie denken, Sie haben nichts zu verlieren. Aber das haben Sie. Die werden sie finden. Egal, wie sehr Sie versuchen, alle zu verstecken, sie werden finden, was Sie lieben, und die werden es auseinandernehmen und Sie dabei zusehen lassen.«

»Machen Sie sich um mich keine Sorgen, Sportsfreund«, sagte Hoon. »Ich habe alles vorbereitet.«

»Ah, es gibt also jemanden«, sagte West und konnte dieses Mal sein Lachen nicht verbergen. »Und Sie haben alles vorbereitet, ja? Haben Sie einen Notfallplan? Lassen Sie mich raten: Sie haben denen gesagt, dass Sie Informationen über sie haben. Über ihre eher ... öffentlichkeitsscheuen Mitglieder vielleicht? Sie haben denen gesagt, dass Sie es durchsickern lassen, wenn jemandem, der Ihnen wichtig ist, etwas zustößt. Sie werden an die Öffentlichkeit gehen. Sie entlarven. Klingt das ungefähr richtig?«

Hoon sagte nichts.

West murmelte und stöhnte, als hätte er eine sehr schlechte Nachricht zu überbringen. »Ja. Das wird nicht funktionieren. Den Loop gibt es schon seit Jahrzehnten. Vielleicht seit Jahrhunderten. Glauben Sie, man hat nicht versucht, diese Leute zu erpressen? Glauben Sie, man hat noch nicht versucht, sie zu entlarven? Es passiert jetzt, irgendwo. Genau jetzt. Im Internet. Ich garantiere es. Schlagen Sie es nach, wenn Sie mir nicht glauben. Schauen Sie nach, und ich garantiere Ihnen, dass irgendwo – auf irgendeinem Social-Media-Account oder sonst wo – jemand alles ausplaudert. Jemand schreit all die schrecklichen Dinge heraus, die wir tun.« Er zuckte mit den Schultern und schüttelte den Kopf. Es sah fast so aus, als würde er sich für die harten Fakten entschuldigen wollen. »Aber niemand hört zu«, fuhr er fort. »Weil wir nicht *wollen*, dass jemand zuhört. Weil wir ihnen nicht *erlauben*, zuzuhören. Wir kontrollieren das Narrativ. Wir entscheiden, wer was erfährt. Sie können so viel an die Öffentlichkeit gehen, wie Sie wollen, so viel Krach schlagen, wie Sie wollen, alle Informationen weitergeben, die Sie besitzen. Keiner würde zuhören. Und wenn doch, würde nichts davon hängen bleiben. Selbst wenn Sie etwas wüssten, von dem wir, seien wir ehrlich, beide wissen, dass Sie es nicht wissen …«

Hoon fuhr mit den Zähnen über seine Unterlippe. Eine Hinhaltetaktik. Die Sache lief nicht so, wie er gehofft hatte. »Der Witz geht auf Ihre Kosten, Sportsfreund«, sagte er. »Ihnen ist es vielleicht egal, dass ich Informationen habe, aber ich bin sicher, dass es den Loop interessiert, woher ich sie habe. Ich habe denen gesagt, dass Sie gesungen haben. Sie haben alle verraten. Sieht aus, als säßen wir beide in der Scheiße, was?«

»Oh. Wow.« Godfrey legte den Kopf zurück und lachte. Diesmal war es keine Show, sondern eine aufrichtig amüsierte Reaktion.

»Was zum Teufel ist daran so lustig?«, fragte Hoon.

»Sie haben keine Ahnung. Wirklich nicht«, kicherte Godfrey. »Sie sind geradezu unfassbar überfordert. Mein Todesurteil wurde in dem Moment unterschrieben, als ich verhaftet wurde. Das hatte nichts mit Ihren Drohungen zu tun und auch nichts mit Ihren Erpressungsversuchen. In dem Moment, als mir die Handschellen angelegt wurden, war ich ein toter Mann.«

Er richtete sich wieder auf und leckte sich noch mehr Blut von seinem Kinn. Seine Lippen schmatzten, als würde er die letzten Reste seiner letzten Mahlzeit genießen.

»Ihre Drohungen interessieren die nicht. Die interessieren sich nur für unerledigte Dinge. Wenn die Alphas diejenigen, die Sie beschützen wollen, nicht schon getötet haben, dann werden sie es tun. Und zwar bald. Das ist keine Drohung. Ich bin nicht in der Position, Drohungen auszusprechen. Das sind einfach nur die Fakten.«

»Die Alphas? Wer zum Teufel sind die Alphas? Irgendwelche rechten Kellerasseln und unfreiwillig zölibatären Wichser?«

»Nein. Das nicht gerade.«

»Wer dann?«

West füllte seine Lunge mit einem ruhigen, tiefen Atemzug durch seine Nase. Er schloss die Augen, um es voll und ganz auszukosten.

Als er sie wieder öffnete, sah Hoon, dass dahinter etwas Neues lauerte.

Furcht.

»Das werden Sie gleich herausfinden«, sagte er.

Hoon verzog das Gesicht. Er spannte sich an, und obwohl seit den Schlägen der irischen Jungs über sechsunddreißig Stunden vergangen waren, protestierten seine Muskeln schreiend.

»Wovon zum Teufel reden Sie da?«, fragte er.

»Ampeln bleiben nicht so lange rot«, sagte West. »Und ich habe vor dreißig Sekunden gehört, dass die Fahrertür geschlossen wurde.«

Es dauerte einen Moment, bis er begriff. Es war das Aufheulen eines Motors, das schließlich alles zusammenfügte.

Aber nicht der Motor dieses Fahrzeugs. Ein anderer. Größer. Stärker.

Der von rechts heranraste.

Hoon griff nach seinem Sicherheitsgurt, zerrte daran, fummelte am Verschluss.

Godfrey West schloss die Augen.

Dann krachte es.

NEUN

Sehr viel später würde er sich an das Geräusch erinnern.

Es war ein Geräusch, wie er es noch nie zuvor gehört hatte. Oder fast noch nie.

Es hatte einmal ein ähnliches Geräusch gegeben. Ein Sprengsatz am Straßenrand, damals am Golf. Eine Explosion, die vor seinen Augen seinen besten Freund in Stücke gerissen hatte. Selbst jetzt, viele Jahre später, war die Erinnerung an dieses Geräusch nicht verblasst. Zusammen mit jedem anderen Detail jenes Moments war es für immer in jede Faser von Hoons Wesen eingebrannt.

Rein akustisch war das Geräusch im Inneren des gepanzerten Fahrzeugs jedoch viel, viel schlimmer.

So ein Geräusch, dachte er, würde das Ende der Welt einläuten. Es gäbe keinen Trompetenschall und keine Engelschöre, sondern nur einen kreischenden, zerfetzenden, explosiv kinetischen Katastrophenlärm, wie er im Fahrzeuginneren ausgebrochen war.

Später würde er sich an das Geräusch erinnern.

Woran er sich nicht mehr erinnern würde – weil er

davon nichts mehr mitbekommen hatte –, war alles, was danach geschah.

In diesem Moment erinnerte er sich an nichts. Wusste nichts. Es gab nur noch Dunkelheit, die sich in alle Richtungen ausbreitete. Ein Ozean eisiger Schwärze, der an seine nackte Haut prallte. Ihn nach unten zog. Ihn ganz verschlang und mit langen, tastenden Fingern seine Lunge füllte.

Er versuchte zu schreien, aber er hatte seinen Körper nicht unter Kontrolle. Er versuchte zu kämpfen, aber seine Muskeln reagierten nicht. Er konnte nichts tun, als tiefer in die Dunkelheit zu schweben, in den erstickenden Grund und das Sediment.

Wie immer heulte irgendwo in der Ferne eine Sirene.

ZEHN

Licht brannte sich in seine Augäpfel, zwang ihn, die Lider zu schließen, und presste einen Schmerzenslaut zwischen seinen rissigen Lippen hervor.

Er suchte wieder Zuflucht in der Dunkelheit. Dort war es sicherer.

Nichts konnte ihn verletzen.

Er erinnerte sich nicht an das Geräusch. Noch nicht. Aber momentan erinnerte er sich an gar nichts. Nicht an den Transporter. Nicht an den Mann in dem Stuhl. Nicht daran, wo er war oder wie er dorthin gekommen war.

Alles, was er spürte, war dieser Moment. Jetzt. Und es war ein verdammt unangenehmer Moment.

Selbst in der Dunkelheit begann er Dinge zu spüren. Viele Dinge, um genau zu sein, und nichts davon war gut.

Entweder litt er unter den schlimmsten Kopfschmerzen, die er jemals erlebt hatte, oder jemand schlug ihm rücksichtslos und wild auf den Schädel.

Seine Zunge fühlte sich an, als ob sie mit dem Gaumen verschmolzen wäre. Schließlich trennten sich beide mit einem Geräusch, das wie kratzendes Sandpapier klang. Die Anstrengung raubte ihm den Atem und brachte die Dunkelheit um ihn herum zum Rotieren.

Er wollte seine üblichen Diagnosechecks durchführen, aber er konnte sich nicht mehr daran erinnern, was alles dazugehörte. Es war besser, einfach hier liegen zu bleiben und zu warten. Es war besser zu hoffen, dass die Dunkelheit zurückkehrte, um ihn in sich hineinzuziehen.

Nein. Vergiss es. Die Kopfschmerzen würden ihn nicht zur Ruhe kommen lassen.

Er zwang seine Augenlider einen Spaltbreit auf. Das Licht bedrängte ihn, sie wieder zu schließen, doch er blieb standhaft, die Lider flatterten, und seine Pupillen passten sich dem an, was er jetzt als ziemlich schwaches Licht erkannte.

Allmählich wurde die Welt verschwommen sichtbar.

Er sah eine Decke mit Styroporkacheln, die mit Löchern übersät war.

Er sah das Metallgitter am Fußende seines Bettes, an dem ein Klemmbrett hing.

Er sah einen kleinen Glatzkopf mit struppigem weißem Bart, der ihm vom anderen Ende des Raumes flüchtig zuwinkte. Er winkte flüchtig zurück und blickte dann auf seine Hand hinab, als wäre sie ein alter Freund, mit dem er nicht gerechnet hatte.

Der alte Mann schien sich einen Moment lang über das Winken zu freuen, dann sank sein Kopf zurück auf sein Kissen, und er stieß einen erstickten Atemzug aus, als hätte es ihn all seine Energiereserven gekostet, nur diese kleine Handbewegung zu machen.

Er sah hundsmiserabel aus, der arme Kerl. Obwohl sich Hoon, wenn er darüber nachdachte, wahrscheinlich schlechter fühlte, als der andere Kerl aussah.

»Wo bin ich?«, fragte Hoon.

Nicht laut, obwohl das seine Absicht gewesen war. Er schluckte, um es noch einmal zu versuchen, und merkte dann, dass irgendetwas die Hälfte seiner Kehle blockierte. Er hob eine Hand und fummelte an seinem Gesicht herum, dann stieß er ein erschrockenes Stöhnen aus, als er den Schlauch fand, der in seine Nase eingeführt worden war.

Mit derselben Hand tastete er seinen Arm ab, bis er die Kanüle fand, die an die große Vene auf dem anderen Handrücken geklebt war, und einen zweiten, dünneren Schlauch, der ihn mit einem Infusionsbeutel verband, der an einem Ständer neben seinem Bett hing.

»Was zum Teufel?«, lallte er. Es kamen nur Spucke und Konsonanten heraus. Das reichte aber, um das Interesse des alten Mannes im Bett gegenüber zu wecken.

Er hob wieder den Kopf, winkte noch einmal mit seiner inzwischen typischen Art und ließ sich dann erschöpft auf das Kissen zurückfallen.

Hoon wusste, wie er sich fühlte. Er war kaum eine Minute bei Bewusstsein, aber er spürte bereits, wie sich der Schlaf in ihm festsetzte. Wie er sich einnistete. Einmal kurz die Augen zuzumachen, das wäre doch schön. Ein kleines Nickerchen würde ihm guttun.

Nein. Nein! Stattdessen riss er die Nadel aus der Vene in seinem Handrücken, griff nach dem Schlauch, der an sein Gesicht geklebt war, und …

»Mein Gott, Bob. Was tun Sie denn da?«

Miles' Stimme kam von irgendwo hinten rechts. Er erschien in Hoons peripherem Blickfeld und griff nach seinen Händen, um zu verhindern, dass er den Schlauch herauszog. Seinem benommenen Gesichtsausdruck nach zu urteilen, hatte Miles ebenfalls geschlafen, obwohl es bei ihm anscheinend ein normales Nickerchen gewesen war, im Gegensatz zu dem Schädeltrauma, an dem Hoon vermutlich litt.

In diesem Moment erinnerte er sich an das Geräusch. Das Krachen. An die Explosion. Das Geräusch von etwas Schwerem, das mit hoher Geschwindigkeit von etwas noch Schwererem überrollt wurde.

Es war ohrenbetäubend gewesen. Beängstigend. Es hatte ihn aus dem Hier und Jetzt herausgerissen und an einen weit entfernten Ort gebracht. In eine weit zurückliegende Zeit.

Und dem Lärm war Bewegung gefolgt. Daran erinnerte er sich jetzt auch. Zumindest teilweise. Ein plötzlicher, unkontrollierbarer Ruck, sein Körper wurde in seinem Stuhl herumgeschleudert, der Sicherheitsgurt schnitt ihm in den Nacken, wo die Stichweste endete und der Helm begann.

Es hatte sich katastrophal angefühlt, der Lärm, die Bewegung und der Schmerz. Im hinteren Teil des Transporters war nichts lose, nichts flog herum oder hing in der Luft, als ob die Zeit stehen geblieben wäre, während der Transporter selbst um ihn herum rollte und krachte.

Er war einfach da gewesen.

Moment mal. Nein.

Da war noch jemand anders gewesen.

Er merkte, dass Miles mit ihm sprach, aber in seinen Ohren rauschte es wie herabfallender Sand, und er hatte keine Ahnung, was der MI5-Mann sagte. Er beschloss, sich darüber keine Gedanken zu machen, und versuchte stattdessen, sich daran zu erinnern, wer mit ihm dort gewesen war.

Es war niemand, der ihm etwas bedeutete, dachte er. Obwohl das, um fair zu sein, statistisch betrachtet auch eher unwahrscheinlich war. Aber es war jemand Wichtiges gewesen. Jemand, den er …

Scheiße. Richtig. Dieser Mistkerl.

Sogar durch den Schweizer Käse seines Gedächtnisses hindurch bekam er es zusammen. Mein Gott, war er wirklich so dumm gewesen?

»… hören Sie überhaupt zu?«

Miles' Stimme wurde jetzt nervtötend hartnäckig, und Hoon blieb nichts anderes übrig, als zuzuhören.

»Ich sagte, geht es Ihnen gut?«, fragte Miles erneut.

»Sehe ich verdammt noch mal danach aus, Sie glotzäugiger Trottel?«, wollte Hoon sagen, aber der Schlauch in seiner Kehle hinderte ihn daran, es auch nur zu versuchen, also begnügte er sich mit einem halb erstickten »Nein«.

»Wollen Sie, dass ich jemanden hole? Eine Krankenschwester oder einen Arzt oder …?«

Hoon wollte fast abwarten, was die dritte Option sein würde. Eine Reinigungskraft? Das Kantinenpersonal? Der kleine Kobold im Bett gegenüber?

Er schaffte es, noch ein »Nein« herauszuwürgen, und bevor Miles eingreifen konnte, griff er nach dem Schlauch, der in seine Nase eingeführt worden war, und entledigte sich des Ganzen mit einer Reihe langer ekelerregender Züge, die jeweils von einem entsetzten Stöhnen des Mannes auf dem Stuhl neben ihm begleitet wurden.

Die letzten paar Zentimeter lösten einen Würgereiz aus, und er hustete heftig, als der Schlauch seine Kehle verließ. Mit einem triumphierenden Gurgeln ließ er den Schlauch seitlich vom Bett fallen, und Miles tänzelte mit den Füßen zur Seite, damit er seine Beine nicht berührte.

»Das sollten Sie nicht tun«, sagte Miles mit gequältem Gesichtsausdruck, als hätten die letzten Momente zu den traumatischsten seines Lebens gehört. »Sie könnten in Schwierigkeiten geraten.«

»'s is' meine Scheißkehle«, flüsterte Hoon, denn das war so ziemlich alles, wozu er in der Lage war. »Wo bin ich?«

»Sie sind im Krankenhaus«, antwortete Miles.

»Das habe ich mir verdammt noch mal gedacht. Aber warum? Was ist passiert?«

»Erinnern Sie sich nicht?«, fragte Miles und beugte sich vor, bis er wieder ins Blickfeld kam. Er hatte Bartstoppeln am Kinn und bis zur Hälfte des Halses. Hoon war sich ziemlich sicher, dass er das letzte Mal, als sie miteinander gesprochen hatten, glatt rasiert gewesen war.

So ein Mist. Es war schlimmer, als er dachte.

Hoon erinnerte sich. An einiges davon zumindest. Das reichte.

Aber er wollte sich irren. Er wollte, dass man ihm sagte, dass er es sich nur eingebildet hatte. Oder wenigstens, dass es ein schrecklicher Unfall gewesen war. Ein Irrtum. Falscher Ort, falsche Zeit.

Aber selbst wenn Miles das gesagt hätte, er hätte ihm nicht geglaubt. Er konnte es nicht. Es wäre ein viel zu großer Zufall gewesen, und wenn er in seinen Jahren als Polizist eines gelernt hatte, dann war es, dass echte Zufälle selten waren.

Und ein Zufall dieser Größe wäre ein verdammtes Wunder.

»Da war ein Lastwagen«, sagte Miles.

Er ließ es ein paar Sekunden lang so stehen, als ob er hoffte, dass es für Hoon Aufforderung genug sein würde, die Lücken zu füllen.

Als Hoon nichts sagte, seufzte er, massierte seine Schläfen mit den Fingerspitzen und fuhr fort. »Es muss etwas gegeben haben ... Ich weiß nicht. Eine Absprache. Der Fahrer des gepanzerten Wagens hielt an einer Kreuzung an. Er übertrieb es ein wenig, sodass er eine Spur des von rechts kommenden Verkehrs blockierte. Das sagen jedenfalls die Zeugen. Wir fuhren hinterher, standen aber an einer anderen Ampel und haben nicht gesehen, wie es passiert ist.« Er saugte an seiner Unterlippe. »Ich habe es allerdings gehört. Klang übel.«

Die Einzelheiten waren noch undeutlich, doch Hoon war sich ziemlich sicher, dass es kein Spaß gewesen sein konnte.

»Wie auch immer, der Fahrer ist ausgestiegen und hat sich aus dem Staub gemacht. Und dann als Nächstes ... *Peng.* Der Lkw hat Sie getroffen. Dann hat er Sie überrollt. Sie haben einen ziemlich harten Schlag an den Kopf bekommen. Wenn Sie nicht den Sicherheitshelm und eine Schutzweste getragen hätten ...«

»Was ist mit West?«, fragte Hoon. »Hat er es geschafft?«

Miles schüttelte den Kopf. »Nein. Man kann nicht

einmal sagen, dass es knapp war. Der Aufprall hat ihm das Genick gebrochen.«

Hoon grunzte. »Das klingt verstörend schnell und schmerzlos ...«, krächzte er.

»Was ist mit dem Lkw-Fahrer?«, fragte Hoon.

Der MI5-Mann schüttelte erneut den Kopf. »Der wurde bei dem Unfall ebenfalls getötet. Der Airbag war ausgeschaltet, und der Sicherheitsgurt wurde manipuliert. Sie versuchen, ihn zu identifizieren, aber es ist nicht mehr viel von ihm übrig.«

»Wird Bagshaw uns auf dem Laufenden halten?«, fragte Hoon.

»Deirdrie?« Miles' Stuhl knarrte, als er sein Gewicht verlagerte. »Nein. Sie wird nicht informiert.«

Hoons Stirn legte sich in Falten, was dazu führte, dass viele kleine Schmerzkugeln in seinem Schädel herumrollten. »Warum zum Teufel denn nicht? Sie ist immerhin Chief Superintendent.«

»Sie ist bis zum Abschluss der Ermittlungen suspendiert«, erklärte Miles.

Hoon stöhnte. »Dafür, dass sie mir geholfen hat, an diesen Bastard heranzukommen?«

»Ja. Sie haben nach einem Vorwand gesucht, und diese Geschichte kam wie gerufen«, bestätigte Miles.

»Scheiße. Sie ist eine gute Beamtin«, sagte Hoon.

Miles schüttelte den Kopf. »Und eine reizende Person. Sie hat das nicht verdient.«

Irgendetwas an der Art, wie Miles es sagte, ließ

Hoon aufhorchen. Etwas an der Betonung des Wortes »sie«, das andeutete, dass sie es vielleicht nicht verdiente, aber jemand anders schon.

»Sie sind auch kaltgestellt worden?«, fragte er.

Miles lächelte freudlos. »Suspendiert. Bis zum Abschluss der Untersuchungen. Wie Deirdrie. Unterschiedliche Organisationen, gleiche Regeln.«

»Scheiße. Tut mir leid«, sagte Hoon, und ausnahmsweise klang er fast aufrichtig zerknirscht.

»Keine Entschuldigung nötig«, erwiderte Miles. »Ich wusste, worauf ich mich einlasse. Ich habe die Risiken akzeptiert. Ich habe nur …« Er seufzte. »Wenn ich nur wüsste, woher diese Bastarde Wests Aufenthaltsort kannten. Seine Verlegung war eine streng geheime Operation.«

»Sie sagten, der Fahrer sei zwielichtig«, erinnerte ihn Hoon. Er klammerte sich an Strohhalme. Und hoffte, dass er sich irrte.

Aber er wusste, sicherer als irgendetwas anderes, dass er sich nicht irrte.

»Die Fahrer wissen nie, wohin es geht, bis der Wagen beladen ist und sie losfahren«, erklärte Miles. »Die Details sind in das Navi einprogrammiert. Keine Handys. Ein geschützter Kanal, nur Funkkontakt. Es war eigentlich unmöglich, dass …«

»Ich war es«, murmelte Hoon.

Miles lächelte. Es war ein verwirrtes, nichtssagendes Lächeln, wie das von jemandem, der so tat, als ob er einen Witz kapierte, der meilenweit an ihm vorüberging.

»Was meinen Sie?«, fragte er.

Hoon zog eine Grimasse und stützte sich mit den Ellbogen auf dem Bett ab. Einige keuchende, atemlose Momente später, als er sich von der Anstrengung erholt hatte, konnte er fortfahren.

»Der ganze Scheiß. Sie sagte, sie wollten, dass ich mich ihnen anschließe«, erklärte er. »Sie wusste es. Sie wusste, dass ich zu ihm gehen und mich nach ihr erkundigen würde, um herauszufinden, wer sie ist. Ich habe die Bastarde direkt zu ihm geführt. Die Wichser haben mich benutzt.«

»Die hätten Sie auch fast getötet.«

»Das hätte denen so gepasst«, murmelte Hoon.

Miles stand auf und holte das Klemmbrett vom Ende des Bettes. »Nein, ich meine, die hätten Sie tatsächlich fast umgebracht. Es stand eine Zeit lang auf der Kippe. Wie ich schon sagte, wenn der Helm nicht gewesen wäre ...«

»Wie lange?«, fragte Hoon.

»Wie lange was?«

»Wie lange war ich weg?«

»Lange genug.«

Das reichte als Antwort nicht aus.

»Wie lange?«

Miles hängte das Klemmbrett wieder an den Haken am Fußende des Bettes, blickte dann zu dem alten

Mann im Bett gegenüber und erwiderte sein kleines Winken.

»Etwa einen Tag«, sagte er, ohne Hoon in die Augen zu sehen. Das brauchte er auch nicht. Er konnte spüren, wie er ihn mit seinem Blick durchbohrte.

»Ein Tag? Was soll das heißen? Ich war einen ganzen verdammten Tag aus dem Rennen?«

»Eigentlich ...« Miles sah auf seine Uhr. »Eher sechsunddreißig Stunden. Wie ich schon sagte, Sie waren in einem schlechten Zustand.« Er wandte sich wieder zu dem Mann im Bett um. »Und es ist eine Menge passiert, während Sie außer Gefecht gesetzt waren. Wenn Sie nicht schon liegen würden, würde ich Ihnen raten, sich zu setzen.«

»Das klingt verdammt rätselhaft.«

»Das ... also, ja«, sagte Miles. Er setzte sich wieder und achtete darauf, nicht über den Plastikschlauch zu stolpern, der sich bis vor Kurzem noch tief in Hoons Eingeweiden befunden hatte. »Ja, das tut es wohl, nehme ich an.«

Bevor der MI5-Mann weitere Erklärungen abgeben konnte, wurde die Schwingtür zum Zimmer geöffnet, und eine auffallend große, dunkelhäutige Krankenschwester trat ein, deren Lächeln sich sehr schnell ins Gegenteil verkehrte.

Die Tür krachte wieder zu, und die Krankenschwester stand plötzlich direkt vor ihm.

»Was haben Sie denn wieder angestellt?«, fragte sie.

Sie klang, als wäre sie erst an diesem Morgen von Bord gegangen. Und als wäre besagtes Schiff von Newcastle aus den Tyne hinuntergefahren. »Wer hat Ihre Magensonde entfernt, Kleiner?«

»Er war es.« Hoon nickte zu Miles.

Miles starrte entsetzt auf die Krankenschwester, die ihm einen grimmigen, wütenden Blick zuwarf.

»Was? Nein! Nein, das war ich nicht. Das war ich nicht. Er war's …«

»Wir wissen genau, wer es war«, sagte die Krankenschwester und gab Hoon einen eher spielerischen, aber dennoch festen Klaps auf den Handrücken. Sie hatte, wie er feststellte, die Hand gewählt, in der gerade noch die Nadel gesteckt hatte, also tat es verdammt weh. »Wir haben ihn auf dem Monitor gesehen. Sie Dummerchen, Sie hätten sich richtig verletzen können.«

»Ja, dafür wäre ich zumindest am richtigen Ort«, sagte Hoon. »Also, wenn Sie erlauben, Sweetheart? Wir haben hier gerade ein verdammtes Gespräch geführt.«

Die Krankenschwester ließ sich nicht aus dem Konzept bringen. Sie nahm sein Handgelenk, zückte ihre Uhr und begann, seinen Puls zu messen. »Sie sind nicht hier, um zu plaudern, Mr. Allcock. Sie sind hier, um gesund zu werden.«

»Mr. Allcock? Wer zum Teufel …?«, setzte Hoon an, aber dann bemerkte er den eindringlichen Blick und das Kopfschütteln des Mannes auf dem Stuhl neben seinem Bett und brach mitten im Satz ab.

»Seien Sie still«, sagte die Krankenschwester. »Ich zähle gerade. Danach hole ich den Arzt. Ich werde ihm sagen, dass Sie wach sind.«

Es gab drei Gruppen, mit denen Hoon sich lieber nicht anlegte – mit Krankenschwestern, mit Leuten aus Newcastle und mit Frauen. Da er hier einen Hattrick geschafft hatte, hielt er den Mund und wartete, bis sie fertig war. Er protestierte kaum, als sie seine unteren Augenlider herunterzog und mit der Taschenlampe nacheinander in jedes Auge leuchtete.

»Können Sie mir Ihren Namen sagen?«, fragte sie, nachdem sie mit den physischen Kontrollen fertig war.

»Keinen Schimmer, Sweetheart«, antwortete Hoon.

Er kannte seinen Namen. Was er nicht wusste, war der Vorname von Mr. Allcock.

»Geburtsdatum?«

»Nein. Nichts«, sagte Hoon. »Sie sollten wohl einen Arzt holen, was? Hört sich an, als hätte ich mir anständig die Rübe geprellt.«

Die Augen der Krankenschwester verengten sich, als spürte sie, dass mit ihr gespielt wurde, dann schüttelte sie den Kopf und wandte sich ab. Sie sagte, dass sie so schnell wie möglich zurückkommen würde, und warnte ihn davor, in der Zwischenzeit weitere Dummheiten zu begehen.

Hoon wartete, bis sich die Tür wieder geschlossen hatte, dann setzte er sich auf, bis ein stechender Schmerz in seinem Schritt ihn plötzlich erstarren ließ, als wäre die Zeit stehen geblieben.

»Was zum Teufel war das?«, zischte er seitlich aus seinem Mund. Doch noch während er die Frage stellte, fiel ihm schon die Antwort ein. »Habe ich einen verdammten Katheter drin?«

»Ich habe nicht nachgesehen«, erwiderte Miles. »Aber nach dem großen Beutel Pisse neben dem Bett zu urteilen, würde ich sagen, dass es ziemlich wahrscheinlich ist.«

»Richtig. Oh. Scheiße. *Scheiße*«, sagte Hoon und legte sich ganz vorsichtig wieder hin. »Sie müssen ihn rausziehen.«

»Was?! Ich ziehe ihn nicht raus«, protestierte Miles. »Die Krankenschwester wird es tun.«

»Wir werden hier nicht rumhängen, bis sie zurückkommt«, sagte Hoon. »Wir verschwinden von hier.«

»*Was?!*« Miles schrie erneut auf, aber in einer höheren Tonlage als beim letzten Mal. »Das können wir nicht. Sie sind verletzt.«

»Mir geht es gut, abgesehen von dem verdammten Schlauch in meiner Nille.« Er warf die Decke zurück und enthüllte einen bezaubernden Krankenhauskittel und einen dünnen Gummischlauch, der unten heraushing. »Nehmen Sie den und ziehen Sie daran. Aber verdammt vorsichtig!«

»Ich kann nicht …, ich werde nicht …«, sagte Miles,

aber er wusste, dass er einen aussichtslosen Kampf führte.

Er warf einen Blick zur Tür, weil er hoffte, dass die Krankenschwester hereinstürmen würde, doch er konnte zwar Stimmen und Schritte hören, aber sie waren alle weit weg und anderweitig beschäftigt.

Er sah zu dem alten Mann im Bett gegenüber, der das Geschehen fasziniert beobachtete. Der alte Mann winkte erneut. Miles erwiderte es halbherzig.

»Beeilen Sie sich, verdammt«, bellte Hoon. Er schob sich näher an den Rand des Bettes und hielt ihm den Schlauch hin.

»Ich fasse es einfach nicht, dass ich das tue«, murmelte Miles. Er wischte sich die Hände an seiner Hose ab, als könnte er auf diese Weise alles, was er noch nicht angefasst hatte, vorsorglich abwischen, und nahm dann den Schlauch in die Hand.

»Genau. Ruhig«, flüsterte Hoon. »Lassen Sie sich Zeit. Mit Geduld und Spucke fängt man eine …«

Er stieß einen Schmerzensschrei aus und klappte auf dem Bett zu einem »V« zusammen. Miles löste sofort seinen Griff und hob die Hände, als würde er sich einer angreifenden Armee ergeben.

»Es tut mir leid! Es tut mir so leid! Das war ich nicht! Ich habe es kaum berührt!«

Vor Hoons Augen tanzten bunte Sternchen. Er gestikulierte wild in Richtung des Urinbeutels, der neben dem Bett hing. »Lesen Sie die verdammte Anleitung!«

Miles lehnte sich in seinem Stuhl zur Seite, seine Augen huschten nach links und rechts, während er den Text an der Seite der Tasche überflog. »Da steht keine Anleitung!«, sagte er. »Da steht nur ein Haufen Zeug über die Entsorgung von Pisse.«

»Dann googeln Sie es doch!«, schrie Hoon.

Während Miles nach seinem Handy kramte, mischte sich der alte Knabe im Bett gegenüber ein. »Sie müssen einfach an dem kleinen Knopf schneiden ...«

Hoons empörter Blick warf die Genesung des armen Kerls wahrscheinlich um mehrere Tage zurück. »Wie bitte, verdammt?«, fragte er. »Daran ist nichts verdammt Kleines.«

»Auf dem Ding. Das kleine Ballonteil«, sagte der alte Mann und gestikulierte mit der gleichen Unbestimmtheit wie bei seinem früheren Winken.

»Was zum Teufel ...?«

»Ich habe es gefunden«, verkündete Miles. »Was soll ich damit machen?«

»Einfach platzen lassen«, sagte der alte Mann. »Dann geht der Druck am anderen Ende weg, und man kann ziehen ...«

»Schon gut, wir brauchen keine verdammte Wissenschaftsstunde!«, sagte Hoon zu ihm. Er nickte Miles zu. »Sie haben ihn gehört. Platzen lassen.«

»Womit? Ich habe nichts, womit ich es platzen lassen könnte!«

»Dann nehmen Sie Ihre verdammten Zähne!«

Miles zuckte angewidert zurück. »Ich werde meine Zähne nicht benutzen!«

»Sie können meine Zähne nehmen«, schlug der alte Mann vor.

Hoon runzelte die Stirn. »Wie in Gottes Namen sollen wir …?«, begann er, doch dann sah er, wie der obere Teil einer falschen Kauleiste hochgestreckt wurde, als wäre sie der verdammte König der Löwen. »Los! Schnappen Sie sich die«, befahl er, was Miles ein weiteres schmerzhaftes Stöhnen entlockte.

»Ich will seine falschen Zähne nicht anfassen!«

»Dann beeilen Sie sich lieber und fangen Sie an zu beißen!«

Miles gab einen Laut von sich, als würde er gewürgt werden, und stand dann auf. »Manchmal wünsche ich mir wirklich, ich hätte Sie nie getroffen«, murmelte er, huschte durch den Raum und nahm zwischen Zeigefinger und Daumen die angebotenen oberen Zähne des breit grinsenden Rentners entgegen.

ELF

»Es geht los, mein Kleiner, ich bringe Ihnen den Doktor, um Sie durchzuchecken«, verkündete die Krankenschwester und stieß die Tür zum Intensivpflegezimmer der auf.

Sie blieb an dem Vorhang stehen, der rund um das Bett zugezogen war, und brachte ihr Ohr näher an den Vorhang, um zu lauschen.

»Sind Sie vorzeigbar, Mr. Allcock?«

Hinter ihr räusperte sich der Arzt, ein ebenso kleinwüchsiger wie geduldiger Inder, und schaute auf seine Taschenuhr. Er nickte dem alten Mann im anderen Bett des Zimmers zu und erwiderte sein Winken.

»Mr. Allcock? Wenn Sie nichts dagegen haben, mein Kleiner, dann komme ich rein«, sagte sie.

Sie steckte ihren Kopf durch die Vorhänge. Der Arzt wirkte leicht pikiert, als sie ihren Kopf überrascht wieder herauszog.

»Probleme, Schwester?«, fragte er.

»Allerdings.« Die Vorhänge öffneten sich und gaben den Blick auf ein leeres Bett frei, auf dessen Laken die oberen Zähne einer alten Zahnprothese lagen, wo eigentlich der Patient liegen sollte. »Das kann man wohl sagen.«

Gegenüber der Tür, am anderen Ende des Raumes, wehte durch ein offenes Fenster eine kühle Nachtbrise herein.

Hoon kauerte mit gesenktem Kopf im Gebüsch und präsentierte durch den Rückenspalt seines Kittels der Welt seinen nackten Hintern. Dass das Zimmer im Erdgeschoss lag, war reines Glück gewesen. War auch höchste Zeit, dass es zur Abwechslung mal an ihn dachte.

Draußen befand sich eine Rasenfläche, die auf drei Seiten von anderen Stationen und Korridoren eingegrenzt war. Auf der vierten Seite war eine mannshohe Backsteinmauer zu überwinden gewesen, und wenn Miles bei dem Anblick von Hoon, der sich die Magensonde herausriss, gequält ausgesehen hatte, so war das nichts im Vergleich zu der Miene, die er aufsetzte, nachdem er ihn in seiner rückenfreien Krankenhauskleidung auf die Mauer geschoben hatte.

Es gab einige Verrenkungen, Flüche und Beleidigungen, aber schließlich hatte es Hoon geschafft, Miles genug Hilfestellung zu geben, damit er sich ebenfalls über die Mauer hieven konnte.

Sie waren beide etwas unsanft auf der anderen Seite gelandet, ihr Fall durch eine unangenehm stachelige Hecke gebremst, bevor sie auf einen weiteren Grasstreifen hinunterrollten, der weit weniger gepflegt als der letzte war.

Von dort aus hatten sie sich zum Parkplatz durchgeschlagen. Miles war vorausgegangen und hatte alle paar Augenblicke angehalten, damit der sich abmühende Hoon aufholen konnte. Sie bewegten sich nach Möglichkeit im Schatten, duckten sich unter den Fenstern, wenn es nötig war, und weniger als eine Viertelstunde, nachdem Miles die Augen zugepresst und Hoons Katheter herausgezogen hatte, erreichten sie den Straßenrand gegenüber der Stelle, wo Miles sein Auto geparkt hatte.

Selbst zu dieser nächtlichen Stunde war die Straße belebt, und es gab ständigen Verkehr durch das Krankenhausgelände. Ein Mann, der in einem Krankenhauskittel und mit nackten Füßen über die Straße humpelte, könnte unerwünschte Aufmerksamkeit auf sich ziehen, und so hatte sich Hoon ins Gebüsch gekauert, während Miles losmarschiert war, um den Wagen zu holen.

Er zitterte, und der dünne Arztkittel trug nur wenig dazu bei, die Kälte fernzuhalten. Besonders hinten herum. Aber es war mehr als nur die Kälte, die ihn zittern ließ. Sein Körper protestierte. Er sollte nicht hier sein, sagte er ihm. Nachdem er über einen Tag lang bewusstlos gewesen war, sollte er im Bett liegen und jede medizinische Hilfe annehmen, die ihm geboten wurde. Wo er *nicht* sein sollte, war halbnackt in einem

Gebüsch auf der Rückseite eines Krankenhauses. Was diesen Punkt betraf, war sein Körper sehr deutlich.

Und doch war er hier.

Vor weniger als zwei Jahren war er noch Detective Superintendent bei der schottischen Polizei gewesen. Jetzt war er ein Mann, dessen Arsch in einer Konifere steckte.

Was für ein Abstieg.

Er entdeckte Miles' Auto durch eine Lücke in der Hecke und beobachtete, wie es immer langsamer wurde und sich ihm näherte. Hoon wartete, bis es fast neben ihm war, dann löste er sich aus der Deckung und lief direkt neben dem Fahrzeug auf die Straße.

Die Bremsen quietschten verrostet. Hoon riss die hintere Tür auf, stürzte hinein und schloss sie hinter sich wieder.

»Los, los, los«, drängte er und legte sich so flach wie möglich hin, um nicht gesehen zu werden.

»Ich glaube nicht, dass uns jemand verfolgt«, sagte Miles, aber ein Schlag gegen die Lehne seines Sitzes brachte ihn zum Verstummen. Stattdessen legte er den ersten Gang ein, checkte sorgfältig alle drei Spiegel und fuhr von der Bordsteinkante ab.

Als er sich wieder sicher in den Verkehrsfluss eingefädelt hatte, stellte er den Rückspiegel so ein, dass er Hoon auf dem Rücksitz sehen konnte.

»Gut, wohin fahren wir?«, fragte er.

»Wir können nicht zu Ihnen«, antwortete Hoon. »Sie beobachten offenbar die Wohnung.«

Er kämpfte sich in eine sitzende Position hoch, sein Brustkorb hob und senkte sich, und sein Puls raste, als hätte er gerade einen Hundert-Meter-Sprint hinter sich gebracht. Die stille Rebellion seines Körpers setzte sich fort und äußerte sich nun in Form von Schädel spaltenden Kopfschmerzen und zunehmender Übelkeit.

Immer noch nicht überzeugt, dass ihnen niemand folgte, warf er einen Blick aus dem hinteren Fenster. Offenbar wurden sie aber tatsächlich von niemandem verfolgt, und so wandte er sich wieder nach vorn, bevor die Übelkeit eine Chance hatte, sich noch weiter zu verschlimmern.

»Und, irgendwelche Vorschläge?«, fragte er. »Ich kann nicht zu mir nach Hause gehen, da die Wichser meine Bude in Schutt und Asche gelegt und … na ja, auf den Meeresboden befördert haben.«

»Fluss«, korrigierte Miles. »Flussbett.«

Hoon runzelte die Stirn. »O ja, lassen Sie uns hier sitzen und Haare spalten, ja? Als ob wir keine größeren Fische zu spalten hätten.«

Die Worte kamen Miles über die Lippen, bevor er es verhindern konnte. »An der Angel hätten.«

»Was?«

»Ein größerer Fisch …« Miles schüttelte den Kopf. »Egal.«

»Was sollte, nebenbei bemerkt, der Scheiß, mich ›Mr. Allcock‹ zu nennen?«, fragte Hoon. »Sollte das eine verdammte Anspielung auf mich sein?«

»Was?« Miles verstellte seinen Spiegel wieder so, dass er Hoon ins Gesicht sehen konnte. »Nein. So hieß der Wächter, gegen den wir Sie ausgetauscht haben. Richard Allcock. Es war sinnvoll, die Tarnung aufrechtzuerhalten.«

»Leck mich!« Hoon schrie mit einem solchen Nachdruck und in einer solchen Lautstärke, dass Miles zusammenzuckte, das Lenkrad ein wenig verriss und den Wagen auf die Mittellinie lenkte. »So kann er unmöglich heißen. *Richard Allcock*?«

Miles packte das Lenkrad fester. »So heißt er aber. Und warum? Was ist damit?«

»Das ist doch nicht sein verdammter Name!«

»Ist er doch!« beharrte Miles.

Hoon schüttelte den Kopf. »Schwachsinn. Das ist doch Verarschung. Niemals. Niemand nennt seinen Kleinen *Dick Allcock*.«

Miles sagte nichts, während sie sich einem Kreisverkehr näherten. Er nahm die rechte Spur, und erst als er an der dritten Ausfahrt abbog, antwortete er. »Darüber habe ich noch gar nicht nachgedacht. Das ist wirklich schlimm«, gab er zu und sog die Luft durch die Zähne ein. »Der arme Kerl muss in der Schule eine schlimme Zeit durchgestanden haben.«

»Bei mir in der Schule hätte er nicht einmal seinen

ersten Tag überlebt«, sagte Hoon. »Man hätte noch Jahre später über ihn getuschelt. Über den Jungen, der sich so geschämt hat, dass er verdammt noch mal implodierte.« Er schüttelte den Kopf und schaute hinaus auf die vorbeiziehenden Lichter der Stadt. »*Der verdammte Dickie Allcock.*«

Sie fuhren ein oder zwei Minuten schweigend weiter, jeder in seine eigenen Gedanken vertieft. Miles bewegte seine Finger am Lenkrad, streckte sie ganz aus und zog sie dann wieder fest an. Dem Mann hinter ihm entging das nicht.

»Was ist los?«, fragte Hoon. »Ich meine, abgesehen von dem verdammt Offensichtlichen?«

»Was? Nichts.«

Hoon beugte sich vor, bis er halb durch den Spalt zwischen den beiden Vordersitzen schaute. »Blödsinn. Sie haben doch etwas«, erwiderte er. »Da gibt es etwas, das Sie mir nicht sagen.«

»Nein. Nein, da ist nichts, da ist …« Miles gab sein Leugnen auf und stieß einen tiefen Seufzer aus. »Da ist etwas, ja. Ich war mir nicht sicher, wie ich es Ihnen sagen sollte, weil ich nicht wusste, wie Sie es aufnehmen würden, und ich weiß auch nicht, was Sie, wenn überhaupt, dagegen tun könnten.«

Hoon wartete etwa vier Fünftel einer Sekunde, bevor er eine Erwiderung herausbellte. »Na, dann spucken Sie's schon aus. Worum zum Teufel geht es? Was wollen Sie mir nicht sagen?«

»Es ist …« Miles suchte Hoons Blick im Spiegel. »Es ist wegen Welshy. Es geht ihm schlecht, Bob.«

»Ja, das ist nicht gerade eine Neuigkeit. Der arme Bastard muss das Bett hüten.«

»Nein. Ich meine, ja. Offensichtlich. Aber das ist nicht …« Er seufzte. »Es geht ihm immer schlechter.«

»Schlechter? Was meinen Sie damit?«, fragte Hoon. »Von wie viel schlechter reden wir?« Er erwiderte den Blick im Spiegel. Sah das Bedauern. »Oh …, Scheiße.«

Hoon ließ sich zurückfallen, legte den Kopf in den Nacken und betrachtete das Stoffdach über ihm.

»Ich glaube, der Umzug hat ihm nicht gutgetan«, sagte Miles. »Aber laut seinen Unterlagen ging es mit ihm schon vorher bergab. Ohne den Umzug hätte er vielleicht noch ein paar Wochen mehr gehabt.«

»Ein paar Wochen mehr? Scheiße. Wie lange hat er noch?«

Miles starrte vor sich hin und folgte den roten Rücklichtern eines vorausfahrenden Taxis. »Sie glauben …, sie sagen …, es könnte jederzeit so weit sein.«

Hoon umklammerte seinen Kopf, als wollte er verhindern, dass er aufplatzte. »O nein. Oh, verdammt. Welshy.« Er beugte sich wieder nach vorn. »Sie wissen, wo er ist, ja?«

Miles drehte sich um und warf einen Blick über seine Schulter zurück. »Ja, aber …«

»Aber was?«

»Aber Sie haben gesagt, Sie wollen es nicht wissen. Sie haben gesagt, ich soll es Ihnen nicht sagen. Niemals.«

»Mag sein, aber jetzt ändere ich meine Meinung«, erklärte Hoon. »Bringen Sie mich hin. Ich will ihn sehen.«

»Nein. Ich verstehe Sie, aber Sie haben mir gesagt, dass ich unter keinen Umständen ...«

»Miles!«, bellte Hoon, und der Fahrer verlor fast schon wieder den Halt am Lenkrad. Ein kurzer Blick in den Spiegel verriet ihm, dass es nicht ratsam war, weiter mit dem Mann auf dem Rücksitz zu streiten. »Bringen Sie mich zu Welshy«, befahl Hoon. »Und zwar sofort, verdammt.«

Sie hielten an einem großen Supermarkt am südwestlichen Stadtrand. Miles ging hinein, um ein paar Schmerzmittel, Turnschuhe und Kleidung zu besorgen, in der Hoon nicht aussah, als wäre er gerade aus einem Krankenhaus geflohen. Während Hoon sich auf dem Rücksitz umzog, tankte Miles an der Supermarkt-Tankstelle.

Er ging zum Bezahlen hinein und entdeckte bei seiner Rückkehr hinter dem Auto Hoon auf Händen und Knien, der den Hals verdrehte, um die Unterseite des Fahrzeugs besser sehen zu können.

»Was tun Sie da?«, fragte Miles. An der Tankstelle standen noch ein paar andere Leute mit Zapfpistolen in den Händen, die zusahen, wie Hoon auf dem Vorplatz herumkroch. »Die Leute gucken schon.«

»Es ist mir scheißegal, was sie tun«, sagte Hoon. Er blinzelte ins Dunkel unter dem Auto und fuhr mit einer Hand an der Unterseite des Fahrgestells entlang. »Ich stelle nur sicher, dass niemand einen Peilsender befestigt hat.«

»Da ist keiner«, versicherte ihm Miles. »Ich checke es alle paar Tage.«

»Und haben Sie heute schon gecheckt?«, fragte Hoon.

»Ja. Ich habe es heute gecheckt«, erwiderte Miles. »Nachdem ich gesehen habe, wie Sie aus dem Wrack gezogen wurden, habe ich es ein halbes Dutzend Mal gecheckt. Es ist sauber.«

»Gut«, brummte Hoon und zog sich an der Stoßstange hoch. Er rieb sich die Hände und wischte sie dann an seiner neuen, etwas zu großen Jeans ab. »Das ist verdammt noch mal auch besser so.«

Sie stiegen ins Auto, und Hoon saß nun auf dem Beifahrersitz, anstatt sich hinten zu verstecken. Miles schnallte sich an, korrigierte seinen Spiegel um einen Millimeter und startete den Motor.

»Haben Sie das Paket dabei, das ich bei Ihnen gelassen hatte?«, fragte Hoon.

Miles wandte den Kopf und sah ihn an. »Ja. Es ist im Kofferraum.« Er seufzte. »Sie wollen es sicher haben, nicht wahr?«

»Tja, ich frage nicht, damit es mir einfach nur besser geht.«

Kopfschüttelnd stellte Miles den Motor ab, löste seinen Gurt und öffnete die Tür wieder. Hoon blickte nach vorn und trommelte ungeduldig mit den Fingern auf das Armaturenbrett, während Miles den Kofferraum öffnete, das mit Klebeband umwickelte Paket herausholte und die Klappe wieder zuschlug.

Einen Moment später stieg er zurück ins Auto und legte Hoon das Päckchen in den Schoß. »So. Sonst noch etwas?«

»Haben Sie mir das Handy besorgt, um das ich gebeten hatte?«

Miles reckte sich, schnappte sich eine der leuchtend orangefarbenen Supermarkt-Tragetaschen vom Rücksitz und legte sie zu dem Päckchen. »Da. Ganz schlicht. So, wie Sie es wollten.«

Hoon machte sich nicht die Mühe, die Tasche zu kontrollieren. »Und haben Sie Guthaben gekauft?«

»Ja, Bob. Ich habe für Sie Guthaben gekauft«, sagte Miles, spürbar verärgert. »In der Tasche ist ein Zehn-Pfund-Gutschein.«

»Ein verdammter Zehner?«, fluchte Hoon. »Ist das alles?«

»Tja, ich wusste nicht, wie viel Sie brauchen!«

»Mehr als einen verdammten Zehner, das ist sicher«, antwortete Hoon. »Was glauben Sie denn, was ich vorhabe? Mich selbst für fünf Sekunden anzurufen?«

Miles ließ den Motor wieder an. »Das ergibt überhaupt keinen Sinn«, murmelte er. Er griff nach seinem Sicherheitsgurt, schnallte sich an und zeigte dann auf das Muster auf der Vorderseite des T-Shirts, das er im Laden gekauft hatte. »Das ist übrigens absolut passend«, bemerkte er, legte dann knirschend den Gang ein und fuhr von der Tankstelle weg.

ZWÖLF

Hoon stand direkt vor der Eingangstür eines baufäl-
ligen alten Bauernhauses irgendwo in der Nähe von
Yeovil in South Somerset, wo die Zeit gerade stillzu-
stehen schien.

Miles redete, aber er hörte ihn nicht. Nicht wirklich. Die Geräusche vielleicht, aber nicht die Worte.
Stattdessen galt seine Aufmerksamkeit allein der Frau,
die am anderen Ende des Flurs stand.

Er kannte sie seit Jahren und hatte sie zum ersten
Mal getroffen, als Welshy sie als seine Freundin vorgestellt hatte. Ein Blick auf ihre langen Beine, ihre tiefe
Bräune und ihr umwerfendes Lächeln, und Hoon war,
wie alle anderen Jungs aus ihrer Truppe, wahnsinnig
eifersüchtig gewesen.

Damals hatte sie geblümte Röcke getragen, sie hatte
einen spanischen Akzent und schien völlig unbeküm-
mert durch die Welt zu tanzen, wobei ihr kastanien-
braunes Haar in Locken um ihren Kopf floss, als würde
es sich in Zeitlupe bewegen.

Wie es Welshy gelungen war, jemanden wie sie an
Land zu ziehen, war immer wieder ein heißes Dis-

kussionsthema gewesen. Alle waren sich einig, dass es nicht von Dauer sein würde. Ein hässlicher Bastard wie er? Sie würde auf keinen Fall bleiben, wenn es hart auf hart kam.

Aber hier war sie, weit über zwei Jahrzehnte später. Sie war geblieben.

Und es war noch nie so hart gewesen wie heute.

»Gabriella«, sagte Hoon und nickte ihr so zu, wie man es sonst nur bei Arbeitskollegen tut, die man nicht besonders mag.

Sie zog die Stirn in Falten, als würde die Begrüßung – oder das Ausbleiben derselben – sie verwirren oder verletzen. Ihre einst glatte, makellose Haut hatte im Laufe der Jahre einige Falten bekommen, und auch als sie ihre gerunzelte Stirn entspannte, blieben die Falten noch für eine Weile sichtbar.

»Bob«, sagte sie. Sie zeigte auf seine Brust, und ein Lächeln umspielte ihre Mundwinkel. »Das Hemd gefällt mir.«

Der Rest von ihr mochte gealtert sein, aber das Lächeln nicht. Das Lächeln war zwanzig Jahre jünger, und, wenn es ihm galt, fühlte er sich auch so.

Er blickte auf das T-Shirt hinunter. Es zeigte ein Bild von Mr. Grumpy aus der *Mr.-Men*-Kinderbuchreihe. Die Überschrift über dem Bild der griesgrämigen rechteckigen Figur lautete: »Einmal hatte ich Spaß«, während der Satz darunter den Schluss zog: »Es gefiel mir nicht«.

»Aye. Dieser Blödmann fand das lustig«, sagte Hoon und zeigte mit dem Daumen in Miles' Richtung.

»Es *ist* lustig«, sagte Miles mit Nachdruck.

An der Art und Weise, wie ihr Lächeln breiter wurde, war zu erkennen, dass Gabriella zustimmte. Ihre Beine trugen sie vorwärts, erst langsam, dann schneller. Sie konnte sich gerade noch verkneifen, sich auf Hoon zu stürzen, und sie verbrachten ein paar unbehagliche Momente damit, sich für die unbeholfenste und peinlichste Umarmung der Geschichte zu positionieren.

»Es ist schön, dich zu sehen«, sagte sie.

»Klar. Danke«, erwiderte Hoon.

Eine leise Stimme in seinem Kopf putzte ihn gründlich herunter. *Danke? Verdammt noch mal ... Hoon!*

»Ich meine, dich auch«, fügte er hinzu.

»Ist es denn sicher?«, fragte Gabriella und ließ ihren Blick zu der Tür schweifen, durch die die beiden Männer hereingekommen waren. »Ist euch niemand gefolgt?«

»Es ist alles in Ordnung. Die Luft ist rein«, antwortete Hoon. »Uns ist niemand gefolgt.«

Daraufhin entspannte sie sich ein wenig, und legte für einen Moment eine Hand auf seinen Arm. Sie verweilte nicht lange, aber Hoon konnte ihre Berührung auch noch spüren, nachdem sie sich wieder abgewandt hatte. »Du willst bestimmt Welshy sehen«, sagte sie.

»Wie geht es ihm?«, fragte Hoon.

Sie antwortete nicht und sagte mit einem leichten Kopfschütteln trotzdem alles.

»Ist es in Ordnung, wenn ich … Hallo sage?«

»Ja, natürlich. Das wäre schön«, antwortete sie. Trotz ihrer Bemühungen war das Zittern in ihrer Stimme nicht zu überhören. »Aber … erwarte nicht, dass du viel aus ihm herausbekommst.«

Dies war einmal ein Schlafzimmer gewesen. Für ein Kind, wenn man die leuchtend blaue und gelbe Farbe an den Wänden und den zickzack gemusterten Teppich betrachtete, der den Boden unangenehm zu wellen schien, als Hoon über die Türschwelle trat.

Streng genommen war es immer noch ein Schlafzimmer, allerdings nur, weil ein Bett darin stand. Wo die anderen Möbel hätten stehen sollen, befanden sich Geräte. Piepsende, keuchende und klickende medizinische Geräte, die den einzigen Bewohner des Zimmers an der Schwelle zum Tod in der Schwebe hielten und ihn mit Rohren, Schläuchen, Kabeln und Drähten ans Leben fesselten.

Es war kein Schlafzimmer, sondern eine ausgeklügelte Maschine, die gebaut worden war, um dem Tod ein Schnippchen zu schlagen oder ihn zumindest eine Weile hinauszuzögern.

Und im Mittelpunkt der Maschine befand sich Gwynn »Welshy« Evans, einer der besten Freunde, die Hoon je gehabt hatte.

Und einer der wenigen wahren.

Hoon war darauf gefasst gewesen. Welshy war schon in einem schlechten Zustand, als er ihn das letzte Mal gesehen hatte, aber es war sofort klar, dass es ihm jetzt noch schlechter ging.

Ein Schlaganfall und einige nachfolgende Kompli-kationen hatten ihn ans Bett gefesselt und seinen Geist in seinem kaputten Körper eingeschlossen. Er war die meiste Zeit verwirrt gewesen, ja, doch manchmal hatte er den alten Welshy noch in seinen Augen gesehen. Momente des Wiedererkennens. Flackernde Erinne-rungen an den Mann, der er einmal gewesen war.

Dieser Mann, das wusste Hoon sofort, als er den Raum betrat, war mit ziemlicher Sicherheit nicht mehr anwesend.

Er wirkte auf dem Bett geschrumpft wie altes, von der Sonne ausgetrocknetes Obst. Die Kissen, die hin-ter seinem Kopf lagen, sahen im Vergleich dazu riesig aus. Er war ein großer Junge gewesen, stark und be-eindruckend, aber Hoon hätte das, was von ihm übrig war, auf einem Arm tragen können.

Und das hätte er auch getan – so lange und so weit, wie es der Bastard brauchte.

Wenn man das lauernde Schreckgespenst des Todes ignorieren konnte, waren nur er und Welshy im Raum. Gabriella hatte versprochen, ihm ein wenig Zeit zu geben, und Miles war gegangen, um Teewas-ser aufzusetzen.

Hoon stand mit offenem Mund in der Tür, ohne einen Ton von sich zu geben.

Es war eine relativ neue Erfahrung für ihn, dass ihm die Worte ausgingen. Normalerweise fielen sie ihm leicht – oft zu leicht.

Nachdem er einige Sekunden dagestanden hatte und nicht wusste, was er sagen sollte, meldete sich der Instinkt.

»Alles klar, du fauler Sack?«

Er trat weiter in den Raum, näher an das Bett heran, und entdeckte den Beutel, der seitlich am Bett hing – die Flüssigkeit darin hatte ein so tiefes Gelb, dass es fast braun aussah.

»Darum beneide ich dich nicht, Kumpel«, bemerkte er. »Ich hatte vorhin selbst noch so ein Ding in mir stecken. Bin kein großer Fan, das muss ich sagen.«

Noch einen Schritt weiter weg von der Tür. Näher ans Bett.

Welshys Augen waren geschlossen, die Lider flatterten, als wäre er in einem schrecklichen Albtraum gefangen. Was auch immer es sein mochte, Hoon war sich sicher, dass es nicht schlimmer sein konnte als das, was ihn erwartete, wenn er aufwachte.

»Du siehst aus …«, begann Hoon und geriet ins Stocken.

Wie sah er denn aus? Okay? Gut? Als würde er aus einer schlechten Situation das Beste machen? Nichts von alledem traf zu, und sie kannten sich zu lange, hatten zu viel durchgemacht, um sich mit Höflichkeitsfloskeln abzugeben.

»... wie ein Sack voll Scheiße«, schloss Hoon.

Er stand jetzt direkt neben dem Bett. Eine von Welshys Händen war nur wenige Zentimeter von seiner entfernt, aber er konnte sich nicht dazu durchringen, sie zu berühren aus Angst, die Haut könnte reißen, die Knochen in seinem Griff zerbrechen.

Es gab keine Worte. Das war das Problem. So sehr er auch versuchte, sie zu finden, es gab keine richtigen Worte für diesen Moment. Es gab nichts, was er sagen konnte, das in die dunkle Grube reichte, in der Welshy gelandet war, und ein Licht für ihn entzündete. Worte der Ermutigung oder des Trostes bedeuteten ihm nichts mehr. Er war darüber hinaus. Er hatte alles hinter sich, außer die letzte Reise selbst.

Hoons Kehle schnürte sich zu. Seine Augen juckten. Welshy war ein verdammt guter Soldat gewesen. Das war kein Tod für einen Mann wie ihn. Er hätte es verdient, mit einem Knall zu sterben. Er sollte die Welt fluchend und Fäuste schwingend verlassen. Er hätte es verdient, wie ein Krieger zu sterben.

Sein langsames erniedrigendes Dahinsiechen war das Gegenteil davon.

Hinter ihm klopfte es leise an der Tür. Hoon rieb sich schnell mit den Handflächen die Augen, räusperte sich, drehte sich um und sah Miles, der durch einen Spalt in der Tür lugte.

»Der Tee ist fertig«, sagte der MI5-Mann. »Gabriella fragt, ob Sie hungrig sind. Sie wollte gerade Toast machen.«

»Wollte sie ihn mit Käse belegen?«, fragte Hoon.

Miles runzelte die Stirn. »Davon hat sie leider nichts gesagt.«

»Dann sollten Sie ihr das verdammt noch mal vorschlagen«, erwiderte Hoon und wandte sich danach erneut dem Mann in dem Bett zu, als Miles die Tür wieder schloss. »Hast du dem Mädel noch keine richtigen Manieren beigebracht, Welshy? Wer bietet denn so einen verdammten einfachen Toast an? Will sie uns loswerden, oder was?«

Erwartungsgemäß bekam er keine Antwort. Keine Reaktion. Nichts. Hoon wollte seine Hand auf die seines alten Freundes legen, doch da war ein unsichtbares Kraftfeld, das sie voneinander trennte und ihn davon abhielt, es zu tun.

Es war nicht fair. Nichts davon war fair.

Es war ungerecht.

Aber so war es nun einmal.

»Ach, Scheiße«, flüsterte Hoon, fuhr sich mit der Hand übers Gesicht, nahm sich einen Moment Zeit, um sich zu sammeln, und wandte sich zur Tür.

Miles und Gabriella lehnten am Frühstückstresen und plauderten wie alte Freunde, als Hoon zu ihnen in die Küche kam. Er wusste gar nicht, warum ihn das so sehr ärgerte. Miles hatte sie beschützt. Und Welshy auch. Er hatte sich das Recht verdient, freundlich zu ihr zu sein. Er war in den letzten Monaten ihr einziger richtiger Ansprechpartner gewesen – der Einzige, der wusste, wer sie und Welshy wirklich waren. Zum Teufel, inzwischen kannte er sie wahrscheinlich besser als Hoon.

Hoons Augen zuckten, als ihm dieser Gedanke kam.

Okay, *das* war also der Grund, warum es ihn so ärgerte.

»Aha, hier habt ihr euch versteckt«, verkündete er mitten in ihr Gespräch hinein.

Er warf einen kritischen Blick auf die Küche, als wäre er ein Designer in einer TV-Renovierungsshow. Die Armaturen waren veraltet, aber so solide, dass sie seit ihrem Einbau wahrscheinlich mindestens zweimal wieder in Mode gekommen waren.

»Nicht schlecht, oder?«, sagte Miles.

Hoon fasste einen Schubladengriff und rüttelte testweise daran. Er schien aufrichtig enttäuscht zu sein, als er nicht in seiner Hand abbrach.

»Ja, das ist schon in Ordnung«, räumte er ein.

Gabriella sah ihn über den Frühstückstresen hinweg an. »Geht es Welshy gut?«

Hoon blies die Backen auf. »Ich meine …, im Vergleich zu was?«, fragte er. »Er schläft, wenn du das meinst.«

Gabriellas erleichterter Blick verriet, dass dies so

ziemlich das Beste war, worauf sie in diesen Tagen hoffen konnten. Sie lächelte Hoon an. Es war ein freundliches, sanftes Lächeln, und er erkannte, dass sie ihn trösten wollte.

Trotz allem tröstete *sie ihn.*

Wie schon vor über zwanzig Jahren fragte sich Hoon, wie es Welshy gelungen war, jemanden wie Gabriella an Land zu ziehen. Das spielte jetzt natürlich keine Rolle mehr. Jedenfalls war er froh, dass sie sich um ihn kümmerte.

»Du siehst scheiße aus«, sagte sie zu ihm, und er musste darüber lachen. Er hatte sich im Spiegel gesehen und konnte nicht widersprechen.

»Da liegst du wohl nicht falsch«, erwiderte er.

Gabriellas Blick wanderte über die langsam verheilenden Wunden in seinem Gesicht und die tiefrote Prellung an seinem Hals. »Was ist passiert?«

Hoon blies die Wangen auf. »Na ja, ein paar Tritte, eine Entführung und ein Autounfall«, sagte er, rieb sich mit der Hand übers Kinn und starrte ins Leere. »Ich glaube, das war's.«

Sie sah ihn besorgt an. Im Stillen freute er sich darüber, obwohl er es niemals, auch nicht unter Folter, zugeben würde.

»Mach dir keine Sorgen um mich«, sagte er. »Ich bin wie ein verdammter Gummiball.«

Miles gluckste. »Was? Wollen Sie damit sagen, Sie kommen immer wieder zurück?«

Hoon schüttelte den Kopf. »Nein, ich meine, dass ich total kugelförmig bin und bei einem Kind in der Tasche lebe. Natürlich meine ich das, verdammt noch mal, das muss man nicht weiter ausführen.«

»Ich glaube, da brennt etwas an«, bemerkte Miles, dankbar für die Gelegenheit, das Thema zu wechseln.

Es dauerte einen Moment, bis sie die Worte begriff, dann stürzte Gabriella los und nahm die Grillpfanne von dem alten Herd.

Vier Brotscheiben waren an den Rändern leicht verkohlt, aber der Rest wurde von einem blubbernden Morast aus glibberigem gelbem Käse geschützt. Sie schob sie alle auf einen großen Teller, den sie schon parat hatte, und stellte ihn zwischen ihnen auf die Arbeitsfläche.

Hoon nickte zustimmend. »Sie haben ihr das mit dem Käse also gesagt?«

»Ja, das hat er«, erwiderte Gabriella. Sie knallte Salz- und Pfefferstreuer auf den Frühstückstresen neben den Teller. »Aber ich hatte es schon in Arbeit. Ich werde euch wohl kaum einfach nur mit Toast füttern, oder? Ich bin doch kein Unmensch.«

Hoon streute eine großzügige Portion Salz und Pfeffer auf eine Brotscheibe, dann nahm er sie in die Hand, faltete sie in der Mitte und drückte den Käse zusammen. »Ich habe keine Sekunde an dir gezweifelt«, sagte er zu ihr.

Er nahm einen großen Bissen und kaute, wobei

er den Geschmack sichtlich und hörbar genoss. Sein Mund war noch fast voll, als er Miles einen Seitenblick zuwarf.

»Korrigieren Sie mich, wenn ich mich verdammt noch mal irre, aber hatten Sie nicht vorhin Tee erwähnt ...?«

DREIZEHN

Nachdem der Toast verzehrt und die letzte Scheibe unter ihnen aufgeteilt war, zogen sie sich mit Tee und Kaffee ins Wohnzimmer zurück.

Wenn man das Zimmer betrat, fühlte man sich in die Vergangenheit zurückversetzt. Wer auch immer es eingerichtet hatte, hatte entweder ein Auge für Antiquitäten oder war schon lange nicht mehr zum Möbelkaufen gegangen. So schäbig wie alles war, glaubte Hoon an Letzteres.

Gabriella setzte sich auf die Couch, deren roter Bezug bis auf das Gewebe durchgewetzt war. Hoon und Miles nahmen jeweils einen der Sessel mit hölzernen Armlehnen, die zu beiden Seiten des Kamins standen. Das einzige Zugeständnis an das moderne Leben in diesem Haus war wahrscheinlich das einzig Unerwünschte – der Kamin war abgebaut und stattdessen ein beschissener kleiner elektrischer Heizofen hingestellt worden.

Die Wände waren mit Blumenmustern und aufgeflockten Blättern verziert. Ein schmales Regal verlief um den gesamten oberen Teil des Raumes und beherbergte vielleicht fünfzig oder sechzig kleine Kuh- und Schaffiguren. Hoon hoffte, dass sie schon im Haus gewesen waren und nicht Gabriella gehörten, sonst hätte er seine ansonsten positive Meinung über sie revidieren müssen.

Hoon nahm noch immer die Details des Zimmers in Augenschein, als Gabriella beschloss, dass es an der Zeit war, zur Sache zu kommen.

»Versteh mich nicht falsch«, begann sie, was nie ein guter Einstieg war. »Es ist schön, dich zu sehen. Aber warum bist du hier? Ist irgendetwas passiert?«

»Wen fragst du, mich oder ihn?«, sagte Hoon und deutete mit einem Nicken auf Miles.

»Dich. Offensichtlich. Miles kommt alle paar Wochen vorbei, um nach dem Rechten zu sehen«, antwortete Gabriella.

Hoon warf dem Mann im anderen Sessel einen Blick zu.

Ach, das hat er getan?

»Gut, in Ordnung«, erwiderte Hoon und wandte seine Aufmerksamkeit wieder Gabriella zu. »Ich bin hier, weil ..., na ja ...«

Ihm fiel auf, dass er nicht darüber nachgedacht hatte, was er sagen würde. Wie er ihr das alles erklären sollte.

Zum Glück hatte er sie wieder einmal unterschätzt.

»Wir sind in Gefahr, nicht wahr?«, sagte sie. »Dein Plan, diese Leute davon abzuhalten, uns zu verfolgen, hat nicht funktioniert. Deshalb bist du hier. Stimmt's?«

»So ziemlich«, räumte Hoon ein. »Das ist … ja. Das trifft es auf den Punkt.«

»Aber sie wissen nicht, wo wir sind. Oder doch?« Diesmal richtete sie die Frage an Miles. »Sie haben gesagt, außer Ihnen weiß es keiner.«

Miles, der gerade einen großen Schluck Tee getrunken hatte, als Gabriella sich zu ihm umgedreht hatte, schluckte ihn schnell hinunter. Er war immer noch heiß, und er zuckte zusammen, als er seine Kehle hinunterfloss. »Ja. Ja, das … habe ich gesagt. Und sie wussten es nicht.«

»Sie wussten es nicht?«, erwiderte Gabriella und setzte sich etwas aufrechter hin.

»Nein. Sie *wissen nicht*, wo Sie sind«, korrigierte sich Miles.

»Noch nicht«, fügte Hoon hinzu. »Sie wissen es *noch* nicht.«

Gabriella starrte die beiden abwechselnd an, ihr Blick wechselte von Verwirrung zu Ungeduld. »Und? Will das einer von euch erklären?«, fragte sie. »Oder muss ich raten?«

Miles senkte den Blick und brachte es nicht über sich, sie anzusehen. »Ich … ich wurde vom Dienst suspendiert«, erklärte er. »Mein Fall …, alles, woran ich gearbeitet habe …, wird an einen anderen Beamten übergeben, der sich darum kümmern soll.«

In dieser Aussage gab es eine Menge zu deuten, und Gabriella beäugte ihn, während sie genau das tat. Hoon konnte praktisch hören, wie ihr Gehirn rotierte und über die Folgerungen aus den Worten nachdachte, die Miles gerade ausgesprochen hatte.

»Welchem anderen Beamten?«, fragte sie schließlich.

Miles rieb sich mit Finger und Daumen derselben Hand die Schläfen. »Ich wünschte, ich wüsste es. Ich habe eine Kollegin angefordert, von der ich glaube, dass ich ihr vertrauen kann …«

»Von der Sie *glauben*, dass Sie ihr vertrauen können?!«, schrie Gabriella.

»Nein. Nein, ich meine … ich weiß, dass ich es kann. Sie ist sauber«, betonte Miles. »Aber ich weiß nicht, ob sie sie nehmen werden. Sie könnten es jedem übertragen.«

»Was wollen Sie damit sagen?«, fragte die Frau auf der Couch.

Wenn sie wütend wurde, setzte sich der Akzent ihrer Muttersprache stärker durch, als ob ihr wahres Ich darum kämpfte herauszukommen. Momentan hätte sie jeden Satz mit einem »Olé!« beenden können.

»Wollen Sie damit sagen, dass gerade jemand hierher unterwegs sein könnte, um uns zu töten?«

»Nein, ganz bestimmt nicht«, versicherte ihr Miles. »Alles ist verschlüsselt. Dafür habe ich gesorgt.«

»Und die können die Verschlüsselung nicht knacken?«, fragte Hoon.

»Nein.« Miles schüttelte den Kopf. Sein Blick huschte durch den Raum, als ob er einen Fluchtweg suchte. »Es sei denn, sie versuchen es wirklich.«

»Oh, verdammt toll!«, stieß Hoon hervor. »Solange diese Alphatiere nur ein Haufen halbstarker Bastarde sind, kann nichts passieren.«

Miles antwortete nicht darauf. Zumindest nicht mit Worten. Seine Hand wanderte jedoch zu seinem Mund, und die Farbe wich aus seinen Wangen.

»Alphatiere?«, fragte Gabriella.

»Nein, sie werden nicht ›Alphatiere‹ genannt«, antwortete Hoon. »Ein Typ, mit dem ich gesprochen habe, hat sie erwähnt. ›Die Alphas‹. Eine Art Aufräumtruppe, keine Ahnung.«

Irgendetwas war in der Übersetzung verloren gegangen, und Gabriella runzelte die Stirn. »Ist das eine Putztruppe?«

»Nein, ich meine nicht …«

»Das sind Auftragskiller«, erklärte Miles, wobei seine Stimme durch die Hand, die er vor den Mund gelegt hatte, gedämpft klang, als hätte er Angst, jemand könnte versuchen, seine Lippen zu lesen.

Hoon seufzte. »Ja. Ja, das sind sie, verdammt.«

»Sind Sie sicher, dass er das gesagt hat?«, fragte Miles. »Ich nehme an, wir reden hier von West? Sind Sie sicher, dass er die Alphas erwähnt hat?«

»Aye. Absolut. Warum?«

»Scheiße. *Scheiße.*«

»Nun drehen Sie nicht gleich durch. Was ist das Problem? Wer sind die?«

Miles löste die Hand von seinem Gesicht, hob seinen Becher vom Couchtisch und führte ihn zittrig zum Mund. Bevor er antwortete, nahm er zur Beruhigung einen großen Schluck.

»Ich meine, offiziell wissen wir es nicht«, sagte er. »Die Agency, meine ich. Wir haben nur Gerüchte über sie gehört.«

»Gerüchte?«, fragte Gabriella.

Miles sah ihr in die Augen. »Horrorgeschichten, wirklich. Aber wir haben ihre Existenz nie bestätigen können.«

»Also, was sind das für verdammte Gerüchte?«, fragte Hoon. »Womit haben wir es zu tun?«

»Ich … ich nehme an, es kommt darauf an, welchen Gerüchten man glaubt«, sagte Miles. Die Hand, die seine Tasse hielt, zitterte immer noch, als er den Tee wieder auf den Tisch stellte. »Im Großen und Ganzen gibt es jedoch genug Übereinstimmungen, um ein einigermaßen klares Bild zu zeichnen.«

»Sie brauchen kein verdammtes Bild zu malen, Junge«, drängte Hoon. »Benutzen Sie einfach ihre verdammten Worte.«

Miles atmete aus und legte beide Hände auf seine Oberschenkel. »Ich nehme an, ›Aufräumer‹ ist eine ziemlich treffende Beschreibung. Wenn Drohungen oder Diplomatie versagen – wenn die üblichen Mechanismen des Loops wie Erpressung oder Einschüchterung nicht zum Ziel führen –, dann übernehmen die Alphas.«

»Also sind sie was?«, fragte Gabriella. »Problemlöser?«

»Problembeseitiger«, präzisierte Miles. »Sie sind wie ein loopeigenes Sondereinsatzkommando. Bestens ausgebildete Killer, überwiegend ehemalige Mitglieder von Spezialeinheiten, darin stimmen die meisten Gerüchte überein. Sie werden auf ein Ziel angesetzt und hören nicht eher auf, bis sie auch die letzte Spur davon ausgelöscht haben. Die Zielperson, ihre Familien, Freunde, jeder, der mit ihnen in regelmäßigem Kontakt stand.«

»Blödsinn«, sagte Hoon. »Man kann nicht einfach die gesamte Kontaktliste irgendeines Wichsers massakrieren, ohne dass es jemand merkt.«

»Hier kommt der Rest des Loops ins Spiel«, erklärte Miles. »Sie betreiben Schadensbegrenzung. Sie verhindern, dass die Geschichten in die Medien gelangen, sie schränken die polizeilichen Ermittlungen ein …, oder sie lassen alles wie einen Unfall aussehen. Ein einstürzender Fußboden bei einer Hochzeitsfeier. Ein Flugzeugabsturz. Was auch immer, sie setzen ihre Mittel ein, um es zu vertuschen. Nichts bleibt unerledigt.« Er ließ das einen Moment wirken, bevor er fortfuhr. »Sie können ganze Familienclans ermorden und es so aussehen lassen, dass niemand mit der Wimper zuckt.«

Gabriella lehnte sich auf der Couch zurück und ließ sich von den Kissen umhüllen wie von einer tröstenden Umarmung. So wie sie aussah, brauchte sie das auch. Ihr Gesicht hatte, trotz ihrer von Natur aus dunkleren Haut, fast den gleichen Farbton wie das von Miles.

»Und sie sind hinter uns her?«

»Vielleicht. Ich weiß es nicht«, antwortete Hoon. »Ich meine, West hat gesagt, dass sie es sind, aber was wusste er schon? Sie haben ihn umgebracht; es ist nicht so, dass er noch vom Loop informiert wurde.« Er schaute finster drein. »Was für ein bescheuerter Name für eine Organisation. *Der Loop*. Was für ein einfältiger, hirnloser Idiot hat sich das ausgedacht?«

Miles stand plötzlich auf und schlich zum Fenster. Die Farm war auf allen Seiten von offenem Gelände umgeben, und das Licht aus den Fenstern drang kaum in die Dunkelheit vor. Direkt vor der Tür war niemand, aber keine dreißig Meter entfernt hätten Dutzende von ihnen stehen können, ohne dass er es gemerkt hätte.

»Er hätte das Prozedere gekannt«, sagte der MI5-Mann leise. »Er war vielleicht nicht an diesem speziellen Gespräch beteiligt, aber er hätte gewusst, was sie besprechen würden. Er hätte gewusst, wie ihre Entscheidung aussehen würde.«

151

Gabriella zog ihre Füße auf die Couch hoch, als wäre sie eine Art Festung, die sie beschützen könnte. »Du hast gesagt, ihr seid nicht verfolgt worden«, flüsterte sie. »Ihr habt gesagt, es kommt niemand.«

»Es kommt auch keiner«, erwiderte Hoon. Er trat zu Miles ans Fenster und zog die Vorhänge zu. »Niemand hat uns hierher verfolgt. Niemand weiß, wo ihr seid. Ich weiß nicht, was passieren wird, aber im Moment seid ihr in Sicherheit.«

Gabriellas Augen waren weit aufgerissen. Tränenfeucht. »Du versprichst es?«, fragte sie.

»Ja. Ich verspreche es«, sagte Hoon.

»Das können Sie nicht versprechen«, entgegnete Miles. »Sie wissen das nicht mit Sicherheit.«

Hoon funkelte ihn an, und der Raum selbst schien sich um ihn herum zu verdunkeln. Er schlug Miles mit einer Hand auf die Schulter und drängte ihn in den Flur. »Miles. Können wir uns kurz in der Küche unterhalten?«

Gabriella saß zusammengekauert auf der Couch und lauschte dem Gemurmel aus dem Nebenzimmer. Es war ein ziemlich einseitiges Gespräch, dachte sie. Sie konnte die Worte nicht verstehen, aber die Stimmung war ziemlich deutlich.

Als das Donnerwetter fortgesetzt wurde, stand sie langsam auf und schlich zum Fenster, um die Vorhänge gerade so weit zu öffnen, dass sie hinausschauen konnte.

Sie hatte sich an den Ring der Dunkelheit gewöhnt, der das Haus jede Nacht umgab. Am Anfang hatte sie sich Sorgen gemacht, aber sie hatte sich schnell damit abgefunden.

Heute Abend machte es ihr jedoch zum ersten Mal Angst.

Sie zuckte zusammen, als sich die Tür hinter ihr öffnete. »Gut, dann sind wir uns einig«, sagte Hoon und schritt in den Raum, während ein verängstigter Miles hinter ihm her zockelte. »Es besteht keine unmittelbare Gefahr. Selbst wenn sie verdammte Gelehrte sind, wird es Tage dauern, bis sie all die ausgeklügelten Codes geknackt haben, mit denen das Weichei hier eure Adresse eingepackt hat.«

»Er meint die Verschlüsselung der Dateien«, übersetzte Miles.

»Ich habe gesagt, was ich verdammt noch mal gemeint habe«, knurrte Hoon. Er zögerte. »Oder … ich habe gemeint, was ich verdammt noch mal gesagt habe. So oder so …« Er machte eine Tippbewegung, die zwar kurz war, aber dennoch seine völlige Verachtung zum Ausdruck brachte. »Sie sind ein verdammt verschlagener kleiner Code-Kobold …«

Gabriella zog den Vorhang zu und versperrte sich den Blick in die Dunkelheit, die das Haus umgab. »Aber sie werden es knacken? Irgendwann werden sie herausfinden, wo wir sind?«

Hoon wünschte, es gäbe eine Möglichkeit, es zu

beschönigen. Er hielt sich nicht oft zurück, aber hier hätte er es am liebsten getan. Er hätte ihr gern die Wahrheit erspart.

Aber die hatte sie von ihm verdient, wenigstens das. »Ja«, bestätigte er. »Ja, sie werden es herausfinden.«

Gabriella fuhr sich mit beiden Händen durchs Haar und klammerte sich darin fest, als würde sie versuchen, es sich von der Kopfhaut zu reißen. »Und dann werden sie kommen. Und sie werden uns töten. Sie werden uns umbringen, nicht wahr?«

»Nein. Nein, das werden sie nicht«, sagte Hoon, ging zu ihr hinüber und legte seine Hände auf ihre Arme. »Ich werde das nicht zulassen. Ich werde mich um euch kümmern, in Ordnung?«

»Und was ist mit den anderen?«, fragte Miles.

Mit einigem Widerwillen löste Hoon seinen Griff von Gabriella und wandte sich dem MI5-Mann zu. »Was?«

»Dein kleiner Boxerfreund. Greig. Er und seine Familie. Das sind offene Rechnungen. Über die werden sie auch Details herausfinden.« Miles stöhnte auf, setzte sich wieder in seinen Sessel und rieb sich die Stirn, als könnte er so eine aufkommende Migräne verhindern. »Gott. Sie haben ein Baby.«

Gabriellas Gesicht wurde zu einer Maske des Entsetzens. »Sie werden kein Baby töten!«, schrie sie, doch ihre Überzeugung verließ sie schnell. »Das werden sie nicht, oder?«

»Keine losen Enden«, murmelte Miles.

»Ja, aber ein *Baby*?«

Hoon tigerte durch das Zimmer. Zum Teil sollte ihm das beim Nachdenken helfen, aber seine Muskeln hatten nach den Prügeln der letzten Tage begonnen, sich zu verhärten, und ein bisschen Bewegung half vielleicht, den Schmerz noch etwas hinauszuzögern.

»Genau. Scheiße. Ja«, sagte er, dann wiederholte er dieselben drei Worte noch zweimal, jedes Mal in einer anderen Reihenfolge und unterbrochen von einer Drehung, wenn er die Wand erreichte.

Schließlich blieb er in der Mitte des Raumes stehen und wandte sich zu den anderen um.

»Also, ich sehe die Situation folgendermaßen«, verkündete er. »Die Uhr tickt, bis diese Bastarde die Adressen bekommen. Wenn es so weit ist – morgen, übermorgen, wann auch immer –, werden sie Gabriella und Welshy jagen, und das Gleiche gilt auch für Greigs Familie.«

»Und dann werden sie uns umbringen«, murmelte Gabriella.

»Ja, sie werden es zumindest versuchen«, sagte Hoon.

»Ich könnte mir vorstellen, dass wir beide auch ziemlich am Arsch sind«, fügte Miles hinzu.

»Natürlich, verdammt! Daran habe ich nie gezweifelt«, stimmte Hoon zu und taumelte dann einen Schritt zurück, als ihn ein Gedanke wie ein physischer Schlag traf. »Fuck. Moment mal, Moment. Caroline.

Bamber. Was ist mit denen? Sie weiß mehr als alle anderen. Sie war mittendrin. Sie müssen ebenfalls in der Schusslinie sein.«

»Das …, ich weiß es nicht«, gab Miles zu. »Sie ist zu Hause. Die meisten Frauen, die Sie befreit haben, sind zu Hause. Bisher ist ihnen nichts zugestoßen.«

Auf Hoons Gesicht kämpften Verwirrung und Erleichterung um die Vorherrschaft. Am Ende wurden sie beide von einem misstrauischen Gesichtsausdruck weggewischt. »Das ergibt keinen verdammten Sinn.«

»Sie wissen in der Regel nicht viel«, erklärte Miles. »Die Mädchen stehen ständig unter Aufsicht. Und die Drogen machen sie fertig. Schon bevor Sie auftauchten, sind einige entkommen. Sie haben überlebt, nehme ich an. Sie konnten uns keine einzige Person beschreiben – und wussten erst recht keine Namen.«

Hoon wollte nicht über die Folgen dieser Erklärung nachdenken. Er wollte nicht darüber nachdenken, was diese miesen Bastarde Bambers Tochter angetan haben könnten.

Er wollte es nicht, aber er konnte nicht anders und musste sich setzen, bevor seine Beine unter ihm nachgaben.

»Richtig. Na, das ist doch was«, murmelte er, um seine anschwellende Wut zu unterdrücken. »Also, nur wir hier und Greigs Familie, um die wir uns kümmern müssen.«

»Ja«, sagte Miles. »Es sei denn …«

»Es sei denn, was?«

Miles rutschte auf seinem Sitz hin und her. »Ich meine, ich bezweifle, dass sie hinter ihr her sein werden. Sie steht zu sehr in der Öffentlichkeit.«

»Von wem redet er?«, fragte Gabriella Hoon.

»Deirdrie?«

Miles nickte.

Gabriella sah von einem Mann zum anderen. »Wer zum Teufel ist Deirdrie?«, fragte sie, dann fiel ihr etwas ein. »Moment, ist das die Polizistin? Die werden doch nicht hinter ihr her sein, oder? Sie ist weit oben. Ist sie nicht die Polizeichefin oder so?«

»Chief Superintendent«, sagte Hoon. Er schüttelte den Kopf. »Nein, das wäre zu riskant.«

Miles starrte ihn an, offensichtlich nicht überzeugt.

»Sie wollen mir doch nicht ernsthaft weismachen, dass die versuchen werden, sie zu töten, oder?«, fragte Hoon. »Sie hat so verdammt lange durchgehalten. Und auf keinen Fall wird die Polizei stillhalten, wenn jemand sie ausschaltet. Das können die Zeitungen nicht auf Seite zwölf verstecken.«

Miles sah immer noch nicht so aus, als würden ihn Hoons Argumente völlig überzeugen, aber er zuckte mit den Schultern und schüttelte den Kopf. »Nein. Wahrscheinlich nicht«, stimmte er zu. »Aber vielleicht sollten wir sie anrufen oder so. Nur um sie auf dem Laufenden zu halten.«

Hoon nickte. »Aye. Eine kleine Vorwarnung kann

nicht schaden«, räumte er ein. »Haben Sie ihre Handy-nummer?«

Miles fischte in seiner Tasche nach seinem Handy. »Ja, die ist hier drin.«

Hoon beugte sich vor und deutete mit dem Finger zu dem anderen Mann. »Moment mal, ist das Ihr verdammtes Telefon? Ist das Ihr normales Scheiß-Handy?«

»Nein, natürlich nicht«, sagte Miles und warf Hoon einen beleidigten Blick zu. »Das liegt bei uns in der Wohnung. Das hier ist ein unregistriertes Prepaid-Handy. So wie das, das ich Ihnen gekauft habe und das Sie mir wohl nie bezahlen werden. Nur besser.«

»Gut. Ich dachte schon, ich müsste Sie in den Boden stampfen«, sagte Hoon und lehnte sich in seinem Sessel zurück. »Okay, Sie schreiben jetzt ihre Nummer auf, und dann ziehen Sie Ihre Jacke an.«

Miles sah vom Telefon auf und blickte auf die alte Standuhr in der Ecke. »Es ist ein Uhr nachts. Warum soll ich meine Jacke anziehen?«

»Weil jemand zu Greig fahren und sie alle herbringen muss«, erklärte Hoon. Er grinste über den bestürzten Gesichtsausdruck des anderen Mannes. »Und Sie sind der Einzige, der weiß, wo sie zu finden sind.«

»Was? Sie wollen einfach alle hier sammeln?«, fragte Miles. »Das ist Ihr Plan? Wollen Sie denen das Leben leichter machen? Ihnen ein Ziel geben statt zwei?«

»Haben Sie eine bessere Idee?«

»Ja!«, entgegnete Miles.

»Großartig. Wir sind ganz Ohr«, sagte Hoon, verschränkte die Arme und lehnte sich zurück.

Der ungläubige Blick auf Miles' Gesicht wich einer Art müder Resignation. »Ich meine … *im Moment* habe ich keine. Aber das heißt nicht, dass …« Er seufzte und stand auf. »Gut. Ich hole meine Jacke.«

»Guter Junge«, sagte Hoon. Er rief den MI5-Mann zurück, als dieser gerade die Tür erreichte. »Oh, und Miles?«

»Ja?«

»Wenn Ihnen jemand hierher folgt, bringe ich Sie eigenhändig um.«

Miles sah ihn gerade lange genug an, um sich zu vergewissern, dass Hoon es ernst meinte, dann tippte er sich zum Gruß mit zwei Fingern an die Stirn und trat in den Flur hinaus.

VIERZEHN

Chief Superintendent Deirdrie Bagshaw konnte nicht schlafen. Das war an sich nicht ungewöhnlich. Sie war schon immer eine Nachteule gewesen – sie hatte die Spätschichten geliebt, als sie noch Streife lief, und obwohl diese Jahre lange vorbei waren, hatte sich ihre innere Uhr nie ganz umgestellt.

In den meisten Nächten saß sie bis zwei, vielleicht drei Uhr da, um Papierkram zu erledigen, und zwang sich dann, ins Bett zu gehen, um die schlechte Laune möglichst zu vermeiden, die das frühe Weckerklingeln unweigerlich mit sich brachte.

Heute Abend musste sie jedoch keinen Papierkram durchsehen. Eigentlich hatte sie überhaupt keine Arbeit. Zum ersten Mal, solange sie zurückdenken konnte, wusste Deirdrie Bagshaw nicht, was sie machen sollte.

Sie hatte sogar den Fernseher angestellt. Sie konnte sich nicht erinnern, wann sie das zum letzten Mal getan hatte. Es war so lange her, dass sie ganze zwei Minuten gebraucht hatte, um den Knopf auf der Fernbedienung zu finden, mit dem man das verdammte Ding einschalten konnte.

Es gab einen Krimi auf ITV. Er war völlig absurd und brachte sie innerhalb weniger Augenblicke aus der Fassung. Der Drehbuchautor hatte offensichtlich nie bei der Polizei gearbeitet. Oder auch nur einen Hauch von Recherche betrieben.

Sie bezweifelte, dass er jemals einen Polizisten kennengelernt hatte.

Auf keinem BBC-Kanal gab es etwas Interessanteres zu sehen, was allerdings kaum verwunderlich war. Halb zwei Uhr morgens galt nicht gerade als Hauptsendezeit, und die meisten Leute, die jetzt einschalteten, waren zu betrunken oder erschöpft, um noch viel mitzukriegen.

Sie entschied sich für die Wiederholung einer Kochsendung auf Channel 4. Darin kam Jamie Oliver vor, und es wurde für Gehörlose in Gebärdensprache übersetzt. Der unverkennbaren Abneigung nach zu urteilen, die die Gebärdensprachdolmetscherin in ihre Bewegungen legte, war es klar, dass sie wie Deirdrie kein Fan von Oliver war.

Doch trotz all seiner Fehler hatte Jamie Oliver in keiner seiner Sendungen eine völlige Missachtung polizeilicher Vorschriften an den Tag gelegt, weshalb dies immer noch besser war als das Angebot von ITV.

Er kochte Lammfleisch, verfeinert mit marokkanischen Gewürzen, und servierte es auf einem Bett aus etwas, das wie Reis aussah, aber wahrscheinlich keiner war. Jedenfalls kein *normaler* Reis. Jamie Oliver hielt sich zweifellos für zu gut für normalen Reis. Es musste Blumenkohlreis oder Zitronen-Couscous oder etwas anderes sein, das genauso weit von einer mikrowellengeeigneten Tüte Uncle Ben's entfernt wäre.

Aber es sah lecker aus. Das Lamm noch mehr als die reisähnliche Substanz, auf der es lag. Deirdrie war nicht in der Stimmung für ein Abendessen gewesen und hatte sich mit ein paar hart gekochten Eiern begnügt, die sie an dem ausklappbaren kleinen Esstisch in der Ecke des Wohnzimmers nacheinander geschält hatte.

Auf der anderen Seite des Flurs befand sich ein Esszimmer – ihr Superintendent-Gehalt hatte ihr gewisse Annehmlichkeiten ermöglicht, und sie hatte sich wohntechnisch verbessert, bevor der Londoner Immobilienmarkt verrücktspielte –, aber sie benutzte es nur, wenn sie Freunde zu Besuch hatte, was bedeutete, dass sie es selten genutzt hatte, und in den letzten Jahren schon gar nicht.

Ihr Magen knurrte. Sie versuchte, sich davon abzulenken, indem sie die kleine Frau in der Ecke beobachtete, die die Gebärdensprache beherrschte. Deirdrie wusste nicht viel über die britische Gebärdensprache, doch sie war sich ziemlich sicher, dass die Dolmetscherin Jamie Oliver einen Wichser nannte. Bestimmte Handgesten waren universell.

Der Hunger nagte an ihr, und als der Fernsehkoch ein frisch gebackenes Brot aus einer Art Lehmofen holte, wusste sie, dass sie es nicht länger hinauszögern konnte.

Nach ein paar Versuchen schaffte sie es, sich aus ihrem Sessel zu hieven. Sie steuerte gerade auf den Flur zu, als das Display ihres Handys aufleuchtete und das Handy mit einer Welle von Vibrationen über den Couchtisch ratterte.

Sie stemmte die Hände in die Hüften ihres Morgenmantels und starrte auf das Handy. Der Anrufer war nicht in ihren Kontakten, also wurde auch kein Name auf dem Display angezeigt. Stattdessen nur eine Handynummer – wenn auch keine, die sie kannte.

Sie brauchte einige Augenblicke, um eine Entscheidung zu treffen. Sie zog den Gürtel ihres Bademantels enger um ihre Taille, griff dann nach unten und nahm den Anruf an.

»Bagshaw«, sagte sie mit einer knappen, gut eingeübten Genervtheit, die Zeitverschwender in der Regel wirksam abschreckte.

Sie erkannte die Stimme am anderen Ende schon bei der ersten gutturalen Silbe.

»Deirdrie«, sagte Hoon. »Sie sind wach.«

»Ja, jetzt schon«, erwiderte Bagshaw. Sie nahm die Fernbedienung des Fernsehers in die Hand, suchte nach der Lautstärketaste, gab die Suche dann aber auf und ging stattdessen schnell in die Küche. »Sie sollten hier nicht anrufen. Es gibt laufende Ermittlungen.«

»Das habe ich gehört«, antwortete Hoon. »Und mir geht es übrigens gut. Danke der Nachfrage.«

»Ich habe nicht danach gefragt«, erinnerte ihn Deirdrie mit Nachdruck. Es war kalt in der Küche. Sie zog ihren Bademantel fester um sich und schloss dann das Fenster. »Es wird Sie vielleicht überraschen, aber momentan steht Ihr Wohlergehen bei mir nicht unbedingt an erster Stelle.« Sie öffnete den Kühlschrank und ließ das Licht in die kleine, penibel aufgeräumte Küche fallen. Der Kühlschrank selbst war genauso aufgeräumt und gut organisiert. Das war allerdings kein Kunststück, denn der Inhalt bestand aus einem einzigen Karton Milch, einem weiteren mit Cranberrysaft und einer Schale mit gemischtem Salat von der Feinkosttheke des Supermarkts um die Ecke.

Es als Salat zu bezeichnen, war ziemlich großzügig. Die Hälfte des Bechers war mit Mais und Croutons gefüllt, der Rest bestand hauptsächlich aus Rote-Bete-Stücken und grobem Krautsalat. Eine einsame Kirschtomate balancierte obenauf, sodass das Ganze ein wenig an einen Clown erinnerte, der gerade einen Betriebsunfall hatte.

»Schön, aber zu Ihrem Glück kümmert mich Ihr verdammtes Wohlergehen«, sagte Hoon.

Bagshaw nahm das Telefon von einer Hand in die andere und legte es ans andere Ohr, sodass sie die Schale mit dem pürierten Clownsgesicht herausnehmen konnte.

»Wovon reden Sie?«, fragte sie und schnupperte versuchsweise an der Schale.

Er war nicht abgelaufen, das wusste sie. Aber irgendetwas an dieser speziellen Kombination von Zutaten ließ sie zögern. Sie hatte alles, ohne lange nachzudenken, hineingehäuft, und der Rote-Bete-Saft war überall eingezogen, sodass nichts davon besonders ansprechend aussah.

»Hören Sie, nehmen Sie das jetzt vielleicht nicht zu ernst«, sagte Hoon. »Aber West hat etwas erzählt, bevor wir von diesem verdammten Lastwagen überrollt wurden …«

»Sie rufen an, um mir zu sagen, dass ich in Gefahr sein könnte«, beendete Deirdrie den Satz für ihn.

Sie schob den Salat in den Kühlschrank zurück, hoffte, dass er am Morgen besser aussehen würde, und nahm dann den Saftkarton in die Hand. Er war enttäuschend leicht, und ein kurzes Schütteln des Behälters erzeugte nur ein leises Schwappgeräusch von dem, was an Flüssigkeit darin noch übrig war.

»Ja. Ganz genau«, erwiderte Hoon.

»Schön, danke für Ihre Besorgnis«, sagte Bagshaw. »Ich nehme es zur Kenntnis.«

»Sie klingen nicht allzu besorgt«, antwortete die Stimme in ihrem Ohr.

Deirdrie zuckte mit den Schultern, schloss den Kühlschrank und tauchte die Küche wieder in fast völlige Dunkelheit. »Wie Sie wissen, gehört die Gefahr zum

Job«, sagte sie und fröstelte in der Kälte. »Sie ist nie weit weg. Ich habe das schon einmal erlebt und werde es sicher wieder erleben. Im Moment geht es mir nur darum, meinen Job zu behalten. Wenn es Ihnen also nichts ausmacht, sage ich jetzt …«

Sie verstummte. Die Dielen knarrten unter ihr, als sie sich auf der Stelle drehte.

»Was wollen Sie sagen?«, fragte Hoon.

Sie antwortete nicht. Sie wagte es nicht.

Das Küchenfenster.

Sie hatte das Küchenfenster nicht geöffnet.

Die Tür stand halb offen. Sie hielt den Atem an und bemühte sich, mehr als nur das launische Geplapper des Fernsehkochs zu hören, das immer noch aus dem Wohnzimmer dröhnte.

Irgendwo auf dem Flur bewegte sich ein Schatten.

»Bob«, flüsterte sie und zog langsam ein großes Messer aus dem Block auf der Arbeitsplatte neben sich. »Hier ist jemand.«

FÜNFZEHN

Hoon sprang von seinem Sitz, als wäre er herausgeschossen worden. Er war allein im Wohnzimmer, denn Gabriella hatte sich für eine Weile zu Welshy gesetzt, sodass niemand da war, der sein wachsendes Entsetzen sehen konnte.

»Was wollen Sie damit sagen? Wer ist da? Sind Sie sicher?«, fragte er. Es gab keine Antwort, nur das ungleichmäßige Schnaufen Deirdries und das Rascheln von Stoff, als sie sich durch das Haus bewegte.

»Raus«, drängte Hoon. »Gehen Sie zur Tür und laufen Sie raus, sofort.«

Keine Antwort. Keine Reaktion.

»Deirdrie, hören Sie mir überhaupt zu? Laufen Sie weg. Raus aus dem Haus, bevor ...«

Ihre Schreie unterbrachen ihn. Zuerst war es laut und nah, dann entfernte es sich immer mehr, als würde sie sich vom Telefon wegbewegen. »Raus hier!«, rief sie, und es erinnerte an Hoons Warnung. »Polizei! Dies ist Privatbesitz! Ich habe ein Messer! Raus hier, jetzt, oder ...«

Der Satz endete mit einem Geräusch, das Hoon an

nasse, knorpelige Dinge denken ließ. Er rief ihren Namen, schrie sie an, hörte aber nur eine Folge kurzer, röchelnder Atemzüge.

Danach herrschte Stille. Er lauschte, drückte das Telefon fest an sein Ohr und versuchte, irgendwelche Lebenszeichen zu hören, die seinen Herzschlag übertönten.

Da war eine Stimme im Hintergrund. Weit weg. Vielleicht ein Fernseher.

Und dann, schwach hörbar, gab es ein weiteres Geräusch. Schritte auf dem Teppichboden. Die Dielen ächzten unter dem Gewicht von jemandem.

Er hörte, wie das Telefon hochgehoben wurde, das Rascheln, als es in einer behandschuhten Hand umgedreht wurde. Der nächste Atemzug hatte etwas Tierhaftes an sich. Es war eine Art schnaubendes Keuchen. Hoon erkannte es, und das Bild eines Mannes ohne Nase und mit einer vernarbten Kehle stand plötzlich vor seinem geistigen Auge und starrte ihn hasserfüllt an.

»Was zum Teufel haben Sie getan?«, fragte Hoon.

Das Atmen wurde schneller. Dann wurde es zu einem kichernden Gelächter, das immer lauter wurde, selbst als das Telefon an jemand anderen weitergereicht wurde.

»Sind Sie das, Mr. Hoon?«

Suranne. Oder wie auch immer sie heißen mochte.

»Was zum Teufel haben Sie mit ihr gemacht?«

»Wir haben getan, was wir immer tun. Wir haben aufgeräumt«, antwortete sie.

»Dafür bringe ich Sie um«, sagte Hoon. Die Warnung wurde nicht mit besonderer Gehässigkeit ausgesprochen, sondern mit einer Selbstverständlichkeit, die sie nur noch erschreckender machte.

Suranne schien jedoch nicht im Geringsten beunruhigt zu sein. »Geben Sie nicht mir die Schuld daran«, erwiderte sie. »Sie haben sie in die Sache hineingezogen. Sie hatte eine lange Karriere hinter sich. Und der Grund dafür ist, dass sie sich nie erlaubt hat, zu viel von unseren Aktivitäten mitzubekommen. Sie hat es vermieden, sich einzumischen. Bis Sie aufgetaucht sind und sie da reingezogen haben. Ihr Selbstmord geht auf Ihr Konto.«

»Selbstmord? Was soll das …?«, begann Hoon, bevor er innehielt. »Natürlich.«

»In Ungnade gefallen, suspendiert von dem Job, dem sie ihr ganzes Leben gewidmet hatte«, fuhr Suranne fort. »Unausweichlich, wirklich. Tragisch, aber unausweichlich. Man wird sie sicher schmerzlich vermissen.«

»Damit kommen Sie nicht durch«, sagte Hoon.

»Doch, das werden wir. Das tun wir immer«, erwiderte die Frau am anderen Ende, bevor sie das Thema wechselte. »Hatten Sie Zeit, über mein Angebot nachzudenken?«

»Es gab kein verdammtes Angebot«, antwortete

Hoon. »Es war eine Falle. Sie haben mich benutzt, um an West heranzukommen.«

Suranne lachte. Es war kein kränkliches Kichern wie das des Professors, sondern hatte etwas Leichtes, Trillerndes. Unter anderen Umständen hätte es vielleicht ganz charmant geklungen. Aber in diesem Moment verursachte es Hoon eine Gänsehaut.

»Gut gemacht. Sie haben es herausgefunden«, sagte sie zu ihm. »Ironischerweise möchte ich Ihnen deshalb fast eine Stelle bei uns anbieten. Ist das nicht verrückt? Aber ich kann Ihre Antwort vermutlich erraten.«

»Was meinen Sie? ›Ramm es dir in den fischigen Arsch, du Verkehrsunfall‹?«

Es gab nur einen kurzen Moment des Zögerns auf der anderen Seite. »Okay, ich hätte es vielleicht nicht wortwörtlich erraten, aber den Kerngedanken hätte ich vorhersagen können«, antwortete Suranne.

Hoon warf einen Blick über die Schulter zurück zur Tür und senkte die Stimme. »Hören Sie. Ich bin es, den Sie wollen. Vergessen Sie alle anderen, und ich werde mich Ihnen ausliefern. Sie können mit mir machen, was Sie wollen, lassen Sie nur die anderen aus dem Spiel.«

Am anderen Ende der Leitung herrschte Stille. Hoon hielt den Atem an. Zog sie es tatsächlich in Betracht? Würde sie dem Angebot tatsächlich zustimmen?

Und konnte er ihr vertrauen, selbst wenn sie es tat?

»Tut mir leid, ich habe mir eine Träne weggewischt«, sagte Suranne, und Hoon erkannte an dem übertriebenen Schniefen, dass sie sich über ihn lustig machte. »Ein reizendes Angebot, Mr. Hoon. Viel nobler, als ich es Ihnen zugetraut hätte. Ich dachte, Männer wie Sie wären schon lange ausgestorben, falls sie überhaupt jemals existiert haben. Aber, nein. Das ist kein Deal, auf den ich mich einlassen möchte.«

»Sie begehen einen verdammt großen Fehler, Sweetheart«, sagte Hoon. »Glauben Sie mir, Sie wollen, dass ich leise komme. Entweder das, oder ich verschaffe euch Wichsern ein neues Arschloch. Und damit meine ich nicht jedem Einzelnen. Ich meine ein großes, verdammtes, kollektives neues Arschloch für euch alle.«

»Das wäre schon etwas«, sagte Suranne und lachte wieder. »Aber es wird Folgendes passieren, Mr. Hoon. Wir werden Sie erledigen, so wie wir die verblichene Chief Superintendentin erledigt haben – möge sie in Frieden ruhen –, und wir werden mit Ihnen dasselbe machen, was wir mit ihr gemacht haben. Nur viel langsamer. Wir werden auch jeden töten, von dem wir glauben, dass Sie ihm von uns erzählt haben könnten. Das heißt, die reizende Gabriella, ihr armer, leidender Ehemann, unser gemeinsamer Freund Miles und jeder andere, von dem wir annehmen, dass er auch nur eine entfernte Bedrohung für unsere Organisation darstellen könnte.«

»Viel Glück bei der Suche nach uns.«

Sie lachte erneut. Bei dem Geräusch sträubten sich Hoons Nackenhaare.

»Oh, Mr. Hoon. Ich hätte Sie für schlauer gehalten«, antwortete sie. »Wir wissen bereits, wo Sie sind.«

Hoons Magen fühlte sich an, als hätte ihn gerade eine eisige Hand gepackt und zusammengedrückt.

»Einen Scheiß tun Sie.«

»Sie glauben mir nicht?«, fragte Suranne, und er konnte das Grinsen in ihrer Stimme hören. »Dann sehen Sie aus dem Fenster.«

Hoons Blick wanderte zu den Vorhängen, die gegen die Dunkelheit draußen zugezogen waren. Aus Welshys Zimmer hörte er das leise Murmeln Gabriellas, die ihrem Mann tröstende Worte zuflüsterte.

Seine Füße bewegten sich wie von selbst und trieben ihn Schritt für Schritt zum Fenster.

»Was sehen Sie?«, fragte Suranne.

Hoon streckte den Arm aus und öffnete mit zwei Fingern die Vorhänge gerade so weit, dass er durch den Spalt schauen konnte. Das Erste, was er sah, war sein eigener Augapfel, der zurückstarrte, aber dann blickte er durch das Spiegelbild, so weit es das abstrahlende Licht aus dem Bauernhaus erlaubte.

Er ließ den Vorhang wieder an seinen Platz fallen. »Ich sehe einen Scheißdreck, weil Sie nicht hier sind«, sagte Hoon zu ihr. »Weil Sie nicht die leiseste Ahnung haben, wo hier ist.«

»Aber vielleicht sind wir gerade auf dem Weg dorthin«, sagte Suranne. »Vielleicht zieht der Tod schon jetzt, während wir miteinander sprechen, seine Schlinge um euch alle zu. Vielleicht wird in zehn Minuten eine knarrende Diele zu hören sein. Ein Klopfen am Fenster in einer Stunde. Denn was Sie und mich im Moment trennt, ist nicht die Entfernung, Mr. Hoon. Es ist die Zeit. Das ist alles. Eine immer kürzer werdende Zeitspanne. Tick-tick-tick-tick-tick-tick-tick.«

»Ihr Arschlöcher liebt den Klang eurer eigenen Stimmen, nicht wahr?«, blaffte Hoon. »Gibt es einen verdammten Trainingskurs, auf den ihr alle geschickt werdet? *Mittelmäßige Schurken-Monologe für Anfänger?* Wenn Sie mich wollen, Sweetheart, dann holen Sie mich, verdammt noch mal. Ich werde auf euch warten.«

Er drückte die Taste, die den Anruf beendete, schaltete das Handy aus und nahm den Akku heraus. Da er Deirdries Handy angerufen hatte, wäre es für sie fast unmöglich gewesen, den Anruf zurückzuverfolgen. Aber dummerweise hatten sie jetzt seine Nummer. Alles, was sie brauchten, war ein Kontakt beim Provider oder jemanden, der befugt war, dort die Verbindungsdaten anzufordern, dann würden sie seinen Standort ungefähr eingrenzen können.

In Anbetracht der Tatsache, dass es im Umkreis von mehreren Kilometern nichts anderes gab, wäre es danach keine große Herausforderung mehr, das Bauernhaus zu finden.

»Scheiße!«, zischte er und drückte das Telefon so fest, dass das Plastikgehäuse einen Knacks bekam. »Dummes, verdammtes, verdammtes Arschloch! *Scheiße!*«

»Alles in Ordnung?«

Hoon drehte sich um und sah Gabriella in der Tür stehen. Sie wirkte besorgt. Kaum überraschend, wenn man bedachte, wie er fluchte und sich mit dem Handballen gegen die Stirn schlug.

»Ja, alles gut«, sagte er. Das hätte nicht mal ein Kindergartenkind getäuscht, und Gabriella war schlauer als die meisten Menschen, die er kannte.

»Es sieht nicht gut aus«, sagte sie.

»Es ist nichts. Mach dir keine Sorgen«, betonte Hoon.

Er fühlte sich plötzlich eingeengt, als er mit ihr im Wohnzimmer stand, und Gabriella trat zur Seite, als er an ihr vorbei in den Flur eilte. Er ging weiter in Welshys Zimmer, und sie blieb dicht hinter ihm.

»Bob, was ist los? Was ist passiert?«, fragte sie. »Du machst mir Angst.«

»Ich habe dir doch gesagt, es ist nichts«, erwiderte Hoon.

Er sah auf Welshy hinunter, der hinter dem Geländer in seinem Bett lag und mit Sauerstoff, Magensonden und Infusionen am Leben gehalten wurde. Noch vor ein paar Stunden war es Hoon genauso gegangen. Er hatte es höchstens ein paar Stunden ertragen müs-

174

sen und würde es seinem ärgsten Feind nicht wünschen.

Okay, nein, das stimmte nicht. Es gab viele Leute, denen er das gewünscht hätte, und noch viel Schlimmeres.

Aber niemandem, der ihm etwas bedeutete. Und schon gar nicht dem Mann, der für ihn wie ein Bruder war.

Welshys Hand lag immer noch da, Handfläche nach oben, Finger gekrümmt wie die Beine einer toten Spinne. Er wollte sie in seine Hand nehmen. Er wollte sie halten und ihm jeden erdenklichen Trost spenden.

Aber sein Körper ließ ihn nicht. Seine Hände wollten sich nicht bewegen. »Sie haben sie umgebracht«, sagte er und blickte immer noch nicht über die Schulter.

»Wen?«, fragte Gabriella. Sie machte einen Laut wie ein aufgeschreckter Vogel. »Die Polizistin?«

»Ja«, bestätigte Hoon. »Während ich am Telefon war.«

»O Gott! Was machen wir jetzt? Sollen wir jemanden anrufen? Ich finde, wir sollten jemanden anrufen.«

Hoon schüttelte den Kopf. »Es hat keinen Sinn. Es gibt nichts, was man jetzt noch für sie tun könnte.«

»Oh. Scheiße. O Gott. Das ist … ich weiß nicht, was ich sagen soll.«

Gabriella ließ sich in den Ohrensessel fallen, der

neben das Bett gestellt worden war. Darauf lag ein Kissen, und über der Lehne hing eine zerknitterte Decke. Hoon konnte sich vorstellen, dass sie in den meisten Nächten dort schlief, um Welshy beizustehen, wenn er sie brauchte, oder um es einfach zu genießen, ihm so nahe zu sein, wie die derzeitigen Umstände es zuließen.

In der Ecke stand ein weiterer Stuhl – ein klappriger Esszimmerstuhl, der zurzeit als Ablagefläche für gefaltete Laken und Kissenbezüge diente. Hoon legte sie auf den Boden, dann stellte er den Stuhl an die Seite des Bettes, näher an das Fußende und gegenüber von Gabriella am Kopfende.

»Da …, es gibt da noch etwas«, sagte er.

Selbst diese Worte machten ihr Angst. Er konnte sehen, wie sie sie mit Furcht erfüllten. Er sollte es ihr natürlich sagen. Er sollte sie wissen lassen, wie sehr er es vermasselt hatte. Aber sie hatte sich für eine Nacht genug Sorgen gemacht.

Und wenn er ehrlich war, konnte er den Gedanken nicht ertragen, in ihrer Achtung zu sinken.

Es würde einige Zeit dauern, bis sie den Anruf nachverfolgen konnten. Mindestens Stunden.

Sie würden heute Abend nicht mehr kommen.

Wenigstens die Nacht sollte ihr bleiben.

»Sie werden es wie Selbstmord aussehen lassen«, erklärte er.

Gabriella zog die Augenbrauen zusammen. Das war

176

offenbar nicht das, was sie erwartet hatte. »Oh. Das ist ja furchtbar«, murmelte sie. »Haben sie noch etwas gesagt?«

Hoon schüttelte den Kopf. »Nichts, was einem den Schlaf rauben sollte.«

»Schlafen? Was ist das noch mal?«, fragte Gabriella, und sie lächelten sich an.

Hoon nickte. »Ich kann mir nicht vorstellen, dass du viel davon bekommst«, sagte er.

»Hier noch weniger als vorher«, erwiderte Gabriella. »Besonders in den letzten Wochen.«

Hoon beobachtete, wie sie ihre Hand auf die ihres Mannes legte, so wie er es nicht über sich gebracht hatte.

Es war eine Sache gewesen, es im Haus von Gwynn und Gabriella zu tun. Damals hatte der Mann im Bett trotz allem, was ihm widerfahren war, wenigstens noch Ähnlichkeit mit Welshy gehabt. Die Version von ihm, die jetzt dort lag, hätte davon jedoch nicht weiter entfernt sein können. Sie war eine grausame Karikatur von Hoons altem Freund. Eine brutale, verdammte Satire auf alles, was er gewesen war.

»Was sagen die Ärzte?«, fragte Hoon und wandte den Blick von der zärtlichen Geste ab.

»Sie … sie wissen nicht, ob er Schmerzen hat«, sagte Gabriella, und die Art und Weise, wie sich ihre Kehle bei diesen Worten zusammenzog, brach Hoon fast das Herz. »Er bekommt Morphium dagegen. Aber sie wissen nicht, ob es die Schmerzen vollständig stoppt oder ob er immer noch ...« Sie verschluckte sich am Rest des Satzes und schaute zur Decke, um ihre Tränen zu verbergen.

»Es ist okay«, versicherte ihr Hoon. Das war es natürlich nicht. Es war alles andere als okay.

»Ich ... ich kann die Vorstellung nicht ertragen, dass er Schmerzen hat und es uns nicht sagen kann«, brachte sie mit Mühe heraus.

Hoon warf einen Seitenblick auf den Mann im Bett. »Nein. Nein, natürlich nicht«, sagte er. »Aber er ist nicht mehr im Spiel. Er leidet nicht. Nicht mehr.«

Das glaubte er selbst nicht. Nicht wirklich. Aber das waren die Worte, die sie hören musste.

Gabriella wischte sich mit dem Ärmel über die Augen, schniefte geräuschvoll und nickte dann dankend. Als sie erneut sprach, hatte sie ihre Stimme wieder unter Kontrolle und konnte die Emotionen zurückdrängen, die sie zu überwältigen drohten. »Sie sagen, es ist nur noch eine Frage der Zeit.«

Hoon nickte langsam und feierlich und erinnerte sich an das Letzte, was Suranne am Telefon zu ihm gesagt hatte. »Ja. Ich nehme an, darauf läuft es letzten Endes hinaus«, bemerkte er. Der Stuhl unter ihm ächzte, als er es sich darin bequem zu machen versuchte. »Ehrlich – wenn es jemand in die Länge zieht, dann dieser Bastard da. Hat er immer noch diese Sache gemacht, mit der er dich dazu bringt, deine Hand auf seine Stirn zu legen, um seine Temperatur zu checken, selbst wenn ihm nur die Nase läuft?«

Gabriella lachte so heftig, dass ihr die Tränen in die Augen stiegen. »Ja! Gott. Die ganze Zeit! Am Ende habe ich ihm eines dieser digitalen Thermometer gekauft. So ein Teil, mit dem man nur irgendwo hinzielt, und dann zeigt es einem die Temperatur an.«

Hoon schnaubte. »Ich wette, das hat er dann auch nicht geglaubt, verdammt.«

»Hat er tatsächlich nicht! Er hat es zweimal umgetauscht, weil er überzeugt war, dass es kaputt sei.«

»Ja, das klingt nach ihm. Er hat uns immer dazu gebracht, ihm die Hand auf die Stirn zu legen, und wir haben stets das Gleiche gesagt. ›Natürlich ist dir heiß, du Arschloch, du bist in einer verdammten Wüste.‹ Damit hat er sich aber nie zufriedengegeben. Er hat jeden anderen Kerl gefragt, ob er mal fühlen kann.« Hoon gluckste. »Ich will ehrlich sein, einige der Jungs dachten schon, es wäre eine verdammt abgedrehte sexuelle Sache.«

»Tja, es war jedenfalls keine, die er je mit mir geteilt hat!« Gabriella lachte, doch dann hielt sie inne. Sie wirkte auf einmal verlegen und befangen. »Tut mir leid. Zu viele Informationen.«

Hoon verzog das Gesicht und hoffte, damit ihre Entschuldigung abzutun, ihr zu versichern, dass sie nichts Unangemessenes gesagt hatte, und den Rest des Gesprächs zu retten. In Anbetracht der späten Stunde und des Tages, den er hinter sich hatte, war das jedoch ziemlich viel, was man von einem einzigen Gesichtsausdruck verlangen konnte, und stattdessen zog er eine Art belustigte Grimasse, die die ganze Situation nur noch seltsamer erscheinen ließ.

Scheiße.

Er klatschte sich mit den Händen auf die Oberschenkel, um zu signalisieren, dass es für ihn an der Zeit war … woanders hinzugehen. Wohin genau, wusste er nicht.

Er wusste nur, dass er den Raum verlassen musste, bevor jemand vor Verlegenheit im Erdboden versank.

»Darf ich eure Dusche benutzen?«, fragte er. »Es waren ein paar harte Tage. Es wäre gut, sie abzuwaschen.«

»Natürlich«, antwortete Gabriella. »Das Bad ist am Ende des Flurs. Nimm dir ein Handtuch von dem Stapel, den du auf den Boden verfrachtet hast.«

»Das ist nett, danke«, sagte Hoon. Er stand auf und nahm das oberste Handtuch von dem Stapel.

»Ich sollte dich allerdings warnen«, sagte Gabriella. »Um diese Zeit wird das Wasser nicht besonders heiß sein.«

»Kein Problem«, erwiderte Hoon. Er warf sich das Handtuch über die Schulter. »Damit kann ich ganz bestimmt umgehen.«

SECHZEHN

»Gottverdammte Scheiße!«

Hoons Körper verkrampfte sich im strömenden Wasser, als wäre er Stromschlägen ausgesetzt. Als er unter Miles' Dusche gestanden hatte – wann auch immer das gewesen sein mochte –, war er überzeugt gewesen, dass es nach dem ersten Wasserstrahl nicht kälter werden konnte.

Jetzt wurde ihm klar, dass er sich sehr getäuscht hatte.

Er war nicht einmal davon überzeugt, dass die Flüssigkeit, die aus der Dusche kam, tatsächlich Wasser war. Wurde Wasser bei dieser Temperatur nicht verdammt fest? Die Substanz, die seine Haut gerade blau färbte, musste etwas sein, das einen viel niedrigeren Gefrierpunkt hatte. Alkohol, vielleicht.

Aber das konnte er vergessen.

Anders als die Dusche in Miles' Wohnung schien diese nicht wärmer zu werden. Hoon hatte gehofft, eine Weile unter dem Wasserstrom stehen zu können, um seine Muskeln zu entspannen, aber der eisige Fluss bewirkte genau das Gegenteil, und er spürte, wie seine

Gliedmaßen mit jeder verstreichenden Sekunde steifer wurden.

Er schrubbte sich, so gut er konnte, und fummelte dann an den Wasserhähnen herum, bis das Wasser versiegte – begleitet von beunruhigendem Klirren und Poltern, das die Wände hinauf und durch den Rest des Hauses zu wandern schien.

Er stand einige Sekunden lang da und lauschte, halb in der Erwartung, dass die Decke einstürzen würde, doch dann übermannte ihn die Kälte, er stieg hinaus und holte sein Badetuch vom Waschbecken.

»Verdammt noch mal«, stieß er hervor, als er es entfaltete und feststellte, dass es nur ein kleines Handtuch war. Er rubbelte sich kräftig damit ab und versuchte, das Frösteln zu vertreiben. Als sämtliche seiner Schmerzen ihren Protest zum Ausdruck brachten, verringerte er den Druck ein wenig und zitterte sich durch die restliche Trocknungsprozedur.

Im Spiegel sah ihn Mr. Grumpy finster an, als er das T-Shirt wieder anzog. Miles hatte ihm zwar ein paar Kleidungsstücke mitgebracht, aber da er diese erst seit ein paar Stunden trug, war es noch viel zu früh, sie zu wechseln.

Außerdem hatte er das andere T-Shirt gesehen. Es war ein knallgelbes Monstrum mit dem Gesicht von Tweety-Pie auf der Vorderseite und dem Schriftzug »I tawt I taw a puddy cat!« in fetter roter Schrift über den Schultern.

Mr. Grumpy, das kleine Arschloch mit dem verkniffenen Gesicht, war viel mehr nach Hoons Geschmack.

Sobald er angezogen war, verließ Hoon das Badezimmer. Er griff nach oben, um die Entlüftung auszuschalten. Es wäre auch gar kein Dampfabzug erforderlich gewesen, weil es keinen Dampf zum Absaugen gegeben hatte.

Er nahm sich einen Moment Zeit, um die Entlüftung als »Arschloch« zu bezeichnen, als ob der Mangel an heißem Wasser irgendwie deren Schuld wäre, dann stapfte er in seinen Socken den Korridor entlang und streckte seinen Kopf in Welshys Zimmer.

»Ja, das mit dem Wasser war kein verdammter Scherz von dir«, begann er, hielt dann jedoch inne, als er sah, dass Gabriella mit geschlossenen Augen und flach atmend zusammengekauert in dem großen Sessel saß.

Sie hatte das Beste daraus gemacht, aber es sah nicht bequem aus. Niemand konnte die Nacht in dieser Position verbringen und ohne lähmende Schmerzen aufwachen.

Er stellte seine Schuhe neben dem Bett ab, bückte sich dann, schob seine Arme unter die schlafende Frau – wobei er darauf achtete, sie nicht versehentlich ungehörig zu berühren – und hob sie aus dem Sessel.

Sie murmelte etwas, aber ihre Augen blieben geschlossen, als er sie aus dem Zimmer trug.

Sie öffneten sich kurz, als er mit ihrem Kopf gegen

den Türrahmen stieß, doch der Anflug von Panik in ihrem Blick verblasste schnell, als sie sah, wie er auf sie herabblickte und sie beruhigte, damit sie weiterschlafen konnte.

Er brauchte ein paar Versuche, bis er ihr Schlafzimmer fand. Wegen des engen Flurs war er gezwungen, im Krebsgang hinauf- und hinunterzuschleichen, die Türen mit einem Fuß aufzustoßen und sich dann so hineinzudrehen, dass er ihren Kopf nicht gegen irgendetwas anderes knallte.

»Du bist schwerer, als du aussiehst«, flüsterte er, als er schließlich mit gebeugten Knien in ihr Schlafzimmer wackelte. Er setzte sie auf dem Bett ab, nicht sanft, sondern mit einem erleichterten Grunzen und einem Fall über mehrere Zentimeter.

Zu seinem Erstaunen schlief sie die ganze Zeit über und rührte sich kaum, als er die Steppdecke über sie zog.

Er hielt kurz inne, um sich zu vergewissern, dass sie nicht aufwachen würde, dann rieb er sich die Hände. »Gut. Es muss hier irgendwo einen verdammten Drink geben.«

Er suchte lange, aber das Beste, was er finden konnte, war eine halb geöffnete Flasche eines billigen roten Gesöffs, die auf dem Kühlschrank stand. Dem Staub auf der Flasche nach zu urteilen, hatte sie dort schon eine Weile auf ihn gewartet.

»In Gefahr und großer Not ...«, murmelte er, nahm dann die Flasche, griff sich einen umgedrehten Becher vom Abtropfbrett neben dem Spülbecken und ging zurück in Welshys Zimmer.

Der Sessel war nicht so bequem, wie er aussah. Die Sitzfläche neigte sich dramatisch nach hinten, und die Rückenlehne war genau im falschen Winkel befestigt. Wenn Gabriella hier nachts schlief, war es ein Wunder, dass ihre Wirbelsäule nicht wie ein Fragezeichen verbogen war.

»Alles klar, Welshy, mein Junge?«, fragte Hoon und füllte seinen Becher mit dem Wein. Er schraubte den Deckel wieder auf die Flasche, aber nur locker. Es hatte keinen Sinn, sich etwas vorzumachen.

Welshy sagte, kaum überraschend, nichts. Seine Augen waren geschlossen, die Lider flatterten noch. Die Art, wie sie sich bewegten, ließ Hoon an Sandstürme und Hitze denken und an die Monate, in denen sie Seite an Seite gekämpft hatten.

»Aye. Ist verdammt lange her«, bemerkte Hoon. Er trank einen Schluck Wein und verzog das Gesicht. »Oh, verdammte Scheiße!«, zischte er, als der erste Schock abgeklungen war. Er griff an die Seite des Stuhls, hob die Flasche hoch und betrachtete das Etikett. »Das ist in Ordnung, wirklich. Es ist gar nicht so übel.«

Er stellte die Flasche wieder auf den Boden, hob den Becher zu einem Toast auf den Mann im Bett und ließ sich dann zurück in den Sessel fallen, der so wahnwitzig konstruiert war.

»Jedenfalls besser als das Zeug, das wir früher getrunken haben«, sagte er. Er gluckste und richtete sich im Sessel auf, immer noch auf der Suche nach einer akzeptablen Position. »Erinnerst du dich noch an das Gesöff, das Bamber uns damals besorgt hat? Von diesem kuwaitischen Kerl mit den zwei großen Zähnen? Den Reißzähnen. Weißt du noch?«

Welshy blieb regungslos, ohne zu erklären, ob er sich daran erinnerte.

»Ich habe ihm zwei Tagesrationen dafür gegeben, und es stellte sich heraus, dass es eine große Flasche Pisse war!« Hoons Lachen wurde immer lauter und flachte dann wieder ab. »Allerdings wünschte ich, ich hätte mich nicht als Freiwilliger gemeldet, um es als Erster zu verkosten.«

Er nahm einen weiteren Schluck des Weins, als könnte er damit den Geschmack von jahrzehntealtem Urin wegspülen.

»Ich würde es trotzdem nicht anders machen«, sagte er, und von dem Lachen war keine Spur mehr übrig. »Okay, ich würde die Pissflasche weglassen. Vielleicht ein oder zwei andere Dinge. Aber im Großen und Ganzen, meine ich. Selbst nach allem, was wir durchgestanden haben.« Er sah auf seinen Becher hinunter und schwenkte die rote Flüssigkeit, beobachtete, wie sie an den Rändern des weißen Porzellans leckte. »Trotz mancher Dinge, die wir getan haben. Ich würde nichts ändern.«

Er richtete sich wieder auf, trank den Rest, rülpste und schüttelte dann den Kopf.

»Das stimmt nicht, ich rede Scheiße. Ich würde verdammt viel ändern«, entschied er. »Aber du, ich, Bamber. Himmel, selbst Chuck, den miesen kleinen Bastard, als der er sich entpuppt hat, würde ich nicht ändern. Was ist mit dir?«

Er füllte seinen Becher und wartete auf eine Antwort, von der er wusste, dass sie nicht kommen würde.

»Nein, dachte ich mir«, sagte er und prostete dem Mann im Bett ein zweites Mal zu. »Cheers!«

Sein Blick glitt zu Welshys Hand, die immer noch auf dem Bett lag. Seit Gabriella sie gehalten hatte, waren die Finger nun weiter geöffnet, als würden sie seine Berührung willkommen heißen. Sie flehten danach.

Hoon blickte zu den Wänden, dem Boden, der Decke. Irgendwohin, nur nicht zu dieser Hand. Irgendwohin, nur nicht auf das geschrumpfte Gefängnis eines Körpers, der seinen besten Freund eingesperrt hatte.

Er wusste, warum es so schwierig war, ihn anzuschauen. Warum es so schwer war, ihn so zu sehen.

Es lag nicht an seinem Äußeren, so drastisch es auch verändert war.

Es war, weil er es versprochen hatte. Sie hatten es sich gegenseitig versprochen, nachdem eine Scharfschützenkugel einem US-Marine direkt vor ihren Augen ein Stück aus dem Rückgrat gerissen hatte. Sie hatten ihn in Deckung geschleift, aber Hoon konnte sich noch daran erinnern, wie er geschrien hatte, dass er seine Beine nicht mehr spüren konnte. Wie seine Arme durch den Dreck gerutscht waren, wie Splitt und Steine die Haut auf seinen Handrücken aufgerieben hatten, bis der Sand blutig war.

Er hatte es nicht bemerkt.

Ein oder zwei Stunden später wurde er mit einem Hubschrauber evakuiert, nachdem das Gebiet abgeriegelt worden war, doch es hatte Monate gedauert, bis Hoon und Welshy erfuhren, wie es ihm ging.

Fast vollständige Lähmung. Er wurde rund um die Uhr betreut. Der arme Kerl konnte ohne einen Schlauch in der Lunge nicht schlafen.

Und da hatten sie einander versprochen, dass keiner den anderen in diesen Zustand geraten lassen würde. Wenn es dazu käme – wenn sie die Wahl hätten, den Rest ihres Lebens so zu verbringen oder alles zu beenden –, wollten sie sich auf ihrer Reise gegenseitig helfen. Sie wollten den Wunsch des anderen erfüllen – ohne Rücksicht auf die Konsequenzen.

Und jetzt, all die Jahre später, saß Hoon hier an Welshys Bett und nippte an seinem Wein.

Die Zeit und die Umstände hatten ihn zum Lügner gemacht.

Natürlich war es anders. Damals waren sie junge Männer gewesen, und die Vorstellung, fünfzig Jahre in einem Elektrorollstuhl zu verbringen, war viel schrecklicher gewesen als der Tod.

Menschen ändern sich. Wenn man älter wird, beginnt man, die Welt mit anderen Augen zu sehen. Man will andere Dinge. Es war durchaus möglich, dass Welshy inzwischen nicht mehr wollte, dass ihm aus nächster Nähe eine Kugel durch die Stirn geschossen wurde.

Schließlich hatte er Gabriella. Sie hatten sich ein Leben aufgebaut und sich darin eingerichtet. Wer zum Teufel war Hoon, sich einzubilden, dass er das Recht hätte, sich da einzumischen? Ein halbgares Versprechen, das er vor Jahrzehnten auf einem Schlachtfeld gegeben hatte, hatte hier keine Bedeutung.

Und doch lag Welshys tote Spinnenhand auf dem Bett und verhöhnte ihn für seine Feigheit.

SIEBZEHN

Hoon hatte gerade die letzten Tropfen aus der Weinflasche getrunken, als er es draußen klirren hörte. Ganz in der Nähe. Direkt neben dem Haus.

Er war bereits auf den Beinen, bevor er das Geräusch vollständig gehört hatte. Welshys Zimmer wurde von einer kleinen Tischlampe neben dem Bett beleuchtet. Hoon suchte nach dem Schalter, um sie auszuknipsen, und riss schließlich das Kabel aus der Wand, wodurch der Raum in Dunkelheit getaucht wurde.

Draußen bewegte sich etwas – als ob jemand seitlich am Haus entlangging und sich dabei dicht an die Wände drückte.

Scheiße.

Er überlegte, was er mit dem Paket gemacht hatte, das er neben dem Boot ausgegraben hatte. Hatte er es ins Haus gebracht? War es noch in Miles' Auto? Er war von der Aussicht, Gabriella zu sehen, so abgelenkt gewesen, dass er sich nicht erinnern konnte.

Die Vorhänge waren geschlossen, sodass niemand von draußen hineinsehen konnte. Das bedeutete natürlich auch, dass er nicht hinaussehen konnte. Aber er konnte hören, und da draußen bewegte sich definitiv etwas. Langsam. Bedächtig. Heimlich.

Er steckte seinen Kopf durch den Türrahmen in den Flur. An einem Ende war die Haustür, alles dahinter war nur durch die Rillen im gemusterten Glas sichtbar. Er beobachtete die Dunkelheit hinter der Tür, sah jedoch nichts, was darauf hindeutete, dass jemand auf der Schwelle stand.

Nach einem kurzen Blick in die andere Richtung schlich er durch den Flur in Gabriellas Zimmer. Sie schlief noch. Das war das Erste, was Hoon auffiel. Danach bemerkte er das Fenster mit den weit aufgerissenen Vorhängen. Sein eigenes erschrockenes Spiegelbild starrte ihn an, aber durch dieses hindurch sah er kurz eine Bewegung.

Gabriella schrie erschrocken auf, als er sich auf sie warf und sie beide vom Bett auf den Boden unter dem Fenster schleuderte.

»Was zum Teufel machst du da?!«, brüllte sie, bis Hoon seine Hand auf ihren Mund drückte und einen Finger auf seine Lippen legte.

Er richtete seinen Blick auf das Fenster über ihnen. Gabriella brauchte eine Sekunde, um zu begreifen, dann schaltete sie und nickte.

»Hast du eine Waffe?«, flüsterte Hoon.

Sie schüttelte den Kopf. »Nein. Hast du keine?«

»Nicht zur Hand«, gab Hoon zu. »Habt ihr Messer in der Küche?«

Gabriella warf ihm einen bösen Blick zu. »Natürlich habe ich Messer in der Küche! Küchenmesser.«

»Schon gut, schon gut. Tut mir leid, dass ich gefragt habe«, murmelte Hoon.

Er streckte seinen Kopf über den Fenstersims, vergewisserte sich etwa zwei Fünftel einer Sekunde, dass die Luft rein war, packte Gabriella dann am Arm und verfrachtete sie beide mit gesenktem Kopf durch die Schlafzimmertür in den Flur.

»Da rein«, befahl er und schob sie in Welshys Zimmer. »Bleib unten. Sei still.«

Er wollte die Tür zuziehen, aber Gabriella griff danach und verhinderte, dass sie zuging.

»Warte! Wo willst du hin?«, flüsterte sie.

»Ich werde das verdammt noch mal klären«, sagte Hoon. Dann zerrte er erneut am Türgriff und riss die Tür ganz zu.

Er zögerte einen Moment, eine Hand an der Tür, und ging dann den Flur hinauf und in die Küche.

Die meisten Fächer des Messerblocks auf der Arbeitsplatte waren leer, aber zwei Griffe ragten hervor wie Excalibur aus dem Stein. Triumphierend zog er beide heraus und stöhnte auf, als er merkte, dass er ein Brotmesser und einen Wetzstahl in der Hand hielt.

»Verdammt noch mal«, brummte er und warf sie auf die Arbeitsplatte. Er riss ein paar Schubladen auf, fand aber hauptsächlich Löffel, unglaubliche Mengen von Alufolie und einen Schneebesen. »Messer. Messer, wo sind die verdammten Messer?!«

Sein Blick fiel auf das Waschbecken, das mit schmutzigem, abgestandenem Wasser gefüllt war. Er schob eine Hand hinein und fand nach einigem Wühlen den Griff eines besonders langen und tödlich aussehenden Messers.

Das würde völlig ausreichen.

Es gab eine Hintertür, die aus der Küche herausführte. Er nahm den alten Schlüssel aus dem Schloss, öffnete die Tür und trat dann mit dem Messer in Kopfhöhe hinaus. Die beste Position, um zuzustechen. Pech für jeden armen Bastard, der sich der nach unten gerichteten Klinge in den Weg stellte.

Er verschloss die Tür hinter sich und versenkte den Schlüssel in einer seiner Taschen.

Und dann wartete er mit angehaltenem Atem in der Türöffnung, sodass er für jeden, der sich auf einer der beiden Seiten an der Wand entlangschob, nahezu unsichtbar war.

Er lauschte. Eine leichte Abendbrise rauschte durch das hoch gewachsene Gras. Ein hölzernes Windspiel ließ irgendwo vor dem Haus eine Melodie ertönen. Er war froh, dass er das Messer hatte, denn er würde das verdammte Ding bei der ersten Gelegenheit abschneiden.

Er konnte nichts anderes hören. Zumindest nichts Ungewöhnliches. Er wagte es, aus dem Türspalt herauszutreten, und wurde sofort geblendet, als eine Sicherheitsleuchte an der Rückseite des Bauernhauses aufflammte und ihm zehntausend Lumen geballten Lichts direkt in die Augen fluteten.

»Verdammt noch mal«, zischte er, schirmte seine Augen ab und huschte zur Seite des Hauses, wo er sich nicht so offensichtlich zur Zielscheibe machen würde.

Flecken tanzten vor seinen Augen und verhinderten jede Möglichkeit, in der Dunkelheit zu sehen. Er tastete sich um das Gebäude herum, das Messer nun an seiner Seite, bereit für einen Stich nach oben, der genauso unangenehm sein würde wie die abwärts gerichtete Variante.

Er näherte sich der Vorderseite des Gebäudes, als er wieder das leise Klirren hörte, sogar über den Lärm dieses verdammten Windspiels hinweg. Er drückte sich eng an die raue Steinmauer und schob sich zur Seite, bis er so nah wie möglich an der Ecke war, ohne seine Deckung aufzugeben.

Da war definitiv eine Bewegung. Jemand schlich durch das Gestrüpp auf ihn zu. Er kam näher. Und näher.

Hoon hielt das Messer bereit, als das Rascheln lauter wurde.

Gleich würde es so weit sein.

Jede Sekunde.

Er wollte zupacken, als die Schritte um die Ecke kamen, und stolperte fast über einen erschrockenen

Fuchs, der schnell ein Stück von ihm wegrannte und vor Angst die Ohren anlegte. Er blieb stehen und drehte sich lange genug um, um ihm einen entrüsteten Blick zuzuwerfen, dann raste er mit wippendem Schwanz davon, bis er von der Dunkelheit verschluckt wurde.

»Bastard«, keuchte Hoon.

Er suchte einige Augenblicke in den Schatten nach dem Fuchs, dann ging er weiter zur Vorderseite des Hauses. Eine alte Metalltonne – die Art, die dem wütenden grünen Bastard aus der *Sesamstraße* als Behausung diente – lag auf der Seite, ihr Inhalt auf dem Weg verteilt.

Hoon steckte das Messer in seinen Hosenbund, dann wurde ihm klar, dass dies wahrscheinlich nicht gut enden würde, und er holte es wieder heraus. Er legte es auf den Sims von etwas, das er für Welshys Fenster hielt, und klopfte dann an die Scheibe.

»Es ist alles in Ordnung. Kein Grund zur Sorge. Nur ein verdammter Fuchs«, verkündete er.

Einen Moment später öffneten sich die Vorhänge, und Gabriellas Gesicht kam zum Vorschein, das deutlich weniger gestresst aussah als noch wenige Augenblicke zuvor.

»Ein Fuchs? Ist das alles?«, fragte sie, wobei ihre Stimme durch die Fensterscheibe gedämpft wurde. »Du hast mich wegen eines Fuchses aus dem Bett geschleudert?«

Hoon stieß so etwas wie ein Lachen aus. »Es war ein ziemlich großer Fuchs, falls es das besser macht«, sagte er.

Und dann spiegelte sich in der Scheibe ein Scheinwerferpaar in der Dunkelheit. Er sah, wie Gabriella zurückwich. Er hörte das Geräusch von vier sich schließenden Türen. Er spürte, wie seine Welt aus den Fugen geriet.

Die Schüsse fielen, bevor er sich bewegen konnte. Aus dem schwarzen Meer schlugen ihm Flammen entgegen. Selbst über das Getöse hinweg hörte er Glas zerspringen und Stein bersten. Er hörte Gabriella schreien. Er sah erregte Gesichter im Schein des Mündungsfeuers.

Er spürte, wie brennendes Blei seinen Körper zerfetzte, ihn auffraß und ihn auf Knorpel, Fleisch und rohe, blutige Knochen reduzierte.

Er wachte auf und schlug in die Luft, schrie vor eingebildetem Schmerz und mit einer Angst, die nur allzu real war.

Er saß halb und lag halb auf dem Boden, als hätte der Stuhl ihn abgeworfen. Die Weinflasche und der Becher lagen beide umgekippt neben ihm, auf dem Teppich war ein roter Fleck.

Seine Hände zitterten, als er sich mit den Handflächen über Kopf und Nacken strich, um die Anspannung zu mildern, die sich dort festgesetzt hatte.

»Verdammte Scheiße«, bemerkte er nur zu sich selbst.

Dann lauschte er – nicht auf Bewegungen draußen, sondern von drinnen, falls er Gabriella mit seinen Schreien geweckt hatte.

Im Haus rührte sich nichts. Die einzigen Geräusche kamen von den Maschinen, die Welshy an diese Seite der Existenz fesselten.

Mühsam hievte sich Hoon wieder auf den unbequemen Sessel. Er schloss die Augen und brachte langsam seine Atmung wieder unter Kontrolle.

Natürlich war es ein Traum gewesen, doch zugleich hatte sich alles so real angefühlt. Der panische Blick Gabriellas, als sie begriff, was passieren würde. Der Schmerz der Kugeln, die sich in sein Fleisch bohrten. Die grausige Erkenntnis, dass dies das Ende war und er nichts dagegen tun konnte.

Es hatte sich alles real angefühlt, ja, aber nicht nur das. Schlimmer als das.

Es hatte sich unausweichlich angefühlt.

Er öffnete die Augen und atmete noch einmal tief und langsam aus.

In diesem Moment bemerkte er, dass Welshy ihn beobachtete.

»Gott. Alles klar, Kumpel?«, sagte Hoon und zwang sich zu einer gewissen Fröhlichkeit in seiner Stimme. »Ich habe nicht gesehen, dass du wach bist.«

Nur eines von Welshys Augen hatte sich geöffnet, die andere Gesichtshälfte reagierte seit dem Schlag, der ihn zu diesem Dasein verdammt hatte, fast überhaupt nicht mehr. Es schien in der Höhle zu zittern, als wären die Muskeln, die es an Ort und Stelle hielten, zu schlaff und zu schwach geworden, um es ruhig zu halten.

Ein Geräusch, das irgendwo tief in Welshys Brust aufstieg, verklang, als es von seinen trockenen bewegungslosen Lippen kam. Es war ein Geräusch, das für sich genommen nichts bedeutete.

In Verbindung mit diesem Blick und allem, was Hoon über den Mann im Bett wusste, sprach es jedoch Bände.

Hoon ignorierte es. Er tat so, als hätte er es nicht gehört.

»Kümmern sie sich gut um dich, mein Alter?«, fragte er und behielt sein falsches Lächeln bei. »Gabriella sagt, dass der Arzt und die Schwestern bei dir ein und aus gehen, um dich zu sehen. Das ist …«

Das Auge schien ihn anzuflehen. Nein, es flehte ihn eindeutig an.

»Das ist gut, dass du … dass du …«

Hoon konnte es nicht länger ertragen. Er brach den Blickkontakt ab, schaute weg, starrte aber weiter auf die tote, leblose Hand, die geschrumpft und eingerollt war.

Das Geräusch kam erneut. Diesmal in höherer Tonlage. Es klang verzweifelter als zuvor und bestand darauf, dass er lauschte, dass er hinhörte.

Es bestand darauf, dass er handelte.

Hoon erhob sich, schüttelte den Kopf und wandte sich ab. »Welshy. Ich kann das nicht, Kumpel«, sagte er zur Tür. »Es tut mir leid. Das ist verdammt unfair, ich weiß. Aber … ich kann nicht.«

Ein weiteres Geräusch. Diesmal ein Wimmern, das wie eine Seifenblase auf den Lippen des Sterbenden zerplatzte.

Hoon schloss die Augen, aber selbst dort in der Dunkelheit starrte Welshy ihn an. Zitternd. Flehend.

Sie wussten nicht, ob er Schmerzen hatte, hatte Gabriella gesagt. Sie wussten nicht, ob er litt.

Aber sie wussten es sehr wohl. Tief im Inneren. Natürlich wussten sie es.

Das war weit mehr als nur Leiden. Es war unmenschlich. Dies war Welshys schlimmster Albtraum, wie ein Gefängnis um ihn herum, das ihn einschloss.

Das schimmernde Auge starrte tief in ihn hinein.

Die Hand auf dem Bett nannte ihn einen Lügner. Nannte ihn einen Feigling.

Hoon eilte zur Tür, griff nach der Klinke, wollte sie aufreißen und hielt dann inne.

Hinter ihm piepten und schnauften Maschinen.

Sie hatten darüber gesprochen.

Sie hatten ein Versprechen gegeben. Eine Abmachung getroffen. Einen Eid geschworen.

Was auch immer nötig sei. Was auch immer die Konsequenzen wären.

Der Rest des Hauses verharrte still, als wüsste es, dass dieser Moment bedeutsam war. Wichtig. Beachtenswert.

Behutsam, als würde er etwas Explosives bewegen, drückte Hoon die Tür zu.

Er drehte sich zum Bett und zu der verkrümmten Gestalt, die dort lag und von den Decken um sie herum fast erdrückt wurde.

Der Weg durch den Raum schien eine Ewigkeit zu dauern. Er blieb am Bett stehen und legte den Kopf schief, sodass er direkt in Welshys großes starres Auge schaute. Ein Blick ging zwischen ihnen hin und her, der sich nicht in Worte fassen ließ.

Ein weiterer Laut drang von irgendwoher aus Welshys Innerem. Es war ein Seufzer von etwas längst Überfälligem.

Endlich – endlich – nahm Hoon die Hand des anderen Mannes in seine eigene. Sie fühlte sich kalt an, als ob das Leben, das dort drin gewesen war, bereits seine Sachen gepackt hätte, um zu gehen.

Hoon drückte die Hand. Führte sie zu seinem Gesicht. Presste sie mit dem Rücken an seine Wange. Eine Träne rann an Welshys Daumen entlang und lief seinen Arm hinab.

Das Auge beobachtete ihn, ohne zu blinzeln, und richtete sich dann langsam auf das Bettzeug, das auf dem Sessel neben ihm aufgeschichtet war. Es verweilte dort einen Moment, und als es wieder in seine Aus-

gangsposition zurückkehrte, war Hoons Kinn vorge-
reckt, die Linien seines Gesichts von grimmiger Ent-
schlossenheit gezeichnet.

Hoon griff nach unten und strich eine Haarsträhne
von Welshys Gesicht. Er drückte die Hand noch einmal beruhigend, dann legte er sie wieder dorthin zurück, wo er sie vom Bett gehoben hatte.

»Ich liebe dich, Mann«, flüsterte er.

Dann griff er nach dem Kissen.

ACHTZEHN

Sie saßen im Wohnzimmer und lauschten dem langsamen, rhythmischen Ticken der Standuhr, als Miles' Auto vorfuhr. Durch einen Spalt in den Vorhängen fielen Sonnenstrahlen auf den Boden, die seit dem Sonnenaufgang einige Zentimeter weitergekrochen waren.

Natürlich war es hart für sie gewesen. Sie war geradezu aufs Bett gefallen, hatte ihn umarmt und gehalten, seine kalte Haut gestreichelt.

Sie hatte sich selbst die Schuld gegeben. Hatte sich verurteilt, weil sie nicht da gewesen war, um ihm zu helfen. Um seine Hand zu halten. Um am Ende einfach nur bei ihm zu sein.

Es sei schnell gegangen, erzählte ihr Hoon. Sein Ende sei friedlich gewesen. Ohne die Anzeigen der medizinischen Geräte hätte er Welshys Ableben gar nicht bemerkt, hatte er gesagt.

Die Lüge hatte sie etwas getröstet.

Und Hoon würde auch dieses Geheimnis mit ins Grab nehmen.

Dann hatte sie eine Weile geweint. Hoon hatte an der Tür gestanden, während sie auf dem Sessel neben dem Leichnam ihres Mannes saß und all die Monate und Jahre der Trauer in ihr hochkochten und an die Oberfläche kamen, bis sie schließlich ausgezehrt, leer und erschöpft ganz still wurde.

Minuten waren vergangen, ohne dass sie etwas sagte oder sich bewegte. Dann war sie aufgestanden und hatte Welshy etwas ins Ohr geflüstert, das nicht für Hoon bestimmt war. Sie hatte ihrem Mann einen Kuss auf die Stirn gedrückt.

Dann waren sie beide aus dem Zimmer gegangen. Und bis jetzt, vier Stunden später, hatten sie beide nicht dorthin zurückkehren können.

Keiner von ihnen war in der Stimmung gewesen, etwas zu essen, aber beide hatten darauf bestanden, dass der andere es unbedingt tun musste, bis sie schließlich einen großen Teller mit heißem, gebuttertem Toast vor sich auf dem Tisch stehen hatten, ohne dass sie auch nur im Geringsten Appetit darauf verspürten.

Der Tee war willkommener gewesen, kochend heiß und süß. Sogar Hoon hatte auf seinen üblichen Kaffee verzichtet, obwohl er es nur bis zur Hälfte der Tasse schaffte. Dann kam er zur Besinnung und machte sich eine frische Tasse mit der schwarzen Brühe.

Sie hatten nicht viel geredet. Die wenigen abgebrochenen Gesprächsversuche hatten zu nichts geführt. Trotzdem war es tröstlich, jemanden zur Gesellschaft zu haben. Selbst Hoon, der sich rühmte, niemanden zu brauchen, wollte im Moment mit seinen Gedanken und Zweifeln nicht ganz allein sein.

Draußen vor dem Haus öffnete und schloss sich eine Autotür und zog Hoon für einen kurzen Moment wieder in den Albtraum der vorangegangenen Nacht. »Alles in Ordnung, ich bin's nur!«, rief Miles und brachte ihn so ins Hier und Jetzt zurück.

Die Haustür war verschlossen, und als Miles klopfte, schien Gabriella es nicht einmal zu bemerken. Hoon stand auf, ging den Flur hinunter und schloss die Tür auf, öffnete sie aber nicht. Er war schon auf halbem Weg zurück ins Wohnzimmer, als sich der Knauf drehte und Miles seinen Kopf durch den Türrahmen steckte.

»Also ... Oh, ich dachte, Sie würden mich wenigstens einlassen«, sagte er, aber noch bevor er den Satz beendet hatte, saß Hoon schon wieder in seinem Sessel neben dem Kamin.

Die Tür öffnete sich knarrend, schloss sich mit einem Klicken, und mit kurzen, eiligen Schritten trat Miles in das Zimmer.

»Was ist los? Ist etwas passiert?«, fragte er, als er die Stimmung im Raum spürte. »Es ist nicht ... es ist nicht Gwynn, oder?«

Gabriella nickte, sagte aber nichts. Miles seufzte leise und eilte zu ihr. »O Gott. Es tut mir so leid«, sagte er. Er warf Hoon einen kurzen Blick zu. »Für Sie beide. Ich weiß, wie viel er Ihnen bedeutet hat.«

»Danke«, sagte Gabriella. Sie sprach roboterartig, als hätte sie sich, als sie ihrem Kummer freien Lauf ließ, vorübergehend auch all ihrer anderen Emotionen entledigt.

Hoon wippte vor Aufregung mit einem Bein. Er sprang wieder vom Sessel hoch und streckte den Kopf in den Flur. »Zum Teufel, wo bleiben sie?«, fragte er. »Greig, seine Frau und sein Kind? Haben Sie sie in dem verdammten Auto gelassen?«

»Das nicht, nein«, antwortete Miles. »Es gab eine ... Komplikation.«

Hoon drehte sich um. »Was für eine Komplikation?«

»Sie ... sie wollten nicht mitkommen.«

Hoon stand im Türrahmen und rührte sich nicht. Er starrte Miles an, als hätte er ihm in einer fremden Sprache geantwortet oder ein Tuten wie ein großes Nebelhorn von sich gegeben.

»Was soll das heißen?«, fragte er, als klar wurde, dass Miles freiwillig keine weiteren Informationen beisteuern würde.

»Sie wollten nicht mitkommen. Sie sagten, das erschiene ihnen zu gefährlich.«

»Zu ... was?« Hoon trat vor. »Nicht hierherzukommen ist verdammt noch mal zu gefährlich! Ich kann sie beschützen. Ich kann auf sie aufpassen!«

Miles hob die Schultern zu einer verlegenen *Ich-bin-nicht-schuld*-Geste. »Das hat sie nicht überzeugt«, erklärte er. »Sie sagten, bisher sei niemand hinter ihnen her gewesen.«

»Weil kein verdammter Bastard weiß, wo sie sind!«

»Äh, ja.« Miles kratzte sich am Hinterkopf. »Es hat sich herausgestellt, dass sie es mit der Anonymität wohl nicht so genau genommen haben, wie es für sie ratsam gewesen wäre.«

»Was soll das denn jetzt wieder heißen?«, fragte Hoon.

»Cassie – Greigs Partnerin – sie … sie war anscheinend ein paar Wochen zu Besuch bei ihrer Mutter in Schottland.«

Hoon traten fast die Augen aus dem Kopf. »Bei ihrer Mum? Sie ist zu ihrer verdammten *Mutter* gefahren? Welchen Teil von streng geheimem Zeugenschutz hat sie nicht kapiert?«

Miles versuchte erneut, sich mit diesem hilflosen Schulterzucken von jeglicher Verantwortung freizusprechen. »Außerdem hat sie offenbar online Kontakt zu vielen ihrer alten Freunde gehalten.«

Hoon warf frustriert die Hände in die Luft. »Mein Gott. Sollten Sie sie nicht im Auge behalten?«

»Ich kann nicht rund um die Uhr auf sie aufpassen!«, protestierte Miles.

»Sie hat sich für vierzehn Tage verpisst!«, erwiderte Hoon. Er marschierte an dem Mann vorbei und ließ sich in den Sessel fallen. »Also wissen diese Bastarde wahrscheinlich längst, wo sie sind!«

»Ja, genau. Das war auch ihr Argument«, sagte Miles. Er ließ sich in den Sessel auf der anderen Seite des Kamins sinken – aber so vorsichtig, als müsste er jeden Moment wieder aufspringen und losrennen. »Und als ich auf dem Rückweg darüber nachgedacht habe, erschien mir das auch irgendwie logisch. Jeder, den Greig identifizieren konnte, ist entweder tot oder ... tja, einfach tot, nehme ich an. Dafür haben Sie gesorgt. Ich meine, ja, der Loop schützt sich selbst, doch manchmal bedeutet, sich selbst zu schützen, sich *nicht* zu schützen. Verstehen Sie, was ich meine?«

»Nicht die Bohne«, sagte Hoon. »Wenn meine Ohren riechen könnten, würden sie jetzt nur noch den Scheiß riechen, den Sie da quatschen.«

Miles schüttelte den Kopf. »Ich meine, der Loop hat eine Menge wichtiger Organisationen infiltriert – die Polizei, die Justiz –, aber er ist vorsichtig. Er ist präzise. Wenn sie eine junge Familie ermorden, werden Fragen gestellt. Sicher, sie können wahrscheinlich vielen davon ausweichen, aber warum das Risiko eingehen, wenn sie es nicht müssen? Sie sind eine weltumspannende kriminelle und terroristische Organisation, die jedes Jahr Milliardeneinnahmen generiert. Glauben Sie wirklich, dass Greig – *Greig* – irgendetwas tun könnte, das ihnen auch nur im Geringsten schadet?«

»Der kleine Blödmann?«, knurrte Hoon. »Er wäre wie eine verdammte Sackratte auf einem Riesenpimmel«, räumte er ein.

»Gut, ich würde es vielleicht anders formulieren, aber ja. Wenn Sie es so ausdrücken wollen«, sagte Miles. »Ein junges Paar und sein Baby zu ermorden ist auffällig. Und wenn es etwas gibt, was sie nicht wollen, dann ist es aufzufallen.«

Hoon lehnte sich in seinem Sessel zurück. Ihm gefiel die Situation überhaupt nicht. Es fing schon damit an, dass jemand seinen direkten Befehl missachtet hatte.

Und noch weniger gefiel ihm, dass sie mit ihrer Weigerung wahrscheinlich sogar richtig lagen.

Der Gedanke leuchtete ein. Hoon war ein Ziel. Der Loop war hinter ihm her. Jeder in seiner Nähe lief Gefahr, zum Kollateralschaden zu werden.

Er warf einen Blick auf Gabriella, die immer noch auf der Couch saß.

Jede.

»Nun, vielleicht haben die doch nicht so viele Skrupel, Ziele zu attackieren, deren Tod Staub aufwirbelt, wie Sie glauben«, sagte Hoon. »Ich habe mit Deirdrie gesprochen.«

»Bagshaw?« Miles lehnte sich in seinem Sessel zurück. Die unmittelbare Gefahr, eine Breitseite von Hoons Wut abzubekommen, war offenbar gebannt. »Was hat sie gesagt?«

»Nicht viel«, antwortete Hoon. »Sie war zu sehr damit beschäftigt, ermordet zu werden.«

Die Andeutung eines Lächelns umspielte Miles'

Lippen, als erwartete er eine lustige Pointe. Als Hoon sie schuldig blieb, verflüchtigte es sich schnell.

»Was? Ist das Ihr Ernst?«

Hoon nickte. »Das Miststück, das mich angeblich anwerben wollte. Sie hat das getan. Und noch ein paar andere. Weiß der Teufel, wie viele.«

»Jesus Christus! Und die … was? Die haben sie umgebracht? Während sie am Telefon war?«

»Mitten in dem verdammten Gespräch«, sagte Hoon. »Ich habe alles mitgehört.«

Miles zuckte bei dem bloßen Gedanken daran entsetzt zusammen. »Gott. Und was haben sie mit ihr gemacht?«

Hoon schüttelte den Kopf. »Tja, sie haben mir keine Details verraten«, erwiderte er. »Sie haben nicht alles haarklein geschildert, aber das Wesentliche habe ich verstanden. Sie sagen, es würde als Selbstmord in den Akten landen.«

Miles kaute auf seiner Unterlippe und starrte an Hoon vorbei auf die Wand hinter ihm, als ob seine nächsten Zeilen dort geschrieben ständen. Er starrte eine Weile ausdruckslos auf die leere Stelle, dann nickte er langsam. »Das leuchtet ein. Sie ist gerade suspendiert worden. Eine Entlassung war zu erwarten. Eine in Ungnade gefallene hochrangige Beamtin, die sich das Leben nimmt – das lässt sich leicht verkaufen.«

»Wenn die sich an sie heranmachen und damit

durchkommen, können sie auch Greig und seine Familie umbringen«, betonte Hoon.

»Aber sie hatten einen Grund, Bagshaw zu töten«, konterte Miles. »Sie war einflussreich. Sie wurde respektiert. Eine Untersuchung war angesetzt. Die Öffentlichkeit hätte erfahren, was sie zu sagen hatte. Sie hätte denen gefährlich werden können.«

»Sicher, die halten *Sie* bestimmt auch für eine verdammte Bedrohung«, sagte Hoon. »Suranne, oder wie auch immer sie heißt, hat Sie namentlich erwähnt.«

Miles sog scharf die Luft ein. »Ich nehme an, nicht im positiven Sinne?«

»›Wir werden diesen kleinen Wichser umbringen‹«, sagte Hoon.

»Sie hat mich einen kleinen Wichser genannt?«

Hoon schüttelte den Kopf. »Nein, das kam jetzt von mir. Sie hat Ihren Namen genannt. Andererseits habe ich nicht damit gedroht, Sie zu ermorden …«

»Haben die auch was über mich gesagt?«, meldete sich Gabriella zu Wort. Sie sah nicht aus, als fürchtete sie die Antwort, sondern wirkte lediglich neugierig, und selbst das nur mäßig. Sie hätte genauso gut nach der Uhrzeit fragen können oder danach, ob einer der beiden Männer Pläne fürs Wochenende hatte.

Hoon überlegte kurz, ob er sie anlügen sollte, aber das hatte sie nicht verdient.

»Ja«, bestätigte er. »Haben sie.«

210

Gabriella hob halbherzig die Augenbrauen, um ihre Überraschung zu zeigen, und nickte. »Oh«, sagte sie, dann drehte sie sich zum Fenster um und starrte hinaus, als wäre sie in der Lage, durch die Vorhänge zu blicken und alles dahinter zu sehen.

»Ich werde nicht zulassen, dass dir etwas zustößt«, versprach Hoon, aber sie schien nicht mehr zuzuhören.

»Und haben sie auch Greig erwähnt?«, fragte Miles.

Hoon hatte bereits das Gespräch mit Suranne im Kopf rekapituliert, um die Antwort auf diese Frage zu finden, und deshalb hatte er sie sofort parat, als Miles die Frage stellte.

»Nein. Jedenfalls nicht namentlich.«

»Na also«, sagte Miles. »Ich glaube, ihnen droht keine Gefahr. Und auch wenn das grob klingen mag, aber jetzt, da Welshy nicht mehr da ist, haben wir Optionen.«

Hoon war auf den Beinen, bevor Miles den Satz beenden konnte. Er baute sich mit geballten Fäusten drohend vor dem sitzenden Mann auf, und die Augen traten ihm fast aus den Höhlen.

»Was zum Teufel haben Sie gerade gesagt?«, zischte er.

Miles streckte beide Hände aus, als ob er Hoon so zurückhalten könnte. »Ich meine ja nur! Es ist tragisch, dass er tot ist – das ist es wirklich –, aber es eröffnet uns Möglichkeiten. Wir haben uns Sorgen gemacht, dass der Loop diesen Ort findet. Jetzt müssen wir nicht mehr hier auf sie warten ...«

Hoons Brust blähte sich auf, als wollte er den ganzen Raum ausfüllen. Gabriella ließ ihm die Luft raus, bevor er etwas tun konnte.

»Er hat recht.«

Beide Männer drehten sich um und starrten sie an. Ihr Blick war auf die Wohnzimmertür gerichtet, als könnte sie irgendwie um die Ecken des Flurs und in das Zimmer sehen, in dem ihr Mann unter einem Laken lag, das sie aus dem Wäscheschrank geholt hatte.

»Wenn sie wirklich hierherkommen, sollten wir verschwinden. Schnell.«

Hoon wirkte so wütend, als könnte er nicht glauben, was er da hörte. »Was, und ihn einfach so zurücklassen?«

»Ich glaube nicht, dass es ihm etwas ausmacht«, sagte Miles, und dieses Mal warf sogar Gabriella ihm einen Blick zu, als würde sie ihm am liebsten das Licht ausknipsen.

»Wir rufen zuerst eine Ambulanz. Wir lassen ihn irgendwo hinbringen, in Sicherheit.«

Miles lächelte schwach. »Oder das, ja. Das könnten wir auf jeden Fall tun.«

»Und dann verschwinden wir«, fuhr Gabriella fort. »Wir packen und verschwinden.«

»Ich glaube nicht, dass es besonders eilig ist«, sagte

Miles. »Die Dateien sind ziemlich stark verschlüsselt. Es könnte ein paar Tage dauern, bis sie sie überhaupt finden, und dann wird es einige Zeit in Anspruch nehmen, bis sie auf die Informationen zugreifen können.«

»Ja, also, was das angeht …« Hoon kratzte sich am Hinterkopf. »Es könnte schon ein bisschen dringender sein, als Sie denken …«

NEUNZEHN

Miles marschierte hin und her und blieb gelegentlich stehen, um die Hände vors Gesicht zu schlagen oder ein schmerzliches Stöhnen von sich zu geben, als befände er sich in den Presswehen.

»Also, sie haben Ihre Handynummer. Ihre neue Nummer«, sagte er. »Die haben sie.«

Das war keine Frage, so viel war Hoon klar. Zuvor, als Miles diese Worte geäußert hatte, waren es noch Fragen gewesen, aber jetzt waren es Feststellungen. Vielleicht auch Anschuldigungen.

»Ja«, bestätigte Hoon.

»Das heißt, sie können sich ins Netz einklinken, herausfinden, mit welchen Basisstationen Sie verbunden sind, und bekommen dann eine ziemlich gute Vorstellung davon, von wo aus Sie angerufen haben.«

»Darauf läuft es wohl hinaus, ja.«

Miles zuckte zusammen. »Und Sie haben nicht daran gedacht, dass das ein Problem sein könnte? Ein verdammt großes Problem?«

»Nein, verdammt noch mal«, erwiderte Hoon. Er klang weitaus giftiger als Miles. »Ich habe schließlich nicht bei denen angerufen, schon vergessen? Ich hatte Deirdrie angerufen. Wie hätte ich wissen sollen, dass sie mitten in unserem Gespräch ermordet wird?«

Miles blieb stehen. »Man kann seine Nummer unterdrücken. Das wissen Sie doch, oder?«

»Wenn Sie weiter so mit mir reden, drücke ich Ihnen gleich Ihre Scheißnummer rein«, konterte Hoon.

»Was soll das …? Was soll das denn bedeuten?«, entgegnete der MI5-Mann.

Hoon sprang auf. »Machen Sie so weiter, Sportsfreund, dann finden Sie verfickt noch mal sehr schnell raus, was das … Ach, verdammt! Ich weiß auch nicht, was es bedeutet«, gab er zu. Aber sein Tonfall war so aggressiv, dass es unmöglich als Entschuldigung hätte durchgehen können. »Mir kam der Spruch in dem Moment einfach nur passend vor!«

»Warum schreien Sie mich dann immer noch an?«, schimpfte Miles.

»Weil ich immer schreie, verdammt!«, brüllte Hoon. »So rede ich nun mal.«

»Mein Gott!« Gabriella klang schrill und aufgebracht. Sie stellte sich zwischen die beiden Männer. »Werdet doch endlich mal erwachsen! Ihr benehmt euch wie Kinder.«

»Er ist derjenige, der verdammt noch mal erwachsen werden muss, nicht ich«, erwiderte Hoon, aber der Blick, den Gabriella ihm zuwarf, hinderte ihn daran, noch mehr zu sagen.

»Was passiert ist, ist passiert«, sagte Gabriella. »Es wurden Fehler gemacht …«

»Ich würde das nicht gerade einen Fehler nennen«, widersprach Hoon genervt. »Woher hätte ich wissen sollen, dass …?«

»*Es wurden Fehler gemacht!*«, wiederholte Gabriella. »Entweder vergeudet ihr jetzt weiter Zeit mit eurem Schwanzvergleich …«

Miles strich die Vorderseite seines Hemdes glatt. »So würde ich das nicht nennen …«

»Oder ihr denkt euch gemeinsam einen Plan aus. Denn wenn Ihr recht habt – wenn sie wissen, wo wir sind –, könnten sie schon auf dem Weg hierher sein. Sie könnten direkt da draußen warten.«

Hoon ging zum Fenster und zog vorsichtig die Vorhänge auseinander. »Fuck!«, zischte er und ließ die Vorhänge wieder zufallen.

Die beiden hinter ihm zuckten ängstlich zusammen. »Verdammt. Sind sie schon da?«, flüsterte Miles.

Hoon blickte über die Schulter. »Was? O nein. Tut mir leid. Das ist nur die Sonne. Draußen ist es verdammt hell. Da ist niemand.«

»Jesus!«, stöhnte Gabriella. »Ich dachte, sie sind draußen!«

Hoon schüttelte den Kopf. »Die Luft ist rein.«

»Dann sollten wir die Ambulanz rufen«, schlug Miles vor. »Sie sollen sich um Gwynn kümmern, und wir schmieden einen Plan.«

»Ich habe schon einen Plan«, sagte Hoon. »Ihr zwei verpisst euch an einen sicheren Ort, und ich kümmere mich um sie.«

»Ha. Klar.« Miles tat den Vorschlag verächtlich ab. »Wir brauchen einen richtigen Plan.«

»Das ist ein verdammter richtiger Plan«, erwiderte Hoon. Sein Ton verriet, dass er darüber nicht debattieren wollte.

»Wovon redest du?«, fragte Gabriella. »Wir gehen nirgendwohin.«

»Doch, werdet ihr«, beharrte Hoon. »Das Einzige, was wir wissen – das Einzige, was wir verdammt sicher wissen –, ist, dass diese schweineköpfigen Arschkrampen es auf mich abgesehen haben.«

»Und auf uns«, warf Miles ein. »Sie sind hinter uns allen her.«

»Ach, sind sie das?«, fragte Hoon. »Was Sie vorhin über Greig gesagt haben, darüber, wie diese Wichser arbeiten, das hat mich nachdenklich gemacht. Was zum Teufel weiß Gabriella schon von irgendwas?«

»Vielen Dank«, antwortete Gabriella.

»Ich meine nicht dein Allgemeinwissen. Du könntest bestimmt bei *Mastermind* mithalten. Ich meine, was den Loop angeht. Was könntest du irgendjemandem erzählen, das diesen Leuten auch nur eine Minute den Schlaf rauben würde?«

Gabriella machte Anstalten, energisch zu widersprechen, aber außer einigen unartikulierten Lauten kam nichts von ihr.

»Und was ist mit mir?«, wollte Miles wissen.

»Was zum Teufel soll mit Ihnen sein?« Hoon reagierte mit einem spöttischen Lächeln auf die Frage. »Wie lange sind Sie schon hinter diesen Schweinen her? Jahre. Und das Einzige, was Sie in dieser Zeit erreicht haben, ist, mich dazu zu bringen, für Sie die Drecksarbeit zu machen.«

»So würde ich das nicht nennen!«, protestierte Miles, aber Hoon hörte gar nicht zu.

»Sie konnten diesen Leuten nichts anhaben, als Sie noch einen Job hatten, Junge. Was zum Teufel wollen Sie denn tun, wenn Sie, was absehbar ist, ohne eine verdammte Abfindung oder Pension entlassen werden?«

Miles versuchte, darüber zu lachen, aber es blieb ihm im Halse stecken. »Sie werden nicht … Meine Pension müssen Sie mir zahlen. Glaube ich.«

»Ich würde mir das Kleingedruckte durchlesen, Junge. Und ich weiß, wovon ich rede«, erklärte Hoon. »Ich will nur sagen, ich bin denen auf die Nerven gegangen. Und die wissen, dass ich das auch weiterhin tun werde, wenn sie nichts dagegen unternehmen. Aber ihr beide? Ihr beide wirbelt nur unnötig Staub auf. Das haben Sie selbst gesagt.«

Miles runzelte die Stirn, während er versuchte, sich ein perfektes Gegenargument auszudenken. Doch dass er nichts sagte, bestätigte nur Hoons Überlegungen zu diesem Thema.

»In meiner Nähe zu sein, ist verdammt gefährlich«, fuhr Hoon fort. »Klar, wenn die herkommen und euch beide hier finden, könnten die euch glatt umlegen. Aber ich glaube nicht, dass die euch suchen werden. Machen wir uns nichts vor, wenn die einen von euch erwischen wollten, hätten sie es längst tun können. Gabriella und Welshy waren wochenlang zu Hause, bevor wir sie da rausgeholt haben. Und Sie, Miles, als Spion sind Sie so unauffällig wie eine verdammte Dragqueen auf einer Mormonenhochzeit.«

»Ich bin kein Spion«, korrigierte Miles, doch Hoon wischte den Einwand mit einem Kopfschütteln und einem finsteren Blick beiseite.

»Sie wissen genau, was ich meine«, blaffte er. »Der Punkt ist, diese Wichser hätten jeden von euch ausschalten können, wann immer sie wollten. Und Greig und seine Familie auch. Das wird mir jetzt klar. Es ist verdammt offensichtlich. Von euch beiden ist keiner ein Ziel. Es ist mir scheißegal, was die sagen. Ihr seid nur in Gefahr, wenn ihr bei mir seid. Also könnt ihr nicht mit mir zusammen sein. So einfach ist das.«

Gabriella lachte. Es war ein freudloser, spöttischer Laut, in den sich rasch Wut mischte. Sie stieß Hoon gegen die Brust und zwang ihn, einen Schritt zurückzugehen.

»Wir lassen dich nicht einfach zurück. Entweder gehen wir alle – oder keiner von uns. Die haben es auf uns alle abgesehen, nicht nur auf dich.«

Hoon betrachtete ihr Gesicht einige Augenblicke, als versuchte er, es sich einzuprägen. Als er fertig war, schaute er an ihr vorbei zu Miles, der sich auf die Armlehne der Couch gesetzt hatte. Seine Hände fuhren langsam auf seinen Oberschenkeln auf und ab, als hätte er Rückenschmerzen oder wollte eine Panikattacke unter Kontrolle bringen.

»Sagen Sie es ihr«, befahl Hoon. »Sagen Sie ihr, dass ich recht habe.«

»Es ist mir egal, was er sagt!«, warf Gabriella ein. »Als du das erste Mal zu uns kamst, hast du es Welshy versprochen. Du hast ihm versprochen, dass du auf mich aufpasst. Ich habe es gehört.«

»Genau das tue ich«, konterte Hoon. »Ich bringe dich von mir weg. Damit dir nichts passiert.«

»Nein. Ich bin sicher, wenn ich bei dir bin, Bob. Was auch immer passiert, bei dir bin ich sicher. Ich weiß es. Du kannst für meine Sicherheit sorgen. Du kannst mich beschützen.« Sie legte eine Hand auf sein Gesicht. Ihre Berührung war gleichzeitig Qual und Ekstase. »Und ich kann dich auch beschützen«, sagte sie ihm. »Wir, meine ich. Miles und ich. Wir beide. Wir können alle aufeinander aufpassen.«

Hoon legte seine Hand auf ihre. Er streichelte sie, dann nahm er sie von seinem Gesicht weg. »Ich kann nicht. Ich kann es nicht tun, Gabriella. Ich kann dich nicht beschützen, wenn du bei mir bist.«

Sie lächelte, als würde sie die Sorgen eines ängstlichen Kindes abtun. »Doch, du kannst! Ich weiß, dass du es kannst«, beharrte sie.

Ihre Hand griff erneut nach seiner Wange. Er wehrte sie ab. Die Muskeln in Hoons Kiefer spannten sich an, als ob sie die Worte entweder zurückhalten oder herauspressen wollten.

»Wie denn? So wie ich Welshy beschützt habe, meinst du?«

Gabriella runzelte die Stirn. Schüttelte den Kopf. Das Lächeln wurde noch breiter und bekam fast etwas Herablassendes. »Was mit Gwynn passiert ist, war nicht deine Schuld, Bob. Es war niemandes Schuld. Es war ein Schlaganfall. Es war furchtbar, aber keiner hätte irgendetwas tun können, schon gar nicht du.«

»Das meine ich nicht«, sagte Hoon, und die Worte schienen in der darauffolgenden Stille nachzuklingen.

»Was meinst du dann?«, fragte Gabriella. »Was willst du damit sagen?«

Hoon konnte sie nicht ansehen. Er brachte es nicht über sich, diesen fragenden Blick aus großen Augen zu erwidern. Stattdessen fixierte er einen Punkt auf dem Teppich.

»Du hast recht«, sagte er schließlich. Seine Stimme war ein leises Grollen, wie ein ferner Donner. »Ich habe ihm versprochen, mich um dich zu kümmern.«

221

»Ich weiß. Ich habe es gehört.«

»Nein. Ist schon lange her. Lange vor diesem ganzen Scheiß«, erklärte Hoon. »Er sagte, wenn ihm da draußen irgendetwas zustoßen würde, müsste ich – die Jungs und ich – dafür sorgen, dass es dir gut geht. Der blöde Kerl war erst seit ein paar Wochen mit dir zusammen, aber er war schon ganz vernarrt in dich. Heirat, Kinder, er hat über alles geredet. Wir haben ihn natürlich verarscht, doch das war ihm egal. Er hat dich geliebt.« Hoon raffte sich auf, sie anzusehen, nur für einen Moment. »Vom ersten verdammten Moment an, als er dich traf.«

Sein Blick war wieder auf den Teppich gerichtet, und er fuhr sich mit der Hand übers Gesicht, um sich zu beruhigen. Er bereitete sich auf das vor, was als Nächstes kam.

»Jedenfalls mussten wir es ihm versprechen. Er ließ uns schwören, dass wir uns um dich kümmern, falls ihm etwas zustößt. Falls er da draußen sterben würde, sollten wir dafür sorgen, dass es dir gut geht.«

»Na also, geht doch!« Gabriella jubelte geradezu. »Du hast es versprochen. Du darfst ihn nicht enttäuschen.«

»Aber er hat mich auch noch etwas anderes versprechen lassen«, fuhr Hoon fort. »Und zwar nur mich.«

Eine Bodendiele knarrte, als Miles sein Gewicht verlagerte und in den Flur blickte. Er gab einen Laut von sich, eine Äußerung, die Hoon verriet, dass er es begriffen hatte.

Dass er genau wusste, was in der Nacht geschehen war.

Was Hoon getan hatte.

»Man macht sich nicht so viele Gedanken über den Tod, wenn man da draußen ist«, sagte Hoon. »Ich meine, doch, das tut man. Aber je länger man da draußen ist, desto mehr Scheiße sieht man. Und je mehr man sieht, desto mehr begreift man, dass einem Dinge passieren können, die schlimmer sind als der Tod – verdammt viel schlimmer –, und darüber macht man sich mehr Gedanken.«

Die Verwirrung stand Gabriella noch immer ins Gesicht geschrieben, aber sie war einen Schritt zurückgetreten. Vielleicht zwei. Ihr Lächeln hatte noch einen Moment gehalten, aber jetzt war es verschwunden.

»Ich weiß nicht … Was willst du damit sagen, Bob?«

Hoon schluckte. Er sah ihr in die Augen. »Ich glaube, du weißt es.«

»Sag es mir«, beharrte Gabriella.

Sie wollte ihn zwingen, es auszusprechen. Sie wollte ihm die Worte entlocken, entweder weil sie nicht glauben konnte, auf welch dunkle Wege ihre Fantasie sie führte, oder weil sie sein Geständnis erzwingen wollte. Sie musste die Worte selbst hören.

Wenigstens das war er ihr schuldig.

»Ich habe ihn getötet«, sagte Hoon. Es klang ruhig

und sachlich, wie eine beiläufige Bemerkung über das Wetter.

Gabriellas Blick huschte in winzigen Schritten nach links und rechts, suchte sein Gesicht nach etwas ab, von dem er wusste, dass sie es nie finden würde.

»Wie bitte?«, fragte sie, und ein ungläubiges Lachen begleitete die Worte. »Was meinst du? Was willst du damit sagen?«

»Ich habe Welshy getötet«, sagte Hoon. Seine Stimme brach beinahe. Er verstärkte sie, bis sie hart und kalt klang. »Als du geschlafen hast. Da habe ich ihn getötet.«

Gabriella stieß wieder diesen kleinen Lacher aus und sah Miles an, als erwartete sie, dass er die Pointe lieferte. Stattdessen folgte er Hoons Beispiel und schaute weg, um dem Blick der Witwe auszuweichen.

»Du … hast ihn getötet?«, stammelte Gabriella und wandte sich wieder Hoon zu. »Du … Was hast du …? Du hast Gwynn getötet?«

»Er hat mich darum gebeten«, erklärte Hoon.

Daraufhin schlug sie ihm auf den Oberarm, wobei ihre Augen sich mit Tränen füllten. »Wie zum Teufel hätte er dich darum bitten können?! Er konnte nicht sprechen!«

»Nicht heute Abend. Es ist schon lange her«, sagte Hoon.

»Was? Damals irgendwann?«, schrie Gabriella und schlug ihn nach jedem Wort erneut.

»Ja. Wir haben einen Pakt geschlossen«, sagte Hoon. Er versuchte nicht, ihren Schlägen auszuweichen. Er hatte sie alle verdient. »Wir würden uns nicht gegenseitig leiden lassen.«

»Ein verdammter *Pakt*?«, kreischte sie. »Das ist Jahrzehnte her! Ihr wart noch Kinder! Wie konntest du es wagen? Wie konntest du es verdammt noch mal wagen? Du weißt nicht, was er jetzt wollte! Du weißt es nicht.«

Ihr Blick brannte sich in ihn hinein wie ein Schweißbrenner. Er nahm alle Kraft zusammen, um nicht wegzusehen. »Doch«, sagte er. »Das wusste ich.«

Sie fixierte ihn einen Moment lang und musterte ihn dann von oben bis unten, als ob sie ihn zum ersten Mal sehen würde.

Und dann, wie aus dem Nichts, traf ihn ein rechter Haken am Kiefer. Er sah ihn rechtzeitig kommen, um zu reagieren, und, was noch wichtiger war, rechtzeitig genug, um es nicht zu tun. Sein Kopf wurde zur Seite gerissen.

Als er sich zurückdrehte, rannte sie aus dem Zimmer. Sie lief vor ihm weg.

»Mein Gott, Bob«, murmelte Miles. Er wollte zur Tür gehen, aber Hoon hielt ihn am Arm fest.

»Lassen Sie sie. Geben Sie ihr eine Minute«, verlangte Hoon.

»Sie ist aufgebracht!«

»Natürlich ist sie aufgebracht! Ich habe ihr gerade

gesagt, dass ich ihren Mann getötet habe. Was erwarten Sie von ihr? Soll sie Purzelbäume schlagen? Ein verdammtes Lied anstimmen?«, bellte Hoon. »Zum Glück ist aufgebracht zu sein kein verdammtes Todesurteil. Aber hier zu sein, wenn diese Loop-Wichser aufkreuzen, ist eines. Also müssen Sie sie hier wegschaffen, und zwar schnell.«

Miles schüttelte den Kopf. »Wir werden Sie nicht einfach zurücklassen, Bob. Wir werden alle gehen und uns irgendwo verkriechen. Wir werden einen Plan schmieden.«

»Ich habe einen verdammten Plan«, sagte Hoon.

»Hier zu warten, bis die kommen und Sie umbringen, ist kein Plan!«

»Doch, ist es«, beharrte Hoon. »Aber es ist ein beschissener Plan, deshalb werde ich es nicht tun.«

»Ach. Also … was dann? Haben Sie einen anderen Plan?«

»Jetzt tun Sie doch nicht so verdammt überrascht! Natürlich habe ich einen anderen Plan! Ich habe ungefähr fünf verschiedene Pläne, damit Sie es wissen. Kein einziger davon beinhaltet, dass ich hier rumhänge, bis ein Haufen Arschlöcher aufkreuzt und mir ein paar aufregende neue Löcher ins Gesicht schießt.«

»Okay …, also … wie sieht der Plan aus?«, fragte Miles. »Was werden Sie tun?«

»Ich werde sie umbringen«, erklärte Hoon. »Ich werde jeden Einzelnen von ihnen umbringen.«

»Das ist ... immer noch kein Plan.«

Hoon zuckte mit den Schultern. »Es ist ein kleiner Teil eines Plans. Ich werde ihn noch ausweiten.« Er deutete zum Festnetztelefon, das auf einem Tisch in der Ecke stand. »Jetzt rufen Sie eine verdammte Ambulanz für Welshy, und dann müssen Sie drei Dinge für mich tun.«

Der MI5-Mann wirkte besorgt. Es war ungewöhnlich für Hoon, um Hilfe zu bitten. Bei den wenigen Gelegenheiten, bei denen er es bisher getan hatte, war es für Miles meistens nicht gut ausgegangen.

»Welche drei Dinge?«

»Sie müssen das Paket aus Ihrem Auto holen. Sie müssen mir eine Landkarte besorgen – Ihr Telefon reicht aus«, sagte Hoon. Er drehte sich nicht um, um zur Wohnzimmertür zu sehen. Er nahm nicht einmal zur Kenntnis, dass sie existierte. »Dann müssen Sie Gabriella holen und sie so weit wie möglich von mir wegschaffen.«

ZWANZIG

Ihre Kontakte bei der Polizei waren sehr hilfreich gewesen. Der Telefonnetzbetreiber hatte sich als ebenso auskunftsfreudig erwiesen. Mit den Angaben, die der Netzbetreiber liefern konnte, ließ sich der Standort des Anrufers zwar nicht genau bestimmen, aber er konnte grob auf wenige Quadratkilometer eingegrenzt werden.

Und wie es der Zufall wollte, befanden sich in diesem Gebiet weniger als ein Dutzend Gebäude. Wenn man die Läden, den Pub, die kleine Grundschule und die beiden Kirchen ausklammerte, waren es weniger als fünf.

Nach weiteren Nachforschungen über die Grundstückseigner, stichprobenartigen Erkundungen über Google Maps und mit etwas gesundem Menschenverstand konnten sie den Kreis der Verdächtigen auf ein einziges Bauernhaus eingrenzen, das von Feldern umgeben und gut vor neugierigen Blicken verborgen war.

Perfekt als Safe House geeignet.

Sie parkten ihre beiden Lieferwagen auf dem Randstreifen einer nahe gelegenen Nebenstraße und gingen dann durch den Wald bis zu dem Zaun an der Grenze des Ackerlandes. Von dort aus betrachteten sie das Gebäude und richteten ihre Ferngläser auf die Fenster.

Die Vorhänge waren größtenteils zugezogen und verwehrten ihnen den Blick in die dahinter liegenden Räume. Ein Auto befand sich in der Einfahrt, dicht vor der Eingangstür, als stünde es für einen schnellen Aufbruch bereit.

Weißgraue Rauchschwaden kamen aus dem Schornstein und stiegen in der windstillen Luft gerade nach oben, aber ansonsten gab es keine Anzeichen von Bewegung.

Das Feld war mehrere Hundert Meter breit und bot wenig bis keine Deckung. Das gefiel ihr nicht. Zu offen. Zu riskant. Falls dort jemand ein Gewehr besaß und ein guter Schütze war – und sie wusste aus seinen Akten, dass bei Hoon mindestens eines davon zutraf –, dann würden sie abgeknallt, bevor sie auch nur die Hälfte des Weges geschafft hatten.

Sie gingen in nördlicher Richtung durch den Wald, ließen das Haus links liegen, bogen dahinter ab und folgten der Baumlinie. Das Waldstück kam an der Rückseite näher ans Haus heran. Ein Fußweg von einer Minute, vielleicht weniger, mit dichtem Laub und unebenem Terrain, was Deckung bot.

Das machte die Sache in gewisser Weise noch gefährlicher. Hoon war kein Narr. Er würde wissen, dass dies die beste Vorgehensweise war, und falls er irgendwo auf der Lauer lag, dann hier.

Sie suchte die Rückseite des Gebäudes mit dem Fernglas ab. Geschlossene Vorhänge. Eine geschlossene Tür. Keine Bewegung außer dem langsamen, trägen Aufsteigen des Rauchs.

Auf ihr Signal hin rückten die Trupps vor. Fünfzehn Schwerbewaffnete – acht aus dem einen Transporter, sieben aus dem anderen –, deren schwarze Kleidung und Sturmhauben eher für nächtliche Einsätze als für diesen Angriff bei Tage geeignet waren.

Doch die Zeit drängte. Hoon war auf dem Schiff leicht zu fassen gewesen, aber da hatte er auch nicht versucht, sich zu verstecken. Jetzt wusste er, dass sie kommen würden. Jetzt war er auf der Flucht.

Oder er würde es sein, falls er vernünftig war.

Bei ihren Begegnungen mit dem Mann hatte sie ihn als rüpelhaften Idioten mit einer Vorliebe für Schimpfwörter und plötzliche Gewaltausbrüche kennengelernt. Aber er war mehr als das. Er hatte in den Spezialeinheiten Karriere gemacht. Er war bei der Polis bis zur Position des Detective Superintendent aufgestiegen. Er war schlauer und gerissener, als er zunächst wirkte.

Andererseits gehörte dazu auch nicht viel.

Sie erreichten das Haus ohne Zwischenfälle. Sie teilte ihre Anweisungen schweigend mit, durch Handzeichen und mit Blicken.

Die Männer teilten sich auf, schwärmten aus und folgten ihren Befehlen. Türen wurden eingetreten. Fenster zertrümmert. Tränengas strömte durch die Räume des Hauses.

Die Masken wurden gesenkt. Die Waffen angelegt. Sie machte sich auf den Weg zur Vorderseite des Hauses, hielt ihre Waffe bereit und wartete darauf, dass das Geschrei begann und die Aufregung losging. Sie genoss diese Momente der Vorfreude, aber sie bevorzugte, was danach kam. Die Konfrontation und die Gewalt. Den Ruhm des Sieges. Den Hauch des Todes.

Der Sturm war ihr viel lieber als die Ruhe davor. Der heutige Tag brachte jedoch nur Enttäuschung.

»Es ist leer«, teilte ihr ein bewaffneter Mann mit einer Gasmaske mit, der durch die Vordertür nach draußen trat. »Hier ist niemand.«

»Was, niemand?«, fragte sie und ließ ihren Blick über die Fassade des Gebäudes schweifen, dann zu dem Auto, das neben ihr in der Einfahrt parkte. Es war eine kleine Schräghecklimousine, und die Patina des Schmutzes auf den Fenstern ließ darauf schließen, dass sie seit Wochen nicht mehr bewegt worden war. Das vordere Nummernschild fehlte. Es war erst kürzlich entfernt worden, wie man an dem relativ sauberen Lackfleck an der Stelle erkennen konnte, an die es eigentlich gehörte.

»Das ganze Haus ist leer«, bestätigte der Mann neben ihr.

Sie rollte ihre Sturmhaube auf den Kopf und machte aus ihrer Enttäuschung keinen Hehl. »Also ... was dann? Ist es das falsche Haus?«, fragte sie. »Es kann nicht der falsche Ort sein.«

»Nein. Es ist das richtige Haus«, antwortete der Mann, wobei seine Stimme durch die Maske unheimlich gedämpft wurde. Er reichte ihr ein ordentlich in der Mitte gefaltetes Blatt Papier. »Das haben wir in der Küche gefunden.«

Sie entfaltete es und starrte auf die Worte, die mit dickem schwarzem Filzstift darauf geschrieben waren und ihre Enttäuschung in Wut umschlagen ließen.

»PECH GEHABT, IHR PISSER«, stand da und verhöhnte sie.

Sie zerknüllte den Zettel und warf ihn auf den Boden, dann stampfte sie sicherheitshalber zweimal darauf.

»Sind Sie sicher, dass Sie alles gecheckt haben?«, fragte sie. »Haben Sie in allen Zimmern nachgesehen?«

»Ja. Sie sind weg. In einem Zimmer stehen eine Menge medizinischer Geräte, aber das Bett ist leer. Sie müssen gewusst haben, dass wir kommen.«

Sie legte die Stirn in Falten. Ihre Lippen bewegten sich, als ob sie in ihrem Kopf eine schwierige Berechnung durchführen würde.

Hoon wirkte wie ein ungehobelter Idiot.

Aber das war er nicht. Nicht einmal annähernd.

Sie richtete ihre Aufmerksamkeit wieder auf das Auto mit dem fehlenden vorderen Nummernschild.

Sie ging zum hinteren Teil des Fahrzeugs und beschleunigte das Tempo, je näher sie kam.

Auch das hintere Nummernschild war verschwunden, und die Erkenntnis traf sie wie ein Blitzschlag.

»Die Transporter!«, zischte sie und rannte los. »Er will zu den verdammten Transportern!«

Sie stürmten neben der Stelle aus dem Wald, an der sie die Lieferwagen geparkt hatten, und es hagelte Schimpfwörter, als sie feststellten, dass sich die Zahl der auf dem Grünstreifen geparkten Fahrzeuge um die Hälfte verringert hatte.

Die Nummernschilder des vorderen Transporters lagen weggeworfen auf der Straße und waren zweifellos durch die Kennzeichen des Autos ersetzt worden.

»Die Reifen. Er hat die verdammten Reifen zerstochen«, verkündete einer der Soldaten und machte seinem Frust mit einem heftigen Tritt gegen das aufgeschlitzte und zerstörte Gummi Luft.

»Moment mal, welchen hat er genommen?«, fragte ein anderer Mann.

Die Hecktüren des verbliebenen Lieferwagens wurden aufgerissen, und am Straßenrand ertönten weitere Schimpfwörter.

Die Frau, die sich Suranne nannte, schaute in beide Richtungen der einspurigen Straße, als ob sie hoffte,

noch einen Blick auf das gestohlene Fahrzeug erhaschen zu können, bevor es um eine Kurve verschwand.

Aber so viel Glück hatte sie nicht. Der Bastard war
vermutlich längst über alle Berge.

Sie löste das Funkgerät von ihrem Gürtel, drückte
auf den Knopf und bellte eine Reihe von Anweisungen. Natürlich hatte sie einen Notfallplan für genau
diese Art von Dingen. Sie hatte für die meisten Dinge
einen Notfallplan.

Irgendwo, nicht allzu weit entfernt, heulten die Mo-
toren von vier Motorrädern auf.

EINUNDZWANZIG

Hoon pfiff vor sich hin, während er den Wagen über die engen, kurvenreichen Straßen von Nord-Dorset lenkte und den Schildern mit Ortsnamen folgte, von denen er noch nie gehört hatte. Die Melodie war eine relativ fröhliche Eigenkomposition. Er hatte leise angefangen, als er die Nummernschilder des Wagens abschraubte, und sie hatte sich zu etwas fast Fröhlichem entwickelt, als er die Schlüssel im Handschuhfach gefunden hatte und mit hoher Geschwindigkeit losgefahren war.

Sein Plan war mehrstufig. Der Umstand, dass er noch am Leben war und sich aus eigener Kraft fortbewegen konnte, bedeutete, dass die ersten fünf davon erstaunlich reibungslos verlaufen waren. Die nächsten Schritte sollten einfacher sein – einen ähnlichen Lieferwagen finden wie den, in dem er saß, die Kennzeichen austauschen und dann weiterfahren. Er musste nur darauf achten, dass er nicht von einer ANPR-Kamera erfasst wurde. Sonst würden sie feststellen, dass es sich bei dem Fahrzeug, das er fuhr, nicht um den Citroën C3 handelte, der es laut Zulassung angeblich war.

Das sollte momentan natürlich nicht allzu schwierig

sein. Er war etwa drei Meilen gefahren, und weniger als ein halbes Dutzend Autos war ihm entgegengekommen. Deshalb war die Wahrscheinlichkeit gering, dass die Straßen hier mit Kameras ausgestattet waren, die Kennzeichen erkannten.

Die Wahrscheinlichkeit würde natürlich steigen, je näher er größeren Städten kam. Yeovil lag nur ein kleines Stück weiter oben auf der Karte in South Somerset. Dort hätte er die beste Chance, einen passenden Transporter zu finden, der ihn besser tarnte als dieser, aber eine große Stadt bedeutete auch Polizei, und falls er angehalten wurde, würde ein »Tut mir leid, Officer, ich war auf der Flucht vor einer streng geheimen kriminellen Vereinigung« vermutlich kaum als angemessene Entschuldigung akzeptiert werden.

Hoons Pfeifen hatte gerade einen besonders fröhlichen Refrain erreicht, als er an der Wand hinter sich ein Klopfen hörte. Der Lieferwagen war in zwei Bereiche unterteilt: ein Fahrerhaus mit drei Sitzen, einem Lenkrad und allem, was man brauchte, um den Wagen in die gewünschte Richtung zu lenken, und einen geschlossenen Laderaum, der etwa achtzig Prozent des verfügbaren Platzes einnahm.

Er hörte nicht auf zu pfeifen, sondern verringerte die Lautstärke, bis es nur noch eine melodische Luftbewegung zwischen seinen Lippen war.

Das Geräusch ertönte wieder. Jetzt zweimal, in schneller Folge. *Klopf, klopf.*

Offenbar schlug da jemand leicht an die Trennwand.

»Oh, Scheiße«, murmelte er, und seine improvisierte Melodie verstummte.

Da war jemand hinten in dem verdammten Transporter. Warum hatte er nicht daran gedacht, nachzusehen? Warum hatte er die Türen nicht geöffnet und hineingeschaut?

Klopf. Klopf. Klopf.

Hoon schlug eine Hand auf das Lenkrad und verzog mit zusammengebissenen Zähnen das Gesicht.

»Wusste ich's doch, dass es zu gut läuft, verdammt«, fluchte er.

Dennoch war das Klopfen nicht wirklich energisch. Es hörte sich nicht nach Panik an. Wer auch immer sich dort befand, hatte wahrscheinlich keine Ahnung, dass irgendetwas nicht in Ordnung war. Oder er wusste nicht, *wie* verdammt verfahren die Lage eigentlich war. Das bedeutete, dass Hoon noch einige Möglichkeiten blieben. Trotz des unbekannten Passagiers hatte er Zeit zum Nachdenken.

Eine Bewegung im Seitenspiegel erregte seine Aufmerksamkeit. Zusätzlich zum Motor des Transporters hörte er das höhere Heulen eines Motorrads. Es schien aus dem Nichts zu kommen, näherte sich schnell. Zwei Räder rasten über die Straße.

Eine Kurve kam in Sicht. Hoon ging vom Gas, was das Motorrad nur schneller aufschließen ließ.

Er schaute noch einmal in den Spiegel, und alles an dem Fahrer schrie »Gefahr« – von der Haltung seines Körpers bis zur Geschwindigkeit, mit der er sich näherte.

Er war ganz in Schwarz gekleidet, was nicht besonders ungewöhnlich war. Ungewöhnlicher war die Art und Weise, wie er das Motorrad jetzt mit einer Hand lenkte und mit der anderen nach einem Walkie-Talkie griff, das er an seinem Gürtel befestigt hatte.

»Scheiße«, knurrte Hoon.

Und trat auf die Bremse. Der Motorradfahrer konnte gerade noch verhindern, dass er direkt in das Heck des größeren Fahrzeugs krachte, das sein Tempo ohne jede Vorwarnung von einer Geschwindigkeit von vierzig Meilen pro Stunde mitten in der engen Straße auf null reduzierte und stehen blieb.

Das Vorderrad kam knapp an der hinteren Stoßstange des Lieferwagens vorbei, aber der Rest des Motorrads und der Mann, der darauf saß, hatten weniger Glück.

Der Aufprall hallte im Inneren des Lieferwagens wider, wobei der größtenteils leere Laderaum wie ein großer Verstärker wirkte, der den Schall durch die Wand ins Fahrerhaus transportierte. Hoon legte den Gang ein, fuhr rückwärts, bis er einen Widerstand spürte, dann zog er wieder nach vorn und beschleunigte schnell.

Im Spiegel sah er, wie der Fahrer an seinen Oberschenkel griff, als wollte er sich etwas aus dem Fleisch reißen. Zuerst dachte Hoon, das Bein des Mannes sei aufgespießt worden, aber dann holte der Fahrer eine Handfeuerwaffe aus einem Oberschenkelholster, und Hoon wich scharf nach links aus, als ein Schuss knallte und eine Kugel rechts an ihm vorbeipfiff.

Es klapperte auch im hinteren Teil des Wagens – der Insasse musste bei dem plötzlichen und unerwarteten Manöver gegen die Seitenwand geschleudert worden sein.

Hoon trat das Gaspedal durch und raste auf die nächste Kurve zu. Es war eine scharfe Rechtskurve, und es fühlte sich an, als würde der Transporter gleich umkippen, als er kräftig am Lenkrad kurbelte und in die Kurve zog.

Hinter ihm gab es einen weiteren dumpfen Schlag, und er stellte sich vor, dass jemand, der in diesem Moment vom Straßenrand aus zugesehen hätte, den perfekten Abdruck eines menschlichen Wesens auf der Seite des Lieferwagens gesehen hätte.

Die Federung des Transporters quietschte, als sich das Gewicht wieder auf alle vier Räder verlagerte. Vor ihm war eine Kreuzung mit einem Vorfahrt-achten-Schild und gestrichelten weißen Fahrbahnmarkierungen, die anzeigten, dass er anhalten sollte, um den von links und rechts kommenden Verkehr abzuwarten.

»Schluss jetzt mit dem Blödsinn«, verkündete er laut, obwohl er keine Zuhörer hatte, und trat das Gaspedal bis zum Anschlag durch.

Der Wagen reagierte langsam, und der Motor stöhnte, als ob er diese Entwicklung nicht gutheißen würde. Hoon schaltete ein paar Gänge zurück, und das leise, unwillige Brummen wurde zu einem heulenden Alarmschrei. Doch es funktionierte, und der Wagen beschleunigte, auch wenn die Person im Laderaum nach hinten geschleudert wurde.

Hoon knirschte mit den Zähnen, als er auf die Kreuzung zuraste und sich auf einen weiteren verheerenden Aufprall vorbereitete.

Glücklicherweise wurde er nicht von großen Fahrzeugen gerammt, aber als er über die Kreuzung donnerte, entdeckte er links von sich zwei weitere Motorräder, die schneller wurden, als die Fahrer ihn sahen.

»Verfickter Scheißdreck!«, fluchte er, legte den Gang ein, lenkte und versuchte gleichzeitig, in den Beifahrerfußraum zu greifen.

Das Päckchen, das er am Flussufer ausgegraben hatte, rutschte darin herum, und er hatte das Klebeband gerade so weit aufgerissen, dass er ein Bündel Bargeld herausnehmen konnte.

Gabriella hatte das Geld natürlich abgelehnt. Das war auch so ziemlich das Einzige, was sie zu ihm gesagt hatte, als die Ambulanz eintraf und sie in Miles' Auto stieg.

Er hatte es stattdessen Miles gegeben – es ihm aufgenötigt – und nur ein paar Hundert Pfund behalten, um den Rest seines Plans durchzuziehen.

Es war nicht viel gewesen, nur ein paar Tausend, aber es war das einzige seiner Verstecke, an das er noch herankommen konnte, bevor alles den Bach runterging.

Die andere Hälfte des Päckchens war nach wie vor eingewickelt und lag unerreichbar und verlockend im Fußraum. Er streckte sich danach, die Fingerspitzen streiften gerade so das Klebeband, dann musste er aufgeben und das Lenkrad mit beiden Händen festhalten, weil eine weitere Kurve auf ihn zuraste.

Er fluchte erneut, und der Wagen brach heftig zur Seite aus, geriet fast ins Schleudern und ließ den geheimnisvollen Passagier im Laderaum wie eine Flipperkugel im Punkterausch herumwirbeln.

Die beiden Motorräder rasten hinter dem Transporter her und wurden im rechten Rückspiegel immer größer. Die Straße hatte sich hier auf zwei Spuren verbreitert, und selbst wenn es ihm gelänge, den nächsten dieser Mistkerle mit einer Vollbremsung auszuschalten, war nicht sicher, ob er beide erwischen würde.

Die nächste Kurve folgte schnell. Er schaltete einen Gang runter, riss das Lenkrad herum, und der Transporter driftete seitlich um die Kurve. Rauch stieg aus dem schmelzenden Gummi seiner Reifen, die fast laut genug quietschten, um die heftigen Stöße und Schläge zu übertönen, die dicht hinter ihm zu hören waren.

Er schaute in den Spiegel, um zu sehen, ob die Motorräder noch hinter ihm her waren, und duckte sich, als eine Kugel einschlug, Glas zersplitterte und Blech perforierte.

»Bastarde!«, keuchte er, dann wich er nach rechts über die Straße aus, bis er sie im linken Außenspiegel sehen konnte.

Direkt vor ihm ertönte eine Hupe. Als er nach vorn blickte, konnte er gerade noch rechtzeitig nach links ausweichen, um nicht mit einer entgegenkommenden Limousine zusammenzustoßen, deren Fahrer mit Lichthupe und Hupe seine Verachtung zum Ausdruck brachte.

»Ach, verpiss dich!«, fluchte Hoon und zeigte dem Mann den Mittelfinger, als sie in entgegengesetzter Richtung aneinander vorbeizischten.

Durch das plötzliche Manöver war das halb ausgepackte Päckchen näher an die Mittelkonsole gerutscht. Hoon passte seinen Griff am Lenkrad an, hielt den Wagen so gerade wie möglich und griff in den Fußraum.

Er stieß einen Triumphschrei aus, als seine Finger endlich berührten, wonach sie sich gestreckt hatten, und ließ eine Reihe kurzer, panischer Schreie folgen, als der Transporter auf den Grünstreifen am Straßenrand geriet und er den Kurs hastig korrigieren musste.

Das Päckchen fiel auf den mittleren Beifahrersitz. Er riss mit der linken Hand an dem Klebeband, aber er hatte es zu gut eingewickelt, zu fest gegen die kalte, nasse Erde gesichert, in der es vergraben worden war.

Gäbe man ihm eine Schere und ein paar ungestörte Minuten, könnte er etwas erreichen. Aber hier und jetzt hatte er keines von beidem. Solange er nicht das Fenster herunterkurbelte und die Bastarde mit dem Päckchen bewarf, hatte es keinerlei Nutzen für ihn.

»Gut, schön. Scheiß drauf«, erklärte er. »Dann machen wir es auf die harte Tour.«

Rechts nahten eine Kurve und eine breite Kreuzung, die diese Straße mit einer anderen verband. Hoon steuerte den Wagen weit nach links, dann schlug er das Lenkrad voll nach rechts ein, zog die Handbremse an und nutzte den zusätzlichen Platz an der Kreuzung für eine Hundertachtziggradwende.

Er spürte, wie er aus seinem Sitz zu rutschen begann, bevor der Gurt an seiner Brust sich straffte und ihn an seinem Platz hielt. Die Person im Laderaum hatte weniger Glück, denn sie prallte so hart auf, dass es bis in den vorderen Teil des Wagens spürbar war. Geschrien hatte niemand. Kein einziges Mal. Aber wenn man bedachte, wie heftig die Person da hinten herumgeschleudert wurde, standen die Chancen nicht schlecht, dass sie entweder bewusstlos oder tot war. Auf jeden Fall hatte sie aufgehört, durch höfliches Klopfen an die Trennwand auf sich aufmerksam machen zu wollen.

Falls sie nicht gemerkt hatte, dass etwas nicht stimmte, als er mit ihr losgefahren war, musste die Person jetzt zumindest einen Verdacht haben.

Die Motorräder röhrten heran, eines hinter dem anderen, auf der Straße nur wenige Meter voneinander entfernt. Der vordere Fahrer zielte mit einer Pistole. Der Hintermann bellte etwas in ein Funkgerät. Beides war schlimm, aber das eine war viel dringlicher als das andere, also gab Hoon dem Schützen den Vorrang.

Er kauerte sich hinter das Lenkrad, um wenig Zielfläche zu bieten, schaltete in einen kleinen Gang und trat das Gaspedal bis zum Anschlag durch. Sofort brachte er den Transporter in Fahrt und schlingerte mit durchdrehenden Rädern auf die Motorradfahrer zu.

Der Bewaffnete übernahm die Führung, näherte sich von rechts, schwang die Pistole und wollte durch das Seitenfenster auf Hoon schießen. Bevor der Mistkerl eine Chance hatte, wich Hoon aus und riss die Tür auf. Schnell zog er seinen Arm wieder ein, bevor der Aufprall des entgegenkommenden Motorradfahrers das Glas zersplittern ließ und die Tür wieder zuschlug.

Hoon steckte seinen Kopf durch das Loch, wo das Seitenfenster gewesen war, und sah gerade noch, wie der Motorradfahrer mit der Pistole über den Asphalt rutschte und das Fahrgestell seines Motorrads Funken sprühend aufprallte, sich überschlug und schließlich im Graben liegen blieb.

Das Triumphgefühl verließ ihn schnell, als er wieder nach vorn blickte und im letzten Moment die Pfeile erblickte, die vor einer scharfen Linkskurve warnten.

Diesmal hoben zwei Räder des Transporters komplett vom Boden ab, und Hoon warf sein Gewicht in die Kurve und versuchte verzweifelt, das Gleichgewicht zu halten und zu verhindern, dass der Lieferwagen vollends ins Schlingern geriet.

Die Außenkanten der Räder auf der Fahrerseite schrammten über den Randstreifen, fraßen Gras und wühlten den Boden auf. Sie verhinderten, dass sich der Lieferwagen überschlug, aber als er wieder auf alle vier Räder aufsetzte, jagte der Aufprall in einem großen atemlosen Keuchen alle Luft aus Hoons Körper.

Irgendwie schaffte er die Kurve, und dann sah er nur wenige Meter vor sich ein anderes Motorrad auf sich zurasen. Der Fahrer hob die Hand, als ob sie eine Art Schutz vor dem viel größeren Fahrzeug bieten könnte, das geradewegs auf ihn zuraste.

Das war nicht der Fall.

Es gab ein Knirschen, das alle anderen Kollisionen bis jetzt zahm erscheinen ließ. Dann ertönte ein erstickter Schrei, der nur eine halbe Sekunde dauerte. Im nächsten Moment platzte etwas unter den Rädern, was selbst Hoons Magen umdrehte.

Der Transporter geriet ins Schlingern, das hintere Ende brach aus, drehte das ganze Fahrzeug in die entgegengesetzte Richtung und die arme Person im Laderaum wurde erneut herumgeschleudert.

Die Kollision hatte die Warnblinkanlage des Transporters ausgelöst. Hoon saß hinter dem Lenkrad, während das kleine rote Ausrufezeichen auf dem Armaturenbrett im Takt der Lichter klickend an und aus ging.

Auf der Straße lag verstreut, was bis vor Kurzem noch ein Motorrad gewesen war, jetzt aber bestenfalls als »Fragmente eines Motorrads« bezeichnet werden konnte. Es war auch etwas anderes über die Straße verteilt – genau wie das Motorrad, nur feuchter.

Eigentlich war »verstreut« in diesem Fall wahrscheinlich nicht das richtige Wort. »Verspritzt« wäre angemessener gewesen. Vielleicht auch »verschmiert«.

Hoon schaltete den Warnblinker aus und fuhr im Wagen langsam weiter, bis er neben den mechanischen und menschlichen Überresten stand. Zwischen einem kaputten Vergaser und dem, was eine Hüfte gewesen sein könnte, sah er eine blutverschmierte Handfeuerwaffe.

Nach einem kurzen Blick in beide Richtungen, mit dem er sich vergewisserte, dass die Luft rein war, stieg Hoon aus dem Wagen, fischte die Pistole aus den herumliegenden Eingeweiden und wischte sie an der Hose des Toten ab. In Anbetracht des Zustands, in dem sie sich befand, brachte das allerdings so gut wie nichts.

Die Waffe lag sofort vertraut in seiner Hand. Eine Glock 19, die kompaktere Version der 17, die er im Laufe der Jahre ausgiebig benutzt hatte. Diese Version war etwas ungenauer, ließ sich aber leichter verbergen. Das kleinere Format machte sie ideal für Operationen in Zivil, auch wenn sie zwei Kugeln weniger im Magazin hatte.

Er nahm das Magazin aus dem Griff und war froh, dass es voll war. Er schob es in die Magazinaufnahme zurück und lud die Waffe gerade durch, als das andere Motorrad fünfzig Meter vor ihm um die Kurve bog.

Das Motorrad wurde langsamer, als der Fahrer Hoon erblickte, der dort auf der Straße zwischen den schwelenden Trümmern und dem zerfetzten Leichnam stand. Hoon rollte seinen Kopf auf den Schultern, dehnte die Sehnen in seinem Nacken und genoss all die kleinen Knack- und Knistergeräusche, die sie verursachten.

Der Motorradfahrer drehte seinen Griff. Der Motor heulte auf. Das Motorrad schoss vorwärts, als wäre es aus einem Raketenwerfer abgefeuert worden, und Hoon beobachtete reglos, wie der Mann, der rittlings darauf saß, nach seiner Waffe griff.

Hoon hob die Glock, kniff die Augen zusammen und gab einen einzigen Schuss ab. Er hatte auf eine Schulter gezielt, aber die Kugel traf die Brust des Fahrers.

Er schien mitten in der Luft stehen zu bleiben, das Bike fuhr ein paar Sekunden lang ohne ihn weiter, bevor es schlingerte und zu Boden stürzte.

Zu diesem Zeitpunkt lag der Fahrer bereits flach auf dem Rücken, eine Hand auf dem Herzen, regungslos bis auf das Blut, das zwischen seinen behandschuhten Fingern hervorquoll.

Hoon schaute in beide Richtungen der Straße, sah jedoch keine anderen Fahrzeuge, die sich ihm näherten.

Er zeigte nacheinander auf die beiden toten Männer. »Lasst euch das eine verdammte Lehre sein«, riet er ihnen, kletterte dann wieder in den Transporter, schob die Waffe ins Handschuhfach und fuhr davon.

Hinter ihm im Laderaum ließ die Vorwärtsbewegung des Transporters etwas Schweres langsam über den Boden gleiten.

Suranne stand weit weg vom Absperrband, den Krankenwagen und den Blaulichtern der Polizeifahrzeuge, versteckt hinter Bäumen. Sie wusste noch nicht genau, was passiert war, aber der ausbleibende Funkkontakt und der weinrote Belag, den sie auf der Straße sehen konnte, vermittelten ihr eine Ahnung.

Es würde schwierig werden, dies zu vertuschen. Natürlich war es nicht unmöglich – nichts war unmöglich –, aber es würde Zeit, Geld und eine Menge Ressourcen kosten. Falls ihre Vorgesetzten davon erfuhren, wären sie nicht erfreut.

Sie musste dafür sorgen, dass sie das nicht taten.

»Es sieht aus, als wäre er entkommen«, bemerkte einer der Männer hinter ihr.

»Er ist eindeutig entkommen«, zischte sie, ohne den Blick von der Szene abzuwenden. »Ich will, dass er gefunden wird. Heute noch. Es ist mir egal, was Sie dafür

248

tun müssen. Es ist mir egal, was es kostet. Wir finden ihn. Und dann töten wir ihn.« Sie drehte sich zu ihnen um, und die ganze Truppe nahm Haltung an. »Ist das klar?«, fragte sie.

»Ja, Ma'am«, sagten sie unisono und nickten, während sie an ihnen vorbei in den dunkler werdenden Wald marschierte.

ZWEIUNDZWANZIG

Auf einem Supermarktparkplatz nördlich von Yeovil wurde Hoon fündig. Die Transporter stimmten zwar nicht *genau* überein – gleiche Marke und gleiches Modell, anderes Baujahr und andere Ausstattung –, aber es musste reichen. Die Tatsache, dass er in einem Seitenbereich des Parkplatzes stand, schadete auch nicht, denn so konnte er ungestört die Nummernschilder austauschen.

Nachdem das erledigt war, fuhr er noch ein paar Meilen weiter, bis er einen Pub namens Half Moon Inn entdeckte. Er befand sich in einem kleinen Dorf und hatte eine strohgedeckte Veranda, einen gemauerten Schornstein und ein altes Schieferdach, das sich so aufwarf, als fehlte nur noch ein heftiger Regenschauer, damit es einbrach.

Es war die Art von Pub, zu dem die Leute ihre Hunde mitnahmen, um dort sonntags groß essen zu gehen. Hoon stellte sich vor, dass es, wenn er hineinginge, keinen einzigen Menschen geben würde, der keine Gummistiefel und keine Tweedjacke mit Lederflicken an den Ellbogen trug. Bestimmt ein freundlicher Laden, dachte er. Ein Ort, wo Familien hingehen und gemeinsam ein paar schöne Stunden verbringen konnten, während die Sonne durch die großen Fenster hereinströmte.

So etwas war überhaupt nicht sein Ding. Lieber hatte er einen schäbigen dunklen Raum mit Bierpfützen auf den wackeligen Tischen und der allgemeinen Auffassung, dass man nichts sagte, wenn man nicht angesprochen wurde.

Dieser Ort verfügte jedoch über einen Privatparkplatz, der seitlich um das Gebäude herumführte und mit einer Mauer umfriedet war, weshalb vorbeifahrende Autos nicht hineinsehen konnten.

Der Transporter rollte über den Bürgersteig und durch die Einfahrt, und Hoon fuhr bis ganz nach hinten, wo er den Lieferwagen hinter einer Batterie von Recycling-Containern für Glasflaschen verschwinden ließ.

Er stieg vom Fahrersitz herunter, legte seine Hände auf den unteren Rücken und brachte seine Wirbelsäule wieder in eine natürliche Position. Nachdem er Nacken und Schultern noch ein wenig gestreckt hatte, legte er sein Ohr an die Hecktüren des Transporters und lauschte auf Anzeichen von Bewegung.

Wer auch immer dort hinten war, hatte während der kurzen Reise nach Norden die meiste Zeit damit verbracht, an den Wänden abzuprallen oder auf dem Boden herumzurutschen. Eine Zeit lang hatte Hoon sogar eine Art Spiel daraus gemacht, war überall, wo es möglich war, scharf abgebogen und hatte dann zufrieden gehört, wie ein menschlicher Körper mit hoher Geschwindigkeit auf eine Blechwand traf.

Erst als ihm einfiel, dass es sich bei der Person, die sich hinten drin befand, um einen Gefangenen handeln könnte und nicht um den schrecklichen Mistkerl, den er vermutet hatte, beschloss er, irgendwo anzuhalten und nachzusehen.

Er war an einigen Parkplätzen am Straßenrand vorbeigekommen, aber sie waren entweder voll mit anderen Fahrzeugen oder von der Straße aus zu gut einsehbar gewesen. Der Parkplatz des Half Moon Inns war zwar nicht ideal, um seine geheimnisvolle Fracht zu checken, aber es war die beste Wahl unter ansonsten noch schlechteren Alternativen.

Hoon blickte sich um, um sicherzugehen, dass niemand in seinem Auto saß und zusah, und klopfte dann mit den Fingerknöcheln gegen die Hecktür des Transporters. »Hallo?«, rief er mit lauter Stimme. Wegen der Metallkarosserie des Transporters müsste man ihn eigentlich gut hören können, aber falls der arme Kerl im Inneren überhaupt noch lebte, könnte es sein, dass das Klingeln in seinen Ohren alles übertönte.

Aus dem Fahrzeug antwortete niemand. Kein Wort. Kein Stöhnen. Keine erschrockenen Bewegungen.

»Scheiß drauf«, sagte Hoon. Er zog am Türgriff, stellte fest, dass die Tür verschlossen war, und kramte daraufhin in seinen Taschen nach den Schlüsseln.

Als er sie nicht fand, kehrte er zum Fahrersitz zurück und wühlte in den verschiedenen Mulden im Armaturenbrett. Schließlich fand er die Schlüssel in der Mittelkonsole im Getränkehalter.

Er war auf halbem Weg nach hinten, als er die Tür offen stehen sah.

»Scheiße!«, rief er und rannte zum Heck des Fahrzeugs. Die Seitenwände und der Boden waren mit Blut verschmiert – es sah nicht nach bleibenden Schäden, aber hinreichend schmerzhaft aus.

Ein Handy lag auf dem Boden des Lieferwagens, nicht nur zertrümmert, sondern praktisch nicht mehr existent. Abgesehen davon und von ein paar kleinen schwarzen Rucksäcken, die mit einem Kletterseil an der gegenüberliegenden Wand befestigt waren, war der Laderaum des Lieferwagens jedoch leer.

»Fuck!«

Hoon knallte die Tür zu und drehte sich auf der Stelle, um nach Hinweisen auf die Person zu suchen, die sich gerade aus dem Staub gemacht hatte. Sie konnte es nicht bis zum Eingang des Parkplatzes geschafft haben, und auf dieser Seite des Gebäudes gab es offenbar keinen Zugang zum Pub.

Sein Blick fiel auf die acht Autos, zwei Lieferwagen und ein einsames Motorrad, die sich derzeit den Parkplatz der Gaststätte mit ihm teilten und die einzige mögliche Deckung für jemanden boten, der sich verstecken wollte.

»In Ordnung, hören Sie auf mit dem Mist«, brummte er. »Ich habe keinen Bock, nach Ihnen zu suchen, und es gibt sowieso nur vier Stellen, an denen Sie sein könnten, also ist es sinnlos, Verstecken zu spielen.«

Er stemmte die Hände in die Hüften und wartete vergeblich auf eine Antwort.

»Ich meine es verdammt ernst«, erklärte er. »Ich bin nicht in der Stimmung für so etwas. Kommen Sie raus, und ich erweise Ihnen die verdammte Ehre, kein Wort mehr über dieses kleine Spielchen zu verlieren, das Sie hier durchziehen.«

Er wartete wieder.

Immer noch nichts.

Er seufzte ungeduldig und sorgte dafür, dass seine Stimme laut genug war, damit man es auch am anderen Ende des Parkplatzes noch hören konnte.

»Also schön, es passiert jetzt Folgendes. Ich zähle bis drei«, verkündete Hoon. »Wenn Sie dann noch nicht rauskommen, werde ich Sie suchen. Und dann – ich schwöre, dass ich nicht übertreibe – werde ich Ihnen so fest in Ihre Fortpflanzungsorgane treten, dass sie Ihnen aus den Augen herausfliegen. Und das ist das Letzte, was Sie dann sehen werden.«

Er ließ diese Vorstellung eine Weile wirken, bevor er fortfuhr.

»Sofern Sie auf diese Entwicklung nicht besonders scharf sind, würde ich an Ihrer Stelle ernsthaft in Erwägung ziehen zu tun, was ich Ihnen sage.«

Er lauschte erneut, richtete ein Ohr in die Richtung der geparkten Fahrzeuge. Als immer noch keine Antwort kam, schüttelte er den Kopf und schlurfte zählend nach vorn.

»Eins.«

Seine Stiefel knirschten in dem losen Schotter, als er sich dem ersten Fahrzeug näherte. Es war ein alter Volvo-Kombi, der dicht an dicht neben einem kleinen Vauxhall-Van geparkt war, auf dessen Seite in verblassten blauen Lettern der Name einer Schreinerei prangte.

Er spähte zwischen ihnen hindurch. Nichts.

»Zwei«, fuhr er fort. »Übrigens wärme ich hier gerade mein verdammtes Trittbein auf.«

Er ging in die Hocke, schaute unter die Fahrzeuge und suchte nach Füßen oder anderen Anzeichen dafür, dass sich jemand hinter dem Transporter des Schreiners versteckt hatte.

Fehlanzeige.

Er stand auf, ging in die Mitte des Parkplatzes und rief »Drei!« in einem Ton, der deutlich machte, dass er jetzt offiziell mit seiner Geduld am Ende war. »Gut, dann verabschieden Sie sich lieber von Ihren Geschlechtsteilen, denn ich habe Ihnen ein verdammt großzügiges Angebot gemacht, auf dass Sie offenkundig scheißen.«

Als auch diesmal keine Antwort kam, joggte Hoon zur Einfahrt des Parkplatzes, sah in beide Richtungen und blickte dann wieder zu den geparkten Fahrzeugen. Er machte einen kompletten Rundgang und schaute hinter, in und unter jedem Auto und Lieferwagen nach.

Er fand niemanden. Wer auch immer sich aus dem Staub gemacht hatte, als er ihm den Rücken zukehrte, er war verschwunden. Was bedeutete, dass er sich besser ebenfalls aus dem Staub machen sollte.

Er verschwendete ein paar Sekunden damit, über die Welt im Allgemeinen zu schimpfen, kehrte dann zu seinem gestohlenen Fahrzeug zurück, öffnete die Fahrertür und kletterte hinein.

Die Mündung einer Glock 19 stoppte ihn und ließ ihn mitten beim Aufstieg erstarren. Sein Blick verweilte einen Moment lang auf der Waffe und richtete sich dann auf das blutverschmierte, entstellte Gesicht des Mannes, der sie hielt.

Der Professor hatte schon wie einem Albtraum entstiegen ausgesehen, bevor er im Laderaum des Wagens hin und her geschleudert worden war. Mit dem Blut, das jetzt aus einer unbestimmten Anzahl von Platzwunden an seinem Kopf tropfte, einem großen Hautlappen, der von seiner linken Wange herabhing, und einem völlig zugeschwollenen Auge, sah er noch deutlich schlimmer aus.

»Verdammte Scheiße!«, fluchte Hoon. »Sie schauen aus, als hätte der Unglaubliche Hulk Sie in die Mangel genommen.«

Der Professor bedeutete ihm mit der Pistole, in den Transporter zu steigen.

Hoon bemerkte, dass die Finger an der linken Hand des Mannes auf dramatische Weise auseinanderstrebten und in verschiedene Richtungen zeigten, als könnten sie den Anblick der anderen Finger nicht ertragen.

Dieser Bastard konnte auf keinen Fall irgendwo hinfahren. Das war gut. Es bedeutete, dass er Hoon lange genug am Leben halten musste, damit er ihn dorthin bringen konnte, wo er hinwollte.

Ein Krankenhaus schien die naheliegendste Wahl zu sein, aber Hoon vermutete stark, dass die medizinischen Bedürfnisse des Professors von keiner gesetzlichen Krankenversicherung abgedeckt wurden.

»Gut, und was jetzt?« Hoon schloss die Tür und hob die Hände.

Vermutlich bewegten sich beide Augen des Professors, um auf die Bedienelemente des Transporters hinzuweisen, aber da nur eines sichtbar war, ließ sich das nicht mit Sicherheit sagen.

Hoon trat auf die Kupplung, drückte den Startknopf und wartete darauf, dass der Motor aufheulte.

»Das da hinten waren also Sie, ja?«, fragte er. »Hörte sich verdammt hart an, all das Krachen und Aufprallen.« Er schenkte ihm ein tröstliches Lächeln. »Ich wünschte wirklich, ich hätte gewusst, dass Sie es sind«, sagte er. »Dann wäre ich rückwärts gegen eine verdammte Wand gefahren.«

Der Atem des Professors rasselte feucht durch seine verwüstete Nase und Kehle, kleine Blutbläschen platzten um seine klaffenden Nasenlöcher. Er wedelte mit der Waffe etwas nach rechts, was vermutlich als Anweisung für Hoon gedacht war.

»Ich habe keinen blassen Schimmer, was das bedeutet«, sagte Hoon. Er nickte in Richtung Glock, als die Geste wiederholt wurde. »Es noch einmal zu tun, hilft nicht weiter. Was bedeutet das? Dieses blöde … *wackel, wackel*? Was soll das bedeuten?«

Der Professor stöhnte. Angesichts der Narben an seinem Hals war selbst diese Äußerung fast ein Wunder.

Doch Hoon blieb unbeeindruckt.

»Einfach nur ›*Krrrch*‹ zu machen hilft nicht weiter, oder?«, sagte er. Er tat, als würde er auf das Navi tippen. »Hier, wie lautet die Postleitzahl des Ortes, an den wir fahren? ›*Krrrch.*‹ Okay, wird das mit einem oder zwei r geschrieben?«

Die Waffe zitterte in der Hand des Professors. Wegen seiner Gesichtsverletzungen war seine Mimik schwer zu erkennen, und die anderthalb Liter Blut, die seine Haut bedeckten, taten ihr Übriges. Hoon schätzte, dass er entweder wütend war oder einen Nierenstein von der Größe einer Walnuss hatte.

Möglicherweise beides.

»Ich sage Ihnen was. Ich mache es Ihnen einfacher«, bot Hoon an.

Und bewegte sich hastig. Der Professor konnte nicht verhindern, dass ihm die Waffe aus den zitternden Fingern gerissen wurde. Ebenso wenig hatte er eine Chance, die Hand abzuwehren, die ihn am Hinterkopf packte. Und noch geringer war die Aussicht, sich vor dem Aufprall auf dem Armaturenbrett zu retten. Das Geräusch, das er dabei machte, war nicht das eines Tieres. Es war eher das Geräusch *aller* Tiere gleichzeitig. Es war ein Schrei des Schmerzes, des Schocks und der Verzweiflung, der Hoon wahrscheinlich bis ins Grab verfolgen würde.

Jedenfalls hoffte er das.

»Sie hätten mich erschießen sollen«, sagte Hoon. Er drückte die Mündung der Pistole an die Schläfe des Professors, gerade kräftig genug, um seinen Kopf nach links zu neigen. »Es ist nicht gerade angenehm, wenn eine verdammte Waffe auf einen gerichtet ist, oder? Ich wette, das macht Ihnen keinen Spaß, was?«

Der Professor sagte nichts. Er hätte es aber auch nicht gekonnt, wenn er gewollt hätte.

»Sicher, dachte ich mir«, fuhr Hoon fort. Er schob die Pistole in die Türablage neben sich und zeigte dann auf den Griff der Tür neben dem Professor. »Gut, raus mit Ihnen, verdammt«, befahl er. »Falls Sie sich einbilden, dass Sie den ganzen Weg über bei mir vorne sitzen dürfen, wartet eine herbe Enttäuschung auf Sie.«

Zwei Stunden, ein Rumpsteak mit sämtlichen Beilagen und ein Stück Banoffee Pie später saß Hoon auf einem Rastplatz in der Nähe eines Schildes, das verkündete, dass Queen Camel nur noch ein paar Meilen entfernt sei.

Es war unwahrscheinlich, dachte er, dass das Schild ihn zu einem echten Kamel führte, ob königlich oder nicht. Vielmehr würde es sich um eine weitere malerische englische Kleinstadt oder ein Dorf mit einem bescheuerten Namen handeln – noch ein Boggy Bottom, ein Bitchfield oder ein Bell End. Wahrscheinlich stand es irgendwo im Internet auf einer Liste, damit humorlose Arschlöcher auf der ganzen Welt es als Ersatz für einen anständigen Scherz oder eine eigene Persönlichkeit auswendig lernen und zitieren konnten.

Okay, ein Dorf Bell End zu nennen, war schon ziemlich witzig. Das musste er ihnen lassen.

Und auf Orkney gab es einen Ort namens Twatt, den er schon immer einmal besuchen wollte, und sei es nur, um ein Foto von sich neben dem Ortsschild zu machen.

Sein Beifahrer – oder besser gesagt, sein Gefangener – hatte keinen Mucks von sich gegeben, seit er in den hinteren Teil des Transporters verfrachtet worden war. Hoon hatte ihn mit den Kletterseilen an den Spannhaken befestigt, einerseits, damit er nicht gleich bei der ersten Kurve über den Boden purzelte, aber vor allem, damit der gruselige Bastard keinen weiteren Fluchtversuch unternehmen konnte.

Hoon wusste noch nicht recht, ob der Professor eine Komplikation oder ein Geschenk der Götter war. Bevor ihm klar geworden war, wen er da hinten hatte, war Hoons Plan ziemlich einfach gewesen. Er hatte nach London zurückkehren und alle Waffen holen wollen, die er in der Stadt versteckt hatte. Dann würde er den Akku seines Telefons wieder einlegen und darauf warten, dass der Loop seine Jagd auf ihn fortsetzte.

Natürlich konnte er sie nicht alle ausschalten – schließlich handelte es sich um ein weltweites kriminelles Netzwerk –, aber es würde ihm eine große Genugtuung sein, so viele wie möglich zu erledigen.

Selbstverständlich würden sie ihn irgendwann erwischen und umlegen. Da war es besser, mit einem Knall abzutreten. Oder noch besser, mit mehreren Hundert Knallgeräuschen und jeder Menge Blut an den Händen.

Seinen Plan als »elegant« zu bezeichnen, wäre vermutlich übertrieben, aber er hatte ihm in seiner Einfachheit gefallen. *Knarre holen, Schurken abknallen.* Seine gesamte Dienstzeit beim Militär hatte auf nicht viel mehr als diesen vier Worten beruht.

Jetzt waren die Dinge jedoch komplizierter geworden. Er hatte etwas, das der Loop wollte. Jemanden, den sie mit großem Aufwand von den Toten zurückgeholt hatten, jedenfalls so weit wie möglich.

Das veränderte die Lage. Vielleicht war es für ihn doch nicht der beste Weg, alles zu beenden, indem er einen Haufen Leute tötete und dann geräuschvoll abtrat. Vielleicht würde der Tag doch nicht damit enden, dass er aus nächster Nähe mehrere Kugeln in Kopf und Brust bekam. Vielleicht konnte er etwas anderes tun.

Ja. Es musste da etwas geben. Unbedingt. Er verfügte jetzt über einen wertvollen Gefangenen, und das bedeutete, dass er auch noch über etwas anderes verfügte.

Über Optionen.

Er wünschte nur, er wüsste auch, welche.

Hoon streckte seine Finger auf dem Lenkrad und hielt seinen Blick von der Straße abgewandt. Der Abend rückte näher, und einige der vorbeifahrenden Autos hatten bereits ihre Scheinwerfer eingeschaltet, sodass sie ihn blendeten, wenn sie sich näherten.

Es war unwahrscheinlich, dass sie sie extra dafür eingeschaltet hatten, das musste er sogar selbst zugeben. Aber trotzdem.

»Arschlöcher«, murmelte er.

Also, Optionen. Welche waren das?

»*What can you do with an ugly bastard?*«, sang Hoon leise vor sich hin, wobei er die Melodie des Liedes über den betrunkenen Matrosen völlig verhunzte.

Das Problem war nur, dass er hier am Straßenrand in einem gestohlenen Lieferwagen saß, der wahrscheinlich in diesem Augenblick von wütenden bewaffneten Mistkerlen verfolgt wurde – was für die Planung nicht gerade förderlich war. Aber wo sollte er sonst hin? Das Boot war gesunken. Das Bauernhaus war ein No-Go. Sie observierten garantiert sein Haus in Inverness, sofern sie das nicht ebenfalls niedergebrannt hatten.

Wohin also?

An einen Ort, von dem sie nicht wussten.

Wo er einen klaren Kopf bekommen, einen Plan aushecken und sich vorbereiten konnte.

Idealerweise ein Ort, wo ihn keiner sah, wenn er einen gefesselten, blutverschmierten und entstellten älteren Herrn über den Gartenweg schleifte.

Die Antwort schlich sich in seinen Hinterkopf und wartete nur darauf, bemerkt zu werden. Er tat so, als würde er sie nicht wahrnehmen, aber das war ihr egal. Sie war einfach da, wie ein selbstgefälliger Bastard.

Das konnte unmöglich die einzige Option sein. Es musste eine andere Möglichkeit geben. Es musste einen anderen Ort geben, an den er gehen konnte. Irgendwo anders als ausgerechnet *dort*.

Einen Ort, wo er *sie* nicht sehen musste.

Aber falls es diesen Ort gab, kam er einfach nicht drauf, wo er sein sollte.

»Ach, verdammt!«, fluchte er und massierte seine Schläfen in dem vergeblichen Versuch, einen Stresskopfschmerz zu bekämpfen.

Er kam nicht darum herum.

Für ihn gab es nur noch einen Ort, an den er gehen konnte.

Westward.

DREIUNDZWANZIG

Die Fahrt nach Norden dauerte die ganze Nacht. Über die Fernstraßen wäre es schneller gewesen, aber Fernstraßen bedeuteten Kameras, und er hatte keine Ahnung, ob sein Kennzeichentausch schon entdeckt worden war. Mit etwas Glück war der Besitzer des anderen Transporters so blöd, dass er es ein paar Tage lang nicht bemerkte, aber Hoon musste davon ausgehen, dass die Polizei bereits auf der Suche nach seinem kürzlich erworbenen Kennzeichen war, und ein Ping von einer ANPR-Kamera würde ausreichen, um ihn zu finden.

Er hatte ein paarmal anhalten müssen, um am Straßenrand zu pinkeln. Seinem Gefangenen hatte er es ebenfalls erlaubt, wenn auch vor allem, um zu vermeiden, dass der hintere Teil des Transporters mit Pfützen von lauwarmer Pisse überschwemmt wurde.

Er hatte sich irgendwo südlich von Blackpool an einer Tankstelle mit Getränken und Snacks eingedeckt und sogar einen Erste-Hilfe-Kasten gekauft, um einige Verletzungen des Professors zu versorgen. Es hätte nichts gebracht, ihn verbluten zu lassen. Lebendig besaß er einen Wert. Tot hätte er nur zusätzlichen Ärger verursacht, und Hoon hatte in letzter Zeit so viel Ärger, dass es für ein ganzes Leben reichte.

Wenn man bedachte, dass das alles mit einem verdammten Strauß angefangen hatte!

Der Sonnenaufgang war nicht mehr fern, als der Transporter sich die gewundene Straße am Loch Lomond hinaufschraubte.

Viele Leute hassten diesen Straßenabschnitt – die plötzlichen Kurven, die unerwarteten Verengungen, die nackte *Was-soll-ich-jetzt-machen?*-Angst vor Bussen, die einem in Kurven entgegenkamen.

Hoon hingegen liebte es. So sollte Autofahren sein, dachte er immer, wenn er nur um Haaresbreite verhinderte, mit einer Mauer, einem Baum oder einem entgegenkommenden Fahrzeug zu kollidieren. Vergessen Sie die langweilige Monotonie einer Autobahn, auf der jede Meile vorbeizieht wie die hundert Meilen davor. Das hier – Zähneknirschen, weiße Knöchel, keine Kurve, die der anderen glich – war viel eher sein Stil.

Es war jedoch noch früh, und der Verkehr auf der Straße war spärlich, weshalb es ihn fast enttäuschte, dass er die Umgehungsstraße von Crianlarich ohne eine einzige unangenehme Begegnung erreichte.

Eigentlich wollte er im Green Welly in Tyndrum eine letzte Rast einlegen, aber als der Transporter auf den Parkplatz rollte, war dort noch alles dunkel. Ein kurzer Blick auf die Eingangstür verriet ihm, dass erst in drei Stunden geöffnet wurde, wenn er bereits am Ziel sein würde.

Als er zum Transporter zurückkehrte, meldete sich ein nagender Zweifel, den er während der letzten vierhundert Meilen ignoriert hatte. Er hatte sich immer wieder gesagt, dass er sich später Gedanken darüber machen würde, aber jetzt war es schon fast zu spät.

In ein paar Stunden würde er in Westward sein, einem Ort, den er seit fast zwanzig Jahren nicht mehr betreten hatte. Er hatte in dieser Zeit auch nicht öfter als zweimal mit ihr gesprochen, und die wenigen Worte, die sie gewechselt hatten, waren nicht gerade freundlich gewesen.

Er war so weit gefahren und setzte all seine Hoffnungen auf einen Ort, an dem er vielleicht nicht einmal willkommen war.

Natürlich gab es viele Orte, an denen er sich im Laufe der Jahre unwohl gefühlt hatte, aber das hier war anders. Keiner dieser anderen Orte wurde von *ihr* gehütet.

Doch es war sinnlos, jetzt umzukehren. Nachdem er sich kurz vergewissert hatte, dass sein Gefangener noch unter den Lebenden weilte, setzte sich Hoon wieder auf den Fahrersitz und fuhr den steilen Hügel hinauf, der in Richtung Rannoch Moor anstieg, und durch die zerklüfteten sonnenverwöhnten Berge von Glen Coe.

Die Straße selbst war hier überwiegend ereignisloser als das ausgerollte Knäuel, das am Rand des Loch Lomond verlief. Lange, gerade Strecken wurden von schwungvollen Kurven abgelöst, und damit man auf der Hut blieb, gab es gelegentlich eine scharfe Kurve vor einem steilen Anstieg.

Die Senken und Buckel der Straße konnten den Unvorsichtigen natürlich immer überraschen, und so mancher Unfall hatte sich ereignet, weil jemand überholt hatte, ohne ein hinter der nächsten Kuppe entgegenkommendes Fahrzeug zu bemerken.

Und dann war da noch das Problem mit dem Damwild. Im Winter wurden nächtliche Fahrten zu einer Art Mutprobe, bei der jede neue Kurve eine neue Gelegenheit für eins dieser Mistviecher bot, einem vors Auto zu springen.

Jeder, der die Strecke kannte, kannte auch die Gefahren, nach denen man Ausschau halten musste, und selbst für diejenigen, die sie täglich befuhren, wurde die Straße nie langweilig. Das war der Landschaft zu verdanken, in die sie hineinschnitt – an einigen Stellen wurde sie buchstäblich von einem Graben durchtrennt, der direkt durch die Berge verlief, je weiter die Straße in den Norden vorstieß.

Von den schneebedeckten Gipfeln, um die Steinadler kreisten, bis hin zu den tosenden Wasserfällen, die von Touristen auf Instagram gepostet wurden, es gab immer etwas zu sehen, und die Landschaft entlockte Hoon zustimmendes Gemurmel und einen spontanen

Applaus, als er den letzten Teil der Strecke hinter sich brachte.

Fort William war gerade erwacht, als er den Stadtrand erreichte. Auf der Umgehungsstraße, die an der Rückseite der Stadt entlangführte, passierte er das erste Polizeiauto seit dem Central Belt und hielt den Atem an, während er darauf wartete, dass sie entweder seinen fehlenden Spiegel entdeckten oder sein Nummernschild von der Kamera des Wagens erfasst wurde.

Aber es gab kein Sirengeheul, und nachdem er die Stadt in Richtung Corpach durchquert hatte, glaubte er, in Sicherheit zu sein.

Danach vergingen die restlichen circa vierzig Meilen wie im Flug. Es war nicht einfach, zum Haus zu gelangen – deshalb hatte sie es ja gekauft –, und er wusste nicht mehr genau, welche Abzweigung er nehmen musste.

Ein Fußmarsch gehörte dazu – drei oder vier Meilen über einen ausgetretenen Bergpfad, und der Gedanke daran hätte ihm nicht einmal gefallen, wenn er keine Geisel mitschleppen müsste. Ansonsten hätte er weiter nach Mallaig fahren und ein Boot mieten müssen, das ihn zu dem Haus brachte, das versteckt in einer privaten Bucht lag. Wäre er auf sich allein gestellt gewesen, hätte er diesen Weg vielleicht gewählt. Aber in Begleitung eines blutverschmierten Monstermannes kam das nicht infrage.

Nachdem er ein paarmal falsch abgebogen war,

fand er den winzigen Parkplatz mit drei Stellplätzen, von dem der Fußweg abging. Er war leer, doch das war er, soweit er sich erinnern konnte, schon immer gewesen. Sie hatte nie ein Auto besessen und immer das kleine betagte Motorboot benutzt, das sie aus Gründen, die nur sie selbst kannte, *The Dirty Slapper* genannt hatte.

Der Professor erwies sich, wie erwartet, als totale Nervensäge. Er stolperte und strauchelte bei fast jedem Schritt der vier Meilen langen Wanderung und ächzte unablässig protestierend, bis Hoon gezwungen war, den Bastard durch das Gras hinter sich her zu schleifen.

Etwa eine Stunde später als von Hoon erhofft, erklommen sie schließlich die abgerundete Kuppe eines Hügels, und vor ihnen erstreckte sich die weite Fläche des Loch Nevis.

Jenseits davon, am gegenüberliegenden Ufer, lag die Knoydart-Halbinsel, die oft als Europas letzte echte Wildnis bezeichnet wurde, wo es aber auch – und das war für Hoon noch wichtiger – einen tollen kleinen Pub in Gemeindebesitz gab.

Und unter ihnen, am Rande der Bucht, wo der Boden zu Sand wurde, stand Westward – inmitten von alten Holzhütten in verschiedenen Verfallsstadien.

»Guten Morgen, meine kleinen Süßen!«, dröhnte die Stimme auf der anderen Seite der Tür.

Sie wurde enthusiastisch geöffnet, aber die Begeisterung verflüchtigte sich schnell, als die Frau in der Tür feststellte, dass sie nicht in die Augen der Kinder blickte, die sie erwartet hatte, sondern in den Schritt von zwei erwachsenen Männern.

Vor Hoons Augen schien sie sich aufzupumpen und größer zu werden, wie ein Kugelfisch, der einen Fressfeind abschrecken will. Sie hob den Blick, sah ihm in die Augen, und der kurze Moment von Verwirrung und Überraschung wich fast umgehend einer verächtlichen Miene.

»Oh, verdammter Mist«, sagte sie mit einer Stimme, die sich daran gewöhnt hatte, dass sie sich keine Gedanken darüber machen musste, was die Nachbarn dachten. »Schau an, wen die Katze da ausgeschissen hat.«

Hoon lächelte schwach und kratzte sich am Hinterkopf. »Alles klar, Schwesterherz?«, murmelte er. »Lange nicht gesehen.«

VIERUNDZWANZIG

Hoon saß an einem zerkratzten und abgewetzten Eichentisch, der am hinteren Ende einer geräumigen alten Küche stand, die drei verschiedene Arten von Küchenschränken und zwei verschiedene Tapeten aufwies.

Er nippte an einem Becher Kaffee, der so stark war, dass ein Löffel darin aufrecht stehen geblieben wäre. Er war an der Grenze zwischen flüssig und fest, und Hoon vermutete, dass allein der Duft des Getränks ihn tagelang wachhalten würde.

Seine Schwester hatte seine unerwartete Ankunft erstaunlich gut aufgenommen. Nach ihrem anfänglichen Ausbruch ihm gegenüber und einem »Was zum Teufel ist das für ein Ding?« in Richtung des Professors, hatte sie sie widerwillig eintreten lassen.

Hoon hatte um Erlaubnis gebeten, den Professor in eine der fünf Holzhütten zu sperren, die auf dem Gelände rund um das Haus standen, und sie hatte mit einer lapidaren Handbewegung geantwortet. *Mach, was du willst*, hieß das.

Die Ferienhäuschen waren vom Vorbesitzer des

Hauses errichtet worden. Der hatte sie an Touristen vermietet, die abseits der ausgetretenen Pfade Urlaub machen wollten.

Jetzt waren sie größtenteils verfallen, feucht und halb verfault.

Er hatte seine Geisel in der dem Haus am nächsten gelegenen Hütte untergebracht – einer von zweien, die in den letzten vier Jahrzehnten wenigstens teilweise instandgehalten worden waren. Dann war er zurückgekehrt und fand das nach Kaffee schmeckende Gebräu auf dem Küchentisch vor.

»Du siehst gut aus, Berta«, sagte Hoon.

Es war als harmlose Bemerkung gedacht, aber seine Schwester nahm sie nicht für bare Münze. Sie fuhr zu ihm herum. Den heißen Teelöffel hielt sie so in der Hand, als wollte sie andeuten, dass sie damit ernsthaften Schaden anrichten konnte.

Hoon zweifelte keine Sekunde daran, dass dies der Realität entsprach.

»Komm bloß nicht auf die Idee, mir Honig ums Maul zu schmieren, Bobby!«, warnte sie ihn und blinzelte ihn an, als würde sie ihren inneren Popeye herauslassen. »Sonst schmeiße ich dich aus dem Fenster und wiege deine Eier, als ob sie das neugeborene Christkind wären.«

»Ich habe überhaupt niemandem Honig ums Maul geschmiert!«, konterte Hoon. »Ich habe nur gesagt, dass du gut aussiehst.«

Berta hielt ihre Nase in die Luft und schnupperte. »Riechst du das?«, fragte sie.

»Was soll ich riechen?«

»Den Haufen absoluter Pferdescheiße, den du da von dir gibst! Ich sehe nicht gut aus. Mit siebzig bin ich nicht mehr die Fitteste, beide Hüften tun mir weh – und noch so einiges mehr.« Berta fletschte angewidert die Zähne, als sie ihren jüngeren Bruder musterte. »Verglichen mit dir bin ich allerdings eine verdammte Debbie McGee.«

Hoon wurde von der obskuren Anspielung auf die Assistentin des Magiers aus den 1980er-Jahren zu sehr abgelenkt, um die Beleidigung zu bemerken.

»Wie zum Teufel kommst du ausgerechnet auf Debbie McGee?« Er duckte sich hastig, als der heiße Teelöffel über seinen Kopf flog und hinter ihm gegen eine Wand prallte.

»Das geht dich überhaupt nichts an, verdammt!«, sagte Berta. Sie warf ihm einen weiteren prüfenden Blick zu. »Was ist denn mit dir passiert? Hattest du ein hartes Leben? Danach siehst du nämlich aus.«

»Was? Nein. Eigentlich nicht.«

»Und was ist das für ein Scheiß-T-Shirt? *Mr. Grumpy*? Gab es keins mit *Mr. Unnötige Katzenpisse* oder so ähnlich?«

Hoon sah auf das schmutzige, blutige Kleidungsstück hinunter. »Ich glaube nicht, dass so eine Figur jemals den Schreibtisch eines Verlegers passiert hätte.«

Er riskierte einen Schluck von seinem Kaffee, verschluckte sich fast daran und setzte den Becher wieder ab. Eine alte Kuckucksuhr an der Wand tickte lautstark die Minuten bis elf Uhr herunter. Der Kuckuck selbst würde niemals herausspringen, wusste Hoon, denn seine Schwester hatte ihn nach seinem dritten oder vierten Auftritt vor vielen Jahren mit einer Geflügelschere amputiert und danach die kleinen Schwingtüren zugeklebt.

»Ich stecke in Schwierigkeiten, Berta«, gab er zu.

»Natürlich steckst du in Schwierigkeiten«, schoss seine Schwester zurück. »Das hast du schon immer getan, verdammt. Du bist vielleicht abgehärmt und hast tote Augen – und du bist fetter, definitiv fetter –, aber manche Dinge ändern sich verdammt noch mal nie.«

Sie zog den Stuhl gegenüber von ihm heraus, und er sah zu, wie sie sich vorsichtig darauf niederließ, begleitet von dem Geräusch knackender Knochen und Gelenke.

Einige von Hoons frühesten Erinnerungen drehten sich um seine ältere Schwester. Er musste damals vier oder fünf gewesen sein, sie fast zwanzig. Schon damals hatte sie wie eine Naturgewalt auf ihn gewirkt – überlebensgroß, unfassbar stark und die einzige Person, die es mit ihrem Vater aufnehmen konnte.

Ihre Mutter war ungefähr zu dieser Zeit gestorben, und Berta hatte widerwillig die Rolle der Matriarchin übernommen. Als ihr Vater ein oder zwei Monate später den Versuch verpfuschte, seiner Frau zu folgen, und für den Rest seiner Tage in einem Dämmerzustand zurückblieb, wurde sie das, was Hoon und seine jüngere Schwester noch am ehesten als Elternteil bezeichnen konnten.

Roxie war noch ein Baby gewesen, als alles den Bach runterging. Sie brauchte Bertas ganze Aufmerksamkeit – und bekam sie auch. Hoon hingegen war gezwungen gewesen, schnell erwachsen zu werden, obwohl seine Bemühungen selten gut genug waren, um damit die Anerkennung seiner älteren Schwester zu gewinnen.

Sie waren hierher nach Westward gezogen, als Hoon zehn oder elf Jahre alt gewesen war. Eine Abfindung vom Krankenhaus und eine kleine Lebensversicherung versorgten sie mit dem Kapital, das sie brauchten, um endlich aus dem Haus auszuziehen, in dem ihr Vater versucht hatte, sich eine Schrotflinte in den Mund zu schieben.

Hoon hatte das neue Haus gehasst. Im alten Haus hatten sie Nachbarn gehabt. Er hatte Freunde gehabt, mit denen er spielen konnte. Hier draußen waren die nächsten Nachbarn bei Ebbe am Strand entlang eine Meile entfernt, oder doppelt so weit über die Hügel, wenn das Wasser diesen Weg abgeschnitten hatte. Und das jüngste Mitglied dieser Familie war Ende Fünfzig.

Bei den Abenteuern seiner Kindheit war er meistens auf sich allein gestellt gewesen. Sie bestanden aus Schwimmen, Felsbecken und ausgedehnten Schlachten mit eingebildeten Feinden. Den größten Teil seiner Schulzeit hatte er hier in diesem Zimmer verbracht, während Berta ihn anschrie und dabei eine Forelle ausnahm, einen Fasan rupfte oder eine andere frisch erlegte Beute für den Kochtopf vorbereitete.

Selbst als er gewachsen war, war sie ihm immer riesig vorgekommen. Als er seine volle Größe erreicht hatte, war er nur ein oder zwei Zentimeter kleiner als sie, aber es fühlte sich an, als wäre sie doppelt so groß und viermal so stark, woran sie ihn mit gelegentlichen Gewaltausbrüchen erinnerte, die wie aus dem Nichts kamen.

Aber das Alter hatte ihr zugesetzt, sie verkümmern und schrumpfen lassen. Früher hatte sie sich mit großen hüpfenden Schritten durch das Haus bewegt, war immer in Eile gewesen und hatte meistens Wäsche, Müll oder ein geladenes Gewehr in den Armen gehalten.

Jetzt waren Ihre Bewegungen langsam und vorsichtig, als ob sie sich davor fürchtete, dass etwas unrettbar kaputtgehen könnte. Alles an ihr schien an den Kanten weicher geworden zu sein.

Alles, außer ihrer Zunge.

»Was guckst du mich so an, verdammt?«, fragte sie, nachdem sie sich niedergelassen hatte.

»Wie guck ich denn?«

»Als hätte man dein Gehirn gegen eine Tüte mit verdammten Walnüssen ausgetauscht«, antwortete Berta. »Das ist das Alter, Bobby. Es erwischt auch die Besten von uns. Du siehst aus wie warme Scheiße, die man durch ein Sieb gestrichen hat.«

»Herzlichen Danke dafür«, murmelte Hoon.

»Aber nicht so schlimm wie dein Freund«, fuhr Berta fort. »Ich meine, Herrgott, was soll der denn darstellen? Das verdammte Stuntdouble des Elefantenmenschen?«

»Ich habe ihm die Nase abgebissen«, erklärte Hoon.

Berta zischte und schüttelte angewidert den Kopf. »Was du in deinem Schlafzimmer treibst, geht mich nichts an«, sagte sie und wedelte mit beiden Händen, als könnte sie das ganze Gespräch durch eines der offenen Fenster hinaustreiben.

»Er ist nicht mein verdammter …« Hoon seufzte. »Er ist ein Gefangener. Vor ein paar Monaten hat er mich gefoltert, und um zu entkommen, musste ich ihm die Nase abbeißen.«

Berta schürzte die Lippen. »Klingt für meinen Geschmack immer noch ein bisschen pervers.«

»Schön, aber ich kann dir verdammt noch mal versichern, dass es das nicht war. Ich habe ihm die Nase abgebissen und ihm danach ein abgebrochenes Stuhlbein in die Kehle gerammt. Ich dachte, ich hätte den Bastard umgebracht, doch anscheinend war das nicht der Fall.«

278

Seine Schwester schnupperte und griff nach einer Schale mit Zuckerwürfeln, die zwischen ihnen auf dem Tisch stand. »Tja, das überrascht mich nicht«, sagte sie, warf sich einen Würfel in den Mund und zermalmte ihn zwischen ihren stumpfen gelben Zähnen. »Du warst schon immer verdammt unfähig.«

Hoon war nicht in der Stimmung für ihre vernichtende Kritik, aber er hatte auch keine Energie für das Gebrüll, das sicherlich folgen würde, wenn er das sagte. Stattdessen versuchte er, das Gespräch auf dringendere Angelegenheiten zu lenken.

»Es gibt da Leute, die hinter mir her sind«, begann er. »Eine Organisation.«

»Welche? Die *Anonymen Schwachköpfe*?«, fragte Berta. »Bist du wieder mit deinen Mitgliedsbeiträgen im Rückstand oder was?«

»Ich mache keine Witze, Berta«, sagte Hoon, der irgendwie die Beherrschung aufbrachte, über die Bemerkung hinwegzusehen. »Das sind böse Menschen. Ernst zu nehmende Leute. Sie wollen mich umbringen.«

»Wie ich dich kenne, Bobby, sind sie nicht die Einzigen«, erwiderte Berta. »Bist du nicht mehr bei der Popo-lente?«

Hoon lachte schnaubend. »Die *Popolente*? Woher hast du das denn?«

»Netflix«, antwortete seine Schwester. »Und guck mich nicht so an, ich habe das nicht für mich, sondern für die Gören angeschafft.«

Hoon sah sich in der Küche um, als könnte er dort eine Bande wilder Kinder entdecken, die unter den Geräten lauerten und ihn mit schmutzigen Gesichtern anstarrten.

»Die Nachbarn haben zwei. Vom Haus nebenan. Sie kommen fast jeden Tag zu Besuch«, sagte Berta. »Zwei unausstehliche Mistkröten. Und auch noch Zwillinge, also immer ein bisschen unheimlich. Aber sie bringen etwas Leben in die Bude.«

»Klar. Na dann«, sagte Hoon. »Und nein.«

»Nein, was?«

»Ich bin nicht mehr dabei. Schon seit ein paar Jahren nicht mehr.«

Berta schniefte und lehnte sich zurück. Sie nickte, als hätte Hoon zum ersten Mal etwas gesagt, das ihr gefiel. »Gut. Das hat auch nicht zu dir gepasst.« Sie klopfte auf den Tisch. »Die Armee, das hat zu dir gepasst. Befehle befolgen, tun, was man dir sagt. Das ist genau dein Ding. Aber *Polizist*?« Sie verschränkte die Arme über ihrem üppigen Busen und schüttelte den Kopf. »Nein. Ich glaube, die müssen verdammt verzweifelt gewesen sein, dass sie dich eingestellt haben. Es muss einen landesweiten Bewerbermangel gegeben haben, verdammt.«

Hoon biss sich wieder einmal auf die Zunge. »Aye, das liegt jetzt alles hinter mir.«

»Hast du Roxies Balg gesehen?«, fragte Berta.

»Louisa, meinst du?«, fragte Hoon. Er zuckte mit

den Schultern. »Früher mal. In letzter Zeit nicht mehr so oft. Sie hat ein eigenes Kind. Jaden.«

»O Gott!« Berta verdrehte dramatisch die Augen. »Noch eins! Das hat der Welt gerade noch gefehlt.«

»Er ist ein netter kleiner Kerl«, sagte Hoon, aber seine Schwester schnaubte nur ungläubig. »Warst du in letzter Zeit am Grab?«

»An welchem? Roxies?«

»An irgendeinem von denen.«

»Warum um alles in der Welt sollte ich das tun, verdammt noch mal?«, höhnte Berta. »Es hat keinen Sinn, sich an die verdammte Vergangenheit zu klammern, nicht wahr? Ich habe immer gesagt …«

»Vorwärts und verdammt noch mal aufwärts«, beendete Hoon den Satz für sie.

»Genau!« Berta bohrte mit der Kante eines abgeschnittenen Fingernagels zwischen ihren Zähnen. »Also, was sind das für Leute, die dich umbringen wollen?«

»Man nennt sie den Loop«, erklärt Hoon.

»Klingt wie eine blöde Boogie-Woogie-Band«, sagte Berta.

»Wenn sie das wären, würde es die Sache verdammt einfach machen,«, erwiderte Hoon. »Aber nein. Sie sind so etwas wie ein globales Terrornetzwerk oder ein verdammtes kriminelles Imperium.«

»Klingt groß.«

»Ja«, bestätigte Hoon.

Berta betrachtete ihn noch einmal von oben bis unten. »Also, warum um alles in der Welt sollten sie an einem kleinen Eierdieb wie dir interessiert sein?«

»Ich bin ihnen in die Quere gekommen«, sagte Hoon. »Mehrfach.«

Berta deutete mit dem Daumen über ihre Schulter. »Als du dem Bingo-Hut die Nase abgebissen hast?«

Hoon runzelte die Stirn. »Was zum Teufel ist ein Bingo-Hut?«

»Das ist ein Hut, den man beim Bingo trägt«, erklärte Berta in einer schroffen Art und Weise, die ihm nahelegte, dass er eigentlich selbst darauf hätte kommen müssen.

»Klar. Aye. Aber, nein. Das nicht. Oder zumindest nicht nur das.« Hoon führte seinen Kaffee wieder zum Mund, doch schon der Geruch gab ihm den nötigen Koffeinschub, und er stellte ihn sofort wieder auf den Tisch. »Ich habe mehrere Frauen befreit, die sie verschleppt hatten, ein paar von den Kerlen getötet und einen ihrer wichtigsten Männer hinter Gitter gebracht.«

»Du warst fleißig.«

»Ja. Ich habe auch gegen einen gruseligen Riesen gekämpft.«

»Ich verstehe«, sagte Berta. »Und seit wann hast du die Kopfverletzung?«

»Welche Kopfverletzung?«, fragte Hoon.

Berta tippte mit dem Finger auf die Tischplatte

und sah ihn finster an. »Diejenige, die dich dazu gebracht hat hierherzukommen und so einen Haufen Scheiße zu erzählen! Weißt du, entweder hast zu viele Actionfilme gesehen, oder es ist eine Hirnblutung, Bobby.«

»Vieles davon stand in den Zeitungen!«, protestierte Hoon.

»In welchen? In der *Enten-Times* und in der *Schwachsinns-Post*?«, spottete Berta. »Allein schon ›gruseliger Riese‹! Was soll das denn sein?«

»Nur ein verdammt großer, unheimlicher Kerl! Er war einer von diesen … wie nennt man sie?«

»Halluzinationen?«

»Nein! Verdammt … die gespenstischen Weißen.«

»Geister?«

»Mein Gott. Nein! Die verdammten bleichen … Wenn man keine …« Er schlug triumphierend mit der Faust auf den Tisch. »Albinos! Er war ein Albino.«

Berta schüttelte langsam den Kopf, und ihre Gesichtszüge verzerrten sich vor Abscheu. »Das ist eine gesundheitliche Störung. Du darfst sie nicht ›die gespenstischen Weißen‹ nennen. Ich dachte, ich hätte dich besser erzogen, Bobby.«

Hoon senkte den Kopf, während seine Schwester die Arme verschränkte, sich zurücklehnte und schniefte.

»Die sind aber wirklich verdammt seltsam«, gab sie zu.

Sie beäugte ihren jüngeren Bruder einige Augenblicke, während ihre Zunge in ihrem Mund herumrollte, als ob sie nach einem Fluchtweg suchte.

»War das ernst gemeint?«, fragte sie. »All das, was du gesagt hast? Du willst mich nicht verscheißern?«

»Ganz ehrlich«, sagte Hoon. »Ich bin einem globalen Netzwerk von Drecksäcken auf die Füße getreten. Die haben ihre besten Männer auf mich angesetzt.«

Berta schnaubte. »Ihre besten Männer? Auf *dich*? Wenn das mal nicht völlig überzogen ist«, sagte sie und warf ihm einen Blick zu, wie es ein leidgeprüfter Elternteil einem eigensinnigen Teenager gegenüber tun würde. »Und jetzt erzähl mir mal, was du dagegen zu tun gedenkst?«

»Ich weiß es nicht«, gab Hoon zu. »Soweit ich weiß, gibt es Tausende von denen. Vielleicht Hunderttausende. Ich kann sie gar nicht alle erwischen.«

Berta musterte ihn eine Zeit lang. »Erinnerst du dich noch an Tony Blair?«

Hoon runzelte die Stirn. »Den Premierminister?«

»Nein, den anderen. Ein kleiner fetter Wichser. Wohnte zwei Türen weiter in dem alten Haus. Ein paar Jahre älter als du. Hat dir regelmäßig die Scheiße aus dem Leib geledert.«

Das Stirnrunzeln vertiefte sich. »Das glaube ich nicht.«

»Das solltest du aber. Du hast dir früher wegen ihm oft genug die Augen ausgeheult!« Berta legte sich die Fäuste an die Augen und jammerte mit hoher Stimme:

»*Wäh, wäh, Tony hat mich geschubst!* Oder: *Tony hat mir in den Arsch getreten!* Oder: *Tony hat meinen Pullover angezündet!*«

Hoon blinzelte. »Mein Gott.«

»Ein schreckliches Kind. Die Eltern waren wohlgemerkt auch nicht besser«, fuhr Berta fort. »Jedenfalls war er viel größer als du. Dazu gehörte auch nicht viel, wenn man bedenkt, dass du gebaut warst wie ein Wurm im Hungerstreik. Doch er war auch ein großer Junge für sein Alter. Zehn oder elf, man hätte ihn aber auch für dreißig halten können.«

»*Dreißig?!*«, stotterte Hoon.

»Ich übertreibe nicht«, sagte Berta zu ihm. »Wampe, Tränensäcke, schütteres Haar, ein Bart wie ein Piratenkapitän.«

»Bist du sicher, dass es ein verdammtes Kind war?«, fragte Hoon. »Und nicht nur ein kleiner Mann?«

»Mach dich nicht so verdammt lächerlich! Natürlich war er kein …« Berta rieb sich das Kinn und zupfte mit dem Zeigefinger an einem großen haarigen Leberfleck direkt unter ihrem Mund. »Eigentlich würde das eine Menge erklären.«

»Und was ist der Sinn dieser Geschichte?«, fragte Hoon.

»Was? Ach so. Ja. Er hat dich also herumgeschubst, du bist weinend nach Hause gekommen, und ich habe dich getröstet.«

»Du?«, lachte Hoon. »*Du* hast mich getröstet?«

»Tja, ich habe dir dann immer gesagt, dass du dich verdammt noch mal zusammenreißen und aufhören sollst, dich wie ein Kind zu benehmen.«

Hoon nickte. »Ja, das klingt schon eher nach dir.«

»Und ich habe dir gesagt, dass solche Typen nur eine Sprache verstehen«, fuhr Berta fort, bevor sie eine Hand so fest auf den Tisch hämmerte, dass sogar Hoon zusammenzuckte. »Ein verdammt gutes Fisting!«

Hoon zögerte nur einen Moment. »Ich glaube nicht, dass dieses Wort das bedeutet, was du denkst.«

»Ich weiß verdammt genau, was es bedeutet, vielen Dank, und ich stehe dazu«, sagte Berta. »Und dann, eines Tages, hast du endlich zugehört. Weißt du noch, was du an diesem Tag mit Tony angestellt hast?«

»Das mag ich mir gar nicht ausmalen«, murmelte Hoon.

»Du hast ihn vermöbelt. Immer rein in die Fresse. Hast ihm die Nase blutig geschlagen«, sagte Berta, und zum vielleicht ersten und einzigen Mal, soweit Hoon sich erinnern konnte, wirkte sie tatsächlich stolz. »Er war viel größer und stärker als du, aber als du ihm derart wehgetan hast, spielte das alles keine Rolle mehr. Er rannte mit eingezogenem Schwanz davon.«

»Und er hat mich nie wieder belästigt, nehme ich an?«

»Wie bitte? O nein. Er hat dir drei Tage später wieder die Scheiße aus dem Leib geprügelt. Er und eine große Bande seiner Kumpels. Ich dachte schon, die würden dich umbringen«, sagte Berta. »Aber was ich sagen will, ist …«

Sie hob den Zeigefinger, als wollte sie zum Abschluss der Geschichte die perfekten weisen Worte sagen. Doch dann erstarrte sie nur mit offenem Mund.

»Was wolltest du damit sagen?«, fragte Hoon.

Berta zuckte mit den Schultern. »Weiß der Geier. Keine Ahnung, worauf ich hinauswollte.« Sie schob ihren Stuhl zurück und stand mit knacksenden Knochen auf. »Also, was zum Teufel machen wir mit dieser *Scheiße der lebenden Toten* da draußen in der Hütte?«

»Ich werde ihm ein paar Fragen stellen«, sagte Hoon. »Hast du einen Notizblock oder so was?«

Berta rieb vergnügt die Hände aneinander. »Für Papierschnitte? Zwischen den Fingern ist gut.«

Hoon starrte sie einen Moment lang ausdruckslos an und schüttelte dann den Kopf. »Für ihn, um darauf zu schreiben. Ich bin mir ziemlich sicher, dass er nicht sprechen kann.«

»Oh.« Das Wort kam wie ein enttäuschter Seufzer heraus. »Ja. Irgendwo habe ich wahrscheinlich etwas.«

»Gut. Ich brauche auch einen Stift.« Hoon richtete sich auf. »Außerdem eine Schere, einen Hammer, zwei Holzblöcke und sämtliche Nadeln, die du hier herumliegen hast.«

Bertas Grinsen spaltete ihr Gesicht fast in zwei Hälften. Sie klopfte ihrem jüngeren Bruder mit der Hand auf die Schulter. »Jetzt redest du vernünftig.«

FÜNFUNDZWANZIG

Der Professor schlief, als die Hoons die Hütte betraten. Er stieß einen lauten Schreckensschrei aus, als Berta »Wach auf, du gruseliges Arschloch!« brüllte und ihm gegen das Schienbein trat.

»He, beruhige dich, verdammt noch mal«, sagte Hoon zu ihr. »Überlass das mir, ich weiß, was ich hier tue.«

»Das wäre das erste Mal.«

Hoon seufzte. »Ich habe gesagt, dass du dabei sein und verdammt noch mal zuschauen kannst, solange du dich nicht einmischst.«

»Ich mische mich nicht ein.«

Hoon deutete auf den Professor, der nun mit großen Augen auf dem muffigen Sessel kauerte, an den er gefesselt worden war. »Du hast ihm ans Bein getreten und ihn ein ›gruseliges Arschloch‹ genannt. Ist das etwa keine Einmischung?«

Berta warf die Hände in die Luft und seufzte. »Offenbar haben wir nur ein sehr unterschiedliches Verständnis davon, was das Wort *Einmischung* bedeutet«, sagte sie. »Wenn du willst, dass ich mich da raushalte, musst du es nur sagen.«

»Das habe ich schon getan«, erinnerte Hoon sie. »Ich habe dir wortwörtlich gesagt, dass du dich verdammt noch mal nicht einmischen sollst.«

»Gut. Gut«, sagte Berta und führte sich auf, als wäre sie das Opfer. »Ich werde mich einfach hinsetzen und meinen Mund halten. Das gefällt dir doch, oder?«

»Das würde mir verdammt gut gefallen, ja«, bestätigte Hoon.

Seine Schwester starrte ihn einen Moment lang schweigend und mürrisch an. Dann packte sie mit der Geschwindigkeit einer angreifenden Kobra durch sein T-Shirt hindurch eine seiner Brustwarzen und drehte sie, bis er zischte.

»Au, verdammt! Wofür war das denn?«

»Das hast du davon, wenn du vor deinem kleinen nasenlosen Kumpel hier den großen Macker spielst«, sagte sie.

Und dann, mit großer Sorgfalt und Bedacht, als wäre sie eine neue Monarchin, die zum ersten Mal den Thron besteigt, ließ sich Berta in den einzigen anderen Sessel der Hütte sinken, verschränkte ihre Finger und wartete darauf, dass die Show begann.

Hoon schaute sich im Inneren der Hütte um und gab sich große Mühe, nicht einzuatmen. »Mir gefällt, was du nicht daraus gemacht hast«, bemerkte er.

Obwohl diese Ferienhütte besser in Schuss war als die anderen, konnte man sie am treffendsten immer noch als »feuchtes Drecksloch« bezeichnen. Wie die anderen war sie vor fast fünfzig Jahren gebaut worden, um die wachsende Zahl von Touristen zu beherbergen, die in die Highlands strömten, weil sie hofften, dort für eine Weile ihrem Arbeitsstress zu entkommen.

Für solche Leute hatte Berta jedoch keine Zeit. Sie selbst hatte in ihrem ganzen Leben nur einmal Urlaub gemacht. Es war ein Tagesausflug nach Elgin gewesen, und sie hatte ihn nicht genossen. Der Gedanke, eine ständig wechselnde Schar wildfremder Menschen in ihr Leben – in ihr Zuhause – zu lassen, ließ sie bis auf die Knochen erschauern.

Und so waren die Hütten dem Verrotten überlassen worden. Aber diese Hütte hatte von Zeit zu Zeit als Stauraum gedient, weshalb Berta im Laufe der Jahre einige dringend notwendige Reparaturen durchgeführt hatte, um wenigstens einen Teil des Regens abzuhalten. Keinen großen Teil, wohlgemerkt, aber immerhin einen gewissen Teil.

Hier waren vor allem Hühner untergebracht gewesen. Sie hatte ihnen einen eigenen kleinen Stall mit einem Zaun gebaut, um sie vor Raubtieren zu schützen, und sich nicht die Mühe gemacht, anschließend alles wieder zu säubern.

Als Hoon den klapprigen Holzstuhl über den Boden zog, pflügten seine Hinterbeine deshalb Gräben durch die jahrealte Schicht aus getrockneter Hühnerscheiße.

Er drehte ihn auf einem Bein, bis die Rückenlehne

zu seinem Gefangenen zeigte, und setzte sich dann rittlings darauf.

Etwas unter der Sitzfläche krachte, und der Stuhl kippte plötzlich zur Seite. Hoon stieß ein panisches »Scheiße!« aus und sprang hoch, bevor das ganze Ding wie ein Kartenhaus in sich zusammenfiel.

»Das war erbärmlich«, murmelte Berta, als Hoon die verrotteten Reste des Stuhls wegkickte.

»Du hättest dich vielleicht besser um die Hütte kümmern sollen!«

»Als ob ich nicht schon genug damit zu tun gehabt hätte, euch zwei kleinen Scheißern hinterherzulaufen!«, konterte Berta.

»Einen Scheißdreck hast du für mich getan!«, blaffte Hoon. »Ich bin nach Glasgow abgehauen, bevor ich fünfzehn war!«

»Und keine Sekunde zu früh«, schnauzte Berta. Sie zeigte auf den Professor. »Willst du den hier jetzt endlich knacken? Dein Freund wird langsam ungeduldig.«

Wegen der fehlenden Nase und den wahllos aufgeklebten Pflastern war es schwer, den Gesichtsausdruck des Professors genau zu erkennen. Hoon glaubte jedoch nicht, dass »ungeduldig« die richtige Bezeichnung dafür war. Er wirkte eher, als ob er sich freuen würde, wenn der Streit so lange wie möglich andauerte.

Hoon holte einen weiteren Stuhl aus einem Winkel der Hütte, checkte ihn, um sicherzugehen, dass er nicht zusammenbrechen würde, und stellte ihn dann – verkehrt herum wie zuvor – vor den Professor. Diesmal setzte er sich etwas vorsichtiger auf den Stuhl und stellte erfreut fest, dass er nicht einknickte.

Er saß ein oder zwei Minuten stumm da und starrte den anderen Mann an, als könnte er ihn mit seinem Blick brechen.

Der Professor war jedoch aus hartem Holz geschnitzt. Allerdings nicht sehr hart, wenn man berücksichtigte, wie er sein Gewicht auf dem Stuhl verlagerte und seinem Blick auswich.

»Was glotzen Sie so?«, fragte Hoon. Er blickte den Gefangenen finster an und lächelte dann. »Ich wollte Sie nur verarschen, Kumpel. Machen Sie sich keine Sorgen. Es waren ein paar verdammt harte Tage, was? Tut mir übrigens leid wegen der Sache im Transporter. Ich wusste gar nicht, dass Sie da sind. Und als ich es dann wusste, hätte ich wahrscheinlich auch ein bisschen nachsichtiger mit Ihnen sein können. Mein Fehler.«

»Mann, mach endlich und schneid ihm die Eier ab!«, rief Berta von ihrem Platz aus. »Dafür sind wir doch alle hier, oder?«

Hoon verdrehte die Augen, als würden er und der Professor ein Geheimnis teilen. »Beachten Sie sie gar nicht«, sagte er leise. »Sie ist wahnsinnig.«

»Was war das?«, fragte seine Schwester. »Hast du da gerade was von *Wahnsinn* geredet?«

Hoon drehte sich um. »Ich sagte, du bist wahnsinnig.«

Berta schniefte. »Na, dann ist ja alles in Ordnung. Mach weiter.«

Der Blick des Professors huschte zwischen den beiden hin und her, blieb aber nie lange bei einem hängen, als hätte er Angst, der andere könnte ihn angreifen, sobald er nicht hinsah.

»Hören Sie nicht auf sie«, sagte Hoon und richtete seine Aufmerksamkeit wieder auf den Mann im Sessel. »Ich werde Ihnen nicht die Eier abschneiden. Außer, es ist wirklich nötig, und ich bin sicher, dass es nicht so weit kommen wird.« Er rückte seinen Stuhl etwas näher heran. Sein Lächeln wurde ein wenig freundlicher. »Wir werden Folgendes tun, um sicherzustellen, dass Ihr ganzer Stolz an Ort und Stelle bleibt. Wir werden ein kleines Kneipenquiz veranstalten. Waren Sie schon mal bei einem Kneipenquiz?«

Der Professor sagte nichts. Von der anderen Seite des Raumes stieß Berta einen ungeduldigen Seufzer aus und erhob sich. Sie holte eine Schere hervor, während sie herbeieilte, und schnippte damit in die Luft.

»Ach, verdammt, lass mich doch mal ran.«

»*Mmmph! Mmmph!*« Der Gefangene schüttelte hastig und mit weit aufgerissenen Augen den Kopf, als wollte er seine Antwort telepathisch in Hoons Kopf einpflanzen.

Hoon hob die Hand, um seine Schwester zurückzuhalten, hielt seinen Blick aber weiter auf den Professor gerichtet. »Sie haben noch nie ein verdammtes Kneipenquiz gemacht?« Wieder schüttelte der Mann den Kopf, diesmal etwas weniger hektisch. »Mein Gott. Wie jetzt, niemals?«

»Wie wäre es mit Karaoke?« mischte sich Berta ein. »Frag ihn, ob er schon mal Karaoke gesungen hat.«

»Was spielt es für eine Rolle, ob er schon mal …?« Hoon seufzte, kniff sich in den Nasenrücken und gab die Frage an den Mann auf dem Stuhl weiter.

Erneut schüttelte der Professor den Kopf.

»Er ist ein verdammter Lügner!«, verkündete Berta und holte dann mit der Schere aus, was dem Professor, der erst in letzter Sekunde durch Hoons Eingreifen gerettet werden konnte, einen erstickten Schreckensschrei entlockte.

»Gib mir einfach das verdammte Ding und setz dich auf deinen Arsch!«, blaffte Hoon und riss Berta die Schere aus der Hand. »Du hast ihm fast ein Auge ausgestochen. Der arme Kerl hat schon eine Nase verloren.«

Berta warf ihrem jüngeren Bruder einen bösen Blick zu, und Hoon hob die Hände, um sich vor einem unerwarteten Zwicken, Schlagen, Schnippen oder einem anderen plötzlichen Gewaltausbruch zu schützen.

Es erwies sich jedoch als unnötig, und sie kehrte mit einem Knurren und leisem Gemurmel zu ihrem Sitz zurück und ließ sich vorsichtig wieder darauf nieder.

Hoon drehte die Schere an einem Finger und richtete dann das spitze Ende auf den Professor. »Wo waren wir? Kneipenquiz. Okay. Gut, betrachten Sie es als … eine Gameshow. Sie haben doch schon eine verdammte Gameshow gesehen, ja?«

Diesmal nickte der Professor, und Hoon ließ noch einmal feierlich die Schere kreisen.

»Jetzt kommen wir endlich weiter!«, sagte er. »Also, das hier ist wie eine Gameshow. Aber anstatt Geld, einen Urlaub, einen Wohnwagen oder was auch immer zu gewinnen, gewinnt man seine eigenen Körperteile. Es gibt keine Gimmicks oder so. Keinen Fifty-fifty- oder Telefonjoker. Ich würde ja sagen, Sie könnten das Publikum fragen, doch ehrlich gesagt glaube ich nicht, dass sie wirklich auf Ihrer Seite ist, also würde ich mir nicht die Mühe machen. Aber es ist absolut Ihre Entscheidung.«

Hoon richtete sich weit genug auf, um in seine Tasche greifen zu können. Er holte das kleine Notizbuch hervor, das Berta in einer Schublade gefunden hatte, und zog den kleinen Bleistift vom Deckel. Er legte beides auf ein Knie des Professors, damit er es trotz seiner Fesselung erreichen konnte.

»Gut, jetzt Frage eins. Die Frau, mit der Sie zusammen waren. Sie nannte sich Suranne. Wer zum Teufel ist sie?«, fragte Hoon. Er klopfte mit der Schere auf die Stuhllehne und zeigte auf den Boden. »Und damit es keine Missverständnisse gibt, in dieser Runde spielen Sie um Ihre Zehen …«

Ein paar Stunden, viele Fragen und enttäuschend wenige Amputationen später stand Hoon unten am Ufer und sah zu, wie das Wasser des Loch Nevis über den weißen Sand schwappte. Bertas kleines Motorboot, *The Dirty Slapper*, dümpelte am Ende eines kurzen Stegs auf und ab.

Der Motor sah relativ neu aus, doch der Rest des Bootes schien sich, seit er es das letzte Mal gesehen hatte, nicht verändert zu haben. Aber das konnte natürlich auch nur Einbildung sein. Bei den regnerischen Sommern und den strengen Wintern, die hier herrschten, wäre es ein Wunder gewesen, wenn der hölzerne Rumpf so lange intakt geblieben wäre.

Er hob einen Stein auf, drehte ihn in der Hand und ließ ihn über das Wasser hüpfen. Sein Rekord lag bei elf Sprüngen. Heute schaffte er gerade mal vier.

Der Professor hatte ihn nicht viel Überzeugungsarbeit gekostet, nachdem er erst einmal angefangen hatte. Er hatte die Antworten auf alle Fragen aufgeschrieben und brauchte zur Motivation nur gelegentlich an die Schere erinnert zu werden.

Berta war darüber sehr enttäuscht gewesen. Sie hatte sich besonders darauf gefreut, herauszufinden, wofür Hoon die Holzblöcke verwenden wollte, und war untröstlich, dass sie keine Gelegenheit dazu bekommen hatte.

Das Problem war nur, dass ihn keine Antwort wirklich weiterbrachte. Er erfuhr ein bisschen mehr über Suranne – das war ihr richtiger Name, wie der Kerl versicherte, obwohl Hoon das fast nicht glauben konnte –, aber ansonsten hatte er kaum gewusst, welche Fragen er stellen sollte.

Er hatte wissen wollen, ob der Loop ihn weiter jagen würde, und der Professor hatte mit einem einzigen Wort geantwortet, das er in das Papier geritzt hatte.

»Immer.«

Hoon hatte gewusst, dass es darauf hinauslief, aber es schwarz auf weiß zu sehen, machte ihn trotzdem ein wenig mutlos. Hier oben, meilenweit von allem entfernt, konnte er sich leicht einbilden, dass er entkommen war. Dass er frei war.

Aber das Wort auf dem Papier sagte ihm, dass er nie frei sein würde. Sie würden ihn früher oder später finden, und es gab nichts, was er dagegen tun konnte.

Ohne Namen zu nennen, hatte er gefragt, ob der Loop auch andere Personen suchte, die mit ihm in Verbindung standen. Der Professor hatte den Namen »Miles Crabtree« hingekritzelt, sonst aber nichts. Hoon hatte ihn aufgefordert, fortzufahren, doch er hatte Miles' Namen unterstrichen und es dabei belassen.

Falls der Bastard die Wahrheit sagte, bedeutete das, dass Gabriella kein Ziel war, und Greig und seine Familie auch nicht.

Nachdem das geklärt war, gab es eigentlich keine drängenden Fragen mehr.

Nur eine Frage war da noch, auf die er unbedingt eine Antwort wissen wollte, die ihm der Professor aber nicht geben konnte. Es war eine, bei der ihm niemand helfen konnte.

»Was zum Teufel mache ich jetzt?«, murmelte er, und der Wind riss ihm die Worte aus dem Mund und trug sie über die Bucht.

»Bobby!«

Die Stimme Bertas riss ihn aus seiner Benommenheit. Er wandte sich vom Loch ab und sah, wie sie sich aus dem Küchenfenster lehnte und ihn hereinwinkte.

»Suppe!«

»Aye, bin schon unterwegs«, antwortete er.

Bevor er sich auf den Rückweg zum Haus machte, nahm er noch einen Stein vom Ufer, drehte sich und ließ ihn mit einem *Plitsch-plitsch-platsch* über die Wasseroberfläche gleiten.

»Mist«, brummte er.

Dann ging er zum Haus.

SECHSUNDZWANZIG

Hoon blieb in der Küchentür stehen und traute seinen Augen nicht. Er drehte sich zu seiner Schwester um, die aus einem riesigen verrußten Topf auf dem Herd Suppe in Schüsseln schöpfte.

Drei Schüsseln, um genau zu sein.

»Was zum Teufel macht er hier?«, wollte Hoon wissen.

Der Professor saß am Tisch und starrte auf ein Tischset, das vor ihm ausgebreitet worden war. Die Seile, die ihn in der Hütte an den Sessel gefesselt hatten, waren jetzt an einem Esszimmerstuhl festgemacht.

»Er muss essen«, sagte Berta. »Wir können ihn doch nicht verhungern lassen, oder?«

Hoon stürmte zu ihr hinüber. »Dann kann er da draußen essen! Du weißt schon, dass diese Fotze mich gefoltert hat, ja?«

Berta wirbelte herum und schlug ihm mit der Kelle auf den Kopf. Sie war heiß, von Suppe bedeckt und knallte, als sie ihn traf.

»Au, verdammt!«

»Dieses Wort benutzen wir in diesem Haus nicht, Robert Hoon!«, schimpfte sie. »Dieses Wort ist frauenverachtend.«

Hoon starrte sie an, rieb sich den Scheitel und massierte sich dabei die Suppe in die Kopfhaut.

»Ja, so langsam begreife ich, wie sich das anfühlt«, murmelte er, dann wich er zurück, als Berta ihn zum Tisch scheuchte.

Er nahm gegenüber vom Professor Platz und ließ den Kopf des Tisches für Berta frei. Erst nachdem er sich gesetzt hatte, erlaubte er sich, in vollen Zügen den Duft zu genießen, der die Küche erfüllte.

Nachdem der Anblick des Hauses und sein enttäuschendes Steineflitschen am Strand schon ein paar Erinnerungen freigesetzt hatten, brachte der Geruch von Bertas Suppe den Rest lawinenartig zurück.

Plötzlich war er wieder als Vierjähriger im alten Haus und wartete darauf, dass seine Mutter und sein neues Geschwisterchen nach Hause kamen, ohne zu ahnen, dass nur eine von ihnen überhaupt erscheinen würde.

Dann war er plötzlich fünf, saß auf der Treppe in den alten Garten und hörte zu, wie sich drinnen Berta und ihr Vater anbrüllten, während Roxie oben im Schlafzimmer schrie.

Plötzlich war er zehn Jahre alt, saß hier in diesem Zimmer und sagte das Einmaleins auf, während die eine Schwester das Abendessen zubereitete und die andere mit ihren Buntstiften Regenbögen malte, die alle wunderschön waren, obwohl sie die falschen Farben hatten. Oder vielleicht gerade deshalb.

Und dann war er plötzlich wieder hier, während das verwüstete Gesicht eines Mörders ihn mit nervöser Neugierde betrachtete.

»Was glotzen Sie so?«, fuhr Hoon den Mann an, und der Professor wandte schnell den Blick ab.

Die Schüsseln wurden mit wenig Sorgfalt und ohne viel Getue vor ihnen abgestellt. Die Suppe, die darin schwappte, war genau die, die Berta immer zubereitete.

Es war stets eine Gemüsesuppe, die aber mit der Brühe eines Schinkenknochens oder den aufgekochten Überresten eines Huhns zubereitet wurde. Die eigentliche Gemüseeinlage darin variierte je nach Jahreszeit und dem, was sie zur Hand hatte. Steckrüben, Lauch und Zwiebeln waren normalerweise garantiert. Über den Rest konnte man nur spekulieren.

Die heutige Portion enthielt große Brocken einer teilweise blanchierten Karotte und etwas, das nach Pastinakenstücken aussah. Es hatte keinen Sinn, Berta nach den Zutaten zu fragen, denn die einzige Antwort, die man bekam, war: »Gemüse natürlich.« Wenn sie besonders schlecht gelaunt war, handelte man sich eine Ohrfeige ein.

Hoon war schockiert gewesen, als er, kurz nachdem er nach Glasgow gezogen war, um dort Arbeit zu suchen, zum ersten Mal eine Suppe in einem kleinen Café bestellt hatte. Er hatte sie sogar zum Tresen zurückgebracht, um sich zu beschweren, weil das Zeug, das man ihm gegeben hatte, flüssig war, während die Suppe, die er gewohnt war, eher eine feste Konsistenz hatte. Bertas sogenannte Suppe bestand aus großen, breiigen Brocken mit nur wenigen flüssigen Anteilen am Boden der Schüssel.

»Isst du nichts?«, fragte Hoon, als Berta sich an den Abwasch machte.

»Also, ich kann wohl kaum dasitzen und essen, wenn ich in sein Gesicht schauen muss, oder?«, antwortete sie. »Dabei würde sich mir der Magen umdrehen.«

Hoon nahm seinen Löffel in die Hand und machte sich über den Inhalt seiner Schüssel her. Die Jahre mit Alkohol und fragwürdigen Kebabs hatten seine Geschmacksnerven abgestumpft, aber er hätte schwören können, dass die Suppe *genauso* schmeckte wie die aus seiner Kindheit.

Auf der anderen Seite des Tisches schaute der Professor sehnsüchtig auf seine Schüssel, sein Mund öffnete und schloss sich, als könnte er die Suppe mit der Kraft seiner Gedanken in seinen Mund zwingen.

»Was du brauchst, ist eine von diesen verdammt langen Insektenzungen, Kumpel«, sagte Hoon und klemmte sich eine matschige Rübe zwischen die Backenzähne. »Dann hättest du sie schon längst aufgesaugt.«

Berta schaute über ihre Schulter zurück, schüttelte den Kopf und trocknete sich die Hände an einem Geschirrtuch ab. »Oh, verdammt noch mal. Hier.« Sie schnappte sich den anderen Löffel vom Tisch, schöpfte damit etwas der Suppe und schob sie in den offenen Mund des Professors. Er zog eine schmerzhafte Grimasse, als er sie hinunterschluckte. »Ach, werd erwachsen. So verdammt heiß ist es nicht!«, sagte Berta und bereitete einen weiteren Löffel vor.

Hoon nahm eine Scheibe Brot vom Tisch, riss ein Stückchen ab und zeigte damit auf die Narben des Gefangenen. »Ich glaube, das Problem ist, dass seine Kehle total im Arsch ist«, sagte er. Er sah dem anderen Mann in die Augen und lächelte. »Das kommt davon, dass ich ihm das Stuhlbein hindurchgerammt habe.« Er tunkte das Brot in die Suppe. »Erinnern Sie sich daran? Als ich Ihnen die Nase abgebissen und Sie fast umgebracht habe?«

»Keine Arbeitsgespräche am Esstisch, Bobby.«

»Das ist doch kein verdammtes Arbeitsgespräch!«, protestierte Hoon, aber ein warnender Blick seiner Schwester brachte ihn zum Schweigen, bevor er weiter darauf eingehen konnte.

Stattdessen sah er zu, wie sie den nächsten Löffel Suppe in den offenen Mund des Professors schaufelte, und schüttelte angewidert den Kopf.

»Ich hoffe, das wird jetzt nicht zu einer verdrehten romantischen Geschichte«, sagte er. »Wie die Schöne und das Biest, nur mit zwei Biestern und ohne die verdammte Schönheit.«

»Was, ich und er?«, brüllte Berta. »Fick dich! Er sieht aus wie ein Wespennest, das man in der Mitte durchgeschnitten hat. Das könnte ihm so passen!« Sie legte ihm eine Hand auf die Schulter. »Nichts für ungut.« Dann legte sie den Löffel in die Schüssel.

»Was tust du da?«, fragte Hoon, als Berta zur Rückseite des Stuhls des Gefangenen ging und anfing, an den Seilen herumzufummeln.

»Ich binde ihn los, damit er essen kann.«

»Du kannst ihn nicht losbinden, verdammt!«

Die Seile wurden schlaff. Berta zuckte mit den Schultern. »Ich habe es gerade getan, also kann ich es offenbar doch.«

»Er ist verdammt gefährlich!«

»Ja, das bin ich auch, wie du bestimmt bestätigen wirst. Wir beide können ihn wohl so lange in Schach halten, bis er seine verdammte Suppe gegessen hat. Meinst du nicht?«

Hoon brummte missbilligend, allerdings so leise, dass seine Schwester es nicht mitbekam. »Ja, aber nachher fesseln wir ihn wieder, verdammt!«, sagte er. »Und bis ich mir überlegt habe, was wir mit diesem mörderischen Sack *Muppet-Scheiße* anstellen, bleibt er in dieser verdammten Hütte eingesperrt.«

Als die Suppe aufgegessen und der Professor wieder in »dieser verdammten Hütte« war, streifte Hoon durch den Rest des Hauses, und in jeder von Spinnweben übersäten Ecke lauerten ihm die Erinnerungen auf.

Da war der Brandfleck auf dem Teppich, wo er bei einem der vielen Stromausfälle eine Kerze hatte fallen lassen. Da waren die Markierungen an der Wand, die seine und Roxies zunehmende Körpergröße dokumentierten.

Und dann war da noch der Spiegel im vergoldeten Rahmen, in dem er und Berta sich begutachtet hatten, bevor sie zur Beerdigung ihrer jüngeren Schwester aufgebrochen waren.

Berta hatte gemeckert und sich aufgeregt, weil sie ihm die Krawatte binden musste. Aber als sie sich ein letztes Mal im Spiegel begutachteten, war ihre Hand in seine gerutscht. Nicht für lange. Nur für ein paar Sekunden. Doch in diesem Moment hatte sie, ohne ein einziges Wort zu sagen, all die Dinge ausgesprochen, die sie schon immer hatte sagen wollen, zu denen sie sich aber nie hatte durchringen können.

Er war anlässlich der Beerdigung nur für eine Stippvisite vorbeigekommen und hatte kaum eine Viertelstunde im Haus verbracht. Als er mit Berta durch die Vordertür hinausgegangen war, war er fest überzeugt gewesen, dass er nie wieder zurückkehren würde.

Und nun stand er hier unter einer nackten Glühbirne im Flur, und zwar, wie ihm jetzt klar wurde, direkt vor seinem alten Schlafzimmer. Er brauchte gar nicht erst nachzusehen. Das vertraute Knarren der Dielen und die Abnutzungsspuren des Teppichs hätten es ihm leicht gemacht, sich auch mit geschlossenen Augen in dem Haus zurechtzufinden.

Und nicht nur im Haus. Westward befand sich auf einem dreieinhalb Hektar großen Grundstück, und er hatte es schon hundertmal bis auf den letzten Quadratzentimeter erkundet. Es gab Orte auf der Welt, die er gut kannte – Glasgow, Inverness, allmählich bekam er sogar London in den Griff –, doch diesen Ort kannte er besser als sich selbst.

Und besser als jeder andere.

Ihm wurde bewusst, dass er auf seine alte Zimmertür starrte, aber nicht wirklich hinschaute. Er sah sie eigentlich gar nicht. Stattdessen überschlugen sich in seinem Kopf die Überlegungen. Er dachte an blutige Nasen.

Und an das letzte Gefecht.

Es gab eine Handvoll Möglichkeiten, zum Haus zu gelangen, die alle einsehbar waren. Von einem guten Beobachtungsposten aus könnte er jeden sehen, der sich näherte.

Ihm fielen auf Anhieb drei solcher Positionen ein.

Wenn man sich auskannte, gab es eine Menge Verstecke. Die Hütten waren zu offensichtlich. Das Waldstück, das sich den Hang hinauf bis zur Rückseite des Hauses zog, ebenfalls.

Aber es gab Gräben, Schlupflöcher und noch andere geeignete Stellen, die niemand sonst kannte.

Wer dort blindlings hineintappte, konnte schnell in der Scheiße landen.

Er hatte darüber nachgedacht, den Kampf mit ihnen in London aufzunehmen, obwohl er wusste, dass es Selbstmord wäre. Aber hier hatte er diesen Bastarden etwas voraus.

Hier hatte er einen Heimvorteil.

Hoon wandte sich von seiner alten Zimmertür ab, ohne sie zu öffnen. Er entdeckte Berta im Garten, wo sie gerade Wäsche aufhängte. Als sie ihn beim Näherkommen beobachtete, konnte sie die Veränderung in ihm sehen und war sich nicht sicher, ob sie damit einverstanden war.

»Was jetzt?«, fragte sie. »Was hast du vor?«

Hoon blieb auf der anderen Seite der Wäscheleine stehen. Ein halb aufgespanntes Laken flatterte lose zwischen ihnen, als wollte es ihn verscheuchen.

»Hast du hier irgendwelche Waffen?«, fragte er.

Berta schnaubte. »Waffen? Das fragst du deine Schwester?«, fuhr sie ihn an. »Natürlich habe ich verdammte Waffen. Es gibt zwei Jagdbüchsen im Haus. Warum?«

»Zwei Schrotflinten. Und ein paar Pistolen. Das reicht nicht«, murmelte Hoon. »Das reicht nicht annähernd.«

»Wofür?«, fragte Berta. »Was hast du vor?«

»Verpasse ihnen eine blutige Nase. Das hast du doch gesagt«, antwortete Hoon. »Das hatte ich schon für London geplant, nur hätte es mich dort das Leben gekostet. Aber hier?« Er gestikulierte um sie herum. »Hier könnte ich es schaffen. Wenn ich diese verdammten Dreckskerle hierherlocken könnte, könnte ich es verdammt noch mal schaffen. Ich würde ihnen nicht nur eins auf die Nase geben, sondern auch die Ohren abschneiden und sie ihnen in den Arsch schieben. Ich kenne diesen verdammten Ort in- und auswendig. Die kennen ihn nicht. Ich bringe sie hierher, bekämpfe sie auf meine Art und in meinem verdammten Revier, dann haben sie keine Chance.«

Berta richtete sich zu ihrer vollen Größe auf, und Hoon musste den Impuls bekämpfen, den Kopf einzuziehen und in Deckung zu gehen.

»Was willst du damit sagen, Bobby?«, fuhr sie ihn barsch an. »Du willst diesen Ort – mein Zuhause – in ein verdammtes Kriegsgebiet verwandeln?«

»Im Grunde … ja. Ja, das will ich wohl damit sagen«, gab Hoon zu.

Berta befestigte das flatternde Laken mit Klammern an der Leine. Als sie dahinter hervortrat, war ihr Gesicht zu einem grimmigen Lächeln verzogen.

»Ich dachte schon, du fragst nie.«

SIEBENUNDZWANZIG

Die *Dirty Slapper* tuckerte den Loch Nevis hinauf und ließ die Anlegestelle von Westward hinter sich in ihrem schäumenden Kielwasser zurück. Das Boot war nicht besonders schnell, aber es ermöglichte ihm, den direktesten Weg nach Mallaig zu nehmen und die Straßen zu meiden. Der Transporter mit den gefälschten Nummernschildern war auf dem kleinen Parkplatz sicher versteckt. Wenn er sich damit in der Öffentlichkeit zeigte, bestand die Gefahr, dass sie ihn erwischten, bevor er bereit war.

Denn der Zweck dieses kleinen Ausflugs war es, sich vorzubereiten. Das Boot war nicht schnell genug, um ihn auch nur halbwegs rechtzeitig bis ganz an sein Ziel zu bringen, doch er konnte damit bis nach Mallaig fahren und von dort aus die Fähre nach Skye nehmen.

Er hatte Ibis bereits von Bertas Festnetztelefon aus angerufen. Ibis hatte nicht abgenommen, aber das war auch keine Überraschung. Hoon kannte das Protokoll und hatte eine Nachricht auf dem Anrufbeantworter hinterlassen. Dabei hatte er darauf geachtet, dass der

Empfänger der Nachricht die Dringlichkeit der Situation richtig einschätzen konnte.

Die Sonne schien, ein seltenes Vergnügen, obwohl sie hinter den Hügeln im Westen bereits schwächer wurde. Der Wind, der über den See pfiff, raubte ihr schnell sämtliche Wärme, die sie geben mochte. Berta hatte ihm einen ihrer alten Pullover mitgegeben, einerseits, um ihn warm zu halten, aber vor allem, um »dieses verdammte T-Shirt zu verbergen«.

Er hatte sich zunächst geweigert, weil er viel zu groß für ihn war, doch sie hatte darauf bestanden, und jetzt war er dankbar dafür, denn der Wind blieb böig, und es wurde verdammt kalt.

Doch dafür entschädigte die Landschaft – die Eichen und Kiefern, die sich wie Schaulustige am Ufer drängten, die sanften Berge zu seiner Rechten und die weite stille Fläche des Sees selbst, auf der weiße Schaumpferde neben dem Boot galoppierten.

Als er dort mutterseelenallein über das Wasser tuckerte, hätte er sich fast erlauben können, seine Sorgen zu vergessen und sich einzureden, dass alles, was in den letzten Monaten geschehen war, ein schlechter – und manchmal sogar völlig grotesker – Traum gewesen war.

Fast hätte er das tun können.

Aber nicht ganz.

Es dauerte eine knappe Stunde, bis er Mallaig erreichte, wo er die *Slapper* festmachte und eine rostige

Sprossenleiter zu den Docks hinaufkletterte. Die letzte Fähre wurde noch beladen, und er konnte ein Personenticket lösen, bevor alle Autos an Bord waren.

Als er auf das Oberdeck kam, tummelte sich dort schon ein halbes Dutzend weiterer Passagiere. Er nahm sich einen Moment Zeit, um sie zu begutachten und sich zu vergewissern, dass keiner von ihnen vorhatte, ihn zu töten. Da es sich bei den meisten von ihnen um Frauen über sechzig handelte, hielt er diese Möglichkeit für recht unwahrscheinlich.

Er entspannte sich etwas und atmete den Geruch von Diesel und Salz ein, während er die Möwen beobachtete, die über ihm kreisten und mit ihren wachen Augen den Steg unter ihm absuchten. Hoon folgte ihren Blicken und sah, wie irgendein ahnungsloser Kerl aus der Frittenbude kam und bereits dabei war, sein Essen auszupacken.

Der arme Tropf.

Hoon überlegte, ob er eine Warnung hinüberrufen sollte, aber er wusste, dass es bereits zu spät war. Also sah er amüsiert zu, wie die Tüte ausgepackt wurde und sich sofort ein Dutzend Möwen darauf stürzte, die dem verängstigten Mann mit ihren Flügeln ins Gesicht schlugen und mit ihren Schnäbeln hungrig nach den dampfenden, heißen Pommes schnappten.

Mit einem erstickten Schreckensschrei überließ der Möchtegern-Pommes-Esser seine Mahlzeit den Möwen und flüchtete. Als er zehn Meter entfernt in

Deckung gegangen war, wimmelte es auf dem Bürgersteig von grauen und weißen Vögeln mit hörbar klackenden Schnäbeln.

»Man nennt das hier nicht umsonst Seagull City«, bemerkte Hoon. Dann ließ die Fähre ihr Signalhorn ertönen und machte sich auf den Weg über das Meer nach Skye.

Ibis lebte, wie Berta, abseits der ausgetretenen Pfade. Hoon fuhr vom Fährterminal in Armadale per Anhalter weiter und ließ sich ein paar Meilen nördlich an der Abzweigung nach Ord absetzen. Er bedankte sich bei dem älteren Ehepaar, das ihn mitgenommen hatte, und nahm sich einen Moment Zeit, um ihren alten Terrier zu streicheln, der ihn sofort ins Herz geschlossen hatte.

Von dort aus ging Hoon über eine schmale, einspurige Straße, die auf beiden Seiten von hoch aufragenden Kiefern gesäumt war. Er wanderte ungefähr zwei Meilen, hielt den Kopf gesenkt, trat zur Seite, wenn sich ein Fahrzeug näherte, und setzte den Weg fort, sobald es vorbei war.

Nach fünfunddreißig Minuten Fußmarsch erreichte er einen Steinhaufen am Straßenrand. Das einen Meter hohe Teil war – wie Hoon wusste – im Laufe der Jahre unzählige Male wieder aufgebaut worden, weil er durch seine Nähe zu einer so schmalen Straße ständig umgefahren wurde.

Er bog scharf nach rechts ab und ging auf die Bäume zu. Braune Kiefernnadeln knirschten leise unter seinen Sohlen, als er den dunkler werdenden Wald betrat. Die Art der Geräusche um ihn herum veränderte sich, die Äste zerstreuten den Wind und fügten zugleich ihre eigene eindringliche Melodie aus Knarren und Ächzen hinzu. Es fühlte sich an, als würde er in eine andere Welt eintreten, und plötzlich wurde ihm bewusst, wie müde er war.

Während er durch den Wald stapfte, versuchte er sich zu erinnern, wann er zuletzt geschlafen hatte. Bei Welshy und Gabriella hatte er den Albtraum gehabt. War das erst letzte Nacht gewesen?

Nein, in der war er mit dem Transporter unterwegs gewesen. Also vor zwei Nächten, und selbst da hatte er nur ein paar unruhige Stunden Schlaf gefunden. Und es war ja nicht gerade so, dass er in den Wochen und Monaten davor gut geschlafen hätte.

Die Erschöpfung ließ seine Beine schwer werden, jeder Schritt war mühsamer als der vorherige. Der Boden sah einladend aus, und ihm schoss die Idee durch den Kopf, anzuhalten und sich hinzusetzen. Sich vielleicht sogar hinzulegen, nur für ein paar Minuten. Um zu Atem zu kommen. Um sich zu sortieren.

Bei einer plötzlichen Bewegung neben ihm im Wald riss er die schweren Augenlider auf. Er drehte sich mit erhobenen Fäusten um und stellte fest, dass er beobachtet wurde.

»Verpiss dich, du kleines Eichhörnchen«, knurrte er. Das Tierchen huschte den Baum hinauf, an dem es hing, und verschwand dann oben in den Ästen.

Der Adrenalinstoß – so kurz er auch war –, hielt ihn wach und schärfte seine Konzentration genug, damit er Ibis' Zuhause fand. Es war ein niedriger grauer Steinbunker mit Moos an den Wänden und Grasbewuchs auf dem schrägen Dach. Wenn man nicht danach suchte, würde man direkt daran vorbeilaufen. Sogar wenn man danach suchte, konnte einem das passieren, wie Hoon feststellte. Zweimal.

Es war eine Stolperfalle, die den Unterschlupf verriet. Er entdeckte den Draht, der zwischen zwei Bäumen gespannt war, gerade noch rechtzeitig, um ungeschickt darüber zu steigen, ohne sie auszulösen. Hoon konnte nicht sehen, womit sie verbunden war. Vielleicht waren es ein paar Töpfe und Pfannen, die klapperten, wenn potenzielle Feinde in das Gebiet eindrangen, oder es war etwas C-4, das sie in die Luft sprengen sollte. Bei Ibis konnte man das nie wissen.

Meistens war es Letzteres.

Da Hoon jetzt wusste, dass er in der richtigen Gegend war, war es ein Leichtes, den eigentlichen Bunker zu finden. Er bahnte sich vorsichtig seinen Weg zur Vordertür – der einzigen Tür – und hämmerte mit dem Handballen auf das Metall.

»Ibis! Ich bin's. Mach auf.«

Einen Moment lang herrschte Stille im Inneren,

dann meldete sich eine nasale Stimme mit schottischem Akzent: »Ich kann Sie nicht reinlassen. Sie müssen erst den Code klopfen.«

Hoon seufzte. »Ich klopfe den verdammten Code nicht. Du weißt, dass ich es bin, du blödes Arschloch. Ich weiß, dass du mich mit deinen Scheißkameras beobachtest.«

Er drehte sich um und streckte den Mittelfinger in Richtung der umliegenden Bäume aus. Er konnte keine Kameras sehen, aber irgendwo mussten sie ja sein. Hoon wurde wahrscheinlich aus mindestens drei verschiedenen Blickwinkeln aufgenommen.

»Woher weiß ich, dass du es bist, wenn du nicht den Code klopfst?«, fragte Ibis von der anderen Seite der Tür.

»Weil ich mein verdammtes Gesicht und meine Stimme habe«, sagte Hoon.

Ibis stieß ein spöttisches »Ha!« aus dem Inneren des Bunkers aus. »Darauf falle ich nicht herein. Vielleicht haben sie dich geklont«, sagte er. Eine Bodendiele knarrte. Seine Stimme klang leiser, aber näher. »Das kriegen die hin, weißt du? Auf jeden Fall. Ich habe es mit meinen eigenen Augen gesehen.«

»Du hast verdammt noch mal keine zwei Augen, du verrückter Bastard!«, bellte Hoon. »Jetzt beeil dich und mach die verdammte Tür auf!«

Danach herrschte lange Schweigen, bevor Ibis endlich antwortete: »Das ist ein bisschen unhöflich.«

Hoon vergrub sein Gesicht in den Händen. »Was zum Teufel mache ich da?«, murmelte er. Dann seufzte er, hob eine Faust und ließ eine komplexe Reihe von Schlägen folgen.

Nichts geschah.

»Okay, ich habe es verdammt noch mal getan! Mach die Tür auf!«

»Du hast einen ausgelassen«, sagte Ibis.

Hoon ballte die Fäuste und biss die Zähne zusammen. »Mach einfach die verdammte …«

Drinnen ertönte ein wuchtiges Geräusch, dann schwang die Tür auf und gab den Blick auf einen kleinen dürren Mann in Kampfmontur frei. Auf dem Schädel schimmerte seine Glatze, aber an den Seiten und am Hinterkopf trug er einen Kranz aus wirren weißen Haaren, die ihm genau das Aussehen des verrückten Wissenschaftlers verliehen, das er immer angestrebt hatte.

Der Blick des einen Auges bohrte sich in Hoon, als sie sich gegenüberstanden, das andere war offenbar mehr daran interessiert, seine eigene Nase zu überprüfen.

Es war ein verirrtes Schrapnell gewesen, das Ibis' rechtes Auge getroffen hatte, und das Glasauge, das er seither trug, schien seinen eigenen Willen zu haben. Jedes Mal wenn Hoon es ansah, schielte es in eine andere Richtung, aber niemals in dieselbe Richtung wie Ibis' richtiges Auge.

Die meisten Leute nahmen an, der Spitzname habe etwas damit zu tun, dass er den Kopf auf seinem dürren Hals so ruckartig wie ein Vogel bewegte, weil er nur ein sehendes Auge hatte. Aber Ibis war schon lange vorher Ibis gewesen. Der Name war ihm während der Grundausbildung von einem Unteroffizier verliehen worden. Keiner von ihnen hatte es richtig kapiert, bis man ihnen schließlich erklärte, dass Ibis ein Akronym war.

Nachdem ihm auch noch jemand erklärt hatte, was ein Akronym ist, erfuhr Ibis, dass es für »Ich brauche intensiven Schliff« stand. Das war natürlich nicht als Kompliment gemeint gewesen, doch er trug den Namen seitdem wie ein Ehrenzeichen.

»Bist du das, Boggle?«, fragte Ibis.

»Nein, es ist eine verdammte Weltraumechse der Regierung, die meine Haut trägt«, entgegnete Hoon. Er seufzte, als er den erschrockenen Gesichtsausdruck des anderen Mannes sah. »Natürlich bin ich es. Ich habe vorher angerufen.«

»Hast du das Codewort benutzt?«, fragte Ibis, dann jaulte er auf und tänzelte rückwärts, als Hoon sich in den Bunker schob.

»Aus dem Weg. Meine verdammten Füße bringen mich um«, sagte Hoon.

Er ließ sich auf eine gepolsterte Bank fallen, die sich fast über die gesamte Länge einer Wand erstreckte. Gegenüber waren drei Bildschirme angebracht, die jeweils einen anderen Blickwinkel auf den Bunker zeigten. Hoon beobachtete auf einem, wie sich die Tür wieder schloss, und ein langgezogenes Zischen verriet ihm, dass dabei eine Art von Vakuumversiegelung im Spiel war.

»Tut mir leid, Boggle«, sagte Ibis und wandte sich von der Tür ab. Seine Bewegungen waren so schnell und zappelig wie die einer Maus, die Gefahr wittert. »Aber du weißt ja, was man sagt.«

»Dass du ein verdammter Irrer bist?«, erwiderte Hoon. »Ja, habe ich schon gehört, das stimmt.«

Ibis kicherte. »Der war gut. Sehr gut. Aber nein. Es heißt: ›Man kann nicht vorsichtig genug sein.‹ Das sagt man.«

»Die Leute, die das sagen, kennen dich anscheinend noch nicht«, entgegnete Hoon. »Sonst würden sie sagen: ›Man kann nicht vorsichtig genug sein, es sei denn, man lebt in einem luftdichten Bunker mitten im Nirgendwo, in dem Fall kann man das sehr wohl.‹ Du hast nicht wirklich geglaubt, dass ich ein Klon bin, oder? So abgedreht bist du doch bestimmt noch nicht?«

Ibis stieß ein nasales Lachen aus. »Nein, natürlich nicht, Boggle. Mit dir werden Ihre Klontanks nicht fertig!«

Hoon überlegte kurz, ob er das Thema vertiefen sollte, kam dann aber zu dem Schluss, dass er nicht die Kraft dazu hatte. Stattdessen erklärte er den Grund seines Besuches. »Ich brauche Waffen, Ibis«, sagte er. »Und Sprengstoff.«

Ibis setzte sich auf die Bank und rutschte näher heran. Sein gutes Auge beobachtete Hoon. Sein gläsernes Auge blickte derweil auf den Teppich hinunter. »Ach ja? Was denn so?«, fragte er.

Hoon hatte auf dem Schiff darüber nachgedacht und ging seine aktuelle Wunschliste durch. »Scharfschützengewehr. L115A, idealerweise, sonst alles mit ein bisschen Reichweite und Durchschlagskraft. Ein Wärmebildscanner ist ein Muss.«

»Willst du durch Schutzkleidung oder Fahrzeuge schießen?«, fragte Ibis.

»Schutzkleidung. Sie werden zu Fuß unterwegs sein.«

Ibis tippte zweimal an seine Schläfe, als ob er die Auswahl speichern wollte. »Was noch?«

»Zwei oder drei SMGs. Ein paar Sturmgewehre …«

»SA80s?«, schlug Ibis vor, und beide Männer lachten.

»Nein. Lieber etwas, das verdammt noch mal funktioniert, wenn es soll«, sagte Hoon.

»Dann M16, vielleicht?«

Hoon nickte. »Nichts dagegen.«

Ibis klopfte sich viermal an die Schläfe, mit einer kleinen Pause zwischen dem zweiten und dritten Mal.

»Ich habe ein paar Pistolen, aber ein paar mehr wären auch nicht schlecht«, fuhr Hoon fort. »Und dann alles an Sprengstoff, was du in die Finger bekommen kannst.«

Sogar Ibis' Glasauge schien nun aufzuleuchten. »Jetzt sprichst du meine Sprache!«

Es war beeindruckend, dass Ibis seine Vorliebe für Sprengstoff beibehalten hatte, wenn man bedachte, dass das Schrapnell, das ihn sein Auge gekostet hatte, auf seine eigene Kappe ging.

»Glaubst du, ich habe irgendetwas vergessen?«, fragte Hoon.

Ibis drückte sich den Finger an die Schläfe. Er sah hoch, als würde er die Liste lesen, die er dort oben gespeichert hatte. Sein Glasauge blickte ausnahmsweise direkt auf Hoon. »Kommt darauf an. Willst du ein kleines Land erobern?«

Hoon schüttelte den Kopf. »Ich will mich nur gegen eine Handvoll Bastarde verteidigen.«

Ibis ließ die Hand an die Seite fallen und lachte wieder nasal. »Die gute Nachricht ist, ich glaube, es dürfte für dich reichen«, sagte er.

»Das heißt, es gibt auch schlechte Nachrichten?«, fragte Hoon.

»Ja, die gibt es«, erwiderte Ibis. »Ich habe nichts von dem Zeug.«

Hoon runzelte die Stirn. »Warum hast du das nicht gleich zu Beginn gesagt?«, fragte er.

»Du warst so im Fluss. Ich wollte dich nicht unterbrechen.«

»Du hast mich alle zwei Sekunden unterbrochen!«, stellte Hoon klar. Er holte tief Luft, um seine aufsteigende Wut zu unterdrücken. »Gut. Na schön. Sag mir einfach, was du hast.«

»Nichts«, antwortete Ibis.

Hoon starrte ihn an. Ibis starrte teilweise zurück.

»Was zum Teufel meinst du mit ›nichts‹? Du musst doch etwas haben. Du hast doch immer etwas.«

Ibis schüttelte den Kopf. »Tut mir leid, Boggle. Ich wurde abgezockt. Völlig ausgenommen.«

»Verdammt noch mal! Wann? Von wem?«

»Ernst zu nehmende Typen, Boggle. Richtig schwere Jungs, aus Peterhead.«

Hoon schnaubte. »Du kannst nicht ›richtig schwere Jungs‹ und ›aus Peterhead‹ im selben verdammten Satz verwenden. Das ist ein Widerspruch in sich, es sei denn, du meinst ihre verdammten Bäuche.«

Ibis zuckte übertrieben mit den Schultern und hielt seine Hände mit den Handflächen nach oben, als wollte er die Hoden eines Riesen wiegen. »Das ist nur, was ich gehört habe. Ich glaube, sie beliefern irgendeine Terrortruppe … irgendwo. Oder Drogenbarone oder so was. Wie auch immer, sie schwammen jedenfalls in Geld.«

Er rutschte unbehaglich auf der Bank herum, und beide Augen suchten verschiedene Ecken des Raumes ab, als ob sie befürchteten, jemand könnte sich dort verstecken und lauschen.

»Sie haben nicht nur mich abgezockt. Soweit ich gehört habe, haben sie alles, was du verlangst, und sogar noch viel mehr. Sie haben mich erst vor ein paar Tagen über den Tisch gezogen. Ich glaube, wenn du und ich uns zusammentun würden, könnten wir uns alles zurückholen. Ich und du, Boggle. Wie in den alten Zeiten.«

Hoon funkelte ihn an. »Du meinst, wie in den alten Zeiten, als du uns regelmäßig fast umgebracht hast? Diese alten Zeiten?«

»Genau!«, sagte Ibis, ohne den Sarkasmus zu bemerken. »Ich und du, wieder zusammen, Schädel zertrümmern und alle fertigmachen.«

»Der einzige verdammte Schädel, den du jemals zertrümmert hast, war dein eigener, du schielender Wahnsinniger.«

Ibis rutschte auf der Bank weiter, bis er Schulter an Schulter mit seinem Hausgast saß. »Du weißt, was ich meine. Und du weißt, dass ich recht habe, Boggle. Du brauchst diese Waffen. Ich will mein Zeug zurück. Hilf mir, und ich besorge dir alles, was du brauchst.«

»Unentgeltlich«, sagte Hoon.

»Mit einem großzügigen Rabatt«, antwortete Ibis.

Hoon sagte nichts. Das brauchte er auch nicht.

»Okay, fünf Gratisartikel und den Rest auf Kredit«, sagte Ibis. »Mehr kann ich nicht machen, Boggle. Wir manövrieren uns hier durch schwierige Zeiten.«

»Es sollte aber besser ein zinsloser Kredit sein.«

»Ein sehr attraktiver Prozentsatz«, entgegnete Ibis. »Hast du dir in letzter Zeit die Inflationsrate angesehen? Weißt du, die Regierung – die Weltregierung, meine ich, nicht diese Schar von Jasagern da unten in Westminster –, sie legt die Rate fest, und Geld ist überhaupt nicht real, aber trotzdem.« Er zuckte mit den Schultern, als wollte er sagen: »Was kann man da machen?«, spuckte auf seine Hand und reichte sie Hoon zum Schütteln.

Hoon betrachtete sie, nahm das Angebot aber noch nicht an. »Wissen wir, worauf wir uns da einlassen?«

»Ach, das sind Nullen. Nichts, womit wir beide nicht klarkämen.«

»Du hast doch gesagt, sie sind ernst zu nehmen«, erinnerte ihn Hoon. »Du hast gesagt, sie sind ›richtige schwere Jungs‹.«

»Sie sind aus Peterhead, Boggle«, erwiderte Ibis. »Die sind ein Witz. Du und ich würden den Boden mit ihnen aufwischen. Nicht dass wir das müssten, wohlgemerkt. Wir müssen ihnen nicht einmal begegnen.«

»Wie das?«, fragte Hoon.

Ibis drückte gegen seine Schläfe. Er deutete zu einem leeren Luftfleck vor ihnen, als würde er etwas zeigen, das dort geschrieben stand. »Weil ich weiß, wo sie das alles lagern. Das ist schnell erledigt. Du, ich und mein Transporter, dann werden alle deine Träume wahr.« Er spuckte ein zweites Mal in seine Hand, denn einmal war offenbar nicht genug Schmiermittel. »Also, bist du dabei?«

Hoon seufzte. »Mein Gott«, murmelte er und drückte seine Hand dann in die von Ibis, zur offensichtlichen Freude des anderen Mannes. »Sicher. Ich bin dabei.«

ACHTUNDZWANZIG

Der Rückmarsch aus dem Wald fand in fast völliger Dunkelheit statt. Nur der Schein von Ibis' Stirnlampe wies den Weg. Glücklicherweise kannte er sich bestens aus, und nach nur fünf oder sechs Minuten, die sie durch den Wald stapften, kamen sie zu einem Straßenabschnitt, den Hoon noch nie gesehen hatte, von dem er aber annahm, dass er etwas weiter von dem Steinhaufen entfernt war, an dem er zuvor abgebogen war.

Auf einem Rastplatz war ein weißer Ford Transit geparkt, auf dessen beiden Seiten der Name einer Sanitärfirma prangte, zusammen mit einer E-Mail-Adresse und einer Telefonnummer.

»Machst du jetzt noch andere Geschäfte als nur Waffenhandel?«, fragte Hoon, als sie in den vorderen Teil des Fahrzeugs stiegen.

»Das ist nur Tarnung, verstehst du?«, erwiderte Ibis. »Ist allerdings eine echte Firma. Zwar nicht von hier, aber Telefonnummer und E-Mail-Adresse funktionieren beide. Das steigert die Glaubwürdigkeit, falls jemand anfängt herumzuschnüffeln. Es ist eine Win-

win-Situation. Sie bekommen kostenlose Werbung, und ich bleibe aus dem Blickfeld von Du-weißt-schon-wem.« Er deutete nach oben und ließ seine Augenbrauen tanzen.

Hoon beschloss, das Thema nicht weiter zu vertiefen. »Ja, das ist praktisch«, sagte er. Er schnallte sich an und gähnte. »Wie lange dauert es, bis wir da sind?«

Ibis' Gesicht verzerrte sich vor Konzentration. »Also, wir fahren über die Brücke, durch Inverness, hinaus in Richtung Aberdeen bis … was? Huntly? Oder vorher schon? Keith vielleicht?«

Hoon brachte ihn zum Schweigen, bevor er weiterreden konnte. »Ich habe nicht nach der exakten Wegbeschreibung gefragt, Ibis. Eine ungefähre Ankunftszeit reicht.«

»Ungefähr … viereinhalb bis fünf Stunden?«

»Sagst du mir das, oder fragst du mich?«, wollte Hoon wissen. »Weil es sich so anhört, als würdest du mich fragen, und ich habe dich verdammt noch mal zuerst gefragt.«

»So ungefähr«, sagte Ibis mit etwas mehr Selbstvertrauen.

Hoon verschränkte die Arme und lehnte sich an die Tür. »Gut. Ich werde jetzt schlafen.«

»Schlafen?! Du kannst nicht schlafen, Boggle. Wir haben viel zu tun!«

Hoon schloss die Augen. »Das kann verdammt noch mal warten. Das hier nicht«, sagte er.

Ibis startete den Motor. »In Ordnung, gut. Wie du willst, Boggle.«

Hoon antwortete nicht.

»Boggle?«

Immer noch nichts. Ibis streckte den Arm aus und stieß ihn an.

»Boggle?«

»Verdammt noch mal! Was?!«, bellte Hoon und riss den Kopf herum, um dem anderen Mann einen warnenden Blick zuzuwerfen.

»Ist es in Ordnung, wenn ich fahre?«

Hoons Gesicht färbte sich so rot, als würde er gleich explodieren. »Tja, du sitzt vor dem verdammten Lenkrad, also was denkst du? Ich habe absolut kein Problem damit. Also, los jetzt.«

»Richtig. Ja, ja. Okay.« Ibis deutete auf die Straße vor sich. »Es ist nur, weißt du, mit meinem räumlichen Sehen ist es nicht mehr sehr weit her.«

Hoon stöhnte. »O Gott. Klar. Gutes Argument.« Er dachte kurz nach, dann zuckte er mit den Schultern und lehnte sich wieder zurück. »Scheiß drauf. Wenn wir sterben, sterben wir«, sagte er, schloss die Augen, als der Wagen anfuhr, und gab sich bereitwillig dem längst überfälligen Schlaf hin.

Auf der Fahrt in den Nordosten wachte Hoon nur zweimal auf, obwohl Ibis sich fast ununterbrochen über jede Kurve und jede Steigung ausließ.

Das erste Mal öffnete er die Augen, als der Transporter den Kreisverkehr beim Eastfield-Fachmarktzentrum von Inverness passierte. Hoon hatte sofort die Leuchtreklame für den Tesco-Supermarkt erkannt, wo er vermutlich immer noch den Rekord für die kürzeste Beschäftigungsdauer hielt.

Er war gerade lange genug weggeblieben, um festzustellen, dass seither viel in seinem Leben passiert war, aber nicht lange genug, um sich über irgendetwas davon den Kopf zu zerbrechen. Doch so kurzfristig der Job auch gewesen war, er würde immer eine Grenze zwischen seinem alten und seinem neuen Leben markieren, so viel war klar. Der Bob Hoon, der zu diesem Job als Wachmann gekommen war, hatte keine Ahnung vom Schicksal Caroline Gascoines oder dem Loop oder irgendetwas gehabt.

»Glückspilz«, hatte er gelallt, und dann war sein Kopf auf seinen Arm zurückgefallen, und einen Moment später hatte er wieder geschnarcht.

Das zweite Mal wachte er auf, als kurz vor Banff die Hupe eines entgegenkommenden Fahrzeugs plärrte und Hoon feststellte, dass Ibis erschrocken die Lenkung korrigierte, nachdem er am Steuer eingenickt war.

Ein paar Flüche und einen schnellen Platztausch später waren sie wieder auf der Straße, und ein einigermaßen erfrischter Hoon fuhr das letzte Stück.

Obwohl Ibis vorher fast eingeschlafen wäre, schien

er hellwach zu werden, sobald er auf der Beifahrerseite des Fahrzeugs saß, und Hoon fragte sich, ob der Bastard die ganze Sache nur inszeniert hatte.

»Du siehst älter aus, Boggle«, verkündete er. Hoon warf ihm einen Seitenblick zu und sah, wie das Glasauge zum Dach der Fahrerkabine über seinem Kopf blickte. »Ich habe dich abgecheckt, als du geschlafen hast.«

»Du gruseliges Arschloch!«, schimpfte Hoon. »Was soll das heißen, du hast mich abgecheckt?«

»Ich meinte nur, dass ich dich angesehen habe. Nicht angefasst oder so, falls du das denkst«, antwortete Ibis.

Hoon sah ihm tief in die Augen. »Also, das habe ich nicht gedacht, aber jetzt fange ich doch an, mich verdammt noch mal zu wundern …« Er blickte wieder nach vorn. Die Scheinwerfer des Lieferwagens schnitten Schneisen in die Dunkelheit vor ihm und offenbarten eine lange leere Straße. »Und du bist auch nicht gerade in Würde gealtert, du faltiger alter Bastard. Du hast mehr Linien als eine verdammte topografische Karte, und wie ich sehe, hat sich dein Haar auch zum Großteil verabschiedet.«

»Gut, dass ich es los bin!«, erwiderte Ibis. Er fuhr sich mit der Hand über die schimmernde Glatze. »Es war nur nervig. Hat sich nie bändigen lassen. Es hing nach links, nach rechts, lag flach, stand hoch, man konnte es nicht vorhersehen, Boggle. Ich für meinen

Teil bin froh, dass es weg ist. Und die Frauen stehen auf Glatzköpfe, oder nicht?«

»O ja, ich kann mir vorstellen, dass sie alle Schlange stehen, um dich in deinem verdammten Gruselbunker im Wald zu besuchen.«

Ibis beschloss, diese Bemerkung zu ignorieren. »Alle Top-sexy-Typen haben eine Glatze, stimmt doch? The Rock. Ähm … wer noch?«

»Was fragst du mich das? Du bist doch derjenige, der das behauptet.«

»Bruce, wie heißt er noch?«, fragte Ibis.

»Forsyth?«

»Nein! Natürlich nicht Bruce Forsyth! Bruce Forsyth hatte keine Glatze!«

Jetzt hätte Hoon fast einen Unfall gebaut, als er den Blick von der Straße riss und den Mann auf dem Beifahrersitz ungläubig ansah. Er packte das Lenkrad fester, bevor er antwortete. »Was redest du da? Bruce Forsyth? Natürlich hatte er eine verdammte Glatze!«

»Schwachsinn! Er hatte Haare!«, beharrte Ibis und deutete zur Betonung auf seinen eigenen Kopf, um das zu betonen. »Er hatte eine Menge Haare! Wenn überhaupt, dann hatte er zu viele Haare.«

»Wie kommst du …? Das war eine Perücke! Du hast doch nicht wirklich geglaubt, dass das sein echtes Haar war? Menschen können sich keine Haare in dieser Form wachsen lassen.«

»Aber warum sollte er eine Perücke tragen?«, fragte

Ibis. Schon der Gedanke schien für ihn ziemlich verstörend zu sein.

»Vielleicht, damit niemand erfährt, dass er eine Glatze hat«, vermutete Hoon.

Ibis fuhr sich erneut mit der Hand über den Kopf; diesmal trommelte er mit den Fingern, damit jede Fingerspitze seine glänzende Kopfhaut spüren konnte. »Aber wer tut so was? Alle Frauen stehen auf kahle Typen.«

Hoon seufzte und schüttelte den Kopf. »Ich fühle mich wie in einer gottverdammten Zeitschleife gefangen«, murmelte er.

»Du bist jedenfalls ziemlich kahl, Boggle.«

»Von wegen. Ich rasiere mir den Kopf. Das ist etwas ganz anderes.« Er beugte sich vor und zeigte auf seine Kopfhaut. »Siehst du, rasiert. Keine Glatze. Ein verdammt großer Unterschied.«

Nachdem er seinen Standpunkt dargelegt hatte, konzentrierte er sich wieder aufs Fahren.

Eine Zeit lang herrschte Schweigen. Hoon gähnte und rieb sich abwechselnd die Augen, um die Schlafkrusten zu entfernen. Sie konnten nicht mehr weit von Peterhead entfernt sein. Zehn Meilen. Vielleicht auch weniger.

»Willis«, sagte Ibis.

Hoon runzelte die Stirn. »Wie bitte?«

»Bruce Willis. An den hatte ich gedacht. Nicht Bruce Forsyth. Du weißt doch? Aus *Stirb langsam 2*.«

»Aye«, murmelte Hoon. Er fuhr noch eine Weile weiter und fing dann an, mit den Fingern auf dem Lenkrad einen Takt zu klopfen. Aber es war zwecklos, er konnte sich nicht zurückhalten. »Warum *Stirb langsam 2*?«, fragte er.

Ibis runzelte die Stirn. »Wie bitte?«

»Warum sagst du, dass er in *Stirb langsam 2* mitgespielt hat? Warum nicht einfach, er hat in *Stirb langsam* mitgespielt?«

Ibis zuckte mit den Schultern. »Den hab ich nicht gesehen. Spielt er da auch mit?«

Hoon atmete langsam durch die Nase aus, schloss die Augen, solange er sich traute, und schüttelte dann leicht den Kopf. »Schon gut. Und ja, natürlich spielt er da mit, verdammt. Aber das macht nichts. Wir sind fast in Peterhead. Wo fahre ich hin, wenn wir da sind?«

»Zum Hafen«, sagte Ibis.

»Peterhead ist ein Hafen. Es besteht praktisch nur aus Hafen. Welche Ecke?«

Beide Augen von Ibis blickten in verschiedene Richtungen. Bemerkenswerterweise war keine dieser Richtungen diejenige, in der sich Hoon befand.

»Sag mir nicht, dass du es nicht weißt, verdammt!«, schrie Hoon. »Du hast gesagt, du weißt, wo sie die Waffen lagern!«

»Das weiß ich auch!«, beharrte Ibis. »Sie lagern sie …«

Hoon nahm eine Hand vom Lenkrad und stieß dem anderen Mann einen Finger direkt unter die Nase. »Wenn du ›am Hafen‹ sagst, schmeiße ich dich durch diese verdammte Windschutzscheibe.«

Ibis schluckte. »Bei den *Docks*«, beendete er den Satz, dann zuckte er zusammen, als fürchtete er, Hoon wolle ihn schlagen.

Er hatte recht. Hoon schlug ihn hart auf den rechten Oberschenkel, und Ibis griff sich ans Bein und schrie vor Schmerz auf.

»Aah! Mein Bein!«

Die Reifen des Lieferwagens quietschten, als Hoon mit hoher Geschwindigkeit auf einen Rastplatz fuhr und dann auf die Bremse trat, bis das Fahrzeug rutschend mit blockierten Rädern anhielt.

»Du hast Glück, dass es nur dein verdammtes Bein ist!«, zischte Hoon. »Willst du mir sagen, wir sind den ganzen Weg umsonst gefahren?«

»Nein!«, protestierte Ibis. »Und ehrlich gesagt, bin ich sowieso den größten Teil davon gefahren, also …«

Er krümmte sich, als ihn ein weiterer Schlag genau an der gleichen Stelle traf wie der vorangegangene.

»Au! Himmel, hör auf damit!«, schrie Ibis und drückte sich an die Beifahrertür, um sich Hoons Reichweite so weit zu entziehen, wie es möglich war, ohne den Wagen zu verlassen. »Ich finde es schon, keine Sorge. Ich habe einen sechsten Sinn für solche Dinge, glaub mir!« Er schnippte mit den Fingern und zeigte auf den Mann auf dem Fahrersitz. »*The Sixth Sense*. Das ist noch einer. Mit Bruce Willis. Hast du den gesehen?«

Hoon ballte alle zehn Finger zu Fäusten, und Ibis verschmolz bei dem Versuch zu entkommen fast mit dem Metall und der Scheibe der Tür. »Schon gut, schon gut! Ganz ruhig, Großer!«, sagte er. »Wir müssen nur zum Hafen und dort ein bisschen herumfahren. Ich erkenne es, wenn ich es sehe.«

»Und wenn uns die verdammten Bullen sehen?«

»Was soll dann sein?«, fragte Ibis.

»Meinst du nicht, dass das ein bisschen verdächtig aussieht?«, knurrte Hoon. »Zwei Typen in einem verdammten Klempnerwagen, die mitten in der Nacht durch das Hafengebiet kurven?«

»Was soll daran verdächtig sein?«

»Tja, warte mal, lass mich nachdenken …« Hoon rieb sich kurz das Kinn, bevor er die Antwort ausspuckte. »O ja, ich weiß: alles!«

Ibis schüttelte den Kopf. »Nein, die werden sich nichts dabei denken«, beharrte er. »Sie werden wahrscheinlich nur annehmen, dass wir auf der Suche nach ein paar Prostituierten sind.«

»Jesus Christus. Das war der Punkt, auf den ich hinauswollte …«

Nicht zum ersten Mal in dieser Nacht vergrub Hoon das Gesicht in den Händen. Er stieß einen Schrei aus, der auf dem schmalen Grat zwischen Wut und Verzweiflung balancierte, und umklammerte dann wieder das Lenkrad, bis seine Knöchel weiß wurden.

»Gut, schön. Ich meine, uns bleibt jetzt sowieso nichts anderes übrig«, murmelte Hoon. »Aber sorg dafür, dass es keine Zeitverschwendung ist, Ibis. Sonst hast du überhaupt kein Auge mehr, wenn die Nacht vorbei ist.« Er schüttelte energisch den Kopf. »Oder eigentlich doch nicht, nein. Du wirst nur noch ein *halbes* Auge haben. So verdammt wütend werde ich sein. Und ich werde nicht alles auf einmal herausnehmen. Ich pule es heraus, Stück für Stück, verdammt.«

Ibis' zittriges Lächeln wurde zu einem breiten selbstbewussten Grinsen. »Entspann dich, Boggle. Kein Grund, sich so aufzuregen, Alter. Onkel Ibis hat alles im Griff. Ich arbeite daran.« Er klatschte in die Hände, rieb sie aneinander und zeigte dann auf die Straße vor ihm. »Fraserburgh, wir kommen!«

Hoons Kopf fuhr herum. »*Fraserburgh?!*«

»Was?«

»Du hast Fraserburgh gesagt, verdammt!«

Ibis runzelte die Stirn. »Und?«

»Wir sind nicht in Fraserburgh!«

Das Lächeln war starr, aber Ibis' gutes Auge begann ein wenig besorgt zu blicken. Das andere blieb unbeteiligt. Er schluckte. Erneut.

»Peterhead, meinte ich«, antwortete er. »Es ist definitiv Peterhead.« Er machte mit beiden Händen eine wiegende Bewegung und drückte sich noch fester gegen die Beifahrertür. »Und wenn ich sagen würde, dass ich mir zu fünfundneunzig Prozent sicher bin?«

»Dann würde ich dir so fest aufs Maul hauen, dass dir die Zähne wie Popcorn aus den Ohren fliegen«, antwortete Hoon.

Ibis nickte. »Gut, wenn das so ist, bin ich mir hundertprozentig sicher«, sagte er, klopfte mit den Fingerknöcheln auf das Armaturenbrett, zeigte auf die Straße und rief im Tonfall eines alten Etonianers: »Vorwärts, Kutscher!«

NEUNUNDZWANZIG

Hoon hatte untertrieben. Peterhead hatte mehr zu bieten als nur den Hafen. Es gab auch zwei Supermärkte, einen McDonald's und sogar einen Golfplatz, obwohl man natürlich von allen behaupten könnte, dass sie in Hafennähe lagen.

Aber es gab eine Menge Hafen. Wahrscheinlich mehr Hafen, als Hoon jemals woanders gesehen hatte.

Und die Menschen, die hier lebten, trugen das Ihre dazu bei, das musste man ihnen zugestehen. Jedes zweite Geschäft, an dem Hoon vorbeifuhr, hatte das Wort irgendwo in seinem Namen. *Harbour Spring. The Harbour Lights. Harbour Hostel. Harbour Haulage.* Der Ort hatte ein charakteristisches Merkmal, und bei Gott, sie machten das Beste daraus.

Sie fuhren gerade am Hafen-Aussichtspunkt Buchanhaven in der Harbour Street vorbei, als Ibis ein leises Stöhnen von sich gab, als ob er etwas mit dem Magen hätte. Hoon schaute hinüber und sah ihn mit geschlossenen Augen dasitzen, einen Finger seitlich an den Kopf gepresst, als wäre er ein US-Geheimdienstler, der seinen Ohrhörer nicht finden konnte.

»Was zum Teufel ist mit dir los?«, fragte Hoon.

»Wir sind ganz in der Nähe. Es ist nicht weit von hier«, sagte Ibis. »Ich kann sie riechen. Die Gewehre. Sogar mit geschlossenen Augen.«

Hoon wollte instinktiv fragen, welchen Unterschied es für sein Riechvermögen machte, wenn er die Augen schloss, aber das wurde von dem tieferen, grundsätzlicheren Bedürfnis überlagert, dem Mann ein »Red keinen Scheiß« an den Kopf zu werfen.

»Vertrau mir, Boggle. Vertrau mir«, sagte Ibis. Seine Augen waren immer noch geschlossen, aber er zeigte plötzlich nach links. »Da!«

»Das ist die verdammte Nordsee«, informierte ihn Hoon ohne jede Wut oder Bosheit. Was hätte das in diesem Stadium noch für einen Sinn gehabt?

Ibis öffnete sein gutes Auge. Es drehte sich, um auf das Wasser hinauszuschauen, dann schloss er es wieder. »Warte, nein«, sagte er. »Da lang!«

Diesmal war es sein rechter Arm, der hochschoss, und Hoon musste sich zur Seite lehnen, um keinen Finger in sein Ohr zu bekommen.

»Gib verdammt noch mal zu, dass du nicht weißt, wo es ist!«, zischte er.

Diesmal öffneten sich beide Augen, auch wenn das andere wenig nützte. Ibis setzte sich etwas aufrechter hin und blickte in die Richtung, in die er immer noch zeigte. »Nein, da ist es«, sagte er. »Das Lagerhaus da unten. Das mit den grünen Türen. Das ist es.«

»Woher weißt du das?«, fragte Hoon. »Und versuch gar nicht erst zu sagen, dass du es in deinen Knochen spürst, denn ich bin nicht in der verdammten Stimmung für so einen Scheiß.«

»Doch, das da«, beharrte Ibis. »Der Typ, der mir von der ganzen Sache erzählte, hat es beschrieben. Große grüne Türen. Direkt an der Harbour Road. Das muss es sein, Boggle. Das muss es sein! Die Waffen sind da drin. Ich weiß es. Ich könnte sie noch schmecken, selbst wenn ich die Augen schließe.«

»Welchen verdammten Unterschied würde …?«, begann Hoon, aber er unterbrach sich, bevor er die Frage beenden konnte. Am besten ließ er es auf sich beruhen. Hier war weder der richtige Zeitpunkt noch der richtige Ort. Den gab es nie und nirgendwo. »Der Typ, der es dir gesagt hat? Was meinst du damit?«

Ibis hielt lediglich für eine Nanosekunde inne. »Nur ein Typ. Den haben sie auch abgezockt. Er, also, er ist ihnen hierher gefolgt.«

Hoon bedachte die Antwort mit zusammengekniffenen Augen und beschloss dann, sie für bare Münze zu nehmen. Für etwas anderes fehlte ihm einfach die Energie.

Er bog auf die Zufahrtsstraße ab, die zum Lagerhaus führte, und parkte den Lieferwagen sichtgeschützt im hinteren Bereich. Er stellte den Motor ab und ließ seinen Blick über das Gebäude schweifen.

»Ich sehe keine Kameras. Du etwa?«

»Nein, so etwas hat er nicht«, murmelte Ibis, dann korrigierte er sich schnell. »Sie. Sie haben so etwas nicht.« Er gab Hoon einen Stupser. »Wie ich schon sagte, Boggle. Ein Kinderspiel, das hier. Rein, raus, schüttel dich aus, und dann ist der Fall erledigt. Es wird supereinfach sein.«

Der Blick, den Hoon ihm zuwarf, war kalt und gefühllos. »Ich will nicht, dass es *zu* einfach ist. Zu einfach bedeutet, dass etwas schiefgelaufen ist. Ich will, dass es gerade noch einfach genug ist.«

»Ja, gut, dann wird es einfach genug sein. Das habe ich gemeint«, erwiderte Ibis. »Es wird genau so einfach sein, wie du es haben willst, Boggle. Ich schwör's dir.« Er öffnete seine Tür. »Das wird ein verdammtes Kinderspiel!«

Die großen grünen Rolltore befanden sich an der Vorderseite des Gebäudes. Scheinwerfer tauchten die Umgebung in ein gelbes Licht, sodass jeder, der sich dort aufhielt, für den Verkehr auf der Straße gut sichtbar war.

Nachdem er aus dem Wagen gestiegen war, ging Ibis ans Heck, kletterte hinein und kam mit zwei Sturmhauben und einem Brecheisen wieder heraus. Außerdem hatte er einen großen klobigen Gürtel umgeschnallt, an dem etwa zwölf verschiedene Taschen und Beutel befestigt waren.

»O Mann. Hast du Batman überfallen?«, fragte Hoon. »Was trägst du da?«

»Einen Utensiliengürtel«, sagte Ibis. »Aber nicht der von Batman.« Er grinste. »Meiner ist besser.«

»Was ist da drin?«

Ibis deutete der Reihe nach auf einige der Taschen. »Stahlkugeln. Thermit. Zyanidkapseln – man kann nicht vorsichtig genug sein. Tabletten gegen Reisekrankheit.«

»Leck mich, Ibis. Du bewahrst beides einfach nebeneinander auf? Hältst du das nicht für ein bisschen riskant?«

Ibis sah sich kurz um und lehnte sich dann näher heran. »Sie sind nicht echt. Sie sind nur für den Effekt.«

»Die Zyanidkapseln?«

Ibis schüttelte den Kopf. »Beide.« Er kam noch näher und senkte seine Stimme, bis sie kaum noch hörbar war. »Ich werde überhaupt nicht reisekrank«, sagte er, dann zwinkerte er, tippte sich an die Nase und zeigte auf die nächsten Taschen. »Würgedraht. Rauchbomben. Kondome.«

»Schon gut, schon gut, tut mir leid, dass ich überhaupt gefragt habe«, sagte Hoon. Er nahm die Sturmhaube und zog sie sich über, um sein Gesicht zu verbergen. »Du bist dir also sicher, dass wir da drin nicht mit Widerstand rechnen müssen?«

»Müssen wir nicht«, versicherte ihm Ibis. Er kletterte wieder in den Wagen, sodass der Rest seiner Antwort einen metallischen Nachhall hatte. »Ihre Sicherheitsvorkehrungen sind scheiße. Wir gehen rein, suchen die Ausrüstung, dann fahre ich mit dem Transporter vor, und wir können einladen und abhauen. In zwanzig Minuten sind wir wieder auf der Straße.«

Er sprang aus dem Wagen und trug nun eine große tödlich aussehende Zwille, die mit einigen Riemen und Schnallen an seinem Unterarm befestigt war. Er fischte in der ersten Tasche seines Gürtels nach ein paar Stahlkugeln, bedeutete Hoon, sich nicht zu bewegen, und ging dann ein paar Schritte auf die Rückseite des Lagerhauses zu.

Vom fünften oder sechsten Schritt an leuchtete hoch oben an der Wand rechts von Ibis ein Warnlicht auf. Er drehte sich, zog dabei bereits das Gummiband des Minikatapults zurück und ließ sofort eine Stahlkugel fliegen. Glas zersprang, und alles wurde wieder dunkel.

Im Anschluss drehte er sich gegen den Uhrzeigersinn, hob die Zwille nach links und schoss erneut, diesmal in die Dunkelheit. Wieder klirrte Glas, und Ibis summte leise vor sich hin, während er sich daranmachte, die Schleuder von seinem Arm zu lösen.

»Was zum Teufel war das?«, fragte Hoon.

»Lampen«, sagte Ibis.

»Nein, ich weiß, dass es verdammte Lampen waren. Woher wusstest du von ihnen?«

Ibis konzentrierte sich für einen Moment auf die Riemen und Schnallen. »Der Typ hat es mir erzählt.«

»Oh, er hat dir also genau gesagt, wo sie verdammt noch mal sind, oder?«

»Ja. Er ist gut«, antwortete Ibis.

Er hatte die Schleuder gerade wieder in den hinteren Teil des Wagens gelegt, als Hoon ihn vorne an seiner Tarnjacke packte und gegen eine der Heckklappen schleuderte.

»Ich habe ein saublödes Gefühl bei der Sache, Ibis«, knurrte Hoon. »Mein Arschloch-Sinn kribbelt schon.«

Ibis räusperte sich vorsichtig. »Das … unter diesen Umständen würde dich das zum Arschloch machen, Boggle.«

Hoons Augen wurden in den Löchern der Sturmhaube zu dunklen Schlitzen. »Hm?«

»Spiderman sagt nicht, dass sein Schurken-Sinn kribbelt, er sagt, sein Spinnen-Sinn kribbelt. Wenn also dein Arschloch-Sinn kribbelt, sagst du damit, dass du selbst das Arschloch bist.«

»Vergiss den blöden Arschloch-Sinn!«, zischte Hoon. »Der Punkt ist, ich glaube, du erzählst nur Scheiße, Ibis. Ich mache mir langsam verdammt große Sorgen über das, was wir da drin finden werden, aber zu meinem Pech bleibt mir im Moment kaum etwas anderes übrig.«

»Ganz ruhig, Boggle. Tief durchatmen. Es wird alles wieder gut«, versprach Ibis. »Rein, raus, schüttel dich aus, weißt du noch?« Er langte wieder in den Wagen und holte das Brecheisen von dort, wo er es abgelegt hatte, und präsentierte es Hoon. »Und jetzt lass uns ein paar Waffen klauen!«

Ibis wollte das Schloss an der Hintertür des Lagerhauses mit Thermit ausbrennen, aber Hoon überstimmte ihn. Es gab keinen Grund, sich mit irgendwelchem ausgefallenen Scheiß aufzuhalten, wenn man die Sache auch mit einfacher Gewaltanwendung erledigen konnte.

Ibis hatte zähneknirschend zugestimmt, bevor er darauf hinwies, dass das Thermit ohnehin etwa zwanzig Jahre alt und daher wahrscheinlich ziemlich unzuverlässig sei.

Er hatte ein Auge zugedrückt, als Hoon das Brecheisen in den Türrahmen rammte, und dann laut und wiederholt gehustet, um das Splittern des Holzes zu übertönen. Das würde höchstens noch mehr Aufmerksamkeit erregen, und Hoon zischte ihm mehr als einmal zu: »Halt die Fresse!«

Als die Tür endlich aufging, wurde Hoon von dem hineinstürmenden Ibis fast umgeworfen. Hoon beobachtete, wie er hastig eine Ziffernfolge in ein Tastenfeld an der Wand eintippte, dann signalisierte ein langer, leiser Piepton, dass ein Alarmsystem deaktiviert worden war.

Hoon starrte ihn erwartungsvoll an. Ibis lächelte,

344

zuckte mit den Schultern und flüsterte: »Mein Typ hat mir den Code verraten.«

»Er weiß verdammt viel, dieser Typ, den du da aufgegabelt hast.«

»Allerdings«, bestätigte Ibis.

»Und warum bist du dann mit mir hier und nicht mit deinem verdammten Kerl? Du und dein Typ hättet das alles machen können.«

»Er ist nicht gut bei Konfrontationen«, sagte Ibis und lächelte danach wenig überzeugend, bevor Hoon darauf eingehen konnte. »Nicht dass es zu einer Konfrontation kommen wird. Er ist nur – unter uns gesagt – ein bisschen paranoid.«

»Verdammte Scheiße. Und das aus deinem Mund«, murmelte Hoon. Er kniff die Augen zusammen und wandte sich ab, als Ibis eine Stirnlampe einschaltete und ihn blendete. »Pass verdammt noch mal auf, worauf du das Ding richtest.«

»Tut mir leid, Boggle.«

Er wandte sich ab, und das Licht fiel in das Innere des Lagers und erreichte etwa ein Drittel des Raumes. Es beleuchtete mehr als dreißig Holzkisten, von denen die meisten an der Seite mit chinesischen Schriftzeichen versehen waren.

»Bist du sicher, dass es hier ist?«, fragte Hoon.

»Ja, hier ist der Ort«, antwortete Ibis in einer Art ehrfürchtigem Flüsterton.

Seine Füße schoben sich vorwärts und zogen den

Rest von ihm mit. Er bewegte sich, als würde er von den Kisten so angezogen werden, wie eine Cartoon-Maus von einem Stück Käse.

»Warum zum Teufel ist das alles auf Chinesisch?«

Ibis sah sich nach ihm um, und Hoon schaffte es gerade noch, seinen Blick abzuwenden, um nicht erneut geblendet zu werden.

»Sie würden wohl kaum ›Waffen‹ auf die Seite schreiben, oder? Das wäre sehr verräterisch.«

Hoon trottete hinter seinem einäugigen Begleiter her, dessen Stirnlampe immer mehr Kisten beleuchtete, je weiter sie durch das Lagerhaus gingen.

»Das können nicht alles Waffen sein«, murmelte Hoon.

»Ich glaube doch«, sagte Ibis, und in seiner Stimme lag ein Hauch von Erregung.

»Wen zum Teufel bewaffnen sie? Die gesamte nördliche Hemisphäre?«

Ibis blieb vor einer Kiste stehen, die mehr oder weniger genauso aussah wie die anderen. Er tippte sie mit dem Finger an und drehte sich gerade so weit zu Hoon um, dass er ihn mit seiner Stirnlampe nicht blendete. »Versuch's mal mit dieser hier.«

»Warum gerade die?«, fragte Hoon.

»Ich habe einfach ein gutes Gefühl dabei.«

Hoon sah ihn finster an, aber die Sturmhaube nahm dem Blick viel von seiner Kraft. Mit einem Seufzer drückte er das flache Ende des Stemmeisens zwischen den Deckel und die Kistenwand und drückte langsam nach unten, bis einer der Nägel nachgab, die die Kiste verschlossen hielten. Als er die Stange zum anderen Ende schob, brauchte er deutlich weniger Druck, um den nächsten Nagel herauszudrücken, damit Ibis genug Platz hatte, um den Kopf und einen Arm hineinzustecken und innen nachzufühlen.

»Und?«, fragte Hoon, der den Deckel immer noch mit der Metallstange offen hielt. »Haben wir, was wir suchen?«

Nach einigem Gewühle tauchte plötzlich ein kleiner orangefarbener Kopf mit einem hellgrünen Haarschopf aus dem Inneren der Kiste auf. Sein Stoffmaul klappte auf und zu, und er sagte mit einem leichten Lispeln: »He, Boggle! Können wir Freunde sein?«

»Was zum Teufel ist das?«, zischte Hoon.

Ibis befreite sich aus der Kiste. Trotz seiner Maske ließ sich nicht übersehen, dass er von einem Ohr zum anderen grinste. »Er ist nicht echt, er ist nur eine Marionette.«

»Natürlich ist es kein verdammter ... Ich kann sehen, dass es eine verdammte Puppe ist!«, entgegnete Hoon durch zusammengebissene Zähne. »Es ist keine verdammte Waffe, darauf will ich hinaus.«

»Es muss eine andere Kiste sein«, sagte Ibis, drehte sich um und ging davon. Er blieb bei einer anderen stehen, schnupperte daran und nickte dann. »Die hier. Hier sind sie drin.«

Hoon legte das Brecheisen von einer Hand in die andere. Ein Teil von ihm – und zwar ein beunruhigend großer Teil – wollte es dem Bastard über den Kopf ziehen.

Schon im Bunker hatte er gewusst, dass es eine schlechte Idee war, aber er war viel zu verzweifelt und viel zu erschöpft gewesen, um Nein zu sagen. Alles an der Mission fühlte sich falsch an, von Ibis' seltsam unberechenbaren Informationen bis hin zu der Tatsache, dass er immer noch einen kleinen grünhaarigen Mann am linken Arm trug.

»Könntest du das verdammte Ding weglegen?«, sagte Hoon.

»Was ist dein Problem, Boggle? Er ist doch nur eine Marionette. Jeder liebt doch Marionetten, oder?« Er klappte den Mund auf und wieder zu und nahm denselben Akzent an wie zuvor. »Puppen mag doch jeder.«

»Ich schiebe dir meinen Arm in den Arsch und benutze dich wie eine verdammte Handpuppe, wenn du sie nicht weglegst.«

Ibis blieb stehen. Seine Augenbrauen zeichneten sich in den Augenlöchern seiner Maske ab, und seine Stirn legte sich konzentriert in Falten. Er stand eine Weile schweigend da und überlegte, ob tatsächlich möglich war, was Hoon ankündigte.

Nur zur Sicherheit ließ er die Puppe fallen.

»Los, komm schon, mach die da auf«, wies er Hoon

an und klopfte auf die Kiste vor ihm. »Das ist sie. Das ist sie.«

»Das ist eine andere Kiste als die, auf die du vor einer Minute gezeigt hast«, bemerkte Hoon. »Das weißt du doch, oder?«

»Ach ja?« Ibis blickte auf die Kiste hinunter, drehte sich dann um hundertachtzig Grad und musterte die Kiste hinter ihm. »Nein, du hast recht. Du hast recht. Es ist diese hier. Eindeutig diese.«

Hoons Finger umklammerten das Brecheisen fester. Er starrte eine verstörend lange Zeit auf Ibis' Schläfe. Dann murmelte er wütend vor sich hin und stemmte den Deckel der Kiste mit weit weniger Sorgfalt und Aufmerksamkeit auf als beim letzten Mal.

Wieder hielt er den Deckel geöffnet, während Ibis seine obere Hälfte durch den Spalt zwängte. In den ersten paar Sekunden gab es keine Reaktion des Mannes, der halb in der Kiste steckte. Dann wurden aus dem Inneren der Kiste Dutzende von Styroporpackungen vor Hoons Füßen auf den Boden geschleudert.

»Es gibt eine Menge zu durchwühlen«, verkündete Ibis.

Noch mehr Verpackungsmaterial wurde durch den Spalt herausgeschleudert. Hoon sah zu, wie es sich auf dem Boden zu einem Haufen auftürmte, dann gab er dem Haufen einen Tritt, sodass es sich verteilte.

»Vielleicht ist das alles nur Verpackungsmaterial«, sagte Ibis. »Das könnte alles sein, was hier drin ist.« Er hörte für einen Moment auf zu wühlen. »Aber warum sollte man Verpackungsmaterial einpacken?«, fragte er und wühlte weiter.

»Lass es einfach, verdammt«, sagte Hoon. »Offensichtlich gibt es hier nichts …«

Ein Triumphschrei aus dem Inneren der Kiste ließ ihn verstummen. »Halt dich fest, halt dich fest!«, verkündete Ibis, tauchte dann auf und hielt etwas, das den Durchmesser eines großen Tellers hatte. Sein gutes Auge sah erfreut aus, während das andere das Ding in seiner Hand mit einem Anflug glasiger Sorge anstarrte. »Es ist eine Landmine!«

»Verdammt noch mal, pass doch auf, was du damit machst!«, warnte Hoon.

Ibis warf den Sprengkörper von einer Hand in die andere und reichte ihn dann um seinen Rücken herum, als würde er seine Basketballkünste vorführen. »Keine Sorge, Boggle, sie ist nicht scharf. Jedenfalls hoffe ich das …« Er untersuchte die Oberseite des Geräts und schüttelte es dann. »Nein, es ist in Ordnung. Aber, siehst du? Ich habe es dir doch gesagt, oder?« Er klopfte auf den Deckel der Kiste. »Und das ist erst der Anfang. Es ist alles hier. Alles, was wir uns jemals wünschen könnten, gehört uns!«

Hoon blickte zu den anderen Kisten. »Ja, vielleicht«, räumte er ein.

»Da gibt es kein ›vielleicht‹!«, krähte Ibis. »Wie ich dir gesagt habe, Großer, das wird ein Kinderspiel.«

Als hätten sie nur auf das richtige Stichwort gewartet, gingen die Oberlichter an und gaben den Blick frei auf einen erhöhten Metallsteg, der rund um das Lagerhaus verlief.

Und, was noch wichtiger war, auf die zehn oder mehr bewaffneten Männer, die verteilt überall darauf herumstanden und auf sie zielten.

Hoon stöhnte. »Na klar«, sagte er. »*Zu* einfach, verdammt.«

DREISSIG

»Nehmt eure verdammten Masken ab!«

»Nehmt die Hände hoch!«

»Zeigt eure verdammten Gesichter!«

Die Rufe kamen von hoch oben und aus verschiedenen Richtungen.

Es klackte laut, als Ibis die Landmine fallen ließ. Beide Männer, die in ihrem unmittelbaren Explosionsradius standen, erstarrten, als sie einmal von dem Beton abprallte und dann mit der Oberseite nach unten zwischen ihnen landete.

»Du verdammter Idiot!« zischte Hoon.

»Tut mir leid, Boggle. Ich bekomme schwitzige Hände, wenn ich nervös bin.« Sein Blick wanderte nach unten, um den Sprengsatz zu begutachten. »Aber ich glaube, es ist alles in Ordnung.«

»Woher weißt du das?«

»Weil sie nicht in die Luft gegangen ist«, antwortete Ibis.

Hoon hielt den Kopf gesenkt, scannte aber die obere Ebene des Lagerhauses mit seinen Blicken. Die Männer waren überwiegend Mitte dreißig und älter, schätzte er. Sie sahen gefährlich aus. Sie hielten ihre Waffen auf eine Weise, die ihm sagte, dass sie wussten, wie man sie benutzte.

Sie waren auch gut verteilt. In Deckung zu gehen, würde nichts nützen, denn die Bastarde hatten sie von allen Seiten im Visier.

Vom Steg wurde wieder gebrüllt. »Runter mit den verdammten Masken, oder wir schießen.«

»Nein, das werdet ihr nicht, ihr krötenäugigen Bauerntrampel!«, brüllte Hoon zurück. »Hier ist eine Kiste voller Landminen. Ganz zu schweigen von dem, was ihr hier sonst noch versteckt habt. Ein Querschläger, und der ganze verdammte Haufen fliegt in die Luft, ihr Wichser. Also, wenn ihr schießen wollt, Jungs, nur zu. Ich bin so weit, wenn ihr es seid.«

Schritte schepperten auf dem Metallboden des Steges. Hoon drehte sich um und sah einen rothaarigen Riesen mit einem Gesicht voller Sommersprossen, das auf ihn herabblickte. Sein Gewehr war zur Seite gesenkt, und auf seinen Lippen zeigte sich ein Lächeln.

»Boggle?«, fragte er. »Bist du das?«

»Das kann doch nicht wahr sein!« Hoon zog die Sturmhaube ab. »Redneck?«

Oben auf dem Steg warf der Mann, der sich Redneck nannte, den Kopf zurück und lachte. Es war ein lauter, freudiger Klang, der von seinen Zehen aufzusteigen schien und bis zu den gegenüberliegenden Wänden des Lagerhauses dröhnte.

»Ich wusste es!«, schrie er. »Ich meine, ›krötenäu-
gige Bauerntrampel!‹ Wer sonst würde das zu einem
Typen sagen, der dir mit einer Waffe auf den Kopf
zielt?« Er nickte zu dem Mann neben Hoon, der
immer noch die Sturmhaube trug. »Wen hast du
denn da bei dir?«

»Was, dieser Spargel? Das ist Ibis.«

Ibis schrie auf und griff nach seiner Maske, doch es
war zu spät, Hoon daran zu hindern, sie abzuziehen.
Ibis tänzelte unbeholfen auf der Stelle und bewegte
seine Arme, als wäre er plötzlich völlig nackt und
würde versuchen, seine Verlegenheit zu verbergen.

Die Enthüllung kam für den Mann auf der Galerie
anscheinend nicht überraschend. Er lachte, wenn
auch etwas verhaltener als zuvor.

»Natürlich. Is' klar. Hätte ich mir denken können«, sagte Redneck. Er forderte die anderen Männer
auf, ihre Waffen zu senken. »Ist schon in Ordnung,
Jungs. Die beiden und ich kennen uns schon lange.
Sie machen uns keinen Ärger.«

»Sie wollten die Ausrüstung klauen«, sagte einer
Männer.

Redneck schüttelte den Kopf und blickte auf Hoon
und Ibis hinunter. »Das ist bestimmt nur ein großes
Missverständnis, über das wir alle zusammen lachen
werden. Ich bin sicher, es ist eine lustige Geschichte.
Nicht wahr, Boggle?«

Hoon zögerte. Redneck war ein guter Kerl, aber in

354

seinen Worten lag eine gewisse Schärfe. Eine dünne Naht aus purer Gefahr lief mitten durch sie hindurch.

»Also, ich bin mir nicht sicher, ob sie wirklich lustig ist«, antwortete er. »Aber es ist definitiv eine Geschichte.«

»Also, *die* muss ich unbedingt hören!« Redneck klatschte die Hände zusammen und rieb sie aneinander. »Aber wie wäre es, wenn wir uns zuerst Kaffee besorgen?«

Hoon und Ibis wurden in einen Bereich des Lagerhauses gebeten, der anscheinend für Kundengespräche gedacht war. Er war auf jeden Fall angenehmer als der Rest des Gebäudes, denn es gab vier schöne Sofas sowie einen Couchtisch mit ein paar Hochglanzmagazinen darauf, und der ganze Raum hatte in den letzten Monaten offenbar einen neuen Anstrich bekommen.

Redneck hatte den Rest seiner Leute aufgefordert, nach Hause zu gehen, und obwohl sie alle überrascht wirkten, hatte sich keiner von ihnen beschwert. Schließlich war es mitten in der Nacht.

Außerdem hatte der Mann etwas an sich, das geraten erscheinen ließ, zu tun, was er verlangte. Er erhob selten seine Stimme, und Hoon konnte sich nicht erinnern, ihn jemals wütend gehört zu haben. Dennoch strahlte er eine natürliche Autorität aus.

Es war die Art, wie er einen ansah, mit seinen großen ehrlichen Augen und seinem vertrauensvollen Lächeln. Man bekam nicht direkt Angst vor ihm, es war eher so, dass man ihn einfach nicht enttäuschen wollte.

Sein Spitzname war naheliegend. Mit seinem kurzen roten Haarschopf und seiner gespenstisch weißen Haut brauchte er nur ein paar Stunden in der Nachmittagssonne von Basra, bis sein Nacken von der Sonne eine dicke Schicht purpurroten Narbengewebes bekam. Daher der Name Redneck.

Nachdem die anderen weggeschickt worden waren, hatten Hoon und der große rothaarige Typ sich gegenseitig begeistert an den Schultern gepackt, was einer Umarmung sehr nahekam.

Ibis schlich derweil hinter einem der Sofas herum wie ein widerspenstiger Schuljunge, der genau wusste, dass ihm eine Tracht Prügel blühte, der aber nicht recht wusste, wann er sie zu erwarten hatte.

Redneck setzte den Kessel auf und verlängerte Ibis' Leiden um einige Augenblicke. Als das Wasser zu kochen begann, drehte sich der rothaarige Riese um, verschränkte die Arme und lächelte.

»Was zum Teufel habt ihr beiden vor?«, fragte er. »Ich meine, es ist schön, dich zu sehen, Boggle, aber du hättest auch einfach anrufen können.«

»Ich wusste nicht, dass es dein Laden ist«, sagte Hoon. Er fixierte Ibis mit einem verächtlichen Blick, der jedoch keine Wirkung zeigte. »Nach allem, was ich wusste, holten wir uns das Zeug von einem Kerl zurück, der es geklaut hatte.«

»Geklaut?!«, rief Redneck, und Ibis wich erschrocken zurück. »Ich habe es dir abgekauft, ganz fair und ehrlich.«

»Nein! Gekauft, ja, aber nicht fair und ehrlich. Nicht einmal annähernd. Unter dem Marktwert. Weit unter dem Marktwert«, antwortete Ibis. »Du hast es nicht buchstäblich gestohlen, aber mehr oder weniger doch.«

»Wir hatten uns auf den Preis geeinigt!«, erinnerte ihn Redneck. »Du warst es sogar, der den verdammten Preis genannt hat!«

»Ich habe den Wert der Sachen unterschätzt!«

»Und was kann ich dafür?«

Hoon musterte Ibis verächtlich von oben bis unten. »Ich wusste doch, dass das eine linke Nummer ist«, sagte er. »Du wolltest mich dazu bringen, Redneck zu beklauen, du verräterischer Scheißzyklop.«

»Es tut mir leid, Boggle.«

»Entschuldige dich nicht bei mir«, sagte Hoon und schüttelte den Kopf. »Oder eigentlich doch, entschuldige dich bei mir, weil ich dich stundenlang in einem verdammten Transporter ertragen musste, aber entschuldige dich zuerst bei Redneck.«

»Tut mir leid, Redneck«, murmelte Ibis.

»Sag ihm, dass es nicht wieder vorkommen wird.«

»Es wird nicht wieder vorkommen.«

»Er ist dein verdammter Kumpel«, sagte Hoon. »Man zockt seine Kumpel nicht ab.«

»Tut mir leid, Redneck«, sagte Ibis erneut, und dieses Mal ließ er beschämt den Kopf hängen.

Der Kessel kochte und schaltete sich dann ab. Redneck dachte kurz über die Entschuldigung nach, dann winkte er ab. »Schon in Ordnung. Vergiss es. Aber versuch so was nie wieder, klar?«

»Hast du das gehört?« Hoon starrte Ibis an, deutete aber auf den anderen Mann. »Das ist eine verdammt großzügige Antwort. Ich hätte dich erschossen. Wie hätte dir das verdammt noch mal geschmeckt?«

»Gar nicht«, gestand Ibis. »Das hätte mir nicht geschmeckt, Boggle.«

»Nein, das glaube ich auch nicht«, sagte Hoon.

Einen Moment lang sah es so aus, als wollte er den Liverpooler weiter beschimpfen, doch dann kam Redneck mit ein paar Bechern dazu und entschärfte die Situation.

»Kaffee? Tee?«

»Ich nehme einen Kaffee, Red. Danke«, sagte Hoon.

»Ibis? Was trinkst du?«

Ibis hob den Kopf. »Du bist doch nicht böse auf mich, oder, Redneck?«

»Was, dafür, dass du in meine Halle eingebrochen bist und versucht hast, einen Haufen Zeug von mir zu stehlen?« Redneck zog die Augenbrauen hoch und schüttelte dann den Kopf. »Ich bin nicht wütend, Ibis, ich bin nur enttäuscht.«

Ibis wäre nach diesen Worten fast zusammengebrochen und musste sich an der Rückenlehne der Couch festhalten, um sich abzustützen. »Es tut mir wirklich leid, Kumpel«, sagte er und nickte dann zu den Bechern, die der andere Mann in der Hand hielt. »Du hast wohl keinen Brennnesseltee, oder?«

»Nein, natürlich nicht«, sagte Redneck. »Ich habe normalen Tee oder normalen Kaffee.«

»Kann ich nur das heiße Wasser haben?«

Hoon und Redneck tauschten Blicke aus – der eine verwirrt, der andere verärgert.

»Wie du willst«, antwortete Redneck und machte sich daran, die Getränke vorzubereiten.

»Was hat das hier alles zu bedeuten?«, fragte Hoon und sah sich im Raum um. »Ich hätte dich nie für einen Waffenhändler gehalten.«

»Hmm? Ach so. Bin ich auch nicht«, sagte Redneck. »Weißt du, streng betrachtet schon, nehme ich an, aber nicht wirklich.«

Hoon neigte den Kopf in Richtung Ibis. »Dieser Hirni hat behauptet, du würdest irgendeine Terrorgruppe beliefern.«

»Ah ja, klar. Aber wie wir bereits festgestellt haben, labert er nur Scheiße.«

Redneck verteilte die Becher, hob dann seinen eigenen, und alle stießen mit einem »Cheers« an.

»Ich habe sie in den Jemen verschiffen lassen. Der Bürgerkrieg dort ist wirklich speziell. Viel schlimmer als das meiste, was wir gesehen haben.«

Hoon nahm einen Schluck von seinem Kaffee. »Was machst du? Belieferst du die Rebellen oder was? Du warst schon immer verdammt sentimental.«

Redneck lächelte. »Nicht ganz. Es ist eine komplexe Situation. Sie ändert sich ständig. Ich habe versucht, die Waffen Zivilisten in die Hände zu spielen. Sie wurden von allen Seiten unter Beschuss genommen, also versuche ich nur, ihnen eine Chance zu geben.«

»Ich wette, dabei springt ein hübsches Sümmchen raus«, mischte sich Ibis ein.

»Nein, eigentlich nicht«, gestand Redneck. »Ich verliere Geld. Aber, wisst ihr, es geht nicht nur darum, oder? Die meisten Leute wollen nichts damit zu tun haben. Regierungen, Großunternehmen, die scheren sich einen Dreck um andere – solange sie Geld verdienen. Sie lassen alle Gräueltaten geschehen, solange ihre Buchhalter zufrieden sind.«

»Predige, Bruder!«, johlte Ibis.

»Ja, klar. Cheers«, sagte Redneck, bevor er sich wieder an Hoon wandte. »Doch das ist der Unterschied zwischen denen und uns. Den bösen und den guten Jungs. Die guten Jungs helfen einander. Die guten Jungs tun das Richtige. Ich leiste also nur meinen Beitrag.«

»Dann sind wir also die Guten, ja?«, fragte Hoon.

»Das will ich hoffen. Sonst wären all die Sachen, die wir gemacht haben … wozu wären die sonst gut?«

Hoon gluckste. »Schön zu sehen, dass du dich verdammt noch mal nicht verändert hast, Großer.«

»Ha. Klar. Manche von uns tun das nie, was, Boggle?« Redneck trank einen Schluck Kaffee und zeigte dann mit dem Becher auf die beiden Männer. »Allerdings hätte ich nie gedacht, dass du dich in so etwas verwickeln lässt. Einbruch und Diebstahl. Bist du nicht bei der Polis gewesen?«

Ibis' Augen wurden immer größer, bis das Glasauge herausfiel und auf dem Boden landete, von wo aus es nach oben starrte. »Was? Du hast mir nie gesagt, dass du ein Bulle bist!« Er keuchte. »Du warst in meinem Haus! Ich habe dir meinen geheimen Klopfcode verraten!«

»Stimmt. Erstens: Heb dein verdammtes Auge auf«, befahl Hoon. »Zweitens: Das ist kein Haus, sondern ein Wellblechbunker. Und ich bin nicht bei der Polis, nein. Ich war es mal, bin es aber nicht mehr.«

»In Ordnung. Puh. Schön für dich, Boggle!«, sagte Ibis und bückte sich, um sein Auge aufzuheben. Er pustete darauf, um den Staub zu entfernen, und schob es dann mit einem feuchten *Plopp* wieder in die Augenhöhle. »Hast du denen gesagt, wo sie sich ihren verdammten Job hinstecken sollen?«

»Nein. Sie haben mich gefeuert, weil ich ein korrupter Bastard bin«, sagte Hoon. »Fairerweise muss man ihnen zugestehen, dass sie mich wirklich erwischt haben.«

»Oh. Klar«, sagte Redneck, und er wirkte so enttäuscht, dass Hoon sich beherrschen musste, um sich nicht zu entschuldigen. »Gut, du hattest bestimmt deine Gründe.«

»Ja. Das sage ich mir auch.«

Der große Rothaarige nahm auf einer der Couches Platz und bedeutete den anderen, es ihm gleichzutun. Er wartete, bis sie sich beide hingesetzt hatten, bevor er mit seiner Befragung fortfuhr.

»Es ist trotzdem ein großer Sprung von der Entlassung aus dem Polizeidienst bis zum Diebstahl einer Ladung Waffen aus einem Lagerhaus«, sagte er. »Ich nehme an, dass die Geschichte, die du vorhin erwähnt hast, etwas damit zu tun hat?«

»Gut geraten«, erwiderte Hoon. Er lehnte sich zurück, seufzte und sah auf seine Uhr. »Aber das ist ein verdammtes Epos. Wie lange hast du Zeit?«

»Solange es dauert«, antwortete Redneck. »Ich habe nichts vor.«

»Okay, gut. Dann schnall dich mal an«, sagte Hoon zu ihm. »Denn jetzt wird es wild.«

Und er begann zu erzählen. Er berichtete ihnen von dem Job bei Tesco und seiner umgehenden Entlassung. Er berichtete ihnen von Bambers Auftauchen, von seiner Tochter, von allem, was ihr zugestoßen war, und von allem, was er getan hatte, um sie nach Hause zu holen.

Er erzählte ihnen von den Männern, die er umgebracht hatte – jedenfalls von denen, an die er sich erinnern konnte –, und von dem verdrehten kleinen

Scheißer, der das Ganze überhaupt erst ins Rollen gebracht hatte.

»Chuck?«, sagte Redneck und beugte sich auf der Couch nach vorn. »Chuck war das?«

Hoon nickte nur.

»Und wo ist er jetzt?«, drängte Redneck. Als Hoon mit einem langen, bedeutungsvollen Blick antwortete, sagte er: »Oh. Wow. Okay«, und lehnte sich wieder zurück.

Die Kaffees und das heiße Wasser waren ausgetrunken, als Hoon sich dem Ende seiner Geschichte näherte. Die beiden anderen Männer hatten etwas skeptisch dreingeblickt, als er von dem Kampf gegen einen riesigen stummen Albino erzählte, aber sie hatten es nicht wirklich angezweifelt.

Redneck hatte am Vortag in der Zeitung vom Tod von Chief Superintendent Bagshaw gelesen. Das war für Hoon eine Neuigkeit, weil er gar nicht mitbekommen hatte, dass es veröffentlicht worden war. Der Tod war als Selbstmord eingestuft worden. Aber das war natürlich keine Neuigkeit für ihn.

Sie hatten alle einen Moment geschwiegen, als Hoon ihnen von Welshy erzählte. Er hatte Details ausgelassen und ihnen nicht gesagt, was er getan hatte, um die Reise ihres alten Freundes zu beschleunigen. Obwohl ihn wahrscheinlich keiner von ihnen dafür verurteilt hätte, das musste er ihnen zugutehalten.

Sie gaben entsprechend traurige Laute von sich. Sie

nickten. Seufzten. Zogen die Luft durch ihre Zähne ein. Trotz der vielen Todesfälle, die sie alle drei im Laufe der Jahre nicht nur miterlebt, sondern auch verursacht hatten, war keiner von ihnen gut darin, darüber zu sprechen.

»So bin ich also an diesen verdammten Captain *Wackelauge* da drüben geraten«, schloss Hoon, nachdem er sie beide auf den neuesten Stand gebracht hatte. »Wenn diese Bastarde schon hinter mir her sind – und das sind sie –, dann will ich wenigstens dafür sorgen, dass sie ihre verdammte Berufswahl noch einmal ernsthaft überdenken.«

»Und wie sieht der Plan genau aus?«, fragte Redneck. »Bob Hoon, die Ein-Mann-Armee? Mit Pauken und Trompeten abtreten?«

»So ähnlich, ja«, bestätigte Hoon. »Ich habe mich selbst in diesen Schlamassel reingeritten und werde mich auch selbst wieder herausholen.«

»Ein einsamer Wolf. Wie ich«, sagte Ibis. »Man kann einen einsamen Wolf nicht einsperren, nicht wahr, Boggle? Oder einen Tiger.«

»Was zum Teufel redest du da?«, fragte Hoon.

»Ich meine ja nur …« Ibis verlagerte sein Gewicht auf der Couch. »Man kann einen Tiger nicht einsperren.«

»Natürlich kann man einen Tiger in einen Käfig sperren. Tiger werden ständig eingesperrt«, blaffte Hoon. Er holte tief Luft, atmete dann langsam aus und brachte sein Temperament unter Kontrolle. »Hör zu, Ibis. Weißt du, was du zu diesem Gespräch beitragen solltest?«

»Nein. Was?«

»Nichts. Kein einziges verdammtes Wort. Nur eine unheimliche, beunruhigende Stille«, riet ihm Hoon. »Wie eine verhexte Puppe, in der eine Kinderseele gefangen ist. Du sitzt einfach nur da und machst uns beiden Angst, indem du absolut nichts sagst. Meinst du, du schaffst das?«

»Ja, aber …«

Hoon machte eine kneifende Bewegung in seine Richtung und zischte scharf. »Wir haben schon angefangen«, erklärte er. »Keinen verdammten Pieps. Komm schon. Du schaffst das, ich habe Vertrauen in dich. Enttäusch mich nicht.«

Er wartete, um sicherzugehen, dass Ibis begriffen hatte. Als er sich umwandte, saß Redneck ganz vorn, die Ellbogen auf die Knie gestützt, und sein Blick bohrte sich in Hoons Augen, als könnte er auf diese Weise seine Gedanken lesen.

»Ich kenne dieses verdammte Gesicht«, sagte Hoon zu ihm. »Was denkst du? Was willst du sagen?«

»Glaubst du wirklich, dass du es mit diesen Typen allein aufnehmen kannst, Boggle?«

Hoon zuckte mit den Schultern. »Ich bin bisher ganz gut allein zurechtgekommen.«

»Aye, aber du warst ja auch nicht allein, oder?«, betonte Redneck.

»Was zum Teufel soll das heißen?«

»Mein Gott, Boggle. Hast du dir überhaupt selbst alles angehört, was du mir gesagt hast? Du hattest Hilfe. Bei jedem Schritt auf dem Weg. Von deinem Detective in Inverness bis zu deinem MI5-Typen. Von dieser Polizeichefin in London, Welshys Frau, deine Schwester …« Er deutete mit einem knappen Nicken auf Ibis. »Sogar von diesem Idioten. Und mir.«

Hoon blickte stirnrunzelnd über den Rand seines Bechers. »Von dir?«

Redneck wirkte fast beleidigt. »Natürlich werde ich dir die Waffen geben. Alles, was du brauchst, Kumpel. Was mir gehört, gehört dir.« Er lächelte. »Wie ich schon sagte, wir sind die guten Jungs. Wir helfen einander.«

»Kann ich auch ein paar Waffen haben?«, fragte Ibis.

»Nein, das kannst du nicht, verdammt«, antwortete Redneck, ohne ihn auch nur anzusehen. »Ich meine es ernst, Boggle. Diese Sache, die du erledigen musst, der Weg, auf dem du bist, ich verstehe das. Aber du kannst diesen Weg nicht allein gehen. Du denkst vielleicht, dass du damit schon weit gekommen bist, aber das bist du nicht. Nicht im Geringsten.« Er lehnte sich zurück. »Und, ich meine, komm schon. Du warst nie ein verdammter … *einsamer Krieger*. Vielleicht würden wir uns alle gern dafür halten, doch wir sind es nicht. Das waren wir noch nie. Du warst ein Anführer.

Das warst du damals, und das bist du heute noch. Ich glaube, du hast das einfach vergessen.«

»Also … was willst du damit sagen, Red?«, fragte Hoon. »Meldest du dich freiwillig, um mit mir eine Horde Wichser töten?«

Redneck lächelte. »Weißt du, ich würde ja gern, allein schon um der alten Zeiten willen, aber wir gehen unterschiedliche Wege, Bruder. Ich habe meine eigene Mission. Viele Leute verlassen sich darauf, dass ich ihnen helfe, am Leben zu bleiben. Doch ich kann dir geben, was immer du brauchst. Auf Kosten des Hauses.«

»Danke«, sagte Hoon. »Trotzdem, eine Schande ist das. Du bist der beste verdammte Scharfschütze, den ich kenne.«

»Nein.« Redneck schüttelte den Kopf. »Der Zweitbeste.«

Hoons Augenbrauen wanderten auf seiner Stirn nach unten, bevor sie sich wieder bis fast ganz nach oben hoben. »Scheiße. Stimmt ja«, sagte er, dann schüttelte er den Kopf. »Nein. Ich kann ihn da nicht mit reinziehen.«

»Nach allem, was du uns erzählt hast, würde ich sagen, er würde die verdammte Chance ergreifen. Ich weiß, wenn ich in seinen …« Er grinste. »Ich wollte gerade Schuhe sagen …«

»Uff. Brutal!« Hoon zuckte zusammen. »Und du hast die Frechheit, dich als einen von den Guten zu bezeichnen?«

»Das war ein bisschen unter der Gürtellinie, was?«, gab Red zu. Er kippte den letzten Schluck seines Kaffees hinunter und stand auf. »Also gut«, verkündete er. »Dann wollen wir dich mal aufrüsten!«

»Gut«, sagte Hoon und erhob sich ebenfalls. »Aber stört es dich, wenn ich erst mal dein Telefon benutze, um einen kurzen Anruf zu machen ...?«

Redneck schaute auf seine Uhr. »Ist dir bewusst, dass es mitten in der Nacht ist?«

»Ja«, antwortete Hoon, wobei sich seine Mundwinkel nach oben zogen. »Das macht es ja gerade so lustig.«

Die Sonne ging bereits über dem Hafen von Peterhead auf, als die Türen des Transporters geschlossen wurden. Hoon saß auf dem Fahrersitz. Er war wach genug, um nicht einmal mit dem Gedanken zu spielen, Ibis auch nur in die Nähe des Lenkrads zu lassen.

Er hatte gerade den Motor angelassen, als Redneck am Fenster erschien und Hoon mit einer Geste aufforderte, es herunterzufahren.

»Viel Glück, Kumpel«, sagte Red, als das Fenster geöffnet war.

»Danke, Großer. Ich weiß das zu schätzen«, antwortete Hoon. Er gestikulierte an sich selbst hinunter, da er nun eine weitaus angemessenere Kleidung für einen Mann trug, der in den Krieg ziehen wollte. »Und danke auch für die Klamotten.«

»Nicht der Rede wert. Und vergiss nicht, was ich gesagt habe, ja?« Red deutete an Hoon vorbei zu Ibis, der an seinem Sicherheitsgurt herumfummelte. »Sei nicht so wie dieser Arsch, der sich paranoid von der Gesellschaft zurückzieht. Du hast Freunde. Menschen, die sich um dich sorgen. Es mag dir nicht gefallen, aber das tun sie. Mach das Beste daraus.«

Hoon grunzte. »Aye«, sagte er und ließ den Motor aufheulen. »Wir werden sehen.«

Redneck lächelte. »Tja, keiner soll sagen, dass ich es nicht versucht hätte«, entgegnete er und salutierte.

Hoon brauchte einen Moment, doch dann erwiderte er den Gruß. »Danke, Kumpel«, sagte er, fuhr das Fenster hoch, und der Wagen donnerte den Hügel hinauf in Richtung Harbour Road.

»Das ist ein netter Kerl, was?«, meldete sich Ibis zu Wort. »Er hätte wegen uns auch völlig ausrasten können, aber er hat das ziemlich cool gehandhabt.«

»Ibis?«

»Ja, Boggle?«

»Halt die Klappe.«

Ibis nickte. »Okay, Boggle. Tut mir leid, Boggle.«

Und damit machten sie sich auf die lange Reise nach Westen.

EINUNDDREISSIG

Die *Dirty Slapper* lag auf der Rückfahrt nach Westward deutlich tiefer im Wasser. Hoon hatte mit dem Lieferwagen auf die Fähre übersetzen müssen, um Fragen über die große Holzkiste zu vermeiden, die er transportierte, und Ibis hatte ihm später geholfen, sie über die Leiter in Bertas Boot zu hieven.

Es war nicht einfach gewesen, es wurde viel geflucht, und zweimal hatte es so ausgesehen, als würden sie das ganze Ding ins Wasser fallen lassen, aber schließlich bekamen sie es an Bord, und für Hoon blieb gerade genug Platz, um sich neben die Kiste zu quetschen.

Danach hatten sie sich etwas gestelzt verabschiedet. Ibis stieg die Leiter hoch und tauchte einen Moment später oben wieder auf.

»Viel Glück, Boggle«, sagte er, dann verschwand er, und Hoon hörte, wie sich die Tür des Lieferwagens schloss und der Motor ansprang.

Hoon hatte ein paar Minuten lang allein dagesessen und alle möglichen Konsequenzen seiner nächsten Aktion abgewogen. Sobald er es tat, gab es kein

Zurück mehr. Er würde sich den Krieg ins Haus holen.

Konnte er das wirklich tun? Mit Berta? Mit allen?

»Ach, scheiß drauf«, hatte er laut gesagt. Danach hatte er das Handy hervorgeholt, das Miles ihm gegeben hatte, den Akku wieder eingelegt und den, wie er glaubte, schwierigsten Anruf seines Lebens getätigt.

Es stellte sich heraus, dass es viel einfacher war, als er es sich vorgestellt hatte.

Danach machte er das Boot los und legte ab, wobei das zusätzliche Gewicht dafür sorgte, dass die Wellen bedrohlich hoch gegen die Bordwände schlugen und gelegentlich ins Boot schwappten, sodass sich zu seinen Füßen Wasser sammelte.

Diesmal hatte er nicht so viel Glück mit dem Wetter. Ein feiner Nieselregen begleitete ihn von Mallaig bis zur Anlegestelle am Haus seiner Schwester. Die Sichtweite betrug nur wenige Meter, und er war gezwungen, sich Zeit zu lassen, um keine Zusammenstöße mit entgegenkommenden Kähnen zu riskieren.

Als er eine breitere Fahrrinne erreichte, drehte er den Yamaha-Motor höher und holte die verlorene Zeit wieder auf. Aber trotzdem war es schon fast Mittag, als im Nebel die Anlegestelle von Westward auf ihn zukam.

Er brachte die *Slapper* längsseits, vertäute sie und zog dann die Kiste auf den kleinen Holzsteg. Er hätte sie gerade noch alleine tragen können, aber damit

371

hätte er seinem Rücken keinen Gefallen getan. Stattdessen wuchtete er sie auf festen Boden und ließ sie dort stehen, um Berta zu holen, damit sie ihm half.

Je weiter er sich vom Wasser entfernte, desto dünner wurde der Nebel. Als er sich dem Haus näherte, konnte er eine Gestalt ausmachen. Eine Gestalt mit einer über den Kopf erhobenen Axt.

Er hörte seine Schwester schreien: »Nein!«, und sein Instinkt trieb ihn zum Rennen an.

Mit jedem Schritt löste sich der Nebel weiter auf. Er sah den Professor, dessen vernarbtes Gesicht schweißnass war und der das Beil mit beiden Händen hochhielt, um jeden Moment zuzuschlagen.

Hoon stürzte sich brüllend auf den Bastard und brachte ihn zu Fall.

Sie stürzten in einem Gewirr aus Armen und Beinen zu Boden. Hoon griff nach der Axt und riss sie dem Professor aus den Händen.

»Was zum Teufel machst du da?«, fragte eine Stimme von irgendwo über und hinter ihnen.

Hoon schnappte sich die Axt und drückte sie auf den Boden, dann drehte er sich zu seiner älteren Schwester um, die die Hände in die Hüften stemmte und ihn mit einem wütenden Gesichtsausdruck anstarrte.

»Und?«, fragte sie.

»Er hatte eine verdammte Axt!«, bellte Hoon.

»Ich weiß, dass er eine verdammte Axt hatte. Ich

habe ihm diese verdammte Axt gegeben«, antwortete Berta. »Er hat Holz für das Feuer gehackt. Schlecht, möchte ich hinzufügen. Er stellt sich fast genauso dumm an wie du, und das will schon was heißen, oder?«

»Aber ... er ist gefährlich. Er darf nicht losgebunden werden.«

»Ich sitze auch nicht den ganzen Tag auf meinem Hintern herum, warum sollte er das dann tun? Wozu hat man einen Hund, wenn man selbst bellt, verdammt noch mal?«, brummte Berta. Sie trat zurück und machte eine winkende Bewegung. »Und jetzt runter von Paul, bevor du ihn kaputt machst. Noch kaputter, als du es schon getan hast, meine ich.«

Hoon blickte von Berta zu dem Mann, der unter ihm eingeklemmt war, und dann wieder zurück. »Paul?«

Berta schniefte. »Tja, ich kann ihn schlecht ›Professor‹ nennen, oder? Wir leben hier nicht in einem verdammten Zeichentrickfilm. Das ist die reale Welt. Menschen haben Namen.«

Hoon löste seinen Griff, nahm aber die Axt mit, als er aufstand. Der Professor lag regungslos dort, wo er gefallen war; nur seine Augen bewegten sich und verfolgten wachsam Hoons Bewegungen.

»Du hast ihn also Paul genannt?«

»Ja, nun, irgendwie musste ich ihn doch nennen, oder? Und er war nicht gerade entgegenkommend, also bleibt es bei Paul. Wenn es ihm nicht gefällt, hat er Pech gehabt, dann hätte er nicht so einen Blödsinn machen sollen. Außerdem sieht er doch aus wie ein Paul, oder?«

Hoon starrte sie an, als hätte sie ihren Verstand verloren. »Was machst du …? Natürlich tut er das nicht, verdammt! Schau ihn dir doch an! Er sieht aus wie eine beschissene Halloween-Maske aus rohem Huhn. Oder als hätte jemand bei Wish einen Albert Einstein aus Pappmaché bestellt.«

Berta verdrehte bei der Antwort ihres Bruders die Augen, schnippte mit den Fingern und zeigte auf den Mann, der auf dem Boden lag. »Hoch mit dir. Das Holz hackt sich schließlich nicht von allein, oder?«

Der Professor stützte sich behutsam auf seine Ellbogen. Ohne Hoon aus den Augen zu lassen, kam er langsam auf die Beine.

»Jetzt gib ihm die verdammte Axt!«, drängte Berta.

Hoon blickte auf das Beil hinunter. »Ausgeschlossen, dass ich diesem Bastard etwas verdammt Scharfes zum Herumspielen gebe. Er ist ein Killer. Du kannst froh sein, dass er dir nicht den Kopf abgehackt hat.«

Berta schnaubte. »Komm schon, Bobby, wofür hältst du mich?«, fragte sie und lenkte seine Aufmerksamkeit dann auf die Schrotflinte, die quer über dem Liegestuhl lag, den sie wohl gerade erst verlassen hatte.

»Ich gebe ihm die Axt trotzdem nicht«, beharrte Hoon.

»Gut. Wie du willst«, sagte Berta und zuckte mit ihren großen breiten Schultern. »Das Holz muss aber trotzdem gehackt werden, also musst du es tun.«

Hoon betrachtete den großen Stapel Holzscheite, der an der Seite des Hauses stand.

»Scheiß drauf«, sagte er. »Ich riskier's.« Er hielt dem Professor das Beil hin, der es einen Moment lang stumm und ungläubig anstarrte, dann die Hand ausstreckte und den Griff packte.

Hoon ließ nicht los. Noch nicht.

»Aber ich warne dich, Sportsfreund, mach keine Dummheiten, sonst stecke ich dir das Ding in jede verdammte Öffnung deines Körpers, eine nach der anderen, angefangen bei deinen hässlichen Nasenlöchern. Hast du das verstanden?«

Der Professor gab einen Laut von sich und nickte.

»Guter Junge«, sagte Hoon und löste seinen Griff. »Jetzt nimm deine Finger aus deinem Arsch und mach dich an die Arbeit.«

Der Professor drehte die Axt in der Hand, seine wachen Augen fixierten Hoon, schätzten ihn ab und bewerteten seine Chancen.

Hoon nahm eine stabile Position ein. Er starrte zurück und machte dem anderen seine Chancen verdammt deutlich.

»Gut«, murmelte er, als der Professor zum Holzstapel huschte. »Das habe ich mir gedacht.« Er wandte seine Aufmerksamkeit seiner Schwester zu und schickte sich an, zum Boot zurückzugehen. »So, und jetzt komm und hilf mir, diese Kiste zu tragen.«

Berta runzelte die Stirn. »Woran ist dein letzter verdammter Sklave gestorben?«

»An Langeweile«, erwiderte Hoon. »Los jetzt.«

Sie begann, zum Steg zu humpeln, wobei sie zuckte und zischend Luft holte, als ob jeder Schritt ihren Hüften zusetzte. Aber Hoon kaufte ihr das nicht ab. Stattdessen ließ er sie ein paar Meter den Steg hinuntergehen, bevor er zu der Schusswaffe zeigte, die noch auf dem Stuhl lag.

»Das solltest du vielleicht nicht bei ihm lassen«, meinte er.

»Was?« Berta drehte sich um. »Ach, ist doch egal. War nicht geladen. Ich hatte ja nicht vor, den Bastard zu erschießen, nicht wahr?«

Hoon zog überrascht die Augenbrauen hoch. »Wolltest du nicht?«

»Natürlich nicht, verdammt!«, erwiderte Berta. Sie setzte ihren Weg fort, und dieses Mal machte sie sich keine Mühe mit dem Hinken. »Ich hätte den Scheißkerl mit dem Kolben totgeprügelt.«

Zwanzig Minuten später starrten beide Hoons in die offene Holzkiste auf dem Küchenboden.

»Das sind eine Menge Waffen«, sagte die eine.

»Eindeutig«, stimmte der andere zu.

»Und das ist …?«

»Plastiksprengstoff.«

»Woher hast du das alles?«

»Aus Peterhead.«

»Wo ist das?«

Der Jüngere der beiden Hoons wandte sich zu seiner Schwester um. »Was soll das heißen? Du weißt nicht, wo Peterhead liegt?«

»Warum zum Teufel sollte ich das?«, fragte Berta.

Hoon lenkte mit einem Nicken ein und schloss den Deckel der Kiste dann wieder. »Es ist völlig unwichtig«, sagte er.

Durch das Fenster konnte er sehen, wie der Professor draußen halbherzig Holz hackte. Für einen Mann, der so geschickt mit kleinen scharfen Klingen umzugehen wusste, schien er mit einer großen Klinge ziemlich unbegabt zu sein.

»Hast du schon gegessen?«, fragte Berta. »Es gibt Suppe.«

Hoon lächelte, wenn auch kaum merklich. Natürlich gab es Suppe. Es gab immer Suppe.

»Ja, da würde ich nicht Nein sagen«, antwortete er. Dann erstarrten beide, weil es an der Haustür klopfte.

»Wer ist das denn schon wieder, verdammt noch mal?«, zischte Berta.

»Sind das die Kinder, die zu Besuch kommen?«, fragte Hoon. »Könnten sie das sein?«

»Aber nur, wenn sie sich Anabolika verabreicht haben«, schoss Berta zurück. »Hast du das Klopfen nicht gehört? Ich hoffe, die verdammte Tür übersteht das.«

»Wo ist meine Tasche?«, fragte Hoon.

»Da, wo du sie gelassen hast, Blödmann«, sagte Berta und zeigte zum Küchentisch. Darunter lag die Tasche, die Hoon zuerst mit ins Haus gebracht hatte. Er griff hinein, holte die Glock heraus und gab Berta ein Zeichen, dass sie bleiben sollte, wo sie war.

Er schlüpfte auf den Flur hinaus, die Waffe in beiden Händen vor sich auf den Boden gerichtet und bereit, sie rasch zu heben.

Wieder klopfte es an der Tür. Eine Silhouette bewegte sich hinter der gewölbten Scheibe. Jemand Großes. Die Gestalt war beinahe monströs, aber das hätte auch nur der Effekt des Schattens sein können, der verschwommen auf das Glas traf.

Hoon steckte die Waffe hinter seinen Rücken, ging zur Tür, entriegelte das Schloss und riss sie auf.

Es war nicht der Schatten auf dem Glas gewesen. Der Mann, der auf der Schwelle stand, war wirklich so groß.

Groß und, seiner Miene und der Atmung nach zu urteilen, nicht sehr glücklich.

»Also gut, Sie rücksichtsloser Mistkerl«, keuchte ein etwas atemloser Detective Chief Inspector Jack Logan. »Ich hoffe, es gibt einen verdammt guten Grund dafür, dass Sie mich hierherbestellt haben.«

ZWEIUNDDREISSIG

Logan saß an einem Ende des Küchentisches, Berta ihm gegenüber und Hoon zwischen ihnen. Der DCI blinzelte langsam und versuchte, die Informationen zu verarbeiten, die er gerade erhalten hatte.

»Also ... Roberta?«, fragte er. »Roberta und Robert Hoon?«

»Nach unserem Alten«, sagte Hoon. »Also, er hieß Robert, selbstverständlich, nicht Roberta.«

»Nun, das habe ich mir schon gedacht«, erwiderte Logan.

Er schaute vom Bruder zur Schwester und wieder zurück. Es gab eindeutig eine Familienähnlichkeit. Berta anzuschauen war so, als würde man Hoon in einem aufwendigen Bühnen-Make-up sehen. Wenn Hoon jemals in einer Pantomime als Dame aufgetreten wäre, wäre er der Frau am anderen Ende des Tisches sicher nicht völlig unähnlich gewesen, vermutete Logan.

Jener Frau, die ihn gerade – wie er bemerkte – mit einem Gesichtsausdruck anstarrte, den man am besten mit »neugieriger Verachtung« beschreiben könnte.

»Er hat Schweinsäuglein, nicht wahr?«, bemerkte Berta. »Dein Freund hier, meine ich.«

»Er ist nicht mein Freund«, sagte Hoon. Es kam wie aus der Pistole geschossen, und er fühlte sich fast schuldig, nachdem er die Worte ausgesprochen hatte. Allerdings nicht schuldig genug, um sie zurückzunehmen.

»Und ein unnötig breites Gesicht«, fuhr Berta fort. »Weißt du, wie er aussieht? Wie einer von diesen … wie nennt man die? Die mit den Stoßzähnen?«

»Elefant?«, riet Hoon.

Berta schnaubte. »Natürlich kein verdammter Elefant!«, rief sie. »Er hat doch nicht mal einen Rüssel, oder?«

Logan warf seinem ehemaligen Chef einen Seitenblick zu. »Jetzt hat sie Sie erwischt, das stimmt.«

»Walross!«, sagte Berta. »So sieht er aus. Wie ein Walross.«

Hoon beugte sich näher an das Tischende seiner Schwester heran und schaute von dort zu Logan, der mit versteinerter Miene dasaß.

»Ich finde nicht«, sagte Hoon zu ihr. »Er sieht überhaupt nicht nach einem verdammten Walross aus.«

»Danke«, sagte Logan.

»Wenn du Seelöwe gesagt hättest, hätte ich dir vielleicht recht gegeben.«

Logan legte beide Hände auf den Tisch, seufzte und stand auf. »Gut, ich sag Ihnen was, ich verpiss mich einfach und fahre wieder nach Hause, einverstanden?«

»Schon gut, schon gut!«, sagte Hoon und bedeutete ihm, damit noch zu warten. »Jetzt machen Sie sich mal nicht ins Hemd. Kommen Sie, setzen Sie sich auf Ihren Arsch.«

Es war weniger die Bitte Hoons als der Gedanke an den Rückweg zu der Stelle, wo er sein Auto geparkt hatte, der Logan dazu veranlasste, sich wieder auf seinen Platz zu setzen.

»Ach, wie süß. Ein Sensibelchen, was?«, murmelte Berta.

»Eigentlich nicht«, entgegnete Logan, bevor Hoon antworten konnte. »Aber ich bin ein viel beschäftigter Mann, und ich mag es ehrlich gesagt nicht, wenn ich mitten in der Nacht mysteriöse Anrufe erhalte, die mich an den Arsch der Welt zitieren, nur um mir dann sagen zu lassen, ich hätte Schweinsäuglein und sähe aus wie ein Seelöwe.«

Er schnippte mit den Fingern und zeigte dann auf Berta. Als er das tat, wurde ihr Mund zu einer einzigen dünnen roten Linie der Missbilligung.

»Sie setzen jetzt Wasser auf. Und rieche ich da Suppe? Falls ja, bitte gern, danke.« Er richtete seine Aufmerksamkeit auf den jüngeren der beiden Hoons. »Und Sie fangen an, das Ganze zu erklären. Und zwar schnell. Aber zuerst …« Logan zeigte zum Fenster. »Wissen Sie, dass Ihr Mann da draußen gerade stiften gehen will?«

Hoon sprang auf und sah nach draußen. Der Professor befand sich auf halbem Weg zum Steg und blickte sich nach hinten um, während er auf das Boot zueilte.

»Scheiße!«, schrie Hoon, dann stürmte er durch die Hintertür hinaus und nahm die Verfolgung auf.

Logan und Berta sahen schweigend zu, wie Hoon den älteren Mann schnell einholte, ansprang und zu Boden warf. Sie hörten einen Ausbruch von Flüchen, der so laut und heftig war, dass mitten auf dem See ein paar Gänse aufgeschreckt wurden.

»Danke, dass Sie gekommen sind«, sagte Berta, ohne den Blick von der Szene draußen abzuwenden. Ihre Stimme war sanft und ohne die Bosheit, die sie zuvor gefärbt hatte. »Er würde es natürlich nie zugeben, aber er weiß es zu schätzen. Und er braucht Sie. Jedenfalls braucht er jemanden. Und Sie sind derjenige, der aufgetaucht ist. Das bedeutet mir sehr viel. Uns beiden. Aber falls Sie jemandem etwas von diesem verdammten Gespräch erzählen, lege ich Sie über mein verdammtes Knie.«

»Ihr Geheimnis ist bei mir sicher«, sagte Logan und versuchte verzweifelt, das Bild aus seinem Kopf zu kriegen, das sich bei ihren Worten dort eingenistet hatte. Er legte seinen Mantel ab und hängte ihn über die Stuhllehne. »Also, was ist mit der Suppe?«

Logan achtete darauf, nicht hinzusehen, als Hoon den protestierenden älteren Mann auf dem Steg zurückzerrte und ihn am Haus vorbei zu einer der Hütten begleitete, an denen der DCI auf dem Weg hierher vorbeigekommen war.

Es war ziemlich offensichtlich, dass der Mann gegen seinen Willen festgehalten wurde, doch bevor Logan Näheres erfuhr, hielt er es für das Beste, es wie die drei Affen zu machen.

Ein paar Minuten später kehrte Hoon zurück. Logan kratzte da bereits die letzten Reste seiner Suppe mit dem Löffel auf.

Sie war gar nicht schlecht und vor allem herzhaft. Es war die Art von Suppe, die sich in den Rippen festsetzt und Fleisch auf die Knochen bringt. Und als Bonus rechnete er dazu, dass er die empfohlenen fünf Tagesrationen Gemüse mit einer einzigen Mahlzeit abgehakt hatte.

Er schob die leere Schüssel beiseite und klopfte sich auf den Bauch, als Hoon sich setzte.

»Das war köstlich, danke«, sagte Logan.

Berta, die noch mehr Gemüse schnippelte, um eine weitere Portion zuzubereiten, warf einen Blick über die Schulter auf die Schüssel in der Mitte des Tisches.

»Klar, und Sie wissen ja, wo das verdammte Spülbecken ist.«

»Oh. Richtig. Klar, sorry«, sagte Logan.

Er streckte den Arm nach der Schüssel aus, aber Hoon war schneller und schnappte sie sich, bevor Logan sie in die Finger bekam.

»Schon gut, ich hab sie«, sagte Hoon und brachte die Schüssel zur Spüle.

Logan sah ihm auf dem Weg zum Waschbecken und zurück verwirrt und beinahe erschrocken zu.

»Was?«, fragte Hoon. »Was glotzen Sie mich denn so an?«

»Es ist nur …« Logan nickte in Richtung des Spülbeckens. »Sie haben für mich meine Schüssel weggebracht.«

»Und?«

»Ich glaube, das ist das erste Mal, dass Sie jemals etwas für mich getan haben.«

»Blödsinn, ich …«

»Das Erste, wozu Sie durch Ihre Stellung bei der Polis nicht vertraglich verpflichtet waren, meine ich«, erläuterte Logan.

Das nahm Hoon ein wenig den Wind aus den Segeln. Er erstarrte mit offenem Mund und erhobenem Finger, als ob er noch etwas zu sagen hätte. Aber er konnte beim besten Willen keine Worte finden, um die Geste zu rechtfertigen, also zuckte er nur mit den Schultern und ließ die Hand zurück auf den Tisch fallen.

»Ja, nun, wie mir ein Freund gestern Abend klarmachte, ändern sich die Dinge. Menschen ändern sich.« Hoon runzelte die Stirn und schüttelte den Kopf. »Oder vielleicht bleiben sie auch gleich. Keine Ahnung, worauf er hinauswollte. Jedenfalls eins von beidem.«

»Klingt nach einem tiefschürfenden Gespräch«, erwiderte Logan.

»Das war es auch, verdammt noch mal«, sagte Hoon leicht defensiv. »Sie fragen sich wahrscheinlich, warum ich Sie hierhergerufen habe.«

»Was meinen Sie mit ›wahrscheinlich‹? Sie haben mich mitten in der verdammten Nacht angerufen. Das ›wahrscheinlich‹ können Sie streichen.«

»Na gut! Verdammt noch mal. Sind Sie heute Morgen mit dem falschen Fuß aufgestanden?«

»Das Problem war nicht die Bitte, Bob, sondern die verdammte Uhrzeit«, feuerte Logan zurück. »Sie haben mich ohne weitere Erklärung herzitiert, Sie haben eindeutig einen Mann entführt – und ich hoffe wirklich, dass es dafür eine gute Erklärung gibt –, und Sie sehen aus, als wären Sie die letzten sechs Monate in einem verdammten Flipperautomaten herumgeschleudert worden.«

»Das ist gar nicht mal so weit von der Wahrheit entfernt«, murmelte Hoon.

»Was ich wirklich möchte, ist, dass Sie mir genau sagen, was zum Teufel eigentlich los ist.«

Hoon lehnte sich in seinem Stuhl zurück und verschränkte die Arme. Einen Moment lang sah es so aus, als würde er in eine Schimpftirade ausbrechen, doch dann seufzte er, rieb sich mit Daumen und Zeigefinger die Augen und beugte sich wieder näher heran, wobei er die Hände vor sich auf dem Tisch verschränkte.

»Okay, zunächst einmal würde ich nicht direkt sagen, dass ich ihn *entführt* habe.«

»Das erleichtert mich«, erwiderte Logan.

»Er befand sich zufällig hinten im Laderaum eines Transporters, den ich gestohlen habe«, erklärte Hoon.

»Schade. Da ist sie hin, die Erleichterung …«

»Und im Interesse völliger Transparenz: Ich habe ihm die Nase abgebissen und versucht, ihn mit einem Stuhlbein umzubringen.«

Jetzt war Logan an der Reihe, sich vorzubeugen. Er blickte aus dem Fenster, wo er den Gefangenen gesehen hatte, der zu fliehen versuchte. »Wann war das?«

»Oh, vor Ewigkeiten. Vor Monaten«, sagte Hoon. Er tat es mit einem Winken ab, als ob seine Vergehen längst verjährt wären. »Ihre Freundin Deirdrie wusste alles darüber.« Hoon blickte auf seine Hände hinunter und sah Logan dann wieder in die Augen. »Sie … Sie haben gehört, was …«

»Ja«, bestätigte Logan. »Selbstmord, sagt man.«

»Glauben Sie das?«

Logan zögerte, und an seinem Gesichtsausdruck war abzulesen, dass er das nicht tat. »Ich nehme an, Sie werden mir etwas anderes erzählen«, sagte er, und dann kam ihm etwas in den Sinn. »Sie werden mir doch nicht erzählen, dass Sie es waren, oder?«

»Was? Schwachsinn!«, stieß Hoon hervor. »Nein. Sie war … ich meine, sie war keine Freundin, doch sie

386

wusste Bescheid. Sie war auf der richtigen Seite, verdammt.«

»Nun ja, sie war bei der Polis.«

Hoon lachte. »Ja, aber nicht jeder in der Polis ist auf der richtigen Seite, Jack. Machen wir uns da mal nichts vor.«

Logan sagte nichts. Hoons Entlassung anzusprechen, wäre eine billige Retourkutsche gewesen, und obwohl er sich solche Manöver gelegentlich nicht verkneifen konnte, war jetzt nicht der richtige Zeitpunkt dafür.

»Aber sie ist dagegen angegangen«, fuhr Hoon fort. »Ich habe es nicht zu schätzen gewusst – ich habe *sie* nicht zu schätzen gewusst –, bis zu der kleinen Rede, die mein Kumpel gestern Abend gehalten hat.« Er schob seinen Stuhl ein wenig näher heran und senkte seine Stimme zu einem Flüstern, als wollte er etwas Vertrauliches mitteilen. »Wissen Sie, den meisten Leuten ist es völlig egal.«

»Was denn?«, fragte Logan, der zu folgen versuchte.

Hoon zuckte mit den Schultern. »Einfach alles. Alles, außer sie selbst. Wenn sie sehen, wie ein Penner auf der Straße stirbt, steigen sie über ihn hinweg. Sie sehen Kinder, die nichts zu essen haben, und schließen die Augen. Und das nicht, weil sie schlechte Menschen sind. Ich meine, das sind sie natürlich, aber das ist jeder andere Mistkerl da draußen auch. Es liegt daran, dass die meisten Leute nicht anecken wollen. Sie haben sich ein Leben aufgebaut – vielleicht nicht perfekt, aber durchaus in Ordnung –, und das wollen sie schützen. Und wenn man anderen hilft und sich einmischt, setzt man damit alles aufs Spiel, nicht wahr? Das könnte sämtliche Pläne über den Haufen werfen.«

»Kommt irgendwann noch die Pointe, Bob?«, fragte Logan.

»Ja, es gibt eine verdammte Pointe, ich komme gleich dazu«, erwiderte Hoon. »Deirdrie war nicht so. Deirdrie hätte in einer Villa im verdammten Marbella chillen können, wenn sie es sich einfach gemacht hätte. Wenn sie ein Auge zugedrückt und weggeschaut hätte. Wenn sie sich nicht eingemischt hätte. Aber so war sie nicht. Sie wollte etwas bewirken.«

»Gegen was ist sie vorgegangen?«, fragte Logan. »Gegen wen?«

Hoon blies die Backen auf und fuhr sich mit der Hand übers Gesicht. Logan war meistens ein zynischer Bastard. Ihn dazu zu bringen, an internationale kriminelle Geheimbünde zu glauben, deren Mitglieder vom Königshaus abwärts alles durchdrangen, wäre eine große Herausforderung.

Trotzdem musste er es versuchen. Soviel er wusste, waren die Mistkerle gerade auf dem Weg hierher.

»Es gibt da eine Organisation – so könnte man sie wohl nennen«, begann er. »Sie nennt sich selbst der Loop. Ein beschissener Name, ich weiß. Klingt wie eine beschissene ITV-Gameshow. Aber diese Wichser …«

»Ich weiß«, sagte Logan und unterbrach seinen alten Chef. »Von denen habe ich schon gehört.«

Hoon starrte zurück, ohne zu blinzeln. Ein Wirrwarr von Gedanken wirbelte in seinem Kopf herum wie Würfel in einem Becher. Als er endlich einen Satz herausbrachte, war er nicht gerade geistreich.

»Wie bitte?«

»Der Loop. Owen Petrie – Mister Whisper – hat sie in einem seiner Verhöre erwähnt – dem ersten nach dem Hirnschaden, glaube ich. Es steht in der Fallakte. Ein großes Netzwerk von üblen Ganoven, sagte er. Er behauptete, er sei dort Mitglied. Er war davon überzeugt, dass sie kommen würden, um ihn zu befreien. Natürlich sind sie nie aufgetaucht. Wir haben es als Wahnvorstellung abgetan.«

»Klar – nur, es war keine«, sagte Hoon. »Ich habe die Wichser kennengelernt. Und dieser skelettierte Muffel, der vorhin versucht hat, sich aus dem Staub zu machen, der ist einer von denen.«

Logans Stuhl knarrte, als er sich erneut nach vorn beugte. »Es gibt sie wirklich? Sie haben sie kennengelernt?«

»Nun, ich habe sie nicht nur kennengelernt, sondern auch ein paar von denen getötet«, antwortete Hoon. »Was ich übrigens nie gesagt habe. Außerdem war sowieso alles nur zur Selbstverteidigung. Na ja, etwa achtzig Prozent.« Er dachte einen Moment nach. »Sagen wir siebzig.«

»Sie wissen, dass ich noch bei der Polis bin, ja?«, erinnerte ihn Logan.

»Klar.« Hoon schluckte, dann verzog er das Gesicht, als bereitete er sich mental auf etwas sehr Unangenehmes vor. »Aber Sie sind auch einer der wenigen Mistkerle, denen ich wirklich vertrauen kann. Selbst nach all der Scheiße, die ich Ihnen angetan hab, egal wie ich Sie all die Jahre behandelt habe – Sie waren immer da.«

Logan schnaubte. »Is' klar. Sicher.«

Hoons Augen verengten sich. »Ich meine, wenn ich es so ausdrücke, kommen Sie eigentlich ziemlich erbärmlich dabei weg.« Er bemerkte Logans Gesichtsausdruck und schüttelte den Kopf, um die Erkenntnis wieder zu verdrängen. »Wie auch immer, ist ja auch egal. Der Punkt ist … diese Wichser, diese Loop-Bastarde, sie sind hinter mir her, Jack. Sie wollen mich erledigen. Hier.«

»Wie bitte? Was wollen Sie damit sagen?«

»Es gibt ein ganzes Team von ihnen. Wie ein verdammtes … ich weiß nicht, eben ein Killerkommando. Sie sind hinter mir her.«

»Mein Gott, Bob!«, schrie Logan auf. »Sie verlassen für ein paar Monate die Stadt, und schon schickt ein weltumspannender Verbrecherring Killer, um Sie zu töten?«

Hoon nickte. »Darauf läuft es mehr oder weniger hinaus, ja.«

Logan drehte sich um und ließ den Blick durch den Raum schweifen, als ob es irgendwo ein großes Schild gäbe, das verriet, dass das alles nur ein ausgeklügelter Witz war. Zu seiner Enttäuschung fand er keins. Er stützte seinen Kopf auf eine Hand und musterte Hoon durch eine Lücke zwischen seinen Fingern.

»Was soll das heißen? Verstecken Sie sich hier?«

»Nein, nicht verstecken«, antwortete Hoon. »Ich dachte mir, wenn sie mich schon erledigen wollen, dann sollten sie mich am besten auf heimischem Boden finden. Verstehen Sie? Gewissermaßen, um mir eine kleine Chance zu verschaffen. Also kam ich hierher. Und dann habe ich denen mitgeteilt, wo ich bin.«

Logans Ellbogen rutschte vom Tisch. »Sie haben *was* getan?«

»Na ja, nicht direkt. Das wäre zu offensichtlich gewesen«, sagte Hoon. »Aber ich vermute, dass sie mein Handy tracken. Also habe ich heute telefoniert. Ich habe ihnen einen Schubs in die richtige Richtung gegeben. Wenn sie einen Funken Verstand haben, finden die heraus, wo ich bin.«

Logan erhob sich und ging zum Fenster. Von der Küche aus konnte er den ganzen Steg bis hinunter zu der Stelle sehen, an die *The Dirty Slapper* im See dümpelte.

»Sie werden noch nicht hier sein«, versicherte ihm Hoon. »Sie kommen wahrscheinlich heute Abend.

Und sie werden versuchen, mich zu überrumpeln.« Er schnaubte. »Diese Weicheier.«

»Was zum Teufel haben Sie sich dabei gedacht?«, wollte Logan wissen. Er griff in seine Tasche und holte sein Handy heraus. »Ich muss das melden.«

Hoon richtete sich auf. »Seien Sie nicht so dumm, Jack. Sie dürfen das nicht melden.«

»Was denken Sie denn …? Da sind Auftragskiller, die Sie töten wollen. Ich meine, vermutlich uns alle – danke übrigens dafür. Natürlich muss ich das melden!«

»Um was zu tun? Sie zu verhaften?«

»Das ist mein Job, falls Sie das vergessen haben sollten.« Logan schüttelte den Kopf, als er sah, dass er kein Netzsignal bekam. Das war natürlich keine Überraschung, aber trotzdem sehr ärgerlich. Er machte sich auf die Suche nach einem Festnetztelefon, doch Hoon versperrte ihm den Weg.

»Ich habe Sie nicht hierhergeholt, damit Sie Ihren verdammten Job machen, Jack«, sagte er.

»Warum zum Teufel haben Sie mich dann hergelockt, Bob?«, wollte Logan wissen. »Hm? Welchen verdammten Sinn hatte es, mich den weiten Weg bis hierher antanzen zu lassen?«

»Um mich zu verabschieden.«

Drüben an der Küchenarbeitsplatte verstummte das Geräusch von Bertas Messer auf dem Schneidebrett. Logan sagte für einen langen Augenblick nichts.

»Sie werden hier nicht sterben, Bob«, antwortete er schließlich.

Hoon nickte. »Doch, das werde ich«, sagte er. »Und das ist in Ordnung. Ich habe kein Problem damit. Ich habe verdammt viel länger gelebt, als ich das Recht dazu habe, Jack. Typen wie ich sollten in den Zwanzigern mit einem verdammten Feuerwerk untergehen und nicht bis ins hohe Alter dahinvegetieren. Es ist in Ordnung, Jack. So hätte meine verdammte Geschichte immer enden sollen.«

»Lassen Sie mich nur ein paar Telefonate führen. Ich kann die bewaffnete Eingreiftruppe in Bereitschaft versetzen. Und ich werde mein Team daran arbeiten lassen. Ben, Hamza, Tyler.«

Hoon schnaubte. »Boyband auch? Was zum Teufel soll der denn machen? Harmonien beisteuern? Beim Tonartwechsel von seinem Hocker aufspringen?«

»Hören Sie endlich auf, herumzualbern, Bob!«, bellte Logan. »Das ist ernst. Falls Sie nicht gerade einen psychotischen Anfall haben, sind da draußen Leute, die Sie töten wollen!«

»Ein Grund mehr, Ihre Leute nicht mit hineinzuziehen und in Gefahr zu bringen.«

»Und was ist mit mir?«, schrie Logan. »Bei mir hatten Sie keine Hemmungen, mich in Gefahr zu bringen!«

»Sie zählen nicht, verdammt!«, erklärte Hoon. »Und das ist übrigens keine verdammte Beleidigung. Das ist ein Kompliment.«

»Ich bin gerührt, Bob. Wirklich«, entgegnete Logan finster.

Hoon holte tief Luft und versuchte, seine Lippen so zu formen, dass sie ein Lächeln zeigten. Dies gelang ihm bestenfalls mit mäßigem Erfolg.

»Jack. Es ist in Ordnung«, sagte er. »Wenn sie mich töten, töten sie mich. Ich habe meinen Frieden damit gemacht. Ich wollte nur Danke sagen, das ist alles. Und, Sie wissen schon, auf Wiedersehen. Oder verpiss dich, oder was auch immer.«

Logan starrte auf ihn herab, seine Augen verengten sich langsam. Hoons Miene blieb ein Bild der Unschuld – oder so nah dran, wie es nur möglich war.

Ein Bild, das, um ehrlich zu sein, ganz und gar nicht der Wahrheit entsprach.

»Sie lügen«, sagte der DCI.

»Was? Nein, das tue ich nicht. Was soll das heißen?«

»Sie wollen sich verabschieden? Blödsinn! Niemals. Sie haben keine einzige sentimentale Ader in Ihrem Körper, Sie schrulliger Mistkerl. Sie haben mich doch nicht dafür hierherkommen lassen, oder?«

Hoon nickte. »Aye«, sagte er, aber in seinem Gesicht blitzte etwas auf, das etwas anderes sagte.

»Nein. Definitiv nicht«, beharrte Logan. »Sie hatten gestern Abend eine Idee. Deshalb haben Sie mich gleich angerufen, weil Sie wussten, dass Sie Ihre Meinung wieder ändern würden. Sie wussten, wenn Sie es jetzt nicht tun, tun Sie es überhaupt nicht.«

»Falsch. Das war nur ein seltener Moment von verdammter Sentimentalität, Jack«, beharrte Hoon. »Ein klitzekleines Tröpfchen von der Milch der menschlichen Güte.«

»Güte? Dachten Sie, Sie tun mir einen Gefallen, wenn Sie mich den ganzen Weg hierher zitieren?« Logan deutete an ihm vorbei in Richtung Eingangstür. »Ich musste verdammt weit laufen, um hierherzukommen, Bob. Das haben Sie nicht getan, um mir einen Gefallen zu tun.«

Er trat noch einen Schritt näher, sodass er fast direkt in Hoons Gesicht blickte. Hoon seinerseits wich keinen Zentimeter zurück.

»Nein«, sagte Logan und schüttelte den Kopf. »Sie haben mich gestern Abend angerufen, weil Sie mich für etwas gebraucht haben. Sie hatten einen Plan.«

»Ich habe einen Plan, klar. Ich werde so viele dieser Loop-Bastarde ausschalten, wie ich kann, und dann mit einem Knall abtreten.«

»Das mag jetzt Ihr Plan sein, aber das war er gestern nicht«, fuhr Logan fort. »Sie hatten einen anderen Plan, nicht wahr? Und da ich darin vorkam, gehe ich mal davon aus, dass er besser war, als sich umbringen zu lassen. Denn das, seien wir ehrlich, ist ein beschissener Plan.«

Es klirrte und krachte, als Berta ihr großes Küchenmesser in die hölzerne Arbeitsplatte rammte. »Oh, um Himmels willen, Bobby. Was auch immer es ist, spuck es aus, bevor ich rüberkomme und es aus dir herausprügele.« Sie hob einen Finger und stach damit in seine Richtung, wobei sich ihre Augen zu Schlitzen verengten. »Und bilde dir bloß nicht ein, dass ich es nicht tun werde, nur weil dein Freund hier ist, denn wir beide wissen, dass ich es tun werde.«

Hoon warf einen Blick auf seine Schwester und das Messer, das auf der Arbeitsplatte wackelte. Er trat einen Schritt zurück, damit es nicht so aussah, als würden er und Logan gleich zum Schlagabtausch übergehen.

»Na ja«, murmelte er. »Ich hatte da tatsächlich so eine Idee …«

DREIUNDDREISSIG

Das Wohnzimmer von Westward wurde nur sehr selten aufgesucht. Die Küche war schon immer der Mittelpunkt des Geschehens gewesen, und das Wohnzimmer war eine Art zusätzlicher Raum, den sie kaum jemals betreten hatten.

Berta hielt nichts davon, etwas zu ersetzen oder zu erneuern, was nicht buchstäblich auseinanderfiel, und so war das weitgehend unberührte Wohnzimmer noch veralteter als der Rest des Hauses. Es roch nach Mottenkugeln und Schimmel, obwohl nichts von beidem zu sehen war.

Die alten Möbel, vom einklappbaren Schreibsekretär bis zur weinroten Ledercouch, waren alle sauber, und es lag kein Stäubchen darauf. Berta kam zwar nicht sehr oft in das Zimmer, aber wenn sie es betrat, brachte sie immer etwas Politur und ein feuchtes Tuch mit.

Logan und Hoon saßen auf Sesseln einander zugewandt zu beiden Seiten des offenen Kamins an einem kleinen Eichentisch, der so alt war wie sie beide zusammen.

Von den beiden hatte sich ausgerechnet Hoon am

skeptischsten über den Plan geäußert, den er selbst vorschlug, und er hatte seine Schilderung drei- oder viermal abgebrochen, wobei ihn ein zunehmend verärgerter Logan jedes Mal zum Weiterreden aufforderte.

Jetzt – da alles erklärt war und die Karten auf dem Tisch lagen – saß Logan schweigend da und verarbeitete, was Hoon vorgeschlagen hatte.

»Es ist riskant«, sagte er, nachdem er noch einmal darüber nachgedacht hatte.

»Ja, klar. Wie ich schon erwähnte, reine Zeitverschwendung«, stimmte Hoon zu.

»Das habe ich nicht gesagt«, erwiderte Logan. »Ich sage nur, dass es riskant ist. Aber es hat Potenzial.«

Hoon nickte, als hätte er insgeheim genau auf diese Worte gehofft. »Meinen Sie?«

»Wir bräuchten natürlich Hilfe«, sagte Logan. »Ich würde das bewaffnete Sonderkommando hinzuziehen.«

Hoon antworte prompt und voller Überzeugung. »Nein. Diese Loop-Arschgeigen sind überall. Wenn wir unbedingt jemanden hinzuziehen wollen, dann Leute, denen wir vertrauen. Sonst niemanden.«

»Sie vertrauen aber niemandem, Bob«, stellte Logan fest.

»Ich vertraue Ihnen«, entgegnete Hoon, obwohl es ihn sichtlich schmerzte, es auszusprechen. »Und wenn Sie sagen, dass jemand sauber ist, dann nehme ich Sie beim Wort.«

Logan hob eine Augenbraue. »Sogar bei Tyler?«

»Kommen Sie, Jack, lassen Sie die Kirche im Dorf«, erwiderte Hoon.

Logan erlaubte sich ein Lachen und kam dann wieder zur Sache. »Sie verlangen da einen ganzen Haufen Vertrauen«, sagte er. »Dass diese Sache funktioniert, die Sie da vorschlagen.«

Hoon schüttelte den Kopf. »Das hat nichts mit Vertrauen zu tun, sondern das ist eine logische Schlussfolgerung. Ich war auch mal Polizist, wissen Sie noch? Ich weiß immer noch ein oder zwei verdammte Dinge. Und es ist logisch. Da bin ich mir sicher.«

»Aye, ich hoffe, Sie haben recht«, sagte Logan. »Aber wenn Sie das durchziehen wollen, müssen Sie ganz nah dran sein. Von Angesicht zu Angesicht. Wie kommen Sie darauf, dass die das zulassen werden?«

»Ich lasse den Bastarden keine andere Wahl«, antwortete Hoon.

»Wenn es stimmt, was Sie sagen, werden die in der Überzahl sein. Und Sie sind ihnen waffenmäßig unterlegen, Bob.«

Hoon schüttelte den Kopf. »Ich bin vielleicht zahlenmäßig unterlegen. Aber waffentechnisch bin ich in dieser kommenden Auseinandersetzung im Vorteil.«

In diesem Moment klopfte es an der Haustür, als hätte jemand draußen in den Kulissen auf sein Stichwort gewartet. Hoon sprang auf, seine Augen leuchteten vor Aufregung.

»Wenn man vom Teufel spricht«, sagte er und eilte in den Flur hinaus.

»Bob, warten Sie!«, rief Logan ihm nach. »Sie wissen nicht, wer da draußen ist.«

Hoon bemerkte den fehlenden Umriss auf dem Glas der Eingangstür nicht. Es kam ihm nicht in den Sinn, dass er nicht gehört hatte, dass sich ein Boot näherte. Erst als er die Tür öffnete, bemerkte er, dass die Person, die angeklopft hatte, nicht die war, die er erwartet hatte.

Stattdessen starrte Hoon in die nach oben gewandten Gesichter zweier identisch aussehender fünfjähriger Mädchen.

»Wer zum Teufel«, fragte er, »seid ihr?«

Eines der Mädchen lehnte sich näher an das andere, legte ihm die Hand ans Ohr und flüsterte etwas. Beide kicherten.

Sie waren klein, sogar für ihr Alter, und ein bisschen pummelig. Sie sahen aus wie ein schlecht verkleinertes Foto, bei dem jemand vergessen hatte, die Maße richtig einzustellen, wodurch die Personen seltsam gequetscht und unproportional erschienen.

Hoon war noch nie ein Fan von Kindern gewesen, und obwohl er sie gerade erst kennengelernt hatte, war er bereits zu dem Schluss gelangt, dass er dieses Paar mehr als die meisten anderen verabscheute.

»Weg mit euch.« Er machte eine scheuchende Handbewegung. »Verpisst euch, alle beide.«

»Bobby!«, bellte Berta. Sie kam aus der Küche in den Flur getrabt und schob Logan zur Seite. »Pass auf, was du sagst, wenn die Kleinen dabei sind!«

Hoon trat zur Seite, um nicht von seiner Schwester überrollt zu werden. »Was denn, du kennst diese beiden kleinen Bälger?«

Ein Ellbogenstoß in die Rippen rammte ihn gegen den Kleiderständer neben der Tür.

»Ignoriert ihn, meine süßen Püppchen«, flötete Berta. »Er ist nur albern.«

Die Zwillingsschwester, die zuvor die geflüsterte Bemerkung gehört hatte, zeigte auf ihre Schwester. »Mandy sagt, er hat ein Gesicht wie ein Penner«, verkündete sie und brachte die Worte wegen ihres Gekichers kaum heraus.

»Das hat er, nicht wahr?«, rief Berta. »Er hat ein Gesicht wie ein dicker fetter Penner!«

»Einen Scheiß habe ich!«, widersprach Hoon. Er bekam einen heftigen Boxhieb in den Magen, woraufhin er durch den Flur taumelte und sich in Sicherheit brachte.

Berta beugte sich mit den Händen auf den Oberschenkeln hinunter und lächelte die Kinder nacheinander an. »Nun denn, Mädchen. Hände hoch, wer ein paar Scones haben möchte.«

Beide Hände schossen in die Höhe. Berta lachte, trat zur Seite und machte Platz für die Zwillinge, die den Flur entlang in Richtung Küche tapsten. Als sie

Hoon und Logan erreichten, trennten sie sich, um-
gingen sie und fanden auf der anderen Seite wieder
zusammen.

Hoon sah ihnen nach, bis sie in der Küche verschwunden waren, und drehte sich dann zu seiner
Schwester um.

»Also ehrlich!«, knurrte er empört. »Du hast mit
keinem Wort erwähnt, dass es verdammte Scones
gibt!«

Hoon ließ sich von Logan helfen, die Kiste vor das
Haus zu tragen. Er sagte ihm nicht, was darin war,
und Logan fragte auch nicht danach. Nicht dass er das
nötig gehabt hätte. Dennoch war es gut, solange wie
möglich glaubhaft darauf beharren zu können, von
alledem nichts gewusst zu haben.

»Sind Sie am Telefon gut durchgekommen?«, fragte
Hoon.

»Sobald mir wieder einfiel, wie man das mit der
Wählscheibe macht, ja«, antwortete Logan und tat so,
als drehte er die Ziffern mit einem Finger.

Hoon nickte langsam, als ob er die Antwort auf die
Frage, die er eigentlich stellen wollte, lieber gar nicht
wissen wollte.

»Und …?«

Logan blies die Wangen auf. »Und sie haben einige
Bedenken«, sagte er. »Aber sie lassen sich darauf ein.«

»Gut. Sehr gut. Alles klar«, sagte Hoon.

Er checkte seine Uhr. Das Gehäuse saß auf der Innenseite seines Handgelenks. Eine alte Angewohnheit aus Army-Zeiten. Trug man sie außen, bestand die Gefahr, dass das Glas Licht reflektierte und die eigene Position verriet.

Er konnte sich jedoch nicht mehr daran erinnern, dass er die Uhr umgedreht hatte.

»Sie sollten sich mal in Form bringen«, sagte Hoon. »Und lassen Sie sich damit nicht zu viel Zeit. Sie haben sich doch so mächtig reingehängt, als Sie versucht haben, diese heiße Pathologin aufzureißen. Wird Zeit, dass Sie das mal nützlich einsetzen.«

»Ich habe nicht versucht …«, begann Logan, dann schüttelte er den Kopf. »Sie wissen schon, dass wir mittlerweile zusammenleben, ja?«

»Ah, verstehe«, erwiderte Hoon. »Haben Sie deshalb angefangen, sich so gehen zu lassen?«

Logan richtete sich ein wenig auf und zog den Bauch ein. »Ich habe mich nicht gehen lassen! Sie Mistkerl.«

»Also, es hat verdammt viel Spaß gemacht zu plaudern, aber los jetzt«, drängte Hoon und tippte auf seine Uhr. »Hopp, hopp. Ich lasse nicht zu, dass das alles zum Teufel geht, nur weil Sie nicht aufhören können, Scheiße zu reden.«

»Gut, also dann.« Logan machte ein paar Schritte und blieb abrupt stehen. Er seufzte tief und drehte sich um. »Seien Sie vorsichtig, Bob.«

»Hören Sie auf, hier herumzuheulen, Jack«, warnte ihn Hoon. »Sonst werde ich nie aufhören, es Ihnen unter die Nase zu reiben.«

Logan lächelte. »Ja«, sagte er. »Das würden Sie bestimmt nicht.«

Er wollte sich gerade wieder auf den Weg machen, als ihm jenseits des Hauses etwas auffiel. Ein altes Fischerboot näherte sich um die Bucht herum und tuckerte durch das Wasser in Richtung Westward-Anleger.

»Sie bekommen Besuch«, stellte Logan fest und deutete in Richtung des Bootes.

Hoon folgte seinem Finger, bis er das Boot entdeckte, und winkte dann mit dem Daumen zurück zum Weg. »Gut, gehen Sie. Verpissen Sie sich schon«, drängte er. »Ich kümmere mich darum, egal was es ist.«

»Sind Sie sicher, dass Sie mich hier nicht brauchen?«

Hoon schnaubte. »Der Tag, an dem ich die Hilfe einer knolligen Scheißkatastrophe brauche, ist …«

Der Satz endete in einer peinlichen Stille. Hoon räusperte sich und verzog das Gesicht zu einer Grimasse, die bei genauerer Betrachtung als entschuldigendes Lächeln durchgehen konnte.

»Tut mir leid, Macht der Gewohnheit«, gab er zu. »Aber ich komme klar. Gehen Sie.«

Logan beobachtete, wie das Boot näher kam. Durch die schmutzige Scheibe konnte er nicht viel erkennen, doch er glaubte, dass eine Frau am Ruder stand. Sie schien vor sich hin zu singen, und Logan hatte nicht das Gefühl, dass sie ein Auftragskiller war.

»Also gut«, sagte er. »Versuchen Sie, sich nicht umbringen zu lassen, bis ich zurückkomme.«

»Ich verspreche nichts«, erwiderte Hoon und machte sich im Laufschritt auf den Weg, um das Boot abzufangen, das tuckernd am Ende des Stegs zum Stehen kam.

Man warf ihm ein Seil zu, das voller Fett und Algen war und nach Fisch stank. Er fing es auf, fummelte damit herum und wickelte es um denselben Poller, an dem er die *Slapper* festgemacht hatte.

Die Frau, die aus dem Steuerhaus trat, war näher an Bertas Alter als an seinem. Sie trug einen dunkelgrünen wasserdichten Mackintosh, der sie bis zu den Gummistiefeln bedeckte, die knallig rosa mit der Jacke kontrastierten.

Sie schaute vom Boot aus auf ihn herab und hielt die Hände in die Hüften gestemmt. Ein leichter Nebel aus Regen und Salzwasser umwehte ihren Kopf.

»Warte mal. Du bist nicht Bobby, oder?«, rief sie. Ihre Augen und ihr Gesicht leuchteten auf, als erzählte sie die Pointe eines besonders pikanten Witzes. Sie hielt eine Hand auf Hüfthöhe. »Der kleine Bobby Hoon?«

»Doch«, bestätigte Hoon.

»Du erinnerst dich nicht an mich, oder? Nein, natürlich nicht. Kirsty. Kirsty Ward. Aus Mallaig. Ich habe dich immer hin und her geschippert.«

»Oh. Klar. Ich erinnere mich«, sagte Hoon.

Die Frau auf dem Boot schnaubte. »Von wegen, aber ich weiß es zu schätzen, dass du das sagst«, erklärte sie. »Wie auch immer, ich nehme an, die Lieferung, die ich hier habe, ist für dich.«

Sie schlug mit der flachen Hand seitlich an die verrostete Metallkajüte, die auf dem ebenso verwitterten Deck des Bootes stand. Eine Tür schwang auf, und aus dem Inneren kam mühsam und stöhnend ein Mann in einem Rollstuhl hervor.

»Alles klar, Bamber?«, rief Hoon.

Bamber warf der Schiffskapitänin einen bösen Blick zu. »Nein, eigentlich nicht. Ich habe zweimal fast gekotzt. Sie hat auf dem Weg hierher einen verdammten Looping gedreht, da bin ich mir sicher.«

Kirsty lachte. »Ich wollte nur, dass ihr zwei euch nicht langweilt!«

Hoon runzelte die Stirn, sein Blick huschte zwischen Kapitänin und dem Passagier hin und her. »Ihr zwei?«, fragte er und sah zur offenen Tür in Bambers Rücken. »Wer ist noch da? Sag mir nicht, dass du deine verdammte Frau mitgebracht hast. Wir sind nicht im Urlaub, Bam.«

»Natürlich habe ich nicht meine Frau mitgebracht!«, erwiderte Bamber. »Aber am Hafen in Mallaig habe ich diesen Spinner getroffen.«

406

Hinter ihm trat ein dürrer Mann aus der Kabine, ein Auge auf Hoon, das andere nach oben gerichtet, als würde es nach Satelliten suchen. Er trug einen großen Rucksack auf dem Rücken, der mit Gott-weiß-was vollgestopft war.

»Alles klar, Boggle?«, fragte Ibis. Er schob die Hände tief in die Taschen und zuckte mit den schmalen Schultern. »Ich weiß, neulich im Transporter hast du mir ein paarmal gesagt, dass ich mich verpissen soll, aber ich dachte an das, was Redneck gesagt hat. Ich glaube ... ich glaube, ich will wieder zu den Guten gehören. Also dachte ich, ich könnte mich vielleicht nützlich machen. Wenn das für dich in Ordnung ist?«

Hoon sah beide Männer abwechselnd an: Ibis fehlte ein Auge, Bamber war von der Mitte des Oberschenkels an beiden Beinen amputiert. Das war es also, oder? Das war seine Armee?

Er lächelte. Diese miesen Loop-Bastarde hatten keine Chance. »Klar, Ibis.« Er streckte die Hand aus. »In Ordnung.«

Hoon und Ibis standen an den beiden Enden der Waffenkiste, während Bamber sich in seinem Rollstuhl nach vorn beugte und den Inhalt betrachtete.

»Jesus«, sagte er und ließ einen leisen Pfiff durch die Lücke in seinen Vorderzähnen folgen. »Du rechnest also damit, dass sie mit einer Armee hier anrücken? Das ist wirklich ein verdammt beeindruckendes Arsenal.«

»Ich weiß nicht, womit ich rechnen muss«, sagte Hoon. »Also gehe ich lieber auf Nummer sicher. Ich habe lieber …« Er zählte leise vor sich hin. »Lieber *fünfzehn* Waffen zu viel als eine zu wenig.«

Bamber zeigte in die Kiste, genau wie Berta es getan hatte. »Und ist das …?«

»C-4. Ja.«

Ibis rieb sich die Hände und strahlte vor Vergnügen. »Damit werde ich schon fertig, Boggle. Du weißt doch: ich und Sprengstoff. Überlass das mir.«

Hoon starrte auf Ibis' Glasauge, aber er ignorierte den aufkeimenden Zweifel und klopfte ihm auf die Schulter. »Danke, Ibis. Ich schätze, sie kommen von hier, hier und da drüben«, sagte er und deutete auf die wahrscheinlichsten Eingänge zur Bucht. »Ist jemand anderer Meinung?«

Bamber und Ibis schüttelten beide den Kopf.

»Das leuchtet ein«, sagte Bamber. »Aus jeder anderen Richtung wären sie zu leicht zu sehen.«

»Gut, dann leg los, Ibis«, sagte Hoon und klopfte dem anderen Mann auf den Rücken. »Du weißt, was zu tun ist.«

Ibis wirkte plötzlich verunsichert. »Was? Du lässt mich einfach gehen und es tun? Ganz allein?«

»Klar«, erwiderte Hoon. »Du weißt doch, was du tust, oder?«

»Ich … ja. Weiß ich«, sagte Ibis. »Es ist nur … du weißt schon.« Er zuckte peinlich berührt zusammen, als er die Abkürzung seines Spitznamens auspackte. *»Ich brauche intensiven Schliff.«*

Hoon schüttelte den Kopf. »Früher einmal, vielleicht. Aber jetzt? Ich glaube nicht, dass du das brauchst. Du schaffst das, Kumpel. Zieh dein Ding durch.«

Ibis richtete sich zu seiner vollen Größe auf, als hätte man einen Knopf auf seinem Rücken gedrückt. Er salutierte so zackig, wie er es in seinem ganzen Leben noch nie getan hatte, dann griff er in die Kiste und holte einen Armvoll Plastiksprengstoff und Zündkapseln heraus.

»Vielleicht solltest du es nicht mit ganz so viel Schwung angehen«, schlug Hoon vor. Neben ihm knarrte der Rollstuhl von Bamber, als er ein paar Zentimeter zurückrollte.

»Kein Problem, Boggle. Ich krieg das hin, Boggle!«, erwiderte Ibis. Dann drehte er sich mit voll beladenen Armen dreimal auf der Stelle, sodass er jedes Mal in eine andere Richtung blickte, und machte sich im Eiltempo auf den Weg, nachdem er sich für die letzte Richtung entschieden hatte.

»Ist das klug?«, fragte Bamber, als Ibis außer Hörweite war.

»Wahrscheinlich nicht, nein«, gab Hoon zu. »Aber ich weiß auch vom ganzen Rest des Plans nicht, ob irgendwas daran klug ist.«

Bamber stieß ein scharfes Lachen aus. Wäre es jemand anders gewesen, hätte Hoon gesagt, dass es sich anhörte, als käme es von ganz unten, aber wer weiß, wo Bambers Zehen vor all den Jahren gelandet waren.

»Was?«, fragte Hoon. Das Lachen erwies sich als ansteckend, und er lachte ebenfalls, als er erneut fragte. »Was ist los? Worüber lachst du, verdammt noch mal?«

»Ich weiß nicht!«, japste Bamber. »Das ist nicht einmal lustig. Ich meine, Herrgott noch mal. Schau uns an. Wir drei. Hier draußen und im Begriff, Gott weiß was zu tun!«

Er lachte immer noch, aber es ließ jetzt nach, und Hoon konnte beobachten, wie sich Zweifel auf der Miene des anderen Mannes breitmachten.

»Du musst das nicht tun, Bam«, sagte er. »Ich hätte dich nicht fragen sollen. Du musst nicht hier sein.«

»Wie *kannst* du es wagen!« Bamber klang jetzt überhaupt nicht mehr amüsiert. Er richtete sich in seinem Rollstuhl auf, schob den Kiefer vor und sah Hoon dabei tief in die Augen. »Nach dem, was du getan hast? Für mich? Für Caroline? Glaubst du, ich könnte jetzt *irgendwo anders* sein?« Seine Stimme brach. Er schlug mit der Faust auf die Armlehne seines Rollstuhls und unterdrückte die Tränen, die ihn zu überwältigen drohten. »Du hast mein Mädchen gefunden. Du hast sie gefunden und sie zu uns nach Hause gebracht, Bob.« Eine Träne lief über seine Wange. Mit einer schnellen

Bewegung wischte er sie weg, aber er kümmerte sich nicht um die nächste, die folgte. »Von mir aus könnten selbst die Armeen der Hölle über die Klippen kriechen. Ich stehe hier. Mit dir. Bis zum Ende.«

Hoon schniefte. Wischte sich die Nase mit dem Handrücken ab. Dann räusperte er sich. »Ich bin mir nicht sicher, ob deine Wortwahl am Ende wirklich passend war, Bam«, sagte er. »Aber ich schätze die Haltung dahinter.«

Bamber runzelte die Stirn, brauchte einige Augenblicke, um den letzten Teil seiner Rede nachzuvollziehen, dann lachte er wieder. »Okay, vielleicht *stehe* ich nicht auf deiner Seite, aber du weißt, was ich meine.«

»Ich hab's kapiert«, bekräftigte Hoon. Er legte eine Hand auf die Schulter seines alten Freundes. »Aber du bist mir nichts schuldig.«

Bamber legte seine Hand auf die von Hoon. »Wir werden uns wohl darauf einigen müssen, dass wir uns darüber nicht einig sind.«

Hoon wollte gerade noch etwas sagen, als ein Plastikreifen angeflogen kam und ihn an der Schläfe traf, gefolgt von mädchenhaftem Gekicher von der anderen Seite des Hauses.

Die Zwillinge standen in der Tür, die Hände vor dem Mund, die Gesichter in heller Aufregung, als wüssten sie nicht, ob sie jauchzen oder um ihr Leben rennen sollten.

»Was zum Teufel ist das?«, fragte Hoon und bückte

sich, um den Reifen aufzuheben. »Habt ihr den etwa geworfen?«

»Können wir ihn zurückbekommen?«, fragte eine der beiden und streckte die Hand aus.

»Nein. Ihr könnt mich mal«, sagte Hoon.

Er drehte sich vom Haus weg und warf den Reifen mit aller Kraft. Sie sahen zu, wie er in einem Winkel von fünfundvierzig Grad höher und höher stieg …

… und dann auf fast genau dem gleichen Weg tiefer und tiefer segelte.

»O Mann!«

Hoon duckte sich, um nicht ein zweites Mal von dem Ding am Kopf getroffen zu werden. Bevor er irgendetwas tun konnte, um sie davon abzuhalten, hatten sich die Zwillinge den Reifen geschnappt und waren damit zurück ins Haus gerannt.

»Berta! Ist es nicht an der Zeit, dass du deine kleinen Freundinnen nach Hause schickst?«

»Kümmere dich nicht um die Mädchen!«, ertönte die Antwort von drinnen. »Sie gehen wieder nach Hause, wenn ihre Eltern um acht Uhr heimkommen.«

»Um acht?! Verdammt, bis dahin ist es schon fast dunkel!«

Berta erschien in der Tür und füllte den Rahmen in alle Richtungen aus. »Welchen Teil von ›Kümmere dich nicht um die Mädchen‹ hast du nicht verstanden?«, fragte sie. »Du kümmerst dich um deine Freunde, Bobby, und ich kümmere mich um meine.«

Sie zog sich ins Haus zurück und schlug die Tür mit so viel Kraft zu, dass bis hinauf zum Dachboden alle Fenster klirrten.

Bamber zuckte mit den Schultern. »Kinder, was?«

»Ja, das kannst du laut sagen«, murmelte Hoon. Er biss sich auf die Lippe und kaute einen kleinen Streifen Haut ab. Es war die perfekte Gelegenheit, um danach zu fragen. Der perfekte Zeitpunkt, um die Frage zu stellen, die er schon seit Monaten stellen wollte. »Da wir gerade dabei sind ... Wie geht es ihr? Wie geht es Caroline?«

Bambers Gesicht spannte sich an. Wurde schmaler. »Sie ist ... sie hat einen langen Weg vor sich«, sagte er. »Ich will nicht lügen. Aber sie redet jetzt. Sie ist ... Ich weiß nicht. Ich erkenne sie allmählich wieder. Ich habe das Gefühl, sie ist irgendwo da drin, begraben unter all dem. Noch vor ein paar Wochen hätte ich nicht einmal das gesagt.«

Hoon starrte aufs Wasser. Er blickte auf den Boden, dann in den Himmel und schließlich zu den Bergen, die sich in der Ferne erhoben.

Er sah nichts davon. Nicht wirklich.

»Du bist also bereit, ein paar von diesen Arschlöchern zu töten?«, fragte er.

»Ich zähle die Minuten, Kumpel«, sagte Bamber.

»Nun denn«, verkündete Hoon und wandte sich wieder dem Mann im Rollstuhl zu. »Machen wir uns an die Arbeit.«

VIERUNDDREISSIG

Hoon stand am Küchentisch und ließ sich von Ibis zeigen und erklären, was er bisher getan hatte. Der einäugige Mann hatte eine Umgebungskarte gezeichnet, um es verständlicher zu machen. Zumindest war das die Theorie.

»Und was ist das?«, fragte Hoon und deutete auf einige Kleckse, die auf der Karte verstreut waren.

Ibis zögerte. »Wie schon gesagt. Das sind diese Hüttendinger.«

»Warum sind die verdammt noch mal rund?«, fragte Hoon.

»Okay, das stimmt nicht ganz«, gab Ibis zu.

»Das ist nicht im Entferntesten zutreffend. Sie haben eine andere Form, und sie sind auch nicht an dieser Stelle.«

»Richtig, aber das spielt keine Rolle, pass einfach auf. Und hör zu«, fuhr Ibis fort. »Ich habe einige so präpariert, dass ich sie aus der Ferne auslösen kann, und andere werden schon ausgelöst, wenn man sich ihnen nähert. Druckplatten und Türgriffe. Also halte dich von denen fern.«

»Woher wissen wir, welche was ist?«, fragte Hoon.

»Einfach. Ungerade Zahlen haben eine Fernbedienung, gerade Zahlen zünden automatisch.«

Hoon betrachtete die Seite, die auf dem Tisch lag. »Sie haben keine Nummern.«

»Doch, haben sie. Hier oben«, sagte Ibis und klopfte sich seitlich an den Kopf.

»Und was zum Teufel nützt mir das?«, fragte Hoon.

Ibis' Lächeln verblasste ein wenig. »Oh. Ja.« Er begann, der Reihe nach auf die Kleckse zu zeigen. »Eins, zwei, drei, vier, sechs, fünf, sieben, acht.«

Hoon warf ihm einen Blick von der Seite zu. »Warum hast du das so gemacht?«

»Wie gemacht?«

»Sechs, fünf, sieben?«

»Was?«

»Verdammt noch mal.« Hoon zeigte noch einmal auf die Kleckse. »Du hast gesagt: ›Eins, zwei, drei, vier, sechs, fünf, sieben, acht.‹«

Ibis' Kopf zuckte mehrmals leicht, während er die Bewegung von Hoons Finger nachvollzog. Dadurch bewegte sich das Glasauge in seiner Höhle wie eine Springbohne.

»Und?«

»Und das ist nicht die richtige Reihenfolge!«

»Wie jetzt? Der Hütten?«

»Der Zahlen!«, schrie Hoon. »Es geht eins, zwei, drei, vier, fünf, sechs, sieben!«

Ibis starrte ihn eine gefühlte Ewigkeit an. »Und was habe ich gesagt?«

»Verdammt noch mal, bist du …? Du hast sechs, fünf, sieben gesagt, nicht fünf, sechs, sieben!«

»Ich glaube nicht, dass ich das gesagt habe.«

Hoon schnappte sich die Karte und den Stift, mit dem Ibis sie gezeichnet hatte, und schob ihn durch die Hintertür der Küche. »Geh raus, verdammt noch mal, und schreib auf, welche Hütte was ist! Und komm erst wieder, wenn du verdammt noch mal zählen gelernt hast!«

Er drängte den anderen Mann unsanft aus der Küche, schlug die Tür zu, drehte sich um und machte einen Satz, als er nur wenige Schritte entfernt zwei identische Kinder stehen sah.

»Herr im Himmel, ihr beiden gruseligen Bastarde!«, rief er. »Was wollt ihr?«

»Tante Berta sagt, du sollst uns Saft holen«, sagten sie beide unisono.

»Sagt sie das?« Hoon zeigte auf den Kühlschrank. »Wahrscheinlich ist er da drin, also holt ihn euch doch einfach selbst«, sagte er, dann überlegte er es sich anders, machte einen Seitenschritt und versperrte ihnen den Weg. »Eigentlich doch nicht. Es ist fast acht. Zeit, dass ihr Mädels nach Hause geht.«

»Aber Tante Berta hat gesagt …«

»Berta!«, brüllte Hoon.

Aus dem Wohnzimmer drangen Ächzen und Ge-

murmel, als sich Berta mühsam von der Couch hoch-
hievte. Hoon blockierte weiterhin den Zugang zum
Kühlschrank und hörte zu, wie sie sich murrend und
stöhnend ihren Weg durch den Flur bahnte.

»Was ist das Problem?«, fragte sie.

Hoon tippte auf seine Uhr. »Ich finde, es ist an der
Zeit, dass diese Nebendarsteller aus dem verdammten *Shining*-Film nach Hause gehen, meinst du nicht
auch?« Er warf einen bedeutungsvollen Blick aus dem
Fenster.

Die Sonne bewegte sich auf den Horizont zu, und
auf der ruhigen Oberfläche des Sees spiegelte sich ein
Himmel in Rosa-, Violett- und Orangetönen.

»Ja. Doch, finde ich auch«, gab Berta zu.

Die beiden Mädchen fingen an, sich zu beschweren, aber sie brachte sie mit einem Lächeln und einer
Handbewegung zum Schweigen.

»Nächstes Mal machen wir weiter«, versprach sie,
stieß ihren Bruder mit einem mächtigen Hüftschwung
beiseite und öffnete den Kühlschrank. »Und das hier
könnt ihr mitnehmen.«

Sie zog ein Metallblech heraus, das mit Backpapier
ausgelegt war. Ein massiver hellbrauner Block füllte
den gesamten verfügbaren Platz aus und war an der
Oberseite eingeritzt und in grobe Quadrate unterteilt.

»He, ist das Fudge?«, fragte Hoon. »Du hast kein
Wort davon gesagt, dass es verdammtes Fudge gibt!«

»Weil es nicht für dich ist«, erwiderte Berta und

schlug seine Hand weg, als er versuchte, ein Stück von dem Block abzubrechen.

Die Zwillinge kicherten und blieben Berta dicht auf den Fersen, als sie das Tablett zur Arbeitsplatte trug und einen alten Eisbehälter aus einem Regal holte.

»Du gibst ihnen doch nicht alles?!«, schrie Hoon und sah hilflos zu, wie Berta die große Fudge-Tafel in handliche, mundgerechte Stücke zerteilte. »Da könntest du ihnen auch Typ-2-Diabetes direkt ins Gesicht spritzen.«

»Nein, denn die Mädchen sind vernünftiger als du, Bobby. Sie werden es nicht essen, bis ihnen schlecht wird, wie du es immer gemacht hast. Sie werden sich Zeit lassen und es mit Mum und Dad teilen.« Sie klappte den Deckel des Behälters zu und hielt ihn dann gerade außerhalb ihrer Reichweite in die Höhe. »Stimmt's, Mädchen?«

»Ja, Tante Berta!«, sagten die Zwillinge unisono.

»Verdammt, habt ihr zwei das geübt oder was? Sprecht ihr immer gleichzeitig?«

»Deine Ausdrucksweise, Bobby!«, blaffte Berta. »Es reicht jetzt!« Sie sah ihn böse an, bis seine Miene seine Unterwerfung erkennen ließ, dann nickte sie ihm knapp und bestimmend zu. »Also – können die Mädchen jetzt ungefährdet nach Hause gehen?«

»Soweit ich weiß, ja«, antwortete Hoon.

»Das reicht nicht«, sagte Berta. Sie deutete mit einem Finger den Flur hinunter zur Eingangstür. »Schau nach.«

Murmelnd marschierte Hoon aus der Küche und durch den Hausflur und stürmte nach draußen. Ibis hatte einige seiner eigenen Geräte aus seinem Bunker mitgebracht, darunter fünf Walkie-Talkies, die alle auf einen geheimen, von ihm selbst entwickelten Kanal eingestellt waren, wie er betonte.

Hoon hatte sich gar nicht erst die Mühe gemacht, ihm zu widersprechen. Sie funktionierten, und das war die Hauptsache.

Er schnallte das Funkgerät von seinem Gürtel ab und sah zum Dach der Hütte, die am weitesten vom Haupthaus entfernt war. Sie stand etwas abseits von den anderen und befand sich nicht auf dem Weg, den das Killerkommando wahrscheinlich nehmen würde.

Es war nicht leicht gewesen, Bamber dort hinaufzubringen – vor allem, weil sich Fäulnis und Moder in dem Holz festgesetzt hatten –, aber er war nun auf dem Dach positioniert, lag flach und zugedeckt und erkundete die Gegend mit einem fokussierbaren Zielfernrohr.

»Bam. Irgendwas in Sicht?«, fragte Hoon.

Es vergingen ein paar Sekunden, bevor Bambers Stimme aus dem Funkgerät ertönte. »Alles sauber.«

Hoon wandte sich zurück zur offenen Haustür und winkte. »Alles in Ordnung«, sagte er. »Lass die beiden ziehen. Ich werde Frankensteins Monster aus der Hütte holen, um ihn im Haus einzuschließen.«

Er wartete einen Moment, um sich zu vergewissern, dass Berta ihn gehört hatte, und als er sah, wie sie die Jacken der Mädchen von einem Haken in der Küche nahm, machte er sich auf den Weg zur nächsten Hütte. Ibis stand in der Nähe und kämpfte im Wind damit, seine handgezeichnete Karte lange genug zu halten, um sie zu markieren.

»Die da wird mich doch nicht in die Luft jagen, oder?«, fragte Hoon, als er an ihm vorbeiging.

»Nein, Boggle, die Hütte ist in Ordnung«, sagte Ibis und sah auf seiner Karte nach.

Hoon war schon fast an der Eingangstür, als hinter ihm eine Stimme panisch aufschrie.

»Warte, warte!«

Wenige Schritte vor der Hütte erstarrte er, verdrehte den Hals, um hinter sich zu schauen, und sah, wie Ibis seine Karte hastig auf den Kopf stellte.

»Nein, es ist okay, du bist in Sicherheit«, sagte Ibis nach ein paar angespannten Momenten.

Hoon seufzte, schüttelte den Kopf und betrat vorsichtig die Hütte, halb in der Erwartung, dass das ganze Ding in einen Feuerball aufgehen würde, sobald er die Tür öffnete.

Gott sei Dank passierte das nicht.

Der Professor lag gefesselt und geknebelt auf dem Boden und bewegte sich nicht, als Hoon sich an den Seilen zu schaffen machte. Er löste sie nicht vollständig, sondern nur so weit, dass der Bastard aufstehen und mit ihm zum Haus zurückgehen konnte. Er war das einzige Faustpfand, das sie hatten, falls es hart auf hart kam, und Hoon wollte ihn auf keinen Fall allein hier draußen lassen.

Die Zwillinge traten gerade aus dem Haus, als Hoon und der Professor dorthin zurückkehrten, und die Mädchen kreischten beide entsetzt auf, als sie das verwüstete Gesicht des alten Mannes sahen.

Hoon hätte gern behauptet, dass das Timing zufällig war.

»Oh, macht euch keine Sorgen um Paul«, sagte Berta zu ihnen. Ihre Stimme klang leicht und unbeschwert, aber der Blick, den sie ihrem Bruder zuwarf, war ausgesprochen giftig. »Er sieht vielleicht ein bisschen ... mitgenommen aus, aber ihr braucht keine Angst vor ihm zu haben.«

»Ja, lasst euch nicht von ihm einschüchtern, Mädchen«, sagte Hoon. »Stellt euch nicht vor, wie er heute Nacht am Fußende eures Bettes steht, wenn ihr einschlafen wollt. Oder dass er wie eine große Spinne über die Zimmerdecke krabbelt.«

Einer von Bertas praktischen Brogues traf ihn am Schienbein, und er stieß einen spitzen Schmerzensschrei aus.

»Au! Für was war das denn?«, zischte er.

»Du weißt ganz genau, wofür das war, Bobby Hoon!«, sagte Berta. Sie stellte sich zwischen die Kinder und den Professor und knöpfte ihnen die Mäntel zu. »Und jetzt direkt nach Hause, ihr zwei. Nicht herumtrödeln. Und wenn ihr da seid, sagt Mum und Dad, dass sie mich anrufen sollen, okay?«

»Okay, Tante Berta«, sagten sie beide perfekt im Chor.

»Das ist einfach verdammt unheimlich«, murmelte Hoon, und dann knisterte und rauschte das Funkgerät in seiner Hand.

»Boggle«, sagte Bamber mit tiefer Stimme. »Da bewegt sich was auf deiner Sechs.«

Hoon drehte sich nicht um. Sich umzudrehen wäre zu offensichtlich gewesen. Stattdessen sah er seine Schwester an und erkannte die Angst in ihren Augen.

»Berta, bring die Mädchen rein«, drängte er. Er gab dem Professor einen leichten Stoß, der ihn in Richtung der älteren Frau stolpern ließ. »Den auch. Hol deine Waffe. Geh auf den Dachboden und zieh die Leiter hoch.«

»Mein Gott, Bobby«, flüsterte Berta, widersprach aber nicht weiter. Stattdessen setzte sie ein breites Lächeln auf und legte einen schützenden Arm um die Zwillinge. »Kommt schon, Mädels. Wir ändern den Plan! Lasst uns den Fudge in Angriff nehmen, ja?«

Die Zwillinge jubelten und huschten ins Haus zurück. Berta packte den Professor am Arm und schaute dann wieder zu ihrem Bruder.

»Vermassle das bloß nicht«, warnte sie.

»Hoffen wir's«, erwiderte Hoon.

Sie lächelten sich kurz an, dann führte Berta den

422

Professor ins Haus und schloss hinter sich die Haustür.

Hoon schlenderte so lässig wie möglich zur anderen Seite des Hauses, bevor er sein Funkgerät zum Mund führte. »Bam. Rede mit mir.«

»Ich sehe nicht viel«, räumte Bamber ein. »Vor einer Minute hat sich im Osten etwas in den Bäumen bewegt. Es könnte nichts sein, ein Tier vielleicht, aber davor habe ich jemanden auf dem Hügelpfad gesehen. Sie haben sich schnell wieder zurückgezogen, aber sie waren da.«

»Gut. Halt die Augen offen«, sagte Hoon. »Ibis, wo bist du?«

Es klopfte an eine Scheibe, und Hoon drehte sich um und sah Ibis in der Küche am Fenster stehen.

»Ich bin hier drin«, sagte er, und die Stimme kam über das Funkgerät und mit nur einem Sekundenbruchteil Verzögerung durch das Glas.

»Bist du bereit?«

Ibis hielt eine selbst gebastelte Fernbedienung hoch. Sie sah so aus, als ob man damit ein sehr kompliziertes funkgesteuertes Flugzeug lenken könnte. Oder wahrscheinlicher noch, mehrere sehr komplizierte funkgesteuerte Flugzeuge gleichzeitig.

»Ich bin bereit und startklar, Boggle!«, verkündete er.

Hoon sprach wieder in das Funkgerät. »Bam, kann er zu dir kommen?«

423

»Wenn er am Ufer entlangläuft und hinten herumkommt, sicher. Dann sieht ihn niemand.«

Es war Ibis, der antwortete. »Bin schon unterwegs. Gib mir Deckung, Großer!« Die Küchentür öffnete sich, und Ibis rannte nach draußen.

Er drückte sich die Fernbedienung an die Brust, als wäre sie die Liebe seines Lebens. Als er an Hoon vorbeilief, stand ihm pure Aufregung ins Gesicht geschrieben. »Wir sehen uns auf der anderen Seite, Boggle!«, schrie er und lief zum Ufer.

Es war nicht klar, welche »andere Seite« das sein sollte. Er könnte die Schlacht gemeint haben, aber auch etwas viel Größeres und Dauerhafteres.

So oder so, trotz Ibis' zahlreicher Unzulänglichkeiten freute sich Hoon auf ihr Wiedersehen.

Er ging hinein, schloss die Tür und verriegelte sie hinter sich. Sie hatten die Waffenkiste wieder ins Haus gebracht, während die Zwillinge mit Berta fernsahen, und unter dem Küchentisch verstaut. Sie schrammte über den Fliesenboden, als Hoon sie herauszog.

Er nahm den Deckel ab und legte ihn mit der Sorgfalt von jemandem beiseite, der ihn nie wieder benutzen wollte. Es waren jetzt weniger Waffen da, weil Ibis und Bamber bereits großzügig ausgestattet worden waren.

Doch es gab noch genug Schusswaffen in der Kiste, um mit ihnen – falls sie in fähigen Händen lagen – jeden Krieg auf der Erde gewinnen zu können. Man musste sich nur die richtigen Ziele aussuchen und nahe genug herankommen, um einen sauberen Schuss abzugeben.

Es gab eine bestimmte Waffe, die er auf jeden Fall mitnehmen wollte. Es war nicht die vernünftigste Wahl, bei Weitem nicht, aber er wollte sie trotzdem dabeihaben.

Sie war unten in London in der Böschung neben dem Boot vergraben gewesen. Er hatte sie sich geholt und seitdem immer in der Nähe gehabt, um sie ein letztes Mal einzusetzen.

Sie lag in der Kiste und war noch in das Klebeband eingewickelt, das es vor den Elementen geschützt hatte. Er holte ein Messer aus einer Schublade und schnitt so viel weg, dass er sie festhalten konnte. Als er das Klebeband von der Pistole ablöste, hinterließ es einen klebrigen Film, der die schimmernde Vergoldung und den juwelenbesetzten Griff verschmierte.

Welshys Desert Eagle war ein Souvenir von einem Auftrag im Privatsektor bei einem kolumbianischen Drogenkartell. Die Waffe hatte dem Chef der Organisation gehört, aber als Welshy mit ihm fertig gewesen war, hatte der keine Verwendung mehr für sie gehabt.

Hoon nahm sie von einer Hand in die andere und erinnerte sich wieder an ihr Gewicht. Es war eine groteske Waffe. Sie war obszön.

Sie war perfekt.

»Also dann«, sagte er und griff erneut in die Kiste. »Auf geht's, verdammt.«

Man konnte eigentlich keinen Bereich von Westward als minimalistisch bezeichnen, doch der einzige Teil, auf den der Begriff wenigstens annähernd gepasst hätte, war das Dachgeschoss.

Beim Einzug der Hoons war es mit einem Fußbodenbelag versehen gewesen, und man hatte es Berta als perfekte Lagerstätte für unerwünschtes altes Gerümpel angepriesen. Berta war jedoch niemand, der Dinge hortete. Hatte eine Sache einen Zweck, sollte sie auch entsprechend verwendet werden. Warum in aller Welt hätte sie sich an etwas klammern sollen, wenn man dafür keine Verwendung mehr hatte oder es keine Rolle mehr spielte?

Folglich war der Dachboden vor allem eins: ziemlich leer. Neben dem Wassertank des Hauses standen dort ein paar alte Lederkoffer, drei stabile Pappkartons und ein in schwarze Müllsäcke eingewickelter Weihnachtsbaum, der seit Jahren kein Tageslicht mehr gesehen hatte.

Die Fenster waren kleine, in das Holz und die Schieferschindeln gesägte Quadrate. Keines davon war zum Öffnen gedacht, und wenn man hindurchblickte, sah man nur den dunkler werdenden Himmel über sich.

Es war schwierig hinaufzukommen, insbesondere für jemanden in Bertas Alter und Größe. Man musste eine steile Holzleiter erklimmen, die sich ausklappte, sobald die Luke heruntergezogen wurde.

Wenn es für sie schwierig war, so war es für den Professor unmöglich, dessen Hände nach wie vor hinter seinem Rücken gefesselt gewesen waren. Berta hatte ihn auf die Knie gezwungen, während sie seine Fesseln löste, und die Hände dann hastig vorne wieder zusammengebunden, damit er sich beim Klettern wenigstens auf der Leiter abstützen konnte.

Als sie alle oben waren – die Kinder saßen auf dem hölzernen Deckel des Wassertanks, und der Professor lag mit dem Rücken an einem schrägen Dachbalken auf dem Boden –, hatte Berta die Leiter eingeholt und sich darangemacht, die Luke von innen zu sichern.

Die Zwillinge beobachteten den Professor mit einer Art morbider Faszination. Er betrachtete sie beide abwechselnd, die Spitze seiner Zunge huschte schlangenartig zwischen seinen Zähnen hindurch, während sich die Winkel seiner trockenen, rissigen Lippen zu einem spöttischen Lächeln nach oben bogen.

Er winkte, und seine Fingerspitzen tanzten wie die eines Magiers, der einen Zauberspruch aufsagte.

Und seine Hände arbeiteten zwischen den Seilen.

FÜNFUNDDREISSIG

Es war bereits dunkel, als Hoon hörte, wie Ruder durchs Wasser gezogen wurden. Er drehte die Lautstärke seines Funkgeräts ganz herunter und tippte schnell eine Nachricht im Morsecode, um die anderen zu warnen.

Von seinem Beobachtungsposten aus, der sich hinter den Überresten eines alten Hühnerstalls befand, sah Hoon ein Schlauchboot, das sich der Landzunge näherte. Er zählte drei Insassen, die alle von Kopf bis Fuß schwarz gekleidet waren. Sie drückten sich ihre Waffen an die Brust, waren aber so weit entfernt, dass er nicht erkennen konnte, um welche es sich handelte. *Der Größe nach zu urteilen, müssten es SMGs sein,* dachte er.

Sie rechneten also mit einem Nahkampf. Wahrscheinlich dachten sie, er wäre im Haus und würde ihr Kommen nicht bemerken.

Er spürte, wie er zu grinsen begann, dann wischte er es weg. Es war nicht gut, übermütig zu werden.

Jetzt jedenfalls noch nicht.

Er hielt den Atem an. Wartete, als das Boot ans

Ende des Stegs glitt und zum Stehen kam. Er beobachtete es aufmerksam, sein Gesicht vom Ruß des Kamins im Haus geschwärzt, seine Augen zu Schlitzen verengt.

Ihr nächster Schritt würde ihm eine Menge verraten. Die folgenden Sekunden würden darüber entscheiden, ob es eine Chance gab, die Nacht zu überleben.

Er musste ein kleines Fiepen der Erleichterung unterdrücken, als alle drei Männer aus dem Boot kletterten und auf den Holzsteg stiegen. An ihrer Stelle wäre er im Wasser geblieben, wäre ans Ufer gewatet und hätte sich verteilt, um drei Ziele statt nur ein einziges abzugeben.

Die Tatsache, dass sie es nicht getan hatten, sagte ihm alles, was er wissen musste.

Sie hatten die halbe Strecke bis zum Ufer hinter sich gebracht, als die erste Planke unter ihnen nachgab. Hoon hörte einen Schädel, der auf Holz aufschlug, als einer der Männer in das eiskalte Wasser unter ihnen fiel und aus dem Blickfeld verschwand. Er tippte eine Reihe von Punkten und Strichen in das Funkgerät, und etwas blitzte unter der trüben Oberfläche des Sees auf, direkt unter der Stelle, wo die beiden anderen Männer standen.

Das gesamte Bauwerk stürzte in einem Chor aus Knacken, Knirschen und panischen Schreien ein. Umherschlagende Gliedmaßen verhedderten sich in den beschwerten Fischernetzen, die unter ihnen gespannt waren, zogen sie nach unten und zwangen sie, ihre Waffen der Tiefe zu überlassen, während sie darum kämpften, ihren Kopf über der Oberfläche zu halten.

Irgendwo da draußen ertönte eine weitere Explosion. Diese war größer und wurde nicht vom Wasser gedämpft. Der dunkle Himmel färbte sich kurzzeitig in einer Kaskade von Orange- und Rottönen, und auf den Knall folgte eine Salve aus einem Maschinengewehr.

Hoon drehte die Lautstärke seines Funkgeräts ein paar Stufen höher und hörte Ibis aufgeregt über den Äther zischen.

»Also das«, erklärte der Einäugige, »war geradezu episch!«

Berta saß auf dem Wassertank, ein Mädchen unter jedem Arm, eng an sich gedrückt. Sie hielten sich die Hände über die Ohren und hatten die Augen geschlossen, als das Echo der Schüsse über Westward hallte und eine weitere Explosion die Nacht zum Tag machte.

Sie verblasste schnell und ließ den Dachboden wieder in fast völliger Dunkelheit zurück. Nur eine Kerze flackerte auf einem der Kartons.

»Pst, macht euch keine Sorgen«, sagte Berta. »Das ist alles bald vorbei. Wir könnten ein Lied singen. Wollen wir ein Lied singen? Welche Lieder kennen wir denn?«

Dann ertönte Geschrei, das vom Dach gedämpft wurde. Ein Scharfschützengewehr krachte. Eine Reihe verzweifelter Schreie antwortete.

Berta legte ihre Hände auf die Köpfe der beiden und zog sie noch näher an sich heran. Sie schaukelte hin und her, während ein Lied, an das sie seit Jahrzehnten nicht mehr gedacht hatte, von ihren Lippen floss.

»Träume zu verkaufen, schöne Träume zu verkaufen, Angus ist hier, um Träume zu verkaufen. Schlaf ohne Angst, denn Angus bringt dir einen Traum, mein Schatz.«

Ein weiterer Knall aus dem Scharfschützengewehr ertönte, dann ratterten noch mehr Schüsse. An einer anderen Stelle des Hauses zerbarst ein Fenster, und beide Mädchen sprangen gleichzeitig auf und kreischten.

Berta erhob ihre Stimme und sang weiter. *»Könnt ihr nicht leiser weinen? All die kleinen Lämmer schlafen. Die Vögel nisten, sie nisten zusammen. Traum-Angus rennt durch das Heidekraut. Süß singt das Lavendelblatt am Morgen und kündet von der hellen Morgendämmerung. Kleine Lämmchen laufen zusammen nach unten, mit ihren Mutterschafen in das ...«*

Sie verstummte. In der Kälte des Dachraumes verteilte sich ihr Atem wie ein Nebel.

Rechts von ihr knarrte eine Bodendiele. Ein Seil fiel herunter.

Und zwei Mädchen schrien, als ein Monstrum aus dem Dunkel auftauchte.

SECHSUNDDREISSIG

»Wie viele?«, bellte Hoon in sein Funkgerät. Er ging hinter einer Hütte in Deckung und hörte das Knistern der Flammen, die von drei Hütten aufloderten, während er das kurzläufige Sturmgewehr, das er aus der Kiste geholt hatte – eine Ultra-Compact Individual Weapon, kurz UCIW –, in beiden Händen hielt.

»Ich zähle zwölf«, sagte Bamber.

Es gab erneut einen Knall. Trotz des Schalldämpfers am Scharfschützengewehr sah Hoon den Blitz vom hintersten Kabinendach aus.

»Korrektur, elf.«

Hoon sah auf die Uhr.

»Schon irgendein Zeichen von der Kavallerie?«

»Nur wenn sie so angezogen sind wie diese anderen Arschlöcher«, antwortete Bamber.

»Das wäre eine verdammt bedauerliche Modesünde«, erwiderte Hoon, schaute ein zweites Mal auf die Uhr und zuckte zusammen.

Wo zum Teufel waren sie? Wenn es funktionieren sollte, mussten sie bald hier sein.

Es gab natürlich immer einen Plan B. Vielleicht

hätte er es sogar bevorzugt, all diese Wichser zu töten und ihre Leichen in einem großen Feuer zu verbrennen, aber Plan A war besser. Bei Plan B würde er immer über seine Schulter blicken müssen. Aber wenn alles klappte, bestand eine Chance, dass er diese Wichser für immer los war.

Das setzte natürlich voraus, dass die Verstärkung rechtzeitig eintraf und sich verdammt gut schlug.

»Feuer im Loch!«, verkündete Ibis.

Hoon duckte sich, stopfte sich die Finger in die Ohren und verzog das Gesicht, als die nächste Explosion den Boden erzittern ließ. Diese war näher als die anderen. Er hörte, dass in der Hütte, hinter der er sich versteckt hatte, Glas klirrte und Holz splitterte. Ein brennendes Trümmerteil schlug nur wenige Meter links von ihm ein Loch in die Wand.

»Pass auf, was du tust, verdammt!«, zischte er ins Funkgerät, aber Ibis lachte zu sehr, um ihn zu hören.

»Du hättest sie sehen sollen!«, gackerte der Einäugige. »Einer von denen hat einen dreifachen Rückwärtssalto gemacht!«

»Du hättest mich auch fast umgebracht!«, fuhr Hoon ihn an.

»Was? Oh, tut mir leid, Boggle. War nicht meine Schuld. Einer von den Männern ist auf einen Auslöser getreten.«

»Wie zum Teufel hattest du dann Zeit, zuerst ›Feuer im Loch‹ zu sagen?«

Es gab eine Pause. »Oh. Ach ja«, antwortete Ibis. »Vielleicht habe ich ja doch gedrückt.«

Bevor Hoon noch etwas sagen konnte, nahm er eine Bewegung zu seiner Linken wahr. Eine ganz in Schwarz gekleidete Gestalt schlich geduckt seitlich um die Hütte herum, hielt die Maschinenpistole in beiden Händen.

Als der Angreifer Hoon sah, verdoppelte sich das Weiße in seinen Augen. Er hob seine Waffe, aber zu spät. Die UCIW hämmerte in Hoons Griff. Auf diese Entfernung war die Schutzweste des anderen Mannes kaum mehr als eine Unannehmlichkeit. Er wurde nach hinten geschleudert, sein Körper zuckte, sein Finger verkrampfte sich am Abzug, sodass seine Kugeln Löcher in den Himmel schossen.

»Fuck!«, stöhnte Hoon.

So viel zum Thema Verstecken.

Bambers Stimme kam über den Äther. Laut. Dringlich. »Boggle«, schrie er. »Lauf!«

Sie wachte von dem Rauchgeruch auf. Es war nicht der Geruch, der von draußen durch die Löcher im Dach hereindrang, sondern näher. Stärker.

Berta öffnete ein blutverschmiertes Augenlid und sah zwei Kisten und die skelettartigen Überreste eines künstlichen Weihnachtsbaums in einer Ecke des Dachbodens lodern.

Ein Seil lag auf dem Boden. Die Luke stand offen.

434

Die Mädchen und der Professor waren weg.

Ihr Kopf drehte sich, als sie den Arm herauszog, der unter ihr eingeklemmt gewesen war, und sich auf dem Boden in eine sitzende Position kämpfte. Der Rauch – dick, schwarz und beißend – sammelte sich im Dachgiebel, getragen von der Brise, die durch die Luke von unten heraufkam.

Sie suchte nach der Schrotflinte. Natürlich war sie weg. Dann schlurfte sie zur Öffnung und spähte auf den oberen Treppenabsatz hinunter.

Die Leiter war ausgehängt worden und lag nun beiseite geworfen unter ihr auf dem Boden. Es ging zwei Meter siebzig in die Tiefe, vielleicht mehr.

»Verdammt hohe Decken«, murmelte sie und stellte sich den Sprung vor.

Früher hätte es ihr nichts ausgemacht, aber diese Zeit war längst vorbei. Jetzt konnte sie sich auf eine Verstauchung oder einen Bruch gefasst machen.

Sie sah zu den Flammen hinüber, die sich ihren Weg durch das Innere des Daches fraßen. Der Wassertank war nur ein paar Meter entfernt, aber sie hatte nichts, um das Wasser zu transportieren. Und selbst wenn sie etwas gehabt hätte, war der Brand schon zu weit fortgeschritten, um den Dachboden jetzt noch retten zu können.

Irgendwo unten im Haus schrien zwei Mädchen.

»Also gut, du skelettgesichtiges Arschloch. Du hast es so gewollt.«

Sie schob ihre Beine über den Rand der Luke und sprang.

Hoon rannte und schoss blindlings in die lodernde Dunkelheit. Kugeln zerrissen den Boden zu seinen Füßen und schleuderten Erdklumpen und Gras in die Luft.

Zehn Meter entfernt gab es eine weitere Hütte. Dahinter konnte er in Deckung gehen, verschnaufen und nachladen.

Sechs Meter.

Vier Meter.

»Nein, Boggle!«

Der Schrei kam nicht aus dem Funkgerät, sondern aus der Hütte, in der sich Ibis und Bamber versteckten. Die Panik in Ibis' Stimme verriet ihm, dass er gerade einen großen Fehler beging.

Irgendetwas unter dem Boden klackte. Hoon drehte sich und sprang gerade in Deckung, als sich die Vorderseite der Hütte in Feuer, Donner und brennende Splitter verwandelte. Die Wucht der Explosion erfasste ihn, wirbelte ihn durch die Luft, raubte ihm den Atem. In seinem Schädel schien eine alte Schulglocke zu klingeln.

Er fühlte sich schwerelos. Bewegungslos. Als würde er im leeren Raum hängen, während die Welt um ihn herumwirbelte.

Und dann ein Aufprall. Hart. Rüttelnd. Er überschlug sich und verlor allmählich den Schwung, bis er nur noch ein Haufen Fleisch und Knochen war, der röchelnd und keuchend auf dem kalten, harten Boden lag.

Über das Klingeln in seinen Ohren hinweg hörte er Schreie. Noch mehr Schüsse. Fußgetrappel.

Von dort, wo er gelandet war, konnte er das alte Haus sehen. Flammen sprangen vom Dach, eine schwarze Rauchsäule stieg zu den fernen Sternen empor.

Hände griffen nach ihm. Drehten ihn um. Er rammte die UCIW in einen unglücklich positionierten Schritt und drückte den Abzug. Blut floss, ein Schrei war zu hören. Der Mann, der ihn umgedreht hatte, ging zu Boden wie ein kaputtes Spielzeug, aber bevor Hoon einen Vorteil daraus ziehen konnte, traf ihn etwas Schweres am Hinterkopf.

Er fiel mit dem Gesicht voran in den Dreck.

Und hinter ihm brannte Westward weiter.

SIEBENUNDDREISSIG

Berta hievte sich über den Treppenabsatz und schreckte zurück, als sie das obere Ende der Treppe erreichte. Das Erdgeschoss stand in Flammen, sogar noch schlimmer als der Dachboden darüber. Was auch immer durch das Fenster eingedrungen war, musste schon in Flammen gestanden haben, und der Brand hatte sich schnell ausgebreitet.

»Verdammte Scheiße«, flüsterte sie.

Gab es einen anderen Ausweg? Sie konnte nicht denken. Ihr Schlafzimmer befand sich im Erdgeschoss. Und ein perfekt brauchbares Badezimmer ebenfalls. Sie konnte sich nicht einmal daran erinnern, wann sie zuletzt oben gewesen war. Sie hatte keinen Grund dazu gehabt.

Der Rauch wurde immer dichter und beißender. Er trocknete ihre Kehle aus und brannte in ihrer Lunge.

Die Flammen leckten jetzt die Treppe hinauf und verzehrten das Treppengeländer, die Farbe an den Wänden warf Blasen. Falls die Mädchen dort unten waren, hatte sie keine Chance, sie zu erreichen.

Falls nicht – wenn sie noch irgendwo hier oben

waren – war es nur eine Frage der Zeit, bis sie verbrannten.

Aber sie sollte verdammt sein, wenn sie zusammen mit diesem koboldgesichtigen Arschloch verbrennen würden.

Vom Treppenabsatz im Obergeschoss gingen fünf Türen ab. Sie hatte keine Zeit zu verschwenden. Wenn sie hier waren, befanden sie sich hinter einer dieser Türen.

Sie wählte eine aus, drehte den Griff, ließ ihr Gewicht und ihren Schwung den Rest erledigen und stolperte in ein lange ungenutztes Gästezimmer. Die meisten Möbel waren mit weißen Laken bedeckt, die im Lauf der Zeit schmutzig geworden waren. Man hätte einem flüchtigen Beobachter nachsehen können, wenn er denken würde, dass er eine Geisterwelt betreten hatte – wenn auch eine ziemlich billige.

Berta stand schweigend da und betrachtete die Formen unter den Laken. Der Stoff bewegte sich leicht von der warmen Luft, die von unten aufstieg.

Sie lauschte und hielt den Atem an. Das Herz klopfte ihr bis zum Hals und in den Mund, bis ihr ganzer Kopf bebte.

Und dann kam von irgendwo auf dem Treppenabsatz ein lautes Geräusch von etwas Schwerem, das auf Glas traf.

Und die Schreie von zwei kleinen Mädchen, schrill vor Angst.

Er konnte nur ein paar Sekunden lang bewusstlos gewesen sein. Als er wieder zu sich kam, wurde er an den Füßen über den Boden geschleift und stieß mit dem Kopf an Steine und harte Erdhügel.

Er stellte sich tot, um wieder zu Atem zu kommen, sich zu orientieren und die Lage zu sondieren. Er bemerkte, dass deutlich weniger geschossen wurde. Noch immer knackten und loderten in der Dunkelheit Flammen, aber es waren keine Explosionen mehr zu hören.

Der Schlachtenlärm war verebbt.

Er öffnete ein Auge und sah, dass das Feuer weiterhin Westward verzehrte. Es gab nichts, was er tun konnte. Er konnte auf keinen Fall zu den Menschen drinnen gelangen, ohne sofort erschossen zu werden. Er konnte nur hoffen, dass Berta sich und die Kinder in Sicherheit gebracht hatte.

Aber Hoffnung war noch nie seine Stärke gewesen.

Von irgendwo auf der rechten Seite hörte er Ibis' Protestgeschrei. »Pass auf, was du mit ihm machst! Er hat keine Beine, oder hast du das noch nicht bemerkt?«

»Mir geht's gut, kleiner Mann.« Das war die Stimme von Bamber, sie klang heiser und angegriffen. »Mach dir um mich keine Sorgen.«

Scheiße.

Das war's dann. Wenn nicht in letzter Minute ein Wunder geschah, war es vorbei.

Der Griff um seine Beine wurde gelöst. Seine Füße fielen herunter, die Absätze schlugen auf den Boden.

Er hörte Leder knarzen. Stiefel näherten sich und blieben neben ihm stehen.

»Sie können keinem etwas vormachen, wissen Sie?«

Seine Ohren klingelten noch von der Explosion, aber Hoon erkannte die Stimme. Suranne, oder wie auch immer ihr richtiger Name lautete.

Hoon stellte sich weiterhin tot. In seinem Kopf drehte sich alles, sein Atem kam stoßweise. Er brauchte einfach etwas Zeit, um sich zu erholen. Zum Nachdenken. Um einen Plan C zu finden.

»Erschießt den Krüppel«, befahl Suranne.

»Moment!« Hoons Lider öffneten sich. Er hob eine Hand, die Handfläche zu ihr gerichtet, die Finger weit gespreizt. »Warten Sie, nicht. Verdammt noch mal. Ich bin wach. Ich bin wach!«

Suranne grinste zu ihm hinunter. Sie trug die gleiche schwarze SWAT-Kleidung wie die sieben oder acht Männer, die im Kreis um sie herumstanden, hatte aber ihre Sturmhaube hochgezogen, sodass ihr Gesicht zu sehen war. Um ihre Augen hatte sie schwarze Kreise gezogen. Das diente natürlich der Tarnung, wirkte aber so, als würde sie ihren inneren Gothic-Spleen ausleben.

»Ich dachte mir schon, dass das vielleicht zu Ihnen durchdringt«, sagte sie, trat zurück und winkte mit dem Finger. »Hoch. Auf die Knie.«

»Schon gut, schon gut, einen Moment.« Hoon verzog das Gesicht. »Sie können von Glück reden, dass ich meine verdammten Knie überhaupt noch finden kann.«

Er stöhnte und jammerte, als er sich aufrichtete. Bamber lag ein paar Meter weiter auf dem Boden, das Gesicht nach oben, die Hände hinter dem Kopf. Ibis kauerte auf allen vieren neben ihm, aus einer Wunde an seiner Wange sickerte Blut, sein Glasauge fehlte und war vermutlich unwiederbringlich verloren.

Hoon hob den Kopf, sodass er zu Suranne aufblicken konnte. Ein Lächeln umspielte ihre Lippen, als würde sie die ganze Sache amüsant finden.

»Schlechte Nachrichten, Sweetheart«, sagte er. »Ich habe mein Bestes getan, jeden Weg ausgeschöpft, jede verdammte Spur verfolgt, aber ich kann jetzt offiziell verkünden, dass ich keine verdammte Ahnung habe, wo Ihr Straußenvogel ist.«

Sie schlug ihn. Nicht hart. Es sollte nicht wehtun, ihn nur demütigen. Sie wollte ihm lediglich zeigen, dass sie es tun und er nichts dagegen unternehmen konnte.

»Na los, machen Sie nur weiter. Lassen Sie all die unterdrückte sexuelle Spannung raus, Püppchen«, sagte er. »Machen Sie sich um mich keine Sorgen. Schlagen Sie mich, so oft Sie wollen. Ich kann es ertragen.«

Surannes Lächeln wurde daraufhin nur noch breiter. Es wurde zu einem Lachen, das in Anbetracht der

Umstände verblüffend leicht und unbeschwert war. »Daran zweifle ich nicht«, sagte sie.

Sie zeigte auf Ibis. Eine behandschuhte Hand packte ihn von hinten an den Haaren und riss ihn mit so viel Kraft in die Senkrechte, dass er vor Schreck aufschrie. Er sah Hoon und Suranne an, sein eines Auge huschte zwischen ihnen hin und her, seine Züge schmerzverzerrt.

»Ich frage mich jedoch«, begann Suranne, »kann er das auch?«

Berta betrat gerade den Raum, als der Professor erneut mit dem Gewehrkolben gegen das Fenster schlug, und zwar mit einem weiteren enttäuschenden Rumms.

Im Nachhinein betrachtet hätte sie sich hineinschleichen sollen, aber die Schreie der bedrohten Zwillinge hatte sie dazu verleitet, in den Raum zu stürmen, und sie schaffte nur ein paar Schritte, bevor der Professor sich zu ihr umdrehte und die doppelläufige Schrotflinte auf sie richtete.

Es war ein weiteres Schlafzimmer. Mein Gott, wie viele davon hatte sie denn? Nicht dass es bald noch welche geben würde – dem Rauch nach zu urteilen, der über die Decke zog.

Die Mädchen standen drüben am Fenster und hielten sich in den Armen; Tränen liefen ihnen über die rußgeschwärzten Wangen. Sie waren nahe bei ihm, in Griffweite.

Und in Schussweite.

Er beobachtete Berta wie ein Falke, als sie einen weiteren langsamen Schritt in den Raum machte, die Hände zum Zeichen ihrer Kapitulation erhoben.

Draußen auf dem Treppenabsatz sprangen die Flammen die letzten paar Stufen hinauf, und das zweite Feuer knisterte über ihnen und fraß sich durch den alten Dachstuhl.

Ihnen blieben nur wenige Minuten, um zu entkommen. Vielleicht nur Augenblicke.

Berta sah dem Mann mit dem Gewehr in die Augen. »Werden Sie sie hier rausbringen?«, fragte sie ihn.

Er nickte einmal, eine knappe Bestätigung.

Berta riss ihre Augen gerade lange genug von ihm los, um einen Blick auf die Kinder werfen zu können. Sie starrten sie an, vor Schreck wie versteinert, ihre Gesichtszüge vom Weinen verzerrt.

»Wenn Sie sie rausholen, werden Sie ihnen doch nicht wehtun, oder?«

Er antwortete nicht. Es gab kein bestätigendes Nicken, kein verneinendes Kopfschütteln.

Aber seine Augen verrieten ihr alles. In ihnen glomm Gier. Begehren.

Das hier war keine Rettungsaktion. Er half den Mädchen nicht.

Er wollte sie sich schnappen.

Roberta Gwendoline Hoon richtete sich zu ihrer vollen Größe auf. Der Puls, der in ihrem Kopf gedröhnt hatte, kehrte in ihre Brust zurück und machte es sich dort gemütlich.

»Wenn das so ist, möchte ich Sie etwas fragen, *Paul.*« Sie spie den Namen hervor, als wäre er Gift in ihrem Mund. »Als er Ihnen die Nase abgebissen hat, hat mein Bruder Ihnen da auch die Ohren abgebissen?«

Sie machte einen weiteren Schritt auf ihn zu. Die Gewehrläufe folgten ihr.

»Weil Sie offensichtlich nicht zugehört haben, als ich ihm sagte, dass die Waffe nicht geladen ist!«

Der Professor sah auf die Waffe in seinen zitternden Händen hinunter.

Berta ignorierte den Schmerz in ihren Beinen und die Leichtigkeit in ihrem Kopf und stürzte sich auf den Bastard. Ihre Fäuste rotierten wie die Flügel einer Windmühle.

ACHTUNDDREISSIG

»Halt, halt, halt«, drängte Hoon. »Schalten wir verdammt noch mal einen Gang runter und beruhigen wir uns. Dieser Zwerg hat keinem etwas getan.«

Ibis grinste und zeigte seine blutigen Zähne. »Blödsinn, Boggle.« Ein Lachen drang durch seine krumme Nase. »Ich habe die Hälfte von denen ins verdammte Jenseits gepustet! Es war genial!«

Jemand presste ein SMG gegen Ibis' Hinterkopf. Seine Schultern hoben sich, aber Hoon konnte nicht sagen, ob er immer noch lachte oder weinte oder ob er vielleicht in einem gequälten Niemandsland zwischen beidem gestrandet war.

»Warten Sie, warte, ganz ruhig!«, rief Hoon. »Lassen Sie uns nicht zu voreilig sein. Wenn Sie ihn erschießen – wenn Sie auch nur einen von ihnen erschießen –, werden Sie nie erfahren, wo Ihr tacogesichtiger Lumpensack von einem Kumpel ist.«

Surannes Lächeln verlor etwas von seinem Glanz, und Hoon wusste, dass er sie am Haken hatte. Sie wollte den Professor zurück. Und das bedeutete, dass er etwas besaß, mit dem er verhandeln konnte.

»So geht es jetzt weiter«, sagte er. »Sie lassen die beiden frei. Geben Sie ihnen fünf Minuten Zeit, um mit ihrem Boot zu verschwinden, dann sage ich Ihnen, wo er ist.«

»Wir brauchen seine Hilfe nicht«, brummte einer der Männer, und Hoon hörte den gutturalen Tonfall eines irischen Akzents. »Wir können selbst nach ihm suchen.«

»Sie können ja mal nachsehen, dann werden Sie schon merken, was Sie davon haben«, sagte Hoon. »Er ist irgendwo versteckt, wo Sie ihn niemals finden werden. Im Leben nicht.«

Aus einem Schlafzimmer im Obergeschoss des brennenden Hauses knallten Gewehrschüsse. Fast unmittelbar darauf folgte der Klang von zersplitterndem Glas, der von einem Geräusch abgelöst wurde, das wie ein großer Sack mit Tierteilen klang, der zu Boden klatschte.

»Oh, na so was, Sie grässliches Arschloch!«, schrie Berta. »Sieht aus, als wäre sie doch geladen gewesen!«

Hoon lächelte schwach zu der nun wütend aussehenden Suranne hinauf. »Vielleicht hat sie ein anderes grässliches Arschloch gemeint?«, riskierte er anzumerken. Er seufzte, dann zuckte er mit den Schultern. »Aber falls es ein Trost ist, er hat Sie im Handumdrehen verraten. Er hat uns alles gesagt, was er wusste. Über Sie, über den Loop. Ich musste zu meiner Enttäuschung nicht mal einen Finger krumm machen.

447

Aber das Interessante war, dass er eigentlich gar nicht viel wusste. Schon komisch, was? Er steckte bis zu den Eiern in der Organisation und wirkte doch ein bisschen ahnungslos, was das alles anging.«

Suranne seufzte, hob ihre Handfeuerwaffe und zielte mit der Mündung mitten auf seine Stirn. Hoon reagierte schnell, um nicht ins Gesicht geschossen zu werden.

»Ich kenne Sie«, sagte er. Er spuckte die Worte rasch aus – zum einen, um sie in die Enge zu treiben, zum anderen aber auch, weil er sich jetzt allzu sehr bewusst war, dass Berta und die Kinder das Haus noch nicht verlassen hatten. »Sie alle hier. Ich weiß, wer Sie alle sind.«

»Das wissen Sie wirklich nicht«, sagte Suranne.

»Doch, das weiß ich«, beharrte Hoon. »Ich kenne Sie verdammt gut, Sweetheart. Sie sind ich.«

Die Augenbrauen der Frau zogen sich leicht nach unten. »Was reden Sie da für einen Blödsinn?«

»Sie sind auch er. Und er«, sagte Hoon und deutete auf Ibis und Bamber. »Wir sind verdammt noch mal alle gleich. Alle von uns. Und wissen Sie auch, warum?«

»Sie werden mich bestimmt aufklären.«

»Weil wir Fußsoldaten sind.« Hoon schüttelte den Kopf. »Wir sind sogar noch weniger als das. Wir sind verdammtes Kanonenfutter. Wir sind die Typen, die den Kopf hinhalten, damit irgendein reicher Scheißer, der irgendwo in einem Büro sitzt, die Lorbeeren ernten kann.«

Er blickte in die Runde der bewaffneten Männer und nickte ihnen zu, als wollte er sie auffordern, ihm zuzustimmen. Niemand tat es.

»Na gut, wie Sie wollen«, murmelte Hoon. Er hielt die Hände erhoben und senkte einen Finger, bis er auf Suranne zeigte. »Aber Sie haben etwas, was ich nicht habe«, sagte er zu ihr. »Sie haben Ehrgeiz. Sie wollen nicht mit dem Rest von uns hier unten im verdammten Schlamm, in der Scheiße und im Blut stehen. Sie wollen irgendwo da oben sein, im Penthouse, im verdammten Eckbüro. Sie wollen zu den Wichsern in schicken Anzügen gehören, die Leute wie uns losschicken, um ihre Drecksarbeit zu machen, während sie selbst herumstehen, Goldbarren scheißen und sich gegenseitig applaudieren.« Hoon blies seine Wangen auf und schüttelte den Kopf. »Das hatte ich nie. Das hat mich nie gereizt. Dieser Scheiß? Das ist nicht die verdammte reale Welt. Hier unten? Unten im Dreck? Da kam das verdammte Leben her, und da ist es auch geblieben. Aber Sie, Sweetheart? Sie haben große Pläne, nicht wahr?«

Suranne schien sich über diese Einschätzung zu freuen. »Es ist doch nicht falsch, sich hohe Ziele zu setzen, oder?«

Hoon sah sich um. Auf dem ganzen Gelände von Westward lagen Leichen verstreut. Die brennenden

Hütten waren inzwischen vollständig vom Feuer vernichtet worden, die Flammen nur noch ein schwacher Schwelbrand.

Das Gleiche konnte man vom Haus nicht behaupten. Es war so weit entfernt, dass er die Hitze nicht an seinem Rücken spüren konnte, aber er konnte sehen, wie das Licht über Surannes Gesicht tanzte und ihre Augen funkeln und leuchten ließ.

»Kommt darauf an«, sagte Hoon.

»Worauf?«

»Wie viele von uns armen Fußsoldaten sterben müssen, damit all Ihre verdammten Träume wahr werden.«

Er ließ das wirken, nicht so sehr bei ihr, sondern bei den Männern um sie herum.

»Ich sehe das so, Suranne«, sagte er, wobei er es schaffte, den Namen wie etwas Beleidigendes klingen zu lassen. »Ich glaube, Sie sind ein verdammter Niemand. Wenn Sie wirklich so gute Beziehungen hätten, wie Sie behaupten, wären Sie nicht allein in meiner Wohnung aufgetaucht. Sie hätten keine Familie von irischen Landfahrern angeschleppt, um mich zu vermöbeln. Große internationale Verbrechersyndikate lassen ihre Drecksarbeit nicht von verdammten gedungenen Iren erledigen.« Er wandte sich mit einer Geste an die umstehenden Männer. »Und was diesen Haufen angeht, das sind keine Sondereinheiten. Sie sind nicht einmal verdammte Sonderschüler«, spottete er. »Das ist ein Haufen von Amöbenschwänzen. Und damit meine ich nicht, dass sie Schwänze in der Größe von Amöben haben, ich meine, dass ihre Schwänze die Größe von Amöbenschwänzen haben. Aber nicht von gut bestückten Amöben. Traurige kleine Amöben mit Schrumpelschwänzen, die kleine verdammte Amöben-Sportwagen fahren müssen, um ihre allzu offensichtlichen Unzulänglichkeiten auszugleichen.«

Hinter ihm knarrten Stiefel, als einige der Männer ihr Gewicht verlagerten. Er machte sich auf einen Schlag gefasst, aber der blieb aus.

Gedankt sei Jesus Christus.

»Als mir klar wurde, dass Sie keine so verdammt große Nummer sind, wie Sie sich einbilden, bin ich ein bisschen ins Grübeln gekommen«, fuhr Hoon fort. »Ich habe in den letzten Monaten ziemlich viele Schläge auf den Kopf gekriegt, deshalb hat es etwas länger gedauert, bis der alte Gehirnkasten wieder in Schwung kam, aber schließlich ist mir ein Licht aufgegangen. Und mir wurde klar, dass Sie diesen Windel tragenden Scheißkerl ermordet haben … den Aal?« Er schnippte mit den Fingern und runzelte die Stirn. »Wie hieß er noch?«

»Godfrey West«, antwortete sie, und es lag ein Hauch von Selbstgefälligkeit in der Art, wie sie es sagte. Stolz auf das, was sie erreicht hatte.

»Genau den, ja. Ich glaube nicht, dass Godfrey West vom Loop getötet wurde. Ich glaube, Sie haben ihn getötet, ganz allein. Ich glaube, das war ein verdammtes Machtspielchen von Ihnen«, sagte Hoon. »Ich glaube, Sie sind so versessen darauf, in die Arschloch-Oberliga aufzusteigen, dass Sie ihn umbringen ließen, und den armen verdammten Fahrer auch, weil Sie damit die Gunst der großen Jungs da oben gewinnen wollten.«

»Und? Wie ich schon sagte, gegen Ehrgeiz ist nichts einzuwenden.«

Hoon widersprach nicht und nickte zustimmend. »Das Gleiche gilt für Deirdrie Bagshaw. Nebenbei bemerkt war es verdammt dreist, sie in ihrem eigenen Haus zu töten und es wie Selbstmord aussehen zu lassen. Ich war fast beeindruckt.«

Suranne neigte den Kopf, als würde sie sich verbeugen. »Danke. Das bedeutet mir sehr viel.«

»Sie würden sich buchstäblich an die Spitze morden, wenn Sie könnten, nicht wahr?«, sagte Hoon. »Jeder, der über Ihnen steht, steht auf der Abschussliste, wenn das bedeutet, dass Sie weiter aufsteigen können.«

»Nochmals, gegen Ehrgeiz ist nichts einzuwenden«, erwiderte Suranne.

»Und deshalb sind Sie hinter mir her, nicht wahr? Niemand hat Sie auf mich angesetzt«, sagte Hoon. »Warum auch? Weil ich wirklich einen Scheißdreck weiß. Der Loop – sofern es ihn in der Form überhaupt gibt, wie ihr verdammten Machtfantasten und stiefelleckenden Säcke glaubt – schert sich einen Dreck um

Leute wie mich. Einem Gebilde dieser Größe kann ich nicht wehtun. Keiner kann das.« Er lachte. »Deshalb ist niemals jemand hinter Greig her gewesen. Deshalb waren auch Welshy und Gabriella nie in Gefahr. Sie sind Flöhe. Das sind wir alle. Noch weniger als das – wir sind verdammte Mikroben auf den Ärschen von Flöhen, und sie sind Riesen, die nicht einmal bemerken, dass wir existieren, geschweige denn Energie darauf verwenden, sich mit uns zu befassen. Denn wenn sie das täten, würden sie sich selbst entlarven. Warum dieses verdammte Risiko eingehen? Warum die Aufmerksamkeit auf sich lenken?«

Suranne korrigierte ihren Griff um die Waffe. Hinter Hoon knisterten und knackten die Flammen, während das Haus seiner Kindheit von den Flammen verschlungen wurde.

»Ein Kumpel von mir sagte neulich, dass sich heutzutage niemand mehr engagieren will. Niemand will das organisierte Chaos seines eigenen verdammten Lebens stören. Und er hat recht. Die Leute werden sich keine Mühe geben, irgendetwas zu ändern. Und sie denken sich ganze verdammte Geschichten aus, damit sie sich danach immer noch gut fühlen können. Er meint, dass nur die Guten aufstehen. Nur die guten Jungs setzen sich auch ein, wenn sie es nicht müssen.« Er zuckte mit den Schultern. »Bei dem Punkt bin ich mir selbst nicht so sicher, aber ich weiß, dass die Bösen das ganz bestimmt nicht tun.«

»Kommen Sie allmählich mal zum Punkt?«, forderte Suranne ihn auf.

»Ja, jetzt kommt er«, sagte Hoon. »Die einzige Person, für die ich eine verdammte Gefahr darstelle, sind Sie. Denn ich habe ihr Gesicht gesehen. Ich weiß, was Sie getan haben. Ich könnte Ihnen Probleme machen. Und weil Sie in der Befehlskette so weit unten stehen, würde keiner Ihrer Möchtegern-Superschurken-Kumpel auch nur mit der Wimper zucken, wenn Ihnen etwas zustoßen würde. Ich sagte, dass ich dem Loop scheißegal bin. Aber ich glaube, Sie sind ihm auch egal. Also müssen Sie mich ausschalten, richtig? Sie mussten mich finden, und Sie müssen mich töten.«

Suranne starrte ihn einen Moment lang schweigend an, dann nickte sie. »Danke, dass Sie mich daran erinnert haben«, sagte sie und drückte ihm die Pistole an die Stirn.

Ibis und Bamber versuchten beide, sich zu bewegen, um einzugreifen, aber sie wurden festgehalten. Stiefel drückten sie nieder.

Hoon lachte. Es war ein scharfes und plötzliches Lachen, das ihn selbst zu überraschen schien. »Gott sei Dank«, sagte er.

»Ja, ich glaube, ich tue Ihnen einen Gefallen, nicht wahr?«, erwiderte Suranne.

»Was? O nein, das ist es nicht«, sagte Hoon. Er richtete seinen Blick auf den maskierten Mann, der

454

links von Suranne stand, und zwinkerte ihm zu. »Wie finden Sie ihre Titten?«

Einen Moment lang herrschte verwirrtes Schweigen, während sich die Augen aller Männer instinktiv auf Surannes Brust richteten.

Und auf den einzelnen roten Punkt, der dort direkt über ihrem Herzen leuchtete.

»Was zum Teufel?«, zischte ein irischer Akzent. Die Männer wirbelten herum, suchten die Dunkelheit ab und entdeckten weitere rote Punkte, die sich von allen Seiten auf sie hefteten.

»Wissen Sie, woran ich auch erkannt habe, dass diese Leute keine verdammten Profis sind?«, fragte Hoon und blickte Suranne an.

Er holte mit der linken Hand aus, schlug die Waffe von seinem Kopf und griff nach ihrem Handgelenk. Dann stand er auf und zog dabei ein goldglänzendes Ungetüm von einer Pistole aus seinem Hosenbund.

»Die ahnungslosen Weicheier kamen nicht auf die Idee, mich zu durchsuchen.«

Er drehte den Arm, sie schrie auf, etwas knackste. Ihre Waffe fiel zu Boden, wo Bamber sie aufhob und auf den Mann zielte, der Ibis noch immer festhielt.

»Lassen Sie ihn verdammt noch mal los«, bellte Bamber.

Ibis fiel sofort nach vorn, als der Maskierte kapitulierend die Hände hob und die roten Punkte verfolgte, die wie Glühwürmchen über die Köpfe und die Brust seiner Kameraden flogen.

»Runter auf den Boden«, drängte Hoon und legte Suranne eine Hand auf die Schulter.

Ihr Gesicht war weiß geworden, was ihr das Aussehen eines besonders verzweifelten Pandas verlieh. Sie kniete sich hin, obwohl es eher ihre Beine waren, die nachgaben, als eine bewusste Entscheidung.

»Nehmt die Waffen runter, Jungs«, forderte Hoon. »Es sei denn, ihr wollt eine neue Karriere als Schweizer Käse starten.«

Man musste es ihnen nicht zweimal sagen. Die Waffen wurden schnell weggeworfen. Ibis schnappte sich ein paar davon und machte sich einen Spaß daraus, den Mann, der ihn festgehalten hatte, mit dem Gesicht nach unten auf den Boden zu zwingen.

Suranne zischte, als der Lichtkegel einer starken Taschenlampe in ihr Gesicht strahlte, sodass sie geblendet wurde. Hoon hielt die Waffe auf sie gerichtet, bis die Schatten hinter ihm lebendig wurden und eine imposante Gestalt in einem dicken Mantel zu ihnen herüberschlurfte.

»Das war verdammt gutes Timing, Jack«, sagte Hoon.

Logan atmete tief ein und füllte seine tonnenförmige Brust. Er hielt einen Finger hoch. »Gib mir eine Minute«, keuchte er.

»Verdammt noch mal«, murmelte Hoon. »Das sollte

hier mein großer Moment sein. Sagen Sie mir wenigstens, dass Sie ihr verdammtes Geständnis mitbekommen haben?«

»Ich hab's«, sagte eine weitere Stimme aus der Dunkelheit.

Ein asiatisch stämmiger Mann trat in den Lichtkegel der Taschenlampe und hielt ein tragbares Aufnahmegerät hoch.

»Sie erinnern sich doch an DS Hamza Khaled. Stimmt's, Bob?«

»Was soll das heißen? Natürlich tue ich das, verdammt!«, jubelte Hoon. »Der Typ ist eine verdammte Legende! Gut gemacht, Detective Sergeant. Sie werden diesen fetten Kerl in kürzester Zeit ablösen.«

Hamza lächelte unbeholfen und warf Logan einen vorsichtigen Seitenblick zu. »Also ... danke, denke ich«, sagte er.

Hoon streckte den Arm aus, und Hamza hielt ihm das Aufnahmegerät hin.

»Nicht das. Das andere Ding«, drängte Hoon.

»Ach so. Klar.«

Hamza reichte ihm einen kleinen silbernen Zylinder. Hoon sah auf ein Ende hinunter, drückte einen Knopf und zischte, als er fast geblendet wurde.

»Scheiße, ist das hell.«

»Das sind Laser normalerweise immer«, bestätigte Logan.

Hoon grinste, als er den Laserpointer auf die Frau

am Boden richtete und damit Bilder in ihr Gesicht malte.

»Haken, Leine und ein verdammtes Bleigewicht«, sagte er.

Mit zusammengebissenen Zähnen grinste sie zu ihm hoch. »Was jetzt? Wollen Sie uns umbringen?«

»Nein. Die lassen mich leider nicht«, antwortete Hoon. »Man wird Sie verhaften. Allesamt, aber vor allem Sie. Die werden euch in den verdammten Knast stecken, und niemand wird euch holen kommen. Niemand wird das verdammte System austricksen. Niemand wird irgendwelche Fäden ziehen. Denn diese Wichser kümmern sich nur dann um uns kleine Jungs, wenn sie uns in den Tod schicken. Und danach? Danach sind wir auf uns allein gestellt.« Er trat zur Seite, senkte die Waffe und nickte DCI Logan zu. »Jack, würden Sie uns die Ehre erweisen?«

»Nichts dagegen, Bob«, sagte Logan, aber bevor er jemandem seine Rechte vorlesen konnte, ertönte eine Stimme vom anderen Ende des Lichtkegels der Taschenlampe.

»Boss?«, sagte DC Tyler Neish. Der Winkel der Taschenlampe änderte sich, sodass sie nach oben leuchtete und einen jungen Mann mit großen Augen und einem bescheuerten Haarschnitt in einen gespenstischen Schatten verwandelte.

»Wer zum Teufel ist das?«, fragte Hoon.

Tyler ignorierte die Bemerkung und deutete stattdessen über seine Schulter nach hinten. »Wir … wir haben schon alle gemerkt, dass das Haus brennt, richtig?«

»Fuck!«, brüllte Hoon und rannte los. Er zeigte auf Ibis und Bamber. »Passt verdammt noch mal gut auf sie auf. Wenn sich jemand bewegt, habt ihr meine Erlaubnis, ihn zu erschießen!«

»Hören Sie nicht auf ihn. Er kann diese Erlaubnis gar nicht geben«, sagte Logan und rannte hinter ihm her. Er wurde langsamer und drehte sich noch einmal um. »Okay, ins Bein, aber nur, wenn es sein muss.«

Hoon fegte an DS Khaled und DC Neish vorbei und bewegte sich so schnell, dass seine Stimme hinterherhallte. »Steht nicht einfach so rum, ihr verdammten Arschgeigen, bewegt euch!«

Sie waren auf halbem Weg zum Haus, als eine Hälfte des Daches mit einem Geräusch nachgab, das an den Weltuntergang erinnerte. Hoon knickte um, stolperte, rannte dann schneller und ignorierte den Schmerz, der jedes Mal, wenn seine Füße den Boden berührten, durch seinen Körper zuckte.

Die Gewichtsverlagerung beim Einsturz des Daches war zu viel für die Rückseite des Hauses. Er sah die Küchenwand nachgeben und sich in Schutt verwandeln. Flammen füllten den Raum, den zuvor der alte Stein eingenommen hatte.

Aus dem oberen Stockwerk, hinter dem zerbrochenen Fenster, durch das der Professor so unfeierlich hinausgeschleudert worden war, hörte Hoon ein Schluchzen. Oder vielleicht zwei Schluchzer, die beide zur genau gleichen Zeit kamen.

»Gruselige kleine Bastarde«, murmelte er, blieb dann neben dem blutenden verdrehten Körper des Professors stehen und legte die Hände um seinen Mund. »Berta! Berta, kannst du mich hören?«

Außer dem Rauch und den Flammen war keine Bewegung zu sehen. Es war auch nichts zu hören, nur das Zischen von altem Holz, das zu Glut verbrannte.

Die drei Detectives blieben hinter ihm stehen, aber Hoon kletterte bereits mit zusammengebissenen Zähnen an der heißen Steinwand hinauf.

Zwei große Hände packten seinen Fuß. Logan stöhnte, als er sich aufrichtete und Hoon die Wand höher hinaufschob, bis dieser den zerstörten Rahmen des zerbrochenen Fensters packen konnte.

Hoons Muskeln brannten, als er sich hoch- und ins Haus hievte. Die Detectives standen unten, traten besorgt auf der Stelle, beobachteten und warteten.

»Sollen wir die Feuerwehr rufen, Chef?«, fragte Tyler.

»Dafür ist es verdammt noch mal spät, mein Junge«, antwortete ihm Logan.

»Da ist er!«, rief Hamza und deutete zum Fenster hinauf.

Hoon lehnte sich hustend und verrußt hinaus, hielt ein zappelndes Kind im Arm.

»Fangen Sie!«, rief er, dann ließ er das Mädchen los.

»Mein Gott!«, schrie Logan auf, hechtete mit ausgestreckten Armen vor und packte das Kind, bevor es auf den Boden aufschlagen konnte.

»Weiter geht's, es kommt noch eins!«, rief Hoon von oben herunter.

Logan reichte das erste Mädchen schnell an Hamza weiter und hechtete noch einmal vor, um das andere Mädchen zu retten, als Hoon es fallen ließ.

»In Ordnung, bei der Nächsten sollten Sie sich verdammt noch mal auf was gefasst machen«, rief Hoon, verschwand wieder im Haus und überließ es den Detectives, sich um die zitternden, verängstigten Zwillinge zu kümmern.

Die Flammen waren überall. Der Rauch vernebelte die Luft wie eine Ölpest das Meer.

Hoon entdeckte Berta zusammengekauert auf dem Boden. Sie hustete nicht, aber sie atmete auch kaum. Er kniete sich neben sie, legte einen Arm um ihre breiten Schultern und sprach dann leise, aber eindringlich in ihr Ohr.

»Alles klar, Schwesterherz? Wir müssen dich verdammt schnell hier rausbringen.«

Berta hob eine zitternde Hand und winkte ab, um ihn zu verscheuchen. »Die Mädchen«, krächzte sie.

»Es geht ihnen gut. Wir haben sie. Sie sind in Ordnung«, sagte Hoon. »Jetzt bist du dran, Berta. Los, komm. Hoch mit dir.«

Sie schüttelte den Kopf und versuchte, ihn wegzu-
stoßen, aber sie hatte keine Kraft mehr. Zum ersten
Mal in seinem Leben rechnete sich Hoon eine Chance
in einem direkten Kampf mit ihr aus.

»Verpiss dich«, keuchte sie. »Lass mich in Ruhe.«

Hoon blickte über seine Schulter. Da war keine
Tür mehr. Auch kein Durchgang. Nur eine Wand aus
Flammen und ein schwarzes Loch, wo früher der rest-
liche Korridor gewesen war.

»Hör auf mit dem Scheiß. Du kommst mit, verdammt«, sagte Hoon. »Aber ich kann dich nicht hoch-
heben, Schwesterherz. Ich kann es nicht. Also musst
du deinen fetten Arsch für mich bewegen, okay?
Kannst du das für mich tun?«

Sie hob den Kopf, gerade so weit, dass sich ihre
Blicke trafen. Sie legte eine Hand auf seine Wange.
Ihre Haut fühlte sich verwittert an. Geschrumpft. Und
sehr, sehr alt.

»Du bist ein guter Junge, Bobby«, flüsterte sie. »Du
warst schon immer ein guter Junge.«

»Scheiß drauf. Komm schon«, sagte Hoon. »Beweg
dich.«

»Ich glaube nicht, dass ich dir jemals gesagt habe,
dass ich dich liebe.« Eine Träne lief ihr über die Wange.
Wahrscheinlich die einzige, die sie in ihrem ganzen
Leben jemals vergossen hatte. »Oder habe ich das?«

Hoon schaute wieder zum Feuer. Es war noch näher
gekommen. Er spürte, wie die Hitze in seinem Nacken

zu brennen begann. »Nein«, flüsterte er. »Nein, hast du nicht.«

Berta lächelte. Es war ein trauriges, schmales, aber auch verschmitztes Lächeln. »Ja, eines Tages vielleicht, verdammt«, flüsterte sie, und Hoon fing an zu lachen.

»Ja. Vielleicht eines Tages«, sagte er und ließ sich neben sie auf den Boden fallen.

»Geh«, sagte sie. »Was tust du da? Verpiss dich!«

Hoon schüttelte den Kopf. »Nein.«

»Was?«

»Ich glaube nicht, dass ich mir die Mühe machen werde«, sagte er. »Ich meine, wir können ebenso gut beide gehen, oder? Das passt doch. Dieser Ort hier, und wir gehen beide gleichzeitig in Flammen auf.«

Sie schubste ihn. Einmal. Zweimal. Beim zweiten Mal spürte er es. »Reiß dich zusammen!«, drängte sie, dann verzog sie das Gesicht und griff sich an die Brust; ein Schmerzkrampf ließ ihre nächsten Worte zu einem Schluchzen werden. »Bitte. Geh einfach.«

»Wenn du bleibst, bleibe ich auch«, sagte Hoon. »Sonst erzählst du noch, ich hätte dich hier verbrennen lassen. Das will ich mir nicht anhören.«

Eine Bodendiele knarrte. Hoon schaute zur Decke hinauf, bevor er merkte, dass es direkt von hinten kam. Er beobachtete, vielleicht zum ersten Mal in seinem Leben ehrfürchtig, wie sich seine Schwester aufrichtete.

»Verdammt noch mal«, sagte sie und hustete ein

Wort nach dem anderen aus. »Eines schönen Tages wirst du mal tun, was man dir sagt!«

»Ja, vielleicht«, erwiderte Hoon und stellte sich neben sie. »Aber nicht heute.«

»Also ... seid ihr bereit?«, rief Hoon aus dem Fenster.

Logan, Hamza und Tyler blickten auf und sahen, wie er Berta half, durch das zerbrochene Fenster zu klettern.

»Oh, verdammt«, brüllte Logan.

Er rief die anderen dazu, zog seinen Mantel aus, und alle hielten eine Ecke davon fest und spannten ihn zwischen sich auf, um eine Landezone zu bilden.

»Gut, sie kommt gleich. Bereit?«

Tyler warf einen Blick auf Logan. »Ich glaube, ich bin noch nicht so weit, Boss«, gab er zu.

»Da kommt sie!«, rief Hamza.

Die Polizisten sahen alle auf, als Berta aus dem Fenster stürzte. Und es war ein Sturz. Kein Sprung. Kein kalkulierter, gut gezielter Sprung. Es war, als ob ihre Beine nachgaben und ihre Arme den Halt verloren. Sie fiel schlaff auf den Mantel, und ihr Gewicht zwang beim Aufprall alle außer Logan in die Knie.

Es war nicht die würdevollste Landung, aber deutlich besser als ein direkter Aufprall auf dem Boden. Sie landete quer über Tyler und Hamza und drückte sie ins Gras, sodass sie sich unter ihrer Masse hervorwinden mussten.

Sie rollten sie auf den Rücken, als Hoon neben ihnen die Wand herunterrutschte.

»Aus dem Weg«, befahl er, schob sich dazwischen und ließ sich neben ihr auf die Knie fallen.

Ein weiterer Schmerzanfall ließ ihren Rücken zusammenzucken. Eine Hand wanderte zu ihrer Brust, ihre Finger gruben sich hinein, als könnte sie den Schmerz herausreißen und so damit fertig werden.

Ihre Augen waren glasig. Sie sprach, aber es war nur ein leises Flüstern, kaum hörbar wegen der tosenden Flammen.

»B...Bobby. Wo ist Bobby?«

»Ich bin hier, Berta. Ich bin genau hier«, antwortete Hoon.

Er nahm ihre Hand. Sie leistete keinen Widerstand. Sie war die stärkste Person gewesen, die er jemals getroffen hatte, in guten wie in schlechten Zeiten, und jetzt verließ all diese Kraft sie vor seinen Augen.

Sie schaute nach oben, nicht zu ihm, sondern an ihm vorbei, als ob sie dort oben im Himmel etwas sehen könnte.

»Du hättest das Haus gekriegt«, flüsterte sie. »So viel dazu, verdammt.«

»Vergiss das Haus. Ich will das Haus gar nicht«, versicherte er ihr.

Sie richtete ihren Blick mit Mühe auf ihn. »Warum? Was zum Teufel sagst du da über mein Haus?«, wollte sie wissen. Dann stieß sie einen spitzen Schrei aus und hämmerte verzweifelt auf ihr Herz, als wollte sie es zur Aufgabe zwingen.

Hoon zeigte auf Tyler. »Du da. Boyband. Mach das Boot fertig. Wir müssen sie in ein verdammtes Krankenhaus bringen.«

Tyler stand da und starrte zurück. »Ich … ich habe keine Ahnung von Booten«, gestand er.

Auf dem Boden liegend gluckste Berta. »Natürlich hat er keine Ahnung. Schau ihn dir an. Er sieht aus, als hätte jemand eine verdammte Schaufensterpuppe verzaubert.«

»Mach doch endlich jemand das verdammte Boot fertig!«, rief Hoon.

Bertas Hand wurde fester in seinem Griff. Er sah auf sie hinunter, und eine verrußte Träne fiel zwischen ihre Finger.

»Es ist okay, Bobby. Alles gut«, sagte sie. Sie führte seine Hand an ihren Mund, küsste sie und ließ sie an ihrer Wange ruhen. »Du warst der beste kleine Bruder, den ich je hatte.«

»Ich war der einzige verdammte Bruder, den du je hattest«, erinnerte Hoon sie, wobei ihm jedes Wort fast im Halse stecken blieb.

Berta gelang ein Lächeln. Ein Zwinkern. »Schon klar«, sagte sie. »Das weiß ich.«

Damit neigte sie ihren Kopf zurück zum Himmel, und die Flammen von Westward loderten zu den Sternen empor.

NEUNUNDDREISSIG

Die Beerdigung war eine stille kleine Veranstaltung, an der nur enge Freunde und die Familie teilnahmen. Bamber kam. Ibis auch. Sogar Redneck nahm sich eine Auszeit von der Rettung der Welt – oder zumindest von ihrer Bewaffnung –, um die letzte Ehre zu erweisen.

Der Gottesdienst war nach Hoons Meinung das übliche Gelaber gewesen. Eine Menge Gemeinplätze, die nicht viel über ein Leben aussagten, von dem der Pfarrer so gut wie nichts wusste.

Er hatte mit gesenktem Kopf dagesessen, er war aufgestanden, wenn er dazu aufgefordert wurde, und als es angezeigt war, hatte er so getan, als würde er beten.

Er hatte sogar gesungen. Er war sich sicher, dass der alte Sack sich darüber kaputtlachen würde.

Nun, da die Trauerfeier vorbei und der Sarg in der Erde war, trat er von der Grube zurück und verfolgte, wie die Totengräber sie auffüllten.

»Es fühlt sich überhaupt nicht real an, oder?«, fragte Bamber.

Er hatte sich ein Handgelenk gebrochen, als sie ihn

vom Dach der Hütte gehievt hatten, und Redneck schob seinen Stuhl über das Gras. Ibis folgte ihm, aber er blieb in sicherem Abstand zurück, als ob er immer noch irgendeine Art von Bestrafung für den versuchten Raubzug erwartete.

Sie blieben alle neben Hoon stehen und sahen zu, wie der Aushub wieder in das Grab geschaufelt wurde.

»Ich warte immer noch darauf, dass er heraussteigt«, sagte Redneck. »Mit einem breiten Grinsen im Gesicht.«

Hoon gluckste. »Aye. Das sähe dem Bastard ähnlich.«

Ibis reichte ihm einen verbeulten alten Flachmann. Der einäugige Mann hatte ein Ersatzglasauge bekommen. Es hatte eine andere Farbe als das Original, rollte aber genauso in der Augenhöhle herum.

Hoon nahm den Flachmann, schraubte den Deckel ab und hielt ihn in Richtung des Grabes, um einen Toast auszusprechen. »Auf Welshy«, sagte er.

»Auf Welshy«, riefen die anderen.

Hoon nahm einen Schluck aus dem Flachmann und spuckte ihn gleich wieder aus. Dann keuchte er, als hätte er gerade einen Schwinger an die Brust bekommen.

»Was zum Teufel ist das?!«, stieß er hervor.

»Selbst gemachter Pfirsichschnaps«, erklärte Ibis. »Aber ich mag keine Pfirsiche, deshalb ist es überwiegend Schnaps.«

»Was zum Teufel ist in dich …?«, begann Hoon.

Dann seufzte er, schüttelte den Kopf und reichte den Flachmann an den Nächsten weiter. »Ist auch egal. Cheers, Ibis. Es ist der Gedanke, der verdammt noch mal zählt.«

Da sah er sie auf der anderen Seite des Friedhofs, und seine Füße wurden zu Stein.

Gabriella stand am Tor, schüttelte die Hände der Trauergäste und bedankte sich für deren Anteilnahme mit einem Nicken und einem Lächeln.

Er hatte nicht mit ihr gesprochen. Heute nicht und auch davor nicht.

Er hatte dafür gesorgt, dass Miles erfuhr, was passiert war. Er hatte ihm versichert, dass sie alle in Sicherheit wären. Soweit er wusste, waren sie das auch. Suranne und ihre Kumpane waren jetzt Gäste des schottischen Justizsystems, und wie es schien, kam die Welt sehr gut ohne sie zurecht.

Auch Hoon würde eine Menge Fragen beantworten müssen. Logan hatte das unmissverständlich deutlich gemacht. Aber das waren Fragen, mit denen er umgehen konnte, jetzt, da er wusste, dass Gabriella und die anderen in Sicherheit waren.

Er verstand ihn jetzt, den Loop. Er verstand ihn vermutlich besser als die meisten Menschen, die ihm angehörten.

Der Loop war gar nicht hinter ihm her.

Das bedeutete natürlich nicht, dass er nicht hinter ihnen her war.

»Willst du Hallo sagen?«, fragte Bamber.

Hoon riss seinen Blick von der Frau am Tor los. Die Totengräber waren jetzt fast fertig. Die Beerdigung war vorbei.

Hoon hatte erledigt, wofür er gekommen war.

»Nein«, antwortete er. »Ich glaube, alles, was wir zu sagen hatten, ist bereits gesagt worden.«

Hände wurden geschüttelt. Umarmungen ausgetauscht.

Und mit seinem besten Beerdigungsmantel, der ihm um die Knie flatterte, wandte sich Hoon dem hinteren Tor des Friedhofs zu und machte sich auf den Weg.

Er nahm den Schlafwagenzug zurück in den Norden. Da er während seiner ersten Fahrt hierher seine Lektion gelernt hatte, hatte er sich ein Upgrade geleistet, sodass er eine eigene Kabine hatte und nicht nur einen Sitzplatz.

Die Kabine war winzig, aber nachdem er so viele Jahre beim Militär verbracht und dort um jeden verfügbaren Kubikzentimeter Schlafplatz gekämpft hatte, fühlte sich die zellenartige Koje geradezu palastartig an.

Als er zum Raigmore Hospital zurückkehrte, war sie wach. Wach und offenbar stinksauer.

»Wo zum Teufel steckt er? Dieser dumme kleine Scheißer!«, brüllte Berta. Eine Krankenschwester versuchte ihr Bestes, um sie zu beruhigen, wurde aber ohne viel Federlesens niedergeschrien. »Sagen Sie mir nicht, ich soll mich beruhigen, junge Lady! Ich habe jedes Recht der Welt, hier einen verdammten Aufstand zu machen!«

Hoon klopfte an die offene Tür, steckte seinen Kopf hinein und machte sich auf etwas gefasst.

»Ah, kaum spricht man von dem Wichser, da erscheint er auch schon!«, bellte Berta. Sie deutete auf die Drähte und Schläuche, mit denen sie verbunden war. »Was zum Teufel ist das alles?«

»Du bist im Krankenhaus«, sagte Hoon. Er nickte der dankbar dreinblickenden Krankenschwester zu, die schnell an ihm vorbei aus dem Zimmer huschte.

»Ich bin eindeutig in einem verdammten Krankenhaus, Bobby!«, fluchte sie. »Ich erkenne ein verdammtes Krankenhaus, wenn ich eins sehe. Die Frage ist, *warum* bin ich in einem verdammten Krankenhaus? Das Letzte, woran ich mich erinnere, ist, dass ich einem wohlverdienten Tod entgegengeglitten bin, dann bin ich plötzlich hier, und die Leute stochern an mir herum, als wäre ich ein Tier in einem verdammten Zoo!« Sie schüttelte den Kopf, griff ein paar Schläuche und Kabel und zog kräftig daran. »Nein, das lasse ich mir nicht bieten!« Sie deutete auf eine der Maschinen, die sich knapp außerhalb ihrer Reichweite befanden. »Schalt mich ab! Mach schon! Zieh meinen Stecker. Bring es verdammt noch mal hinter dich.«

Hoon zog einen Stuhl hervor und setzte sich neben sie. »Zu spät«, erklärte er. »Die sagen, du wirst wieder gesund. Ich habe es geschafft, dein Herz in Gang zu halten, bis der Hubschrauber kam.«

»Du?« Berta machte ein Gesicht, als ob er sie hintergangen hätte. »Ich hätte mir verdammt noch mal denken können, dass du dahintersteckst.«

»Richtig. Gern geschehen«, sagte Hoon. »Es hat übrigens keinen Sinn, das Zeug abzuziehen, dann kommen sie nur und kleben es wieder an. Außerdem bist du jetzt sowieso außer Gefahr. Angeblich hast du die Pumpe eines verdammten Rennpferdes. Du hast noch Jahrzehnte vor dir, meinen sie.«

»Oh, das ist ja herrlich!« Berta ließ den Kopf zurück ins Kissen sinken, schloss kurz die Augen und riss sie dann wieder auf. »Die Mädchen! Die Zwillinge!«

»Den beiden geht es gut. Sie sind zu Hause«, sagte Hoon. Er wand sich. »Ich bin mir allerdings nicht sicher, ob ihre Eltern scharf darauf sind, dass du noch mal auf sie aufpasst.«

»Wahrscheinlich ist es besser so«, sagte Berta. »Sie wollten mich dazu bringen, mir etwas namens *Avatar* anzusehen.«

»Was, diesen Film mit den blauen Typen?«

Berta runzelte die Stirn. »Was zum Teufel bist du …? Nein. Ein kleiner kahler Junge. Er ist magisch und hat besondere Bedürfnisse oder so. Ich habe nicht besonders darauf geachtet. Hast du davon gehört?«

Hoon schüttelte den Kopf. »Das kann ich nicht behaupten.«

»Schreckliche Scheiße. Absolut verdammt langweilig. Halt dich davon fern, das rate ich dir.«

»Ich werd's mir merken«, versprach Hoon.

Sie schniefte und fuhr sich mit der Zunge über ihre gelben Zähne, um sich auf die nächste Frage vorzubereiten.

»Ich nehme an, das Haus ist am Arsch?«

»Nein, nicht alles«, sagte Hoon. »Ich glaube, dein Suppentopf ist noch heil.«

»Na klar, der wurde auch für die Ewigkeit gemacht«, erklärte Berta. »Wer billig kauft, kauft zweimal, das sage ich immer.«

»Ich nehme an, du hast eine Hausratversicherung?«, fragte Hoon.

Berta winkte mit einer Hand. »Ja, ja. Ich erinnere mich, dass ich einmal etwas bezahlt habe.«

»Einmal?«, fragte Hoon.

»Ja. Vor langer Zeit.«

»Man muss sie jedes Jahr zahlen.«

Berta warf ihm einen zweifelnden Blick zu. »Also, ich glaube nicht, dass das stimmt.«

»Was redest du da? Natürlich stimmt das!«, beharrte Hoon. »Man zahlt jedes Jahr. Erzähl mir jetzt nicht, du hast nicht gezahlt.«

»Jedes verdammte Jahr?!«, fragte Berta verblüfft. »Wie jetzt – auch wenn nichts passiert? Was ist das denn für ein verdammter Beschiss? Das muss ein Ende haben, unbedingt. Das ist ein absoluter Scheißbetrug.«

Hoon massierte sich die Schläfen. Zwei Minuten in der Gesellschaft seiner Schwester, und diese stechenden Kopfschmerzen meldeten sich wieder.

»Dann hast du also kein Haus und kein Geld?«

»He, wenn sich ein bestimmter Jemand einfach anständig benommen und mich tot zurückgelassen hätte, wäre das alles kein Problem, oder?« Sie verschränkte die Arme, schüttelte den Kopf und seufzte dann. »Ich werde wohl bei dir bleiben müssen.«

Hoon richtete sich kerzengerade in seinem Stuhl auf. »Bei mir?« Er schrie beinahe.

»Ja, bei dir! Schließlich ist das alles deine verdammte Schuld! Ich könnte schon längst fröhlich in der verdammten Erde verrotten, aber nein, du wolltest mich hierbehalten. Solche Taten haben Konsequenzen, junger Mann! Du wolltest, dass ich bleibe? Na schön. Wenn ich mit dir fertig bin, wirst du dich an meinem Anblick sattgesehen haben!«

»Ich kann dich jetzt schon nicht mehr sehen«, sagte Hoon.

Ihre Hand packte ihn vorne am Hemd und riss ihn fast aus dem Stuhl. Sie war also wieder bei Kräften. Großartig.

»Gewöhn dich verdammt noch mal daran, Bobby«, sagte sie. »Denn du wirst mich noch lange an der Backe haben.«

Sie löste ihren Griff. Hoon strich seine Kleidung glatt, beugte sich vor und drückte den Schalter der Maschine, an die sie angeschlossen war. Er beobachtete sie, wie sie auf dem Bett lag und ihn finster ansah, dann zuckte er mit den Schultern und seufzte.

»Einen Versuch war es wert«, sagte er, schaltete die Maschine wieder an und stand auf. »Ich frage mich, ob Redneck noch jemanden braucht, der mit ihm in den Jemen geht?«

»Warum zum Teufel solltest du in den Jemen gehen?«, fragte Berta.

Hoon grinste. »Ich habe dabei nicht an mich gedacht.«

Dann verließ er mit der dröhnenden Stimme seiner Schwester in den Ohren den Raum und marschierte durch die mit Neonröhren ausgeleuchteten Korridore des Raigmore Hospitals nach draußen.

Dort atmete er tief durch. Er stand direkt neben dem Parkplatz und der Bushaltestelle, weshalb viel von dem, was in seine Lunge drang, Benzinabgase waren.

Aber es waren keine Londoner Abgase. Es waren Highland-Abgase – und die waren in jeder Hinsicht besser.

Er verließ das Krankenhausgelände und blieb am oberen Ende der Straße stehen. Der Verkehr strömte in beide Richtungen, rechts in Richtung Stadtzentrum von Inverness und links in Richtung Culloden, vorbei am großen Tesco und dem Polizeipräsidium.

Er schaute in beide Richtungen. Dann klatschte er in die Hände und rieb sie.

»Also gut«, murmelte er. »Was zum Teufel soll ich jetzt tun?« Er fragte die Welt.

Die Welt antwortete nicht. Aber das spielte keine Rolle. Zum ersten Mal seit Monaten – vielleicht zum ersten Mal seit Jahren – hatte er das Gefühl, Zeit zu haben. Und Optionen.

Und eine Option war auf Anhieb attraktiver als die anderen.

»Also, auf in den Pub«, beschloss er.

Der Geruch von frischem Highland-Benzindunst füllte seine Lunge, und ein leichter Sprühregen setzte ein. Robert Hoon steckte die Hände in die Taschen, zog die Schultern hoch und machte sich auf den Weg ins Ungewisse.

Ex-Polizist Robert Hoon greift ein, wenn Scotland Yard versagt!

Eine weltweite Verschwörung, eine nukleare Bedrohung – DCI Harry Taylor wird alle Regeln brechen, um London zu retten.

Das sensationelle Thrillerdebüt von Filmlegende
MICHAEL CAINE

DEADLY GAME
DIE ABRECHNUNG

THRILLER

352 Seiten. ISBN 978-3-8090-2786-7

Auf einer Müllkippe in Ostlondon wird eine Metallkiste mit radioaktivem Material gefunden. Aber die sofort herbeigerufene Polizei kommt zu spät: Bevor die Beamten eintreffen, wird die Kiste bei einem brutalen Überfall geraubt. Neben den Geheimdiensten ermitteln auch DCI Harry Taylor und sein Team. Sie sind bekannt für ihr unorthodoxes Vorgehen – aber auch für ihre Erfolge. Bald kristallisieren sich während der Untersuchung zwei Verdächtige heraus: Beide werden des Waffenhandels im großen Stil verdächtigt, und eine Atombombe auf britischem Boden wäre sowohl für den einen als auch für den anderen ein überragender Coup. Für Taylor und sein Team beginnt ein Wettlauf gegen die Zeit …

Lesen Sie mehr unter: **www.limes-verlag.de**

Rasante Action, atemberaubende Abenteuer und faszinierende historische Fakten!

416 Seiten. ISBN 978-3-7341-1433-5

Der ehemalige Geheimagent Sean Wyatt zögert keine Sekunde, als sein bester Freund Thomas Schultz entführt wird, und heftet sich auf die Spur der Kidnapper. Doch was wollen die Verbrecher von dem Archäologen? Unterstützt von der Reporterin Allyson Webster stößt Sean auf Hinweise auf die sagenumwobenen Goldenen Kammern der Cherokee – und auf die darin verborgenen, angeblich magischen Steine. Er glaubt nicht an Zauberei, doch die Entführer offenbar durchaus. Wer steckt dahinter? Und was verbirgt Allyson vor ihm?

Um diesen Gegner zu schlagen, muss Reacher sterben!

368 Seiten. ISBN 978-3-7645-0877-7

Unter der gleißenden Sonne durchstreift der ehemalige Militärpolizist Jack Reacher die Wüste Arizonas. Da entdeckt er einen Wagen, der gegen den einzigen Baum weit und breit gekracht ist. Die Fahrerin hält ihn zunächst für ein Mitglied der Bande, die den Unfall verursacht hat. Doch nachdem Reacher das Missverständnis ausgeräumt hat, entschließt er sich sogar, ihr zu helfen, die Verbrecher zu stellen. Denn die Kriminellen haben ihren Bruder – ein Spezialist für Bomben – entführt und wollen mit dessen erzwungener Hilfe einen schrecklichen Plan umsetzen. Aber um den Kopf der Bande aufzuscheuchen, muss zunächst jemand sterben …